政协委员文库

且将锦瑟记流年

王树理 著

中国文史出版社
CHINA CULTURAL AND HISTORICAL PRESS

王树理（2019年）

第一辑　远去的乡韵

第三辑　清风吹过清水河

第四辑　一年好景橙黄

第五辑 一座运河城市的记忆

第一辑

远去的乡韵

故乡本草

我是个草孩子。从会走路就会砍草，从会背草筐就会辨别各种杂草的性能。虽然没有药学家那种悬壶济世的意识，却对各种各样的草情有独钟。那年，我还是个满坡乱窜的孩子，不知什么原因，传染上了红眼病。见我两只眼睛肿得像铃铛，母亲说，去东街找沈忠怀先生吧，他方子多，兴许看看就好了。

母亲说的沈忠怀，是本村的一个汉族老中医。在我的印象里，沈先生大概没上什么学，但却多才多艺，不仅能给人看病，还会扎花灯、糊纸人纸马，村里人有大病小情都要找他“望闻问切”。父亲把我领到沈先生跟前，沈先生扒着我的眼皮看了看，对父亲说，快去拔点节节草，熬开了用水洗洗，一天洗三次，三天就好了。

节节草哪里没有呀？遍地都是。这种草皮皮实实，粗粗拉拉，光棍一根连片叶子都不长，空空堂儿的节，一节连着一节，直直地竖着往上长，河滩、沙窝、沟边、乱葬岗子，越不被人看重，生长得越旺。父亲按照沈先生的指点做了，果然，洗了三天就好了。

我和沈先生家的大儿子沈树同是小学的同学，他告诉我，不光节节草能治病，就连每天都挖的青青菜、秃噜酸、婆婆丁、马齿苋菜、野茴香、灰菜、茨蓬菜、茶棵子、白茅根、碱蓬棵都能治病。不过，治病的时候，就不一定是当野菜吃的时候那个名字了。

就说节节草吧，到了中药铺的匣子里，就变成了“木贼”，还有的叫它“笔管草”；而青青菜则被写上“小蓟”贴在木匣上；曲曲芽有了“苣荬菜”的雅号；茶棵子更厉害，改名叫“罗布麻”，说是能治高血压、心脏病，还能清热、利尿，还能治疗心悸失眠……其实，茶棵子在家乡的田野上到处都有。老人们将茶棵子的叶子晒干，槐荫树下抱一把茶壶，一边自斟自饮，一边召唤着过往的熟人："来，坐坐，尝尝我这茶棵子沏的热茶，好沙口……"不懂事的娃娃们，则把刚刚从地里砍来的茶棵子草，从牛嘴里夺过来，挤着草杆子上流出的牛奶色汁液，胡涂滥抹，弄到手上、脸上、衣服上，汁液干了之后变得又黑又难洗，常常挨大人的训斥。

至于什么红姑娘子棵、打盆打碗花就更是孩子们释放天性的代用品。单说这红姑娘子棵，就有灯笼草、灯笼果、挂金灯、红灯笼等七八个名称。砍草的时候，哪个孩子偶尔发现一株长满红果果的红姑娘子棵，就会连根拔起，高兴地大喊大叫着向同伴炫耀，然后就把那灯笼果捋下来，很绅士地分给小伙伴们吃。后来，我问沈树同，红姑娘子棵也能治病吗？他回家问了父亲，第二天告诉我说，红姑娘子棵清热解毒，治咳嗽最管用，还能治消渴症。

打盆打碗花牛羊都不吃，人当然更不能吃。老人们说，那东西有毒。果然不假，几个小伙伴儿打闹，不小心把打盆打碗花流出的乳白色汁液弄到其中一个人的眼睛上，那眼睛立马就肿起来了，把我们吓得不轻。但是，这并不妨碍它是一味中药。在一位中医先生家里，我亲眼看到他为一位癣疮发痒的患者，用香油调和了打盆打碗花研末涂在患处。先生告诉我，打盆打碗花学名叫耳叶大戟，也有的地方叫猫儿眼。它的地上部分能提取黄酮苷，能止咳祛痰，有很好的抗菌作用。如果用1 ：1000的酒精浸剂或1 ：300的水煎剂，还可以对肺炎双球菌、甲链球菌、卡他球菌、流感杆菌起到明显的抑制作用。

懂些医道的郎中能用地里生长的药材治病，家里的老人们延续老辈子的传承也能从满坡的草窠窠子里找到祛病止疼的偏方。王殿汉嬷嬷就有些让人服气的手段，尤其是肌肉拉伤、胳膊腿脱臼、手指脚趾碰伤之类的毛病，她用给患者按摩上环、捋筋活血配合吃中草药的办法，治好了不少人的病。

如今想来，故乡的土地上，几乎没有哪一种植物不具备药材的属性。只是像李时珍老先生那样尝过百草的人太少了。如此看来，我还远远不能以"草孩子"自居，想当一个真正的"草孩子"，就要回归大地，回归故里，回归黄土地，像故乡本草一样，把自身修炼成能为社会的健康发展多做贡献的有用之人。

（原载于《人民政协报》2017年1月9日）

寓教于乐的“写九”“画九”习俗

在我的记忆里，故乡一些朋友家里时兴的描摹和书写“九九消寒图”的习俗，真是件极有意思的事情。

冬至那天起进九了，一些有点文化的人家便开始教授孩子描写“九九消寒图”。有的是一张有九朵梅花、每朵梅花有九朵花瓣的消寒图；有的选择印有“庭前垂柳珍重待春风”九个都是九画字的描红格式纸，让孩子每天描一笔；还有的别出心裁，设计一个葫芦形图案，用接龙法在葫芦图上以古典诗词连接成中国结样式的链条，让孩子们填写一首诗、一个字、一个小令……不管哪种方式，每张图都有“九九八十一”个“单位”。孩子们在描摹或者书写这些图的时候，可以在描摹的笔画旁边注明每天的天气阴晴等状况。这样，当“数九”结束、春天到来的时候，不仅让孩子完成了一项寓教于乐的功课，接受了书法和绘画入门的启蒙教育，而且完整记录了连续九个九天的自然天象，成为一份精美的日历记载，起到了为全年农业生产提供预测天象第一手资料的作用。

当然，有些书香门第的人家，描摹“九九消寒图”的形式和方式更具有创意和独到之处。记得20世纪50年代中期，我们村有两家曾经是大户人家的门户，年年都让孩子写“九九消寒图”。

东街穿心店的刘姓人家，把中国历史变成一首很长的歌谣，采用双钩留白的方式印在纸上，让孩子用接龙法每天描一句，待到出九，冬尽春来，孩子们除了书法有长进，还了解了历史，记下了从三皇五帝到明清的历史歌谣。这样的家教环境，为孩子们养成了良好的读书习惯。20世纪70年代恢复高考的时候，比我小几岁的刘家的孙子，光范文就背过了200多篇，并且以优异的成绩考入大学，后来成为一所大学的地理系主任。

西街的赵大爷家孩子比较多，兄弟5个一到数九寒天，就挤在屋里一起描写“九九消寒图”。不过，弟兄5个的都不一样，有的是梅花，有的是“庭前垂柳珍重待春风”，有的则是赵大爷根据孩子们的基础，把不同纸张打着红线画好九宫格，写上图案，然后覆一张白纸在上面，让孩子用双钩的办法把图案描下来，待到数九那天，用蘸了红颜色的毛笔一天临摹一笔。九九结束，阳冱上升，杨柳回黄，春耕试犁，就把孩子们的“消寒图”集中起来，一个一个的讲评。然后，便扛着耠子，套上毛驴，带着孩子们到田间地头，少不了又要讲述一番“天地玄黄，宇宙洪荒”之类的蒙学道理，念诵一遍“一九二九相逢不出手；三九二十七，篱头吹觱篥（指大风吹篱笆发出很大的响声。觱篥是我国古代北方少数民族乐器）；四九三十六，夜眠如露宿；五九四十五，太阳开门户；六九五十四，贫儿争意气；七九六十三，布纳担头担（意为天热了，脱掉衣服担着）；八九七十二，猫犬寻阴地；九九八十一，犁耙一齐出”的九九歌。这些文绉绉的话，到了没有多少文化的寻常人家，就变成了更加简单明了的谚语：“一九二九不出手；三九四九凌上走；五九六九沿河看柳；七九河开，八九燕来；九九加一九，耕牛遍地走。”

随着“九九消寒图”的大功告成，春光烂漫的日子也就到来了。充满着生机的田野，带着严冬赠予的考量与贮存，把“天行健，君子以自强不息”的歌唱向天际。每当想起儿时见到别人家孩子描摹“九九消寒图”的情景，心底就有悠悠的乡愁飘过。

（原载于《人民政协报》2017年1月23日）

母亲的家训

露白*

我家世代为农，父亲母亲含辛茹苦一辈子，他们用自己的心血经营了一个在外人看来还算不错的家，我们做儿女的也都为生长在这样一个家庭而知足和感恩。所谓不错，一是平凡，平平常常，平平淡淡，平平安安；二是团结，和和睦睦，顺顺当当；三是老实巴交，有人缘，没死敌；四是有一个好的家风，穷日子不倒志，好日子不癫狂。

我娘是一名朴实勤劳、仁义善良而又深明大义的普通农村妇女。娘没有文化，可她教育儿女时讲的许多话，却是极富哲理的。回想这些年来走过的路，娘的那些堪称家训的语录，有的像响雷，有的像路标，有的像甘泉，有的像清凉剂，鼓舞我在困境中奋起，指点我在迷惘中清醒，供养我在饥渴时啜饮。

娘离世已经十几年了，多年来我一直想整理一下娘的这些话语，并附上自己的一些记忆和体会，算是对家训的集注。在此先选择以下几条：

“只看贼挨打，别看贼吃饭。”这是我小时候娘对我们兄弟姊妹几个说得最多的一句话。那时候家里穷，全靠谷糠野菜过日子，常常是吃了上顿没下顿。但再穷再难，娘也不让孩子们干那些偷瓜摸枣、摘田捋穗的营生。1961年春天，我们家和村里多数人家一样挨饿，有的人家便打起了到村西惠民林场盗伐树木的主意。娘说，咱可不能干那种伤天害理的事，找一根纤绳背在肩上总比祸害性命强，多拉点儿犁耙就什么都有了，下苦力挣来的饭比什么都养人。娘和爹便领着我们披星戴月地开了一亩多荒地，种上了菠菜、扫帚菜、银金菜等各种名目的蔬菜和野菜。天道酬勤。这一年的辛勤劳动不仅帮一家人度过了眼

---

* 露白，作者笔名。

前的灾荒，更给我们做儿女的精神世界里注入了一笔终生受用不完的宝贵财富。前些年，村里从事屠宰业的个别人靠向牛羊肉里注水赚了一些昧心钱，娘说，这种不干净的钱把人的心都给染黑了，花这种钱睡觉都不踏实。我理解，娘在把握做人的标准上，参透了“贼挨打”与“贼吃饭”的因果关系，始终不渝地引导和教育儿女们以德修身走正道。这是我们兄弟姊妹几个所以能够堂堂正正做人的基本基础。

“不怕没好事，就怕没好人。”这是娘为人的主观环境与客观关系的又一条家训。仔细琢磨，有点孟母择邻的味道。我小时候很调皮，常常做出一些让大人生气的事。娘对这些事并不担心，她怕的是我跟一些品德有毛病的人学坏。有一段时间，我和一个比我大3岁、外号叫“滑猴”的打得火热，他因为缺少家教，沾染了偷偷摸摸的毛病。娘为了把我和他拆开，先是在黑屋子里把我锁了两天，然后又带我去姥姥家住了半个月，才算甩开这个伙伴。许多年后说起这件事，娘说：“要做好人，须寻好友；引酵若酸，难得好酒。”我真不知道娘是从哪里学来的这些警句，但事实却总是不断印证着这些话的正确。1991年，我的一个侄子独自到县城工作，不久便结识了几个不三不四的混混孩子，整天一起下饭馆、吸烟、喝酒。娘听说后，判断道：恐怕这个孩子要变坏。果然不出娘的所料，这个侄子后来真的不成器。与这个侄子相仿，我妹妹的一个孩子，从小跟他爷爷在北京长大，娇生惯养了一身毛病。1993年回到故乡后，常常惹是生非。娘说，这孩子不去部队接受教育是不行了。于是便积极鼓励他报名参军。这孩子到部队后，认真接受党的教育，不仅改掉了毛病，还加入了中国共产党。1997年7月1日，作为驻港部队的首批人员，与战友们一起承担起了保卫社会安定的任务。亲友们一谈起这件事，就都重复着娘的那句话：不怕没好事，就怕没好人。

“精忠报国是做人的大节，不能亏大节顾小家。”在娘的眼里，吃上官饭就是公家的人，公家的人就得忠心耿耿干公家的事。哥哥年轻时，是生产队的会计，娘最担心他记错了账，给公家造成损失，天天掐着耳朵嘱咐。幸亏有娘的这些训教，哥哥的会计当得很出色，20多年没出过差错。弟弟师范学校毕业后，分配到一家税务机关工作，娘又开始为他担心。她最怕的是弟弟利用职权损公肥私、刁难税户，每次回家都详细询问工作情况，嘱咐弟弟千万不要给自己的娘找骂。在娘的严格要求下，弟弟在自己的工作岗位上要求自身一直比较严格，不仅入了党，还年年被评为先进工作者。可以这样说，在公与私的天平上，娘不仅把公家的事看得至高无上，而且分得清事体的轻重大小。我担任县委书记以后，娘终日为我提心吊胆。她说，当一分官害一分怕，不怕人家怕自家。一怕自己脚不稳，二怕自己起贪心。每年春节娘都把我们兄弟几个叫在一起，耳提面命地嘱咐一番。每次都对我说，最担心的就是你，你担的这事比他们都重，出了事就亏大节。娘还用古戏文里的唱词提醒我："穿朝靴好似趟脚镣，扎玉带好似捆人的绳。"我不知道这唱词来自哪出戏文，但我知道娘的良苦用心是在提醒我一定要做一个廉洁自律的好"官"，千万不能做那种让人指脊梁骨的贪官、赃官、狗官。

记着娘的这些话，我不敢一日自废惰，虽无多大本事，但尚能严以律己，战战兢兢以履使命。当了县委书记后，我和家里人约法三章，一是不准到我任职的县做买卖；二是不准开口求我帮助办贷款；三是如遇到我任职的县里来人，一律不准进家，也不允许家里人打我的旗号托县里的人办事。后来，我调任到省直部门工作，娘又在原有的约法三章之外，提醒我一个草孩子到这一步不容易，千万不要犯错误。直到娘临去世之前，念念不忘的仍然是自己的儿女。她攥着我的手说，除了你，我没有挂心事了。记住，千万别犯错误。说完这句话不到20分钟，娘就闭上了双眼。

现在回想起来娘的这些话，我有了更深刻的理解。当官这事，干好了是应当应分，是一份责任。如果仅仅因为能力问题而出现差错，虽自觉有亏而百姓尚可谅解；但如果大节出了问题那就不是如何让别人谅解，而是自己要无地自容、后悔终生的了。

娘对我们说的堪称家训的话很多很多，汇集起来可以出一本书。我要认真整理这笔财富，追忆娘的教导，算是对她老人家的一分思念，也是对自己的警醒和鞭策。

（原载于《人民政协报》2017年1月23日）

一本回忆父母的“家书”

“爆竹声中一岁除，春风送暖入屠苏。”当除夕夜的鞭炮声在鲁北平原的夜空里噼里啪啦爆响的时候，一村挨一村的万家灯火前，便齐集了守岁的老老少少。对于刚刚走过的一年，每个人都少不了收获的喜悦抑或伤逝的悲凉，但更多的，还是在除夕夜回味这一刻的喜庆，瞻望对未来的憧憬。

比如我们兄妹4人，在今年的这个除夕夜，就有一个与众不同的话题——回顾上一年除夕夜动议的“写一本以怀念父母为基本内容的家书”的创作过程。

除夕之夜的创意

这里说的“家书”，不是通常意义上的“家信”。而是我们兄妹4人在2016年除夕之夜构思的一本以怀念父母、祭奠先人为主要内容的“家庭文化”读本。

说起这本自说自话小册子的缘起，还得从2016年的除夕夜说起。

每年春节的时候，我和弟弟都回到老家。虽然回族人对待春节不像汉族人那样隆重，但回老家与亲人团聚还是必须的。孩子们围在电视机前看春晚，我们几个就随便聊天。大哥说，父母都去世那么多年了，别人家都给老人坟前立碑，咱爹咱娘去世前再三嘱咐不让给他们立碑，怎么办才好呢？几个人琢磨来琢磨去，说起我们这个普普通通的农民家庭，在那么艰苦的岁月里，老人都坚决让我们读书，是件很不容易的事。此话一出，兄妹4人又说到了父亲母亲许许多多让人刻骨铭心的优秀品质。年近古稀的大哥说到动情处，止不住哭出声来，弄得我们几个心里都挺难受。最后，大家一致的意见是：尊重老人的遗愿，不立碑。就用回忆录的形式，把老人一生的嘉言懿行行诸笔端。一来寄托我们对老人的深切怀念；二来品味老人高尚的品行和留给我们的好家风，以便教育后人，启迪后昆；同时，也让老人在九泉之下看到，他们为了儿女劬劳终生的心血没有白费。

克服万难，只为记录心中的怀念

主意既定，兄妹4人便全身心地思考起各自心中的话题。尤其是大哥，已是虚岁70的年龄，虽说年轻时在农村也属于能写会画的那种，可毕竟没有专门写过文章啊，更何况他从来没有接触过电脑。可让我们没想到的是，这些困难根本没有难倒大哥。听大嫂说，自从有了这个建议，大哥每天晚上写作到深夜，有时写着写着就抽泣起来。没有纸张，他就把文章写到盛水泥的牛皮纸袋子上。到七月我再次回家的时候，看到一摞厚厚的牛皮纸袋上竟全是大哥的文章，这让我在唏嘘之余也充满了自责与忏悔。于是，我给他买了两包A4打印纸，并且答应帮着他在电脑上打印出来。

大哥说，别看我老了，我还想学学电脑呢。我只好把一台只能用于打字的旧电脑给他带回家。他小时候学的拼音跟现在的不一样，是那种片假字的。于是，大哥就让上中学的外甥女教他学习汉语拼音，把拼音字母和26个英文字母抄下来挂在墙上，天天学，天天背，并且学着打字。真是功夫不负有心人。国庆节我们回家的时候，大哥不光学会了打字，居然把自己写在牛皮纸上的那些文章全都打印出来了。尽管错字多一点，标点符号有的也不太准确，但4万多字的文章却不能不让我这个大半生吃文字饭的人叹为观止。

62岁的妹妹，庄稼地里的活儿和家务活儿那么忙，也一笔一画地写了两篇文章，虽然文字不多，但感情真挚，表达准确，也让我这个当兄长的感到无比欣慰。弟弟在写作对父母深切怀念的文章之余，对家族中的至亲骨肉也寄予了深深的怀念，书写了对祖父辈、父辈所有直系亲属的怀念。从他流畅的文笔中，我看到了一辈一辈走过来的先人，无一不是苦人、好人、老实人，他们以自己高尚的品德和默默无闻的耕耘，传承着一个家族的善良与勤劳、忠厚与朴实。这本身就是文化的传承、道德的传承。在这个世代为农的普通人家身上，体现了中华文明的渗透与接力。

《寻常百姓家》，意义不寻常

看了各自写的文章后，我们决定把书名定为《寻常百姓家》。

全书共分三部分。第一辑："怀念父母"；第二辑："至亲骨肉"；第三辑："乡韵乡愁"。全书共收录我们兄妹4个人亲笔撰写的文章46篇，其中大哥王树诚17篇；我12篇；妹妹王树娥2篇；弟弟王树善15篇。所有文章都由撰写者自己执笔，本着"有什么说什么，不夸大其词，实事求是，带着感情写"的想法，用了整整一年的时间，完成了这份作品。

今年小年那天，我们拿到了自己撰写、自己设计、自己印刷的家庭读物，心里真是高兴。所以，我和在山东德州工作的弟弟商定，为了祭奠长眠地下的父母和先人，也为了年逾古稀的兄长，今年除夕夜仍然回到老家，以对这本《寻常百姓家》小册子的写作回顾为话题，聊一聊家庭、家风、家教、家事。

除夕的上午，我和弟弟从几百里以外的他乡归来了。拿了几本书，跪在父亲母亲的坟前，感觉心里沉甸甸的。那一时刻，我突然想到，我们撰写的回忆亲人的文章，虽然是发自内心地自说自话，但多亏了父亲母亲在极其艰苦的岁月里让我们读书。其实，和我们有着同样心情的人肯定不少，但不是人人都能用文字和书写来表达这种心情的。我们作为农民的儿子，能够用这样的方式祭奠先辈，一是遇上了好社会，遇上了中国共产党的领导和国家的强盛；二是遇上了明白爹娘。回想两位老人的一生，多么不容易啊，我们多么希望在天堂里的父亲母亲能够听到儿女们的心声啊！

《寻常百姓家》是我们一家人的自说自话，没有什么高深的立意与宏阔的主旨，只是为了让子孙后代继承先人的品行，一辈接一辈都做正经人。如今，随着习近平总书记对家庭文化的肯定，作为传承中华文明基本单位的家庭教育将越来越显示出它应有的作用。从自身做起，从一家一户做起，继承源远流长的中华文明和祖先传下来的光荣传统，把家庭、家风、家教搞好，把家事办好，是所有公民应有的责任与义务，也是践行社会主义核心价值观的重要内容。所有的细胞都健康了，我们的国家就会更强大，人民就会更幸福。

堂屋里孩子们的笑声随着电视画面的变换一阵接一阵，上房里我们哥儿几个的香茶一杯接一杯。在这个幸福的夜晚，父母和我们在一起，亲情和我们在一起，祖国和我们在一起。我们家的百年老屋里充满了热情洋溢的欢笑和憧憬未来的喜庆。

（原载于《人民政协报》2017年2月6日）

羊倌皮叔

说起做“羊倌”来，我可就比老皮叔差远了。他从小就放羊，我只有学校放秋假、麦假、寒假和星期天才能牵着自家那一两只羊跟上他，混在他统率的羊群里去沾个光儿。皮叔虽然只比我大两岁，可他从小就放羊，山羊、绵羊都放，几乎一辈子就是这个差事。相比之下，像我这种滥竽充数的，就相形见绌，很难称得上羊倌了。尽管如此，我对皮叔、对羊倌这一行当，还是很怀念、很尊重的。

皮叔一辈子放牧过多少群羊，我不得而知，但我知道作为羊群的统率，他很称职。他放的羊群，多数是山羊绵羊混合群，只要羊儿加入他的羊帮里，全都被调教得老老实实。我们那里管羊群叫“羊帮”，一群羊叫一帮羊。牧羊人手里一根长鞭、一根短鞭、一把随身的小刀、一只斜挎的水壶，便是全副武装。皮叔总是能把羊群赶到水草最茂盛的地方，让所有的羊都吃得肚儿浑圆、膘肥体壮。羊的习性全让他给摸透了：哪只羊爱吃什么样的草、哪只公羊爱哄哄母羊、哪只羊有什么病、哪只羊快打栏（交配）、哪只羊快生羔子……全都了如指掌。一旦哪只羊犯了病，皮叔一打眼就知道得的是什么病。他有个“望、闻、摸”的秘诀，走进羊圈对那些喘气“呋呋”的羊，一听就放心；而对那些呼吸粗粝、赫赫有声甚至喘气不均匀的，则就判断出它们各自有什么症状。一旦发现有的羊需要特别关照，就给它们加点细料：采一点嫩芽、菜叶，加一点泔水，甚至有时候还把自己身上带的糠窝窝省下来给羊吃。春夏季节，天气忽冷忽热，羊易患感冒，皮叔还能给它们肌注安乃近或者氨基比林，有时还把生姜、大葱切碎，放上红糖熬汤给羊灌服。经过他的精心护理，患病的羊们多数都能很快恢复健康。羊虽然不会说感谢，可它们对皮叔却特别亲近。

皮叔放羊积攒了许多绝活，那可不是一般人能掌握的。先说治“箍眼”。“箍眼”是羊群里的多发病、常见病。山羊、绵羊都有。这种病发病突然，得上这种病的羊，先是眼睛突然失明，然后就开始甩头，抢救不及时很快就死掉。皮叔最大的能耐是，对得了这种病的羊发现得早，处理得快。在羊还没有失明前，就用手里的小刀把羊眼里突起的那层薄膜割破，然后在羊眼角按上烟叶杀杀，一会儿，羊就好了。皮叔说，这就是个急火攻心的病，解开了就没事了。有一次，一只羊犯了箍眼病，偏巧那天皮叔没带刀子。就见他把那只小羊抱到怀里，扒开羊的眼皮，像做人工呼吸那样，用牙把那层薄膜咬开，羊得救了。都说回族人喜欢宰羊，其实他们更喜欢养羊。像皮叔这样喜欢羊的牧羊人，在我的家乡不知道有多少呢。

皮叔另一个绝活是骟羊。也就是阉割掉需要育肥公羊的睾丸，使其丧失繁殖能力。外行人有所不知，一个羊群如果公羊太多，不仅影响羊的放牧，还会产生羊膻味，影响肉质的鲜美。因此，牧羊人都知道，与其留着这样的公羊让它害群，倒不如把它骟成“羯子”，育肥快，肉质鲜美，出栏率高。皮叔这个事情做得好。只要看准了需要阉割的公羊，他就把这只羊按在地上，三下五除二，就完成了工作。简单地缝合后，敷上一点用棉花套子烧成的灰，就完事大吉。而被骟了的羊几天之后也活蹦乱跳起来，不仅再也不敢欺负母羊、不敢“犯错误”了，身上的肥膘气儿吹似的眼看着往上长。从此，这只羊便有了“羯子”的美称，牵到羊市里一晃，立马身价倍增。

跟皮叔放羊的日子，让我长了不少见识，我怀念那段日子，更想念皮叔。有时候夜深人静了，我脑海中就会不时地飘过那些放羊的场面。真的很想再回到童年去当一名羊倌啊！

（原载于《人民政协报》2017年2月13日）

愿天下儿女都有一颗“杜仲心”

我替五婶子抓药的那天，药铺里的李先生说他的药匣子里缺一味叫“杜仲”的药，并且告诉我，这可是一味不能缺的药，也被称作是“孝子药”，没有它是治不好你家老人病的。

李先生的话让我非常纳闷儿：不就是一味药嘛，何必与“孝子”扯到一块儿？难道其他的几味就不是“孝子”药？但是，出于对先生的尊敬，我不好意思追问。于是，杜仲是“孝子药”这个说法就像个谜，一直在我的心底藏着。

2015年8月，我到地处乌蒙山脉的贵州省黔西北地区参加“重走长征路”的活动。在与当地一名回族中医大夫聊天的时候，无意中说起了杜仲为什么叫“孝子药”的话题。听那位中医大夫一说，我才明白这说法还真的有些来历呢。原来，杜仲不仅是一种名贵的药材，也是植物王国里极为少见的古生树种，土名叫作“扯丝皮”。相传，很久以前，一位叫杜仲的秀才，他年老多病的母亲经常腰膝酸疼，头晕目眩，求了很多先生也治不好。杜秀才心里非常着急，便在月上中天的时候来到院子里，望着皎洁月光，心中默念含辛茹苦的母亲，虔恭地伏身下拜，求苍天保佑治好母亲的陈病。杜秀才长跪不起，惊动了天庭的大仙。大仙告诉他：只要用“扯丝皮”煎汤给母亲送服，就能把母亲的病治好。

可这“扯丝皮”是什么？又到哪里去弄呢？杜仲查阅了很多医书，又拜访了许多名医和药农，发现这种药材既没有医书记载，也没有人知道。为了治好母亲的病，杜仲开始了漫长的走访。一天，正午时分，杜仲正行色匆匆地在烈日下行走，迎面走来一位手执拂尘、鹤发童颜的长者，老人拦着他的去路问：“请问秀才，烈日炎炎，你独自一人走得如此遑遑，想必有急事在身啊。”杜仲急忙施礼，把自己为母亲治病寻药的事情细述一番。长者听罢，一边唏嘘一边摇头说，这“扯丝皮”有倒是有，就怕你难以取到啊。杜仲一听可以寻到

"扯丝皮"，赶忙向老人拜求道："只要能治好老母疾病，在下万死不辞。万望仙人可怜小的则个，指一条明路，则母亲疾病可愈矣。"长者见杜仲孝心可嘉，就告诉他，"扯丝皮"生长在娄山关下的苗岭，不仅距此遥远，而且山路凶险，叠嶂重重，只怕你吃不了那份苦头啊。杜仲说，虽然此去娄山万里之遥，但为救母病就是献出生命也在所不辞。

长者见杜仲态度诚恳，于是就说，你既然如此坚决，我成全你就是了。于是，长者向杜仲传授了一些逢山开路、遇水搭桥的本领，并让杜仲朝前奔跑。杜仲刚刚跑出不远，只见长者将手中的拂尘轻轻一点，杜仲立即觉得体生双翼，飘飘然离开地面飞了起来。一眨眼工夫，便已来到娄山苗岭。杜仲走进一个寨子，见浓密的树荫下，一位阿公正从一棵刨下来的树干上剥树皮，便走上前去问老人家弄这东西作何用？老人从上到下把杜仲打量一番，告诉他：这树皮是专门治疗腰腿疼的"扯丝皮"，天底下只有咱这地界盛产呢。杜仲一听，高兴地倒头便拜。阿公问明来意，也被杜仲的孝心所感动。当下，便包裹了一些"扯丝皮"交给杜仲，并向他传授了使用方法。说完，就在杜仲刚一回头的瞬间，老阿公已倏地不见了身影。杜仲带着老人送给的"扯丝皮"回到故乡，按照他教授的方法给母亲煎汤喂药。没几天，母亲的病就好了。

后来，为了让大家像杜仲那样孝敬老人，人们干脆用他的名字取代了"扯丝皮"的称谓。从此，杜仲在医学上的应用也不断地被人们所拓展，使其在治疗腰膝酸疼、小便余沥、高血压以及补肝肾、强筋骨、孕妇安胎等方面得到广泛的应用。时至今日，有些地方不仅保留了对这种多年生乔木的栽培，还保留着把杜仲叫作扯丝皮、丝绵树、木棉等习惯。

至此，我终于解开了多年前李先生把杜仲说成是"孝子药"的真正含义。这个谜底是埋藏在人们心中的孝敬老人的心，心同此理，地同此人，愿天下儿女对待老人都能有一颗"杜仲心"。

（原载于《人民政协报》2017年2月27日）

“识字班”的背影

母亲以84岁的高龄离开人间的时候，和她一起上“识字班”的婶子大娘们已经为数不多了。前不久，又送走了可以说是最后一批识字班学员的四婶儿。

我独自站在村口的白杨树下，与老人们渐行渐远的背影隔代相望，追清风于先人，忆慈容于即逝。忽然发现，那些先人们的身上，虽然并不都有“红嫂”“沂蒙六姐妹”那么耀眼的光环，却和她们一样，深深地打上了那个让女性丢弃历史强加给她们的又臭又长的裹脚布的时代戳印。这戳印，来自于新民主主义革命进程中中国共产党反帝反封建斗争的惊涛骇浪，来自新的女性追求个性解放的政治觉醒，来自号召广大妇女自觉投身于三大革命实践的正确引领，也来自于一个与她们的命运息息相关的细节——“识字班”。

说起这个名词，对从20世纪四五十年代走过来的人都不陌生。它是民主革命时期在革命根据地普遍设立的一种群众教育的民间组织。这个组织以识字为主，兼学时事政治和革命道理，对扫除当时普通百姓中的文盲和宣传党的革命主张起了至关重要的作用。以至于我们这些几乎与新中国同龄的人，从刚刚记事，就领略了“识字班”带给广大农村女性的欢快与愉悦。

“月份牌”取代了老皇历，新社会让妇女懂得了自身价值。鲁北平原上的“识字班”大都是从1947年“土地改革”时开始创办的。当时最为明显的标志就是在解放区停止使用老皇历，改为上半截印着毛主席、朱总司令画像，下半截印着日历的月份牌。这老皇历被彻底终结、妇女们获得新生的重要标志，便是妇女开始上识字班，当然，识字班不光有妇女，也有许多男人。但妇女能够走出家门，却远远超出了大老爷们儿走进识字班的震荡。它不是简单给一群从历史的混沌中走来的“睁眼瞎”点了眼药，更是给一群急需认识自身价值的女性注入了“开眼看世界”的清醒剂。于是，与土地改革几乎同时进行的第三次国内革命战争中，“识字班”就成了送军粮做军鞋支援前线的一支重要力量。据母亲回忆，那一年冬天，我父亲和村里的成年男人大都推着小推车支前去了，母亲她们在识字班做了上千双军鞋、鞋垫，还演出了《大辫子甩三甩》《石榴开花满园子红》《三分区啊独立营》等文艺节目。虽然说识字班教授的文化课并不多，但是“大小多少、人口手、山石田土”这样的字还是认识了一些。说起这些，娘和婶子都说识字班让过去大门不出二门不迈的姑娘媳妇们“脸大了”“腰板直了”。她们甚至还能学着当年的样子深情地对唱：

“……同志们把号喊，
喊了个向右转。
走了，走了，
别忘了小妹妹俺。”
“小妹妹你放心，
他不是那样的人。
忘不了爹娘，
忘不了心上人……”

新中国成立后，“识字班”作为妇女解放的一种补充措施，从互助组、初级社一直延续到高级社，有力地助推了农村集体化道路的发展和生产力的大幅度解放，并由此带动人们新的思想观念和生活方式的形成。在我的记忆里，成立高级农业社时，年轻妇女自动组织起来为打井队拉滑车就是一件很有意思的事。在此之前，农村里有男人打井女人靠近不吉利、井壁塌方的迷信说法，上了识字班的妇女们懂得了信科学不信迷信的道理，主动走出家门，全村30多口井都是识字班的妇女们用自己的双手和铁肩打出来的。

“识字班”，一个从旧中国向新中国过渡过程中的民间组织，虽然像稍纵即逝的电光石火一闪而过，但却有效地撕裂了几千年封建社会束缚广大农村妇女手脚的桎梏。直到今天，鲁北平原、沂蒙山区的一些农村，还有把十五六岁至20岁左右的姑娘们叫作“识字班”的称谓，但那不过是长辈们出于对晚辈人的喜欢而略带调侃意味的一种爱称。仅此，也足以说明“识字班”是一种虽然渐行渐远却依旧给人们留下深刻印象的新生事物，历史会记住它。

（原载于《人民政协报》2017年3月15日）

又见“顺成德”

“顺成德”在我的印象里，是个极其模糊的概念。20世纪50年代中期，公私合营之前，它是我老家一个大伯开的点心铺子的字号。后来，公私合营了，那个本家大伯将点心铺子入了股，他自己也成了村供销合作社“吃工资”的工作人员。从此，点心铺子没有了，那块祖上传下来的“顺成德”牌匾也没再见到。只是那个点心铺子留给我的香甜，还时不时地在脑海里打转，让不得安分的馋虫隔三岔五地勾得我神魂颠倒。

等我长大了，点心的香甜似乎已经不再重要，但那块“顺成德”牌匾，却总在我的脑海里出现，让我辗转反侧。后来，我抽时间回到乡下，想着打听那块牌匾的下落，虽然未能找到，却从老人们的讲述中得知了一些那块牌匾的来历：原来，我们这个家族是明末清初由北京花市迁徙到山东省武定府棘城镇的一支。勤于稼穑的先人们耕作之余，继承了回回人长于经商的传统。五世祖王好学，是个饱读诗书的先生，他从北街杨姓汉族人手里盘下一处临街房，开办了杂货铺。为了使买卖有所长进，五世祖借用清初硕儒徐旭旦《淡泊明志论》中“人自成童而入大学，必弃幼志以顺成德，是人之有志岂不于离经时早有辨之哉”的话，取下了“顺成德”这个字号。后来我从《皇朝经世论文》中读到徐旭旦的这篇文章，咀嚼再三，才知道五世祖对这个杂货店寄托了多么深的希冀与厚望。

家族中的人们未敢辜负祖训，一百多年以来，不管谁来继承祖业，都不敢有丝毫废堕与懈怠，把个门面支撑得蛮像样子。到我的曾祖父这一辈，“顺成德”已经小有名气。2005年，我回故乡时，看到了从乾隆四十六年（公元1781年）到公元1953年三世祖爷及其嫡传置办田产的房契、地契，也让我了解了先人们从繁华的京城迁徙到鲁北平原这穷乡僻壤的地方，用一种置之死地而后生、积跬步以至千里的精神，开始新的打拼的故事。

也正是因为这样，我更加希望有一天能再看到“顺成德”牌匾重新挂起。

那将不是一家族、一门户的荣耀，而是社会变革、经济进步、民族振兴的一个重要标志。

这一天还真的来到了。

2009年初秋，我到内蒙古呼和浩特市出差，见到了那个将点心铺入股后成为供销社员工的大伯的儿子、本家弟弟王树廉。树廉小我一岁，和我同窗到中学毕业。在我的印象里，他一直是个头脑聪明、有一定文化、热心钻研农业技术的农民，在村里的庄户日子过得也不错，啥时候跑到呼和浩特经商来了？

树廉告诉我，进入2000年以后，他几次到内蒙古经商，经过反反复复实地考察，于2002年来到呼和浩特。开始，他只是做卖羊杂、羊汤的生意。小试牛刀后，觉得在呼市从事清真餐饮业是一桩不错的买卖，于是便产生了重振"顺成德"字号的想法。也就是这一年，他在呼和浩特市金川开发区租下了一座房子，办起了以水煮牛羊肉为主要特色的清真餐饮业，并同时打出了"顺成德"的招牌。

一个外乡人，远离家乡到塞外山城从事餐饮业，不用说开局的艰辛、立足的不易，就是人生地不熟带来的种种困难，也需要很大的毅力才能克服。靠什么站住脚跟？五世祖好学先生确立"顺成德"字号时提出的要求起了至关重要的作用，那就是"弃幼志，顺成德"。树廉告诉我，他放弃了那种一开业就要立竿见影的简单想法，而是把功夫下在诚实、公正、热情、卫生方面。为了打开局面，他把全家从山东搬来，靠着早起晚睡、勤劳热情，把生意搞得红红火火。不消两年工夫，"顺成德"红了、火了，许多回头客都以能吃到"顺成德"的水煮肉而感到自豪，电话订餐者终日不绝。

2011年春节刚过，树廉打来电话告诉我，在前些年取得已有经验的基础上，一处投资200万元的"顺成德"分店很快就要开业了。

"弃幼志，顺成德"，先人们的精神在领受了时代的熏陶与洗礼之后，是不是又有了新的内涵呢？从那块有着悠久历史的牌匾被重新高挂的历程中，我似乎感受到一种难以阻挡的与时俱进。我盼望着后来人接过先人们的字号，不只是一种装潢、一种点缀，而是一种继承与创新。在这样的理念之下，让服务质量越来越好，把牌子越擦越亮。

（原载于《人民政协报》2017年3月20日）

植树造林的家国情怀

1956年春天，刚刚6岁的我只知道调皮捣蛋、满地乱窜。一天，在山东省济阳县杨堤口村清真寺做阿訇的爷爷回到家中，把大哥、二哥、两个姐姐和我叫到跟前，说是都要到老坟上去种树。我不愿意去，爷爷说，北京城里的毛主席说话了，要“绿化祖国”“实现大地园林化”。我小，不懂得啥叫大地园林化，拧着不去。爷爷告诉我：“任何人植一棵树，并精心培养，使其成长、结果，必将在后世受到真主的赏赐。”拗不过爷爷慈眉善目的说教，我只好跟在装满了杨树苗和铁锨、大镢、水桶的独轮车后面，踏着吱吱呀呀的节奏去种树。

长眠着列祖列宗的王家坟茔，高高的钻天杨擎着密密麻麻的花蕾，在春风里尽情地摇曳。爷爷和大姐他们挖树坑，大哥从远处的湾里担水，我和二姐只能做些扶树苗、培土之类的“小活儿”。那一天，爷爷特别高兴，他说，花草树木能涵养水分，净化空气，决不能乱砍滥伐。爷爷还说，咱们家老辈子就喜欢种树，你们没看见在院子里的那棵龙爪枣吗？那可是180多年前五世祖亲手栽下的呀。的确，爷爷说的那株龙爪枣气象不凡，都那么多年了，还是挺着倔强的身板儿，挥舞着自强不息的虬龙爪，奉献着甜蜜蜜的果实。的确，我们这个家族，每一处宅院都有枣树、榆树、刺槐树、柳树以及少量的香椿树。我家的后院里，就有七棵老枣树。生活困难的那几年，枣糠还曾帮助我们度过那段极其艰苦的岁月。

那次跟爷爷栽树后的第四年，他老人家的身体渐渐垮下来，只得从济阳县阿訇任上卸任回到故乡。在他预感到自己将不久于人世的日子里，总是时不时地在龙爪枣树下对我们这些做儿孙的后人讲：千万别忘了种树。因为爷爷的话，后来，我除了每年参加单位绿化园林的活动外，只要有时间，就会回到老家，在先人的坟茔旁和老宅里栽几棵树。

1992年，我受命到一个县里担任主要领导干部，这也为我“绿化家国”的梦想提供了广阔的舞台。我和我的同事们与全县人民一起，在“奋战三年，实现大地园林化”的奋斗目标下，先后实现了全县基本农田枣粮间作和乡村四旁植树的预定目标。省里组织检查验收时，我所在的那个县受到省政府的通报表彰，省里还给我记了三等功。功过褒贬，非我所关。但是，能把我和植树造林、绿化祖国的事业联系在一起，却是让我颇感自豪和得意的一件事情。它不仅让我找到了一个人与大自然共存共荣的一体性快感，更让我那份藏诸心底的家国情怀得到了满足。

今年春节，我回到故乡，站在五世祖亲手栽下的龙爪枣树下，忽然想到了40多年前我作为军人在河北省的坝上草原种下的那片三北防护林。几年前我故地重游时，面对着那片对防风防沙发挥过巨大作用的林带，曾经站在一片树荫下激动不已。而今天，在先人的手植树下，怎能不浮想联翩？我有些怅然，也有一点意味深长：十年树木，百年树人。五世祖的老枣树已经240年了，长得依旧旺盛。如果从全社会抓起、从娃娃抓起，把绿化祖国的意识变成所有公民的自觉行动，或许污水和雾霾就会离开我们而远去。

如今，以我行将奔七的年岁，还想再种下一茬树。或许，我看不到它们绿绦荡漾、硕果累累的场景，但是我可以想象到由于所有公民环保意识的提高和美化环境行动的奏效，碧水蓝天、鸟语花香、空气新鲜、环境优美的中国梦将实实在在地写在祖国每一寸土地上。

（原载于《人民政协报》2017年6月5日）

记得当年拾大粪

写下这个题目，自己先笑了。尤其是在当下，肯定让一些人觉得无聊。

但是，不要忘记，大概40年前，天南地北的广大农村，上了岁数的人们还会操着祖传家训式的口吻，对自己的儿孙喋喋不休："庄稼一枝花，全靠粪当家"；"庄稼不上粪，等于瞎胡混"；"地是黄金板，人勤地不懒"……说不完的农谚，道不尽的过家之道。一转眼，说完就完了：再也没有老人天不明就背上粪筐满坡转悠，再也听不到黎明即起的父母们喊叫孩子"该去拾粪了"的呵斥声，再也看不到那些披一身夜色赶着粪车到城市去淘厕所的农民兄弟为了让庄稼长得好一些而不怕脏臭、不辞辛苦的身影，再也看不到散落在乡间的那些难以数计的晒粪场。

或许，从人往高处走的自然属性讲，拾粪的职业早就应当抛弃了。实践也证明，绝迹了拾粪职业的社会，人们生活得更好、更幸福、更文明。面对这样的社会现实，突发"思臭"奇想，是犯了"倒骑毛驴"的返祖痼疾，还是中了杞人忧天的魔怔？——不是，都不是。我只是从走远的乡韵里，看看历史的背影，回望一下过来的路子。如果还有一点可以借鉴的有益成分的话，就让我们从最后一次翘起传统农业的尾巴上采撷几根华丽的羽毛，掸一掸我们飞速前进的现代农业身上还未来得及擦拭的灰尘吧。

我从会走路就会拾粪，从上小学到上初中，只要不在学校，几乎离不开那只砍草与拾粪兼用的背筐。不光我，多数农村出身的孩子，大体都要经过这么一个过程。如果出门连个粪筐都不背，两手晃膀子，让人一看就不是过日子的角儿。而正是背粪筐的这个过程，让我们从小就懂得寻常百姓家的稼穑艰辛、人生不易、勤俭持家，懂得了春节门框上那幅"兴家好似针挑土，败家犹如浪推沙"的真实含义。我们村南是一条几百年来的"官道"，过往的行人、车马川流不息。小时候，鸡叫三遍，就得背上粪筐，跟在行人或马车后边，等那又脏又臭的粪肥。有时候跟出几里地才好不容易捡到一抔牛粪马粪。有一年，外地民工到我们村南的大沙河修河，到处都是民工的窝棚。让我们这伙儿以拾大粪为能事的孩子们有了用武之地，每天早起到窝棚周围拾粪。一个冬天，我竟拾了满满两窝子大粪，晒干后送到生产队，一次就记了189个工分。

如今，拾粪的职业被淘汰，原因很多。首先是牛羊马驴猪等各类牲畜大都不再散养了，规模饲养、封闭饲养成了农村养殖业的基本模式，粪便实现了集中处理，不再需要人们背粪筐；大量化肥的使用，减少了大粪的使用量；其次是农村居住条件得到明显改善，乡下人同样住在窗明几净，卫生间、坐便器一应俱全的房舍，自然也不会再有“千村薜荔人遗矢”的场景发生；再就是随着社会主义核心价值观的深入人心和人们文明程度的提高，对新生活的期盼驱使人们自觉摒弃落伍或者过时的习俗……总之，拾粪职业的被淘汰，是件好事。

但是，在收获了精神文明与物质文明综合效果的同时，我们也应当看到，传统农业经营过程中的天然、有机、纯朴以及它带给人们的勤劳、简朴、节俭、奋斗精神，是否仍有可以让我们捡拾起来重新打造一下的必要呢？比如，规模饲养给不少农村带来的畜禽粪便堆积如山问题究竟如何处理？被过度施用化肥农药问题困扰的无路可走的农业，能不能结合解决农村现阶段存在问题的实践一并得到解决？我以为是可以的，比如，为规模饲养产生的粪便找出路，我在法国的卢瓦尔地区就曾看到，那是一种集种植业、饲养业、沼气发电于一体的循环经济，既高效，又文明，既环保，又省时省力。别人能做到的，我们也能做到。目前，我国在这方面已经有了不少成功的实践，什么时候才能变成广大农村和农民群众的自觉行动呢？

历史在朝前走，拐过这道弯儿，那些被淘汰了的背影就会连影子也见不到了。写此小文，为远去的乡韵存照，更是对美好未来的期盼。

（原载于《人民政协报》2017年6月12日）

回忆儿时的“逊奈提”

邻居老孙是我的汉族朋友。不久前的一天，早上一出门，我见他急匆匆的样子，就问：怎么今天不送孙子上学了？老孙笑了笑：“还上学呢，上医院割包皮去了。”

小孩子家家的，割的什么包皮呀？

还不是跟你们回族朋友学的。听说你们老辈子就有给孩子行割礼的习俗。这是个好习惯哩，讲卫生，讲科学，现在许多汉族的孩子到了七八岁，就到医院割包皮。外科小手术，很简单，又体面。

老孙的一席话，让我一下子想起了小时候行割礼的情景。那可是回族人家很有讲究的举动。不过，乡下回族人家不会说“割礼”这样的新名词，他们说的全都是来自清真寺“经堂教育”的那些老词儿，叫作“做逊奈提”，人们叫白了就是“做逊奈”。现在，这样的词儿，别说不懂得这个风俗的汉族人不知“逊奈”是啥，就是时下的回族孩子，知道的也不多了。但作为一种风俗，一种具有成人礼仪式的行动，人们应该记住它，传下去。

做逊奈，男孩子长到七八岁实行“割礼”，是一种被视为长大成人的庄重事件，是男子汉人生旅途上不可或缺的圣行。也叫“成丁礼”“加冕礼”。用汉族人的大白话说：就是一个简单的外科手术。把割礼办成一种仪式，就有了告诉孩子们你已经长大成人的含义。老人们在教育孩子们“做逊奈提”时，常有一句“一刀割成男子汉”的说教。还有的大人喋喋不休像朗诵：不要怕，谁都要挨这一刀。憋着劲，把煮好的鸡蛋剥了皮，阿訇让你吃的时候一口含在嘴里，不要哭，像苍蝇叮一下一样，就好了。只要你经过了这一刀，就长大成人了。

于是，一群在大人们的操纵下来到清真寺的娃娃们，便在行割礼阿訇的调教下，乖乖地上套儿，赤裸着下身躺在一块白布上，多少擦点碘酒或酒精，然后让孩子把事先剥好的熟鸡蛋塞进嘴里，趁此机会，小刀片在孩子的包皮上使劲一割，就在你嘴里含着熟鸡蛋、想哭都哭不出来的时候，阿訇将带来的棉花烧成灰，往流血的地方一按，然后用事先搓好的纸捻把吊上去的包皮拴住，整个过程就算完了。经过了最初的阵痛之后，做完割礼的孩子们，站起身来走路时两腿向外，一只手伸进裆里，把裤子支起来，像鸭子似的，一步三晃地走回家。记得我们班的六个小学生做完割礼后，排成一溜纵队又去上学。班主任是个女老师，看到这些一瘸一拐地排着队上学的孩子，哭笑不得地说：快回家，快回家，给你们一星期的假。如今看来，这种比较原始的割礼仪式，当然存在着消毒条件不好、操作不符合医疗要求等问题，但是，由于加载了某种意义的神圣感，也没有人提出过什么质疑。

事情都过去50多年了。这样的风俗习惯在山东各地的乡下几乎绝迹。回族的娃娃们依旧“做逊奈提”。不过，现在的“逊奈”已经没有了宗教仪式的含义，取而代之的是医院外科门诊一种极为简单的激光手术，既安全，又卫生，成功率几乎是百分之百。许多人到医院割包皮的时候，也不知道行割礼是宗教里边的一种圣行了。其实，文化这种东西，符合科学的，总会被人们在实践中逐步认识和接受。

（原载于《人民政协报》2017年6月15日）

再也不“抢场”了

芒种时节一过，从南往北，大片大片的小麦被收割。

打麦场最担心的就是赶上风闹雨搅的坏天气。一旦赶上“闹场”，就得举全村之力“抢场”。这可真是个堪称能与“火苗子上房”相比的叫人闹心的活儿。白日闹天白日抢，夜间闹场夜间抢，其激烈程度不亚于部队上的紧急集合。近日整理旧作，翻出自己43年前写下的一首题为《抢场》的诗歌，其中开头一段是：

“风拽云，云推风，
千道闪电裂长空。
雨点子敲到人心上，
惊醒新席上多少梦……”

下面的几段，可能与我是一名老炮兵战士有关，总是有一种炮兵群占领阵地的感觉。也是，有这样的感觉就对了。辛辛苦苦打下来的粮食，如果因为“闹天”造成被风刮跑、被大雨冲走，抑或赶上阴雨连绵，连日不开，出现霉烂、生芽等，造成不必要的损失，岂不可惜了？

所以，一想到“抢场”，就满脑子都是堆山叠岭的打麦场和烈日下汗流浃背的父老乡亲；就想起老家那句大人孩子都会说的“一麦顶三秋”的农谚。抢收强打小麦，真是个要命的活儿。俺们村有个老先生，每逢小麦上场，就在柳荫树下给我们这伙孩子背一首题目叫《代牛言》的短诗：“渴饮颍水流，饿喘吴门月。黄金如可种，我力终不竭。”我们闹不懂老人家咿咿呀呀的那些话是啥意思。到后来随着年龄增长，一到夏天就去给生产队看场，风雨来了就跟着“抢场”。渐渐地也就对老人家念叨的《代牛言》有了一些认识。原来这首诗是唐朝诗人刘叉的作品，他是借代牛言为老百姓道亏心呢。所表达的意思是：牛是人类的朋友，是勤劳善良厚道朴实的代名词，它埋头苦干，任劳任怨，无私奉献。在牛的眼里，如果地里种黄金也能收获的话，再苦再累也认了。面对金黄色的打麦场，对暴风雨到来时可能出现的灾害，谁能不奋力“抢场”呢？

怀着这样的心情，每年的麦收季节，我都要回故乡看一看，闻闻新麦的芳香，吃一顿新面白饼卷鸡蛋。那滋味，真过瘾！

比这更过瘾的是，近十多年来，农村麦收不用担心闹天气，不用支着架子随时准备“抢场”了。所有农村全部实现了机种机播、机收机打。我们村自从搞了土地流转，许多人家都把土地入股到种田大户家里，麦收季节大型收割机一开，比给人理发还快呢。过去用20天都打不完的场，现在有三天五日，脱粒好了的麦子就全都收到家里了。就是偶尔赶上“闹天”，也不再害怕了。风雨一停，太阳出来晒上一天，照样收割。就算是最怕的冰雹天气也不用担心，一般说来华北平原上冰雹的规律是“雹砸一溜”，即使出现范围较大的雹灾，还有农业保险兜底呢。

“土地都归到种田大户手里，你们整天光喝大茶吗？”我问70多岁的大哥。“哪能呢！我们也得锻炼身体，争取多活几年。所以，把主要的土地流转给别人后，一般是自己留下一二亩或半亩，种点菜，种点粮，当了一辈子农民，不能老来把本行给丢了。”

听着乡亲们的这些掏心窝子的话，我从心眼里为我们的国家点赞。从一到收获季节就提心吊胆，到坐在柳荫树下喝茶，当下的农民不再是“渴了就喝颍河的水，饿了就对着月亮喘粗气。如果黄金也可以像粮食一样种植，那我耕地时的动力就不会衰竭”。写《代牛言》的唐朝诗人刘叉，如果泉下有知，也该为我们的农民兄弟写点新作品了。

（原载于《人民政协报》2017年6月26日）

篱笆墙的影子哪儿去了

20世纪90年代初，伴随着在全国引起较大反响的“农村三部曲”《辘轳、女人和井》《篱笆、女人和狗》《古船、女人和网》等影视剧的播出，《苦乐年华》《不能这样活》《不白活一回》《命运不是辘轳》等通俗唱法的歌曲，唱响全国，震撼了一代人的心灵。其中，也包括《篱笆墙的影子》这首让人们百唱不厌的好歌。随着长江后浪推前浪的人事更替，“90后”“00后”的年轻一代，对那段历史、那些歌曲，已经日渐生疏，而对于年龄稍大，50岁左右的人们，虽然不少人还在吟唱，却仅仅是从歌曲的艺术性、歌词的脍炙人口去理解。真正忘不了《篱笆墙的影子》的，倒是那些65岁以上的老年人。前不久，我们一帮老友相聚，谈起对这首歌的怀念，不仅人人都能唱，而且全都流露出一种对篱笆墙的深深眷恋。这样的心结，来自对渐渐远去了的乡村篱笆的怀念。

引出这样的话题，或许有的年轻人觉得小题大做，其实不然。篱笆不仅是用于保护农作物生长的屏障，更是中国数千年农耕文明留给广大农村的历史印记。成书于北魏末年的《齐民要术》中，就有一章《园篱》，那是专门讲篱笆制作技术的。而且此技术一出现，就在黄河中下游地区迅速推广开来，在星罗棋布的广大农村形成了篱笆接篱笆、柴扉连柴扉的生动局面。1500年来，篱笆墙像一幅水墨画中不可缺少的重要元素，点缀着千门万户的日子和经久不衰的岁月，也点缀着一个农业大国赖以维持的小农经济的经营模式。

我小的时候，鲁北平原上的广大农村，扎篱笆的门户随处可见。有菜园篱笆、庭院篱笆、高墙篱笆；有用于饲养业的圈式篱笆、做门用的柴扉式篱笆、用以装饰美化环境的花园式篱笆等等。而且，在篱笆的用材、做法上也不尽相同。

“活篱笆”。一般是用灌木或乔木的幼树编制而成，兼有防护与观赏的双重价值。如，用枣树扎的篱笆，大多是秋收季节在准备扎篱笆的地方放线开沟，选一尺多高的枣树幼苗按一尺一棵的间距种下，待来年苗子长到3尺左右时，剪去其长相不规则的横枝，将其上部的枝杈编织为篱，并在其空档部分夹缚必要的辅助物即可。待到来年夏秋之际，苗子已长到七八尺高，将其上端的新枝再次进行编织，篱笆墙就基本形成了。当然，有想让篱笆进一步发挥墙的作用者，可再继续养一年，使之增高。这样的篱笆墙，不仅可以利用枣树多针刺的特点以防盗，也能使野兽望而生畏。

柳条篱笆也很有意思。按照一尺一棵的标准，在开春时斜对着插下柳撅，使之相对而生。待树叶长到尺把长，随见随编，交柯错叶，相互缠绕。待长到期望的尺寸，篱笆墙也就扎成了。当然，活篱笆还有榆树的、杜梨树的、柽柳的等等，根据各自的条件，就地取材即可。

“竹篱笆”。一般用于庭院或场院、花圃、精细菜园，高矮、疏密及粗细，依主人喜好及环境效果而定。用竹劈、竹竿为原料，排列整齐，扎裹讲究，集防护、美化、观赏于一体，多用于居住或生活条件较好的门户。

“柴篱笆”。这是平原上最常见、最普通、也最流行的篱笆。我小的时候，村子里不少人家都有这样的篱笆，甚至许多人家的大门也是由简单的几根木棍加上编制的荆条制成的。至于大田里种点稀罕作物，为了防止鸡鸣狗盗，临时插起来的篱笆，就更是司空见惯了。当然，在我的老家山东省商河县，还有的人家用砖或者瓦垒成各种各样的花墙，那种虽然不能叫篱笆，但也有着与篱笆相近似的功能。

进入20世纪50年代中后期以来，随着集体经济的发展和社会化大生产的到来，与小农经济一起退避三舍的篱笆墙也渐行渐远了。尤其是近40年来，农村、农业、农民随着社会进步发生的巨大变化，已经使“篱笆墙的影子”在广大农村逐渐消失。真怀念那些与我们相伴了1000多年的篱笆墙啊！

（原载于《人民政协报》2017年7月3日）

“蛤蟆吵湾”的岁月记忆

蛤蟆，是华北平原上的乡下人对青蛙的别称。“蛤蟆吵湾”，是夏季里，尤其是连日阴雨后河道或者水塘里出现的大批量青蛙浮出水面，并且形成蛙鼓齐鸣、经久不息场面的一种形象比喻。

“蛤蟆吵湾”是自然界生态平衡的重要标志，也是五谷丰登的好兆头。“蛤蟆吵湾，豆棵子长破天”，这样的年份收豆子。蛤蟆是益虫，它们是蚊子、苍蝇、稻田虱等昆虫的天敌，一只蛤蟆吃掉的害虫比人拿着苍蝇拍天天追打不知要多出多少倍。可惜，近40年来，蛤蟆遭到了人类毁灭性的伤害。广施农药、污染水源、端上餐桌……这些，都是蛤蟆迅速减少的重要原因。

记得小时候，蛤蟆成群，只要有水洼的地方就有蝌蚪。拿笊篱一抄，就是黏黏糊糊一小盆，我们管那东西叫“蛤蟆粘子”。

蛤蟆喜欢生活在蒹葭丛生、植被茂密的水塘边，暴雨过后，蛙儿们把小脑袋露出水面，平静的湖面上便像突然间被镶嵌了一层密密麻麻的门钉，大小均匀，排列有序。只要有一个发声，整齐划一的大合唱便有节奏地响起。这期间如有意外情况发生，比如听到突如其来的声音、水面出现较大的浪涌或者有水鸟低空盘旋着向下俯冲，蛙儿们就像接到统一指令，“欻”一声全都钻进水里。世界上再也找不到如此机敏、步调一致的物种了。

小时候我们为了捉蛤蟆，常常在细雨霏霏的日子里，披一件蓑衣站在湾边上，折一根又粗又长的芦苇，把叶子打掉，用苇子尖顶端的嫩芯拴上活扣儿，淋着雨套蛤蟆。套上的时候不多，主要是贪玩。套蛤蟆套累了，就把套杆的顶端用草绳绑上一个带钩的干树枝，爬到瓜园附近的壕沟里，趁看园的老头儿不注意，偷几个甜瓜。当然，也有马失前蹄、被老头抓住的时候，屁股上少不得挨两脚。但是，老头儿抓到我们的时候不多，就是被他发现了，也是我们跑他在后边追。我们一边跑一边喊一些让他生气的话。有时候我们还有第二梯队，他追我们跑的时候，埋伏在附近的小伙伴趁机摘瓜，老头眼看着中了我们的调虎离山计，也只能骂几句了事。

夏天的晚上，村里的人都习惯到村街上去睡。胳肢窝夹一张凉席，手里拿把蒲扇，提一壶大叶子茶水，还有的人家烧了绿豆汤，把铺头儿朝地下一伸，吃着，喝着，聊着。老的、少的、男的、女的，凑成一团。待到大人们聊到兴浓处，被冷落了的孩子们就自谋出路，开始进入他们的自由世界：骑马打仗的、捉迷藏的……一群群玩疯了的孩子们，和着月色，你追我赶，有躲到大人堆里的，有扎到柴草垛里的，还有的干脆爬到树上。闹着闹着，就听见大人不耐烦地喊："你们这些兔崽子——蛤蟆吵湾啊！"大人们不说还好，有那人前疯的小子，就专门学蛤蟆叫："咕呱""咕呱"……一声连一声，闹得大人们也无可奈何。

因为蛤蟆多的年份收豆子，而豆子地里的蝈蝈特别多。所以，一到"蛤蟆吵湾"的季节，到豆子地里捉蝈蝈也是我们儿时的一件有趣的事情。尤其是豆子快熟了的时候，公蝈蝈叫得特别响，母蝈蝈满子黄，我们就到地里专门捉拿大肚子母蝈蝈烧着吃。那东西，很香。

后来，我长大了，成了一名解放军战士。入伍的头一年，每天都得站岗。我们的哨位就在一个水塘边上。仲夏夜，持枪在哨位上，就喜欢听那节奏均匀的蛙鸣。听的时间长了，突然悟出一个道理：祖国交给我的，不仅仅是一支七斤半的半自动步枪，还有母亲的微笑、父亲的叮咛、满天的星斗和遍地的蛙鸣。那一时刻，我心里充满着自豪。

如今我老了，老到只能在下雨天打着雨伞领着孙子去看雨。但是我仍然怀念"蛤蟆吵湾"的岁月，眼前常常浮现出当年在水面上探头探脑的那些小精灵们和它们不绝于耳的鸣叫。为了这份心境，一有闲空，我就独自一人跑到黄河滩区的水潦之地，寻求那种"稻香村里说丰年，听取蛙声一片"的感觉。只是，再也没见到过"蛤蟆吵湾"的情景。

（原载于《人民政协报》2017年7月10日）

一去不复返的黑脸“痄腮”

“没啥别没钱，有啥别有病。”故乡人的这句大实话，虽然听起来像是调侃的玩笑话，但细琢磨还真有点道理。尤其是后半句，谁能愿意自己有病呢——哪怕很小的病，也是没有为好。话说到这里，就不能不想起小时候的一些与疾病有关的故事。

我的少年时代，农村有一种多发病、常见病：痄腮。按照医学上的说法，叫腮腺炎。现如今，这种病的发病率不是很高，已经基本上没有了。即使患了腮腺炎，也不是什么大病，到医院请医生诊治、服几片消炎药，就能痊愈。更何况，现在的儿童从一出生，就必须按照《中华人民共和国传染病防治法》，进行疫苗接种。医疗机构、疾病与防控机构和儿童的监护人互相配合，共同保证儿童及时接受预防接种。但我们那个时候不行，医疗条件差，农村缺医少药，加上这个病容易传染，孩子们得这个病，经常是“一患就是一窝儿”。

记忆中，农村人患了痄腮，都用土办法治疗。而最常见的土办法，就是往患者的脸上涂墨汁。记得那年，我和班里的6个同学都患了痄腮，班主任老师笑眯眯地说：不妨事，都到我办公室来。说着，把我们领到他的屋里，打开铜制的墨盒，把润好了的毛笔蘸上浓浓的墨汁：“来，来，给你们每人画个黑脸子。”——说来也怪，过了几天，我们几个得了这种病又往脸上涂了墨汁的孩子都好了，没有涂墨汁的就好得慢。

后来，我考上了县第二中学，向校医崔洪林先生问起了为什么墨汁能治痄腮。先生告诉我，那是因为墨锭里面含有冰片。崔先生说，痄腮也叫“蛤蟆疮”，墨汁具有消炎止痛的作用，所以能管用。其实，要是真下点功夫，把冰片、川黄连、白芷、重楼、姜黄等几种药材调成粉末，放在一只癞蛤蟆的肚子里闷上几天，然后用墨汁调在一起，效果会更好。我恍然大悟，怪不得有的地方把痄腮叫长“蛤蟆疮”，原来这东西真的和癞蛤蟆有着密切关系呀。我怀着一股子好奇心，又请教了本村老中医。老人家告诉我，癞蛤蟆不赖，在月宫里叫蟾蜍，加工入药后叫蟾酥，能拔毒消肿，治疗咽喉肿痛、臃肿疔疮、小儿疳积、慢性气管炎等。由于墨汁本身有止痛消肿的功效，两相配合，也能治疗腮腺炎。至此，我终于明白了小学班主任老师给我们涂黑脸的用意。

成年之后，我到塞外高原当兵，有一年驻地许多农村也流行了这种传染性疾病。虽然部队营区由于控制得好没有形成传染，但帮助地方做好预防和治疗却是人民军队义不容辞的责任和义务。我们部队从卫生队抽调医生和一部分连队的卫生员，下到当地农村、特别是中小学，一边帮助群众治病，一边宣传疾病防控知识。

那一次，我因随队采访，从中了解到，腮腺炎是由腮腺炎病毒侵犯腮腺引起的急性呼吸传染病，是儿童和青少年中常见的呼吸道传染病。这种疾病起病大多较急，无前驱症状。有发热、畏寒、头痛、咽痛、食欲不佳、恶心、呕吐、全身疼痛等，数小时腮腺肿痛，逐渐明显，体温可达39℃以上，成人患者一般较严重。得了腮腺炎，一般持续一周左右，一侧先肿大，两三天后，另一侧也出现肿大，并伴有疼痛和热感，在张口及咀嚼时疼痛加重。肿痛约一周后消退，全部消肿后对患者实行隔离3到5天才行。如这期间控制不严格，很容易引起传染。

如今，几乎已经不再听说有痄腮这种疾病发生了。尤其是“90后”的青年一代，许多人已经不知道什么叫腮腺炎了。疾病防控，让黑脸痄腮走开，这是件好事，说明我们的疾病防控已经取得了十分可喜的成就。现在回想起来，岁月的脚步虽然已经走过了50多年的历程，但那曾经的故乡逸事却依旧萦绕在我心头。

（原载于《人民政协报》2017年8月21日）

鸡蛋换盐的岁月

盐之对于中国百姓，既须臾不能离开，又深深地镌刻着民族记忆的累累伤痕。由于盐这一物资在中国数千年发展史上起着与冶铁同等重要的作用，因此历朝历代都把严刑峻法的重点放在盐法的制定上。西汉桓宽编著的《盐铁论》里，就有汉昭帝时期召开盐铁会议的内容，并详细记载了由60多名贤良方正，就官营、均输、平准等问题对政府政策的批评和与御史大夫桑弘羊的辩论。民国三年（1914年）12月12日国民政府公布的《私盐治罪法》中，也有关于“贩运私盐达十斤、售土盐达三斤以上者坐死”的严律。这无一不在向世人昭示着盐业生产对于国计民生极端重要的作用。

以盛世著称的“贞观之治”，也是“天下之赋，盐利居半”。当时，李唐王朝在全国设立的37处官盐机构中，我的家乡山东就占了12处。早在公元前26世纪，山东沿海地区就有“夙沙部落，煮海为盐”的记载，到公元前11世纪姜子牙治齐时，看到山东沿海“负海泻卤，水谷少而人民寡”，便把在山东沿海发展盐业生产作为重要的经济决策。

然而，这样的优势并没有给山东人民带来多少经济上的繁荣和生活上的便利，反而形成了“晒盐的喝淡汤”局面。新中国建立初期，这种局面稍有改变，但是由于刚从旧中国的泥淖中走出来，一些生活细节上的事情，还不得不延续约定俗成的不成文规矩。

我小的时候，村子里家家户户都养鸡，鸡蛋一般不舍得吃，许多时候都是等到攒满了10个鸡蛋的时候，放在小篼子里去供销社换一斤盐。“鸡蛋换盐，两不贴钱”，是妇孺皆知的口头禅。谁家盐多，在人们心目中，简直能与“富而骄”画等号。倘若有哪家在乡亲们面前耍穷横，肯定有打抱不平的人站出来说：“怎么啦——你家开了盐店不成？”

乡下是这样，城里同样。我到济南定居之后，听这里上了年纪的老住户讲，刚解放那阵子，济南也是10个鸡蛋换一斤食盐。我的一位老朋友，是地地道道的老济南人，他给我讲了一件自己小时候的事情：一个阴雨连绵的日子，父亲让他用手帕包着10个鸡蛋去换盐，换了盐往回走的时候，不小心滑了一跤把盐撒了，吓得他不敢回家，一个人跑到北泺口黄河大堤上瞎逛。家里人见他迟迟不回，又赶到盐店里问询，才听说有个小孩子把盐撒在雨水里，吓得不敢回家。大人们这下慌了神，出动左邻右舍四处寻访，直到天快黑，才把他找回来。我想，这也只是在食盐那么紧张的岁月，才会发生的故事吧。

20世纪90年代初期，我到临近渤海湾的一个县里工作，我们的邻居无棣县是一个产盐大县，盐业生产是他们的财政支柱。我问县委书记、县长，你们守着那么多的盐山和银光闪闪的盐田，日子多好过呀。没想到二位一脸的苦笑：你以为这是旧社会熬盐、煮海的时代吗？那样的日子早就一去不复返了。要是那个时候，我们有这么多盐，不是全国首富也得名列前三。现在是现代化的盐业生产，不患盐少，就怕太多卖不了啊。

原来，无棣县由于连年原盐丰收，本地消化不了，外地调盐计划又迟迟不下达，可把两个当家人急坏了。虽然他们有自己的鲁北化工厂，但是小马拉大车，那么多的原盐还是无法解决销路问题。几年之后，我听说随着盐化工加工业的兴盛，无棣县的原盐销路有了很大改观，本县的盐化工生产能力也有了进一步提高。我从内心深处为这个生产了几千年食盐的地方高兴。

从贩卖十斤私盐即可杀头，到鸡蛋换盐两不贴钱，再到为给原盐找销路而四处奔波，这是一个多么巨大的变化！当然，我们在提升国家创新能力的过程中，努力寻求体制改革的最佳结合点，营造产销平衡的运行机制，还是一个需要努力探索和实践的问题。

新中国成立68年来，一个关系国计民生极为普通的产品，发生如此巨大的变化，不正是我国自立于世界民族之林在最不起眼处发力拔节的有力佐证吗？“表壮里也壮”，经济质量的运行从细微的环节得到证实，我们的小康梦就要圆满了。

（原载于《人民政协报》2017年9月11日）

“千层底儿”让我站稳脚跟

我12岁之前没有穿过一双新鞋。这话让今天的青年人听到，估计有一部分人会说我危言耸听，甚至怀疑我是不是想“作秀”？

不是，真的不是。我兄妹4个，上面有一个哥哥，下面有一个妹妹、一个弟弟。别说当时家里穷，就是不穷，按照数学上的“优选法”，我也应当是“捡哥哥的破烂、吃妹妹的剩饭、逗着弟弟捣蛋”。更何况我们那个时代，整个社会都不富裕，“新三年、旧三年，缝缝补补又三年”被视为艰苦朴素的穿衣标准。老人在打理孩子穿戴的时候，总是从最合理的搭配出发，让每一件衣服、每一双鞋袜都发挥出最佳效能。如此说来，我穿哥哥穿过的鞋子也就天经地义，并没有什么怨言。再说，我哥哥天生文质彬彬，又早早地上了学堂，穿衣吃饭都格外仔细，就是他穿着不合适了的鞋袜，到我这里都是好的。加上我天生野性，整天背着草筐在地里转悠，脚底板子上的茧子连蒺藜都扎不透，好歹有双能挂住脚的鞋就不错了。

1964年夏天，我以优异成绩考入山东省商河县第二中学。那是一所离家10多里路的乡间中学，是新中国成立之后，党和政府为发展教育事业，在20世纪50年代初期设立的5所县立中学之一。我的哥哥就是1961年考入这所学校的。当时，凡是能到这所学校念书的人，都有一种自豪感。接到录取通知书的那天，娘除了把爹的一件对襟粗布褂给我改成学生装之外，还答应给我做一双新鞋。由于农活忙，开学的那天鞋子没有做完。我只好再次穿上那双哥哥脚上褪下来的鞋子走进这所颇被乡下人看重的中学。大约一个月后的一天下午，正在课外活动的我们，有的打篮球，有的用木头枪练刺杀，有的拿着刊有我国第一颗原子弹爆炸成功的套红号外报纸出板报。我因为鞋子不跟脚，只好蹲在篮球场的一角，给同学们当啦啦队。正看得入神，不知是哪位同学喊着我的名字说：“你娘来了。”我回头一看，娘肩膀上扛着半袋地瓜，手里提着一个小包袱，那里面正是她在昏暗的小油灯下千针万线为我做的布鞋，还有一瓶老腌咸菜。我赶忙接着娘，让她到我们的宿舍看看，她不去，只是两眼热辣辣地瞅着我，怯生生地说："这学校真好，总算让你们脚踩砖场、头顶瓦房了，千万把书念好啊。"

娘走后，我独自回到宿舍端详那鞋子，看着看着眼圈就发热：娘的针线活真好，密密实实的千层底儿，黑洋布鞋面，又结实又漂亮。为了这么一双鞋，娘得费多大事呀。买破布、打袼褙、铰鞋样……不知道娘那长满老茧的手上，又勒出几多伤痕？想到这里，一种莫名的情绪涌上心头。贫困的日子、学习上的拦路虎、冬之严寒夏之酷暑……统统去吧，我要用自己的铁脚板踏碎脚下的所有困难，为娘争口气，让她引以为豪地笑着对人说："这是我的儿子。"不久，我就在全校秋季运动会上获得了少年组60米短跑的冠军。

3年半之后，我穿上绿军装成为一名解放军战士的时候，娘又给我做了一双布鞋。当我背上那双鞋子跟上队伍远走他乡的时候，我就暗暗下定了决心，一定干出个样儿来，给娘争气、给祖国争光。就这样，我在部队整整待了6年。后来，我带着几个立功受奖的荣誉回到故乡，县里留下我在县委宣传部当临时工，并从那里升入大学深造。

1992年秋天，当我肩负着人民的重托到山东省一个贫困县担任县委书记的时候，娘说：我老了，不能给你做布鞋了，自己去买一双吧。我按照娘的嘱托买来了一双。娘看着我买的布鞋，连声地说，这东西好，油多了不打滑，泥多了能洗涮，养脚，更养人。按照娘说的，我在5年多的县委书记工作岗位上，始终如一地记着母亲的说教，"不敢一日之废堕"，忠实地履行了一个县委书记的职责。后来我到省城工作，一转眼20年过去了，我依旧还是喜欢穿千层底儿的布鞋。

想起这些，我就情不自禁地想起娘，想起脚上的千层底儿布鞋。如今，娘已离开我们18年了，我却觉得她老人家分明还在，并和她亲手制作的千层底儿布鞋一直陪伴着我。

（原载于《人民政协报》2017年10月9日）

打瓜籽

老家兴种“打瓜”。“打瓜”这个东西，外形比西瓜小，剖开来，也与西瓜有些不同：籽多瓤少，瓜籽又大又密。种“打瓜”，目的不在卖瓜，在于收瓜籽。大凡种“打瓜”的村子，多数都有几家炒货店，专门卖炒瓜子。

与这行当相配套，有约定俗成的规矩。收瓜季节到了，主人把采摘了的“打瓜”拉到集市上，摊子一摆，过往行人在凉棚下一坐，随意捡个瓜，打开就吃，不用付一分钱。但是有一条，必须把瓜籽吐在主人事先准备好的笸箩里，只准现场吃，不得带走。

收瓜季节，正是三伏天，赶集上店走远路，谁不想坐下来吃两个？于是，集市上最热闹的地方就数“打瓜”摊。而太平集上的“打瓜摊”，就更热闹。集市入口处，路东路西有打瓜摊各一。路东摊主狗剩，路西摊主大能，都是年方十八九的后生。每逢大集，两个人的对台戏就像炸了锅，都扯开嗓门叫喊着“积德行善”“修桥补路”“好吃解渴”“天底下最大的便宜”之类的口号，间或还夹杂几句不着板眼的“二黄”唱词和打情骂俏的俚语。每逢此时，瓜摊前就拥挤不堪。有急着办事不想吃瓜的就对堵了路的后生问：“还让赶集不？”你说这事怪不怪——搭上功夫让人白吃瓜，还要落埋怨。——这样的事情多着呢：半年不下雨，突然来一场透地雨，也有人骂街。刮大风方便了顺风的，顶风而行的人就不乐意。要想让所有的人都高兴，造物主忙得过来吗？说归说，白吃瓜多数人还是欢迎的。所以，尽管狗剩和大能仇家似的对着脸大喊大叫，吃瓜的人根本不搭理他们。就是不叫喊，瓜也剩不下。除了他们俩，别人没有竞争。他们俩的故意叫卖，是给集市上造气氛、凑景儿呢。咋就能真闹别扭呢。

一晃50多年过去了，我依旧怀念着故乡的打瓜和打瓜籽。春节期间，见到狗剩和大能，遑遑然年逾古稀矣，须发皆白，膝下都有了曾孙。问他们还种不种“打瓜”，二人皆摇头。狗剩说，这东西在咱这里早就绝种了。现在市面上那么多瓜籽，也不知道怎么种出来的。大能说，眼下种庄稼，没文化、不懂科技可真没出路。要是当年也像时下的年轻人，把咱们这里的打瓜籽好好地研究一下，说不定能成大气候哩。

我诺诺然。短短50多年，一个曾在故乡走红的农作物品种销声匿迹了。失去的仅仅是集市的热闹和几家农户的富裕吗？不是的，或许是一项原汁原味的传统农业技术，也许是一个重要的产业，也许还有醇厚的乡风民俗。是的，如今种庄稼不能没有文化，但是有了文化也不能数典忘祖、邯郸学步，把自己最环保、最纯净的产品丢掉。

（原载于《曲阜师大报》2017年10月19日）

大哥进城

大哥老了之后，腿添了些毛病，走路不稳当。国庆放假期间，我惦记着他，就回老家去看他。哥说，种上麦子就去城里，在那里可以静下心来看党的十九大新闻。我说，在老家不是可以看嘛，何必非到城里？哥说，城里环境好啊，串门的人少、电视也比家里清晰，还有电脑，看了、听了新闻之后，想写点什么随手就写了。

听了哥哥的话，我简直有些诧异：一个70多岁的农民，居然还天天想着看新闻，还想随手写点什么，不怕乡里乡亲说闲话？哥说：看电视几十年了，电视上的新闻节目是我每天必须看的。中央的、省里的、市里的、县里的新闻都看，最重要的是中央电视台的新闻联播。要不，就不知道路该怎么走、腿该怎么迈。再说，眼下农民文化水平都高了，咱们村写过文章登过报纸的人好几个呢。这不是什么新鲜事啦。

大哥的一番话引起了我的深思，社会进步了，除了吃饱穿暖、日子富足，最主要的是人的素质的提高和人们对于文化产品追求的兴致的提高。近30多年来，尤其是党的十八大以来，农民种粮有补贴，老了能享受老年补贴，看病有保障，日子滋润着呢。特别是像大哥大嫂这样的老年人，孩子们进城打工了，庄稼地里的农活（耕地浇水播种收割）全都靠划卡，家里的活儿主要是打扫卫生，整理院落，别的还有什么事呀？于是，上了岁数的人就想起了进城给孩子们看家。先前，哥哥的大女儿是在县城里打工的，如今也随着进城热的浪潮成了城市的人，舍在县城的房子就只好委托她的父母来居住。自从有了这么一个去处，大哥大嫂也真的是怪了，一到农忙就回家，忙活完了再回城的时候总是不大愿意离开老家。除非有什么重大事情，才在人们的再三劝说下回到城里。这一次大哥主动提出进城，还真的是求之不得。看来，党的十九大在这个老农民的心目中，是一件至高无上的大事件呢。想到这里，我就对大哥说，你又不能下地，让给你干活的乡亲们给种上就是了。大哥说，那不行，对于给咱帮忙的人，不能光给工钱，还要给面子，你不在家让人家给种地，和你在家让人家给种地，是两种态度，你在家，会给人家把所有的东西准备好，你不在家，却什么都得靠人家去准备。我一听也是，就没有说什么。

今年的国庆长假真的给力，一连下了四天秋雨。首先就是不用造墒浇地了，给广大农民不知省下了多少银子。我让大哥赶紧找人把玉米收了，趁着墒情好，早一点把麦子种上。昨天，我给大哥打电话，他告诉我，麦子已经种好，今年的越冬小麦种得省心、省力、省钱，明年的夏粮一定会丰收，咱这地方有句老俗话，得意种得意收。听着哥哥充满自信的话，我知道他这种对岁月充满信心的话，不光是对于自家的小麦，更是对于国家前途和命运的坚定信仰与自信——党的十九大的胜利召开，对于广大人民群众、对于我们祖国的命运，不也是一场及时雨吗？十八大以来的五年多，广大人民群众不仅亲眼目睹了和参与了习近平同志治国理政的伟大实践，更是实际利益的受益者。大哥跟我说过，十八大以来，他和大嫂两个人每月领到的养老金、庄稼地里的种粮补贴，再加上年轻时曾经当过七年的民办教师的补贴，每月平均起来能收入三四百元呢。再加上公费医疗补贴，也没有很大的困难。这样的日子，能不说社会主义好吗？所以，大哥大嫂从心眼里感谢共产党，感谢当今这个社会。

大哥在电话里告诉我，他们已经回到城里住下了。当前最重要的事就是看新闻。他说，看到各地十九大代表集合的新闻和有关重要的消息，他都认真地在纸上记一记，最近一段时间中央电视台新闻联播节目里的“砥砺奋进的五年”网上展示和“十九大代表风采”“还看今朝”等栏目，都是他很喜欢的栏目。大哥还跟我说，今年的代表里面，基层代表多了，一线代表多了，真正埋头干实事的人多了。这是我们的国家、我们的党、我们的社会主义事业兴旺发达的表现，也是我们心里期盼的。听着大哥这些发自肺腑的话语，我也觉得从心底里提气。

作为一名为党工作了大半辈子的老党员，我们最盼望的就是党的事业的健康发展和民族复兴事业的兴旺发达啊。从这一点上说，我和大哥有着共同的心愿。10月18日中午，我和老伴儿刚在家收听完习近平同志长达三个多小时的十九大报告，电话响了。大哥在电话的那头，激动地说：“这个报告真让人提气，句句全是实话，没有套话空话，我越听越来劲、越听越爱听，整整一上午让人一步都不想离开电视机，太鼓舞人心了。讲出了我们党和国家的伟大目标，讲出了我们未来的光明前景，也讲出了我们老百姓的心里话，讲得让人心里暖乎乎。特别是关于农村改革的那些事情，全说到俺心里啦。有这样的好领导，有这样的好日子，咱得更加珍惜，更加努力才行！”

听着大哥的这些活，我更加激动不已。撂下电话，情不自禁地把大哥进城的事儿写成了这篇短文。

（原载于《人民政协报》2017年10月23日）

儿时的菜窖

以前没有冰箱、冰柜之类的家用电器，很多人家储存东西全靠地窖。立冬一过，乡下的人们便开始储存过冬的副食品，主要是耐储存的大白菜、白萝卜、胡萝卜，还有香菜、菠菜、姜之类；地瓜、萝卜这类的根块状食品，一般不与绿叶类蔬菜共储同一菜窖，而是要有专门的菜窖。窖分为圆柱形竖井和方形地窨子两种。一般说来，我们老家的圆柱形竖井需要深2–3米左右，底部有拐进去的横井，储存的物资就放在铺满防潮沙土的横井里；而长方形或者正方形的菜窖，则不需要那么深，有1.5–2米就足够。也不需要再向里拐弯，只要在底部修一个摆放蔬菜的台子就可以了。

为了储备好一家人的过冬菜蔬，每年立冬到小雪这段时间，不少人家就开始整治菜窖。这是一个环环相扣的系列工程：先看看上一年用过的菜窖有没有坍塌，还能不能继续使用，需要简单修理还是大修，如果菜窖坍塌特别严重，还得另挖再造。这个基本工程弄好了，系列工程便开始了：首先是往地窖里垫沙土。由于地窖比较深，为了防止地下返潮，先得在修好的地窖下面铺一层厚厚的沙土。好在我们老家是被黄河冲刷了不知多少年的老黄河故道，由此造成的土地沙化、盐碱化，出门不到3里地就是沙土台子。但是，铺在菜窖里的沙土，需要到3里地以外的小胡家村去推，那里的沙土细，吸水性好。每到这个季节，总见有人推着吱吱呀呀的木轮车，从小胡家村推着沙土进村。我就不止一次地和父亲到那里去弄沙土。

拉够了沙土，先得把该储藏的地瓜萝卜等一筐一筐递下去，一点一点摆好放整齐，再在上面撒上细沙，就算完成了，吃的时候随时下去取。取完之后再把窖口用闲置的大车轮或者碾盘盖上，有的干脆就盖一顶草苫子了事。方形的菜窖，除了进行上述程序，最重要的是地窨子挖好了之后，上面需要搭一个马架，然后用草苫子搭一个屋顶，仔细的人家还要像盖房子一样，用泥巴把上面泥起来。我们家的菜窖从来不泥，草苫子外面放上一些玉米秸这类的东西，也能起到保温的作用。

菜窖搭好之后，从生产队分来的菜蔬，只要不是马上就能吃掉的，都先放进地窖，随时吃随时拿。在我的记忆里，每年储存最多的就是大白菜、胡萝卜、白萝卜和地瓜。乡下人最看重的莫过于白菜，只要有了这东西，穷日子就好过了。“白菜百菜”，这种蔬菜营养丰富，能炒、能蒸、能煮、能腌，随时吃随时做，方便得很。因此，有时生产队里分的白菜少，不少人家都开荒种白菜，也有日子比较殷实的赶集上店去买。

还有两种鲜菜比较有意思。一个是芫荽，老家都叫香菜，这种菜打成捆倒过来把根朝上，放进菜窖里用沙土一埋，什么时候吃什么时候新鲜，连蔫都不打，像是刚从地里刨出来；再就是菠菜，放在菜窖里撒上一些沙土，也是什么时候都不坏，许多人家把储存菠菜当成盈利的手段，放进地窖，价格合适的时候再拿出来上市，照样清新可爱，口感很好。至于那些深藏在地窖里的地瓜萝卜，可就更让人难以忘怀了。刚从大田里刨出来的时候，萝卜发艮，地瓜太面，甜度都不到火候，在地窖里放上一两个月，再拿出来吃，那味道真是一包蜜，又甜又当饭，唇齿留香，直到今天想起来，还让人舌底生津。

如今，日子好了，人们都用上了电冰箱电冰柜之类的高档家电，但我依然怀念儿时乡下的菜窖。在当时条件下，那样的储藏方式也是劳动人民的发明创造呢。

（原载于《人民政协报》2017年11月13日）

越走越远的“估衣市”

眼下新鲜事越来越多，商品流通的形式多得越来越数不清。从老辈子传下来的城乡集贸市场，到闻名遐迩的百货大楼，到星罗棋布的各类电商，还有骑着摩托走街串巷的外卖……你想出门走动走动，把钱花到明处——好，走，去超市，琳琅满目的商品随你选；你不愿动也没有关系，打个电话，叫个外卖，需要的商品一会儿就到家。更有远隔千里万里，过去托人才能买到的商品，如今打开电脑或者叫个快递，或者填个订单，用不了几天，东西就送到家来了。

老友们说起这事儿，都不由自主地想起了年轻时候经历的事。议论最集中的，就是40年前许多地方，特别是广大农村集市上的“估衣市”。这三个字对于今天的不是专门研究商品流通历史的年轻人来说，大都不能准确地说出它的真实含义，估计只有我们这些年龄在60岁上下的人，才能说清它的来龙去脉。

我记事的时候，正赶上物资紧张的年代。买布要布票，吃饭要粮票，抽烟要烟票，就是买根火柴，也得凭票供应。当时穿衣吃饭是最大的问题。虽说每年每人有几尺布票，但是大多数人家买不起衣服，多数是把布票卖掉，换点可以用来糊口的粮食。像我们这样的庄户人家，走亲访友，逢年过节，总也得换换衣服，见见新气儿吧。于是，为了撑面子、不丢份，就得到“估衣市”想办法，踅摸着给一家大人孩子兑活着衣路。

我清楚地记得，父亲母亲为了让我们出来进去体面些，经常到集市上去买别人家的旧衣服，回来再拆、洗、染，把旧东西变得像新的一样。大哥上初中，像样的衣服先让他穿，他穿过的再给我，我穿过了再给弟弟。1966年8月，我到北京去见毛主席，这在全家人心目中是一件大事，没有一件像样的衣服怎么行？娘说：“让我想想办法。”那天晚上，母亲熬了一锅染料，晾凉后把父亲的一件粗布夹袄给我染了，晾干熨好，让我试着穿了穿，挺合适。当时我只有15岁，穿着父亲的粗布袄，到北京接受毛主席检阅。因为是少数民族，年龄又小，还被推荐到观礼台上。想想那日子，真是终生难忘。

如今想想，过去的“估衣市”，真是给穷人帮了不少忙。我参加工作之后，走南闯北到过不少地方，对于“估衣市”也有了一些更深刻的了解。

山东大运河两岸的码头上，从元朝到改革开放前，“估衣市”就一直没有断过。以明清之际最为繁华的临清码头而论，就先后有“估衣街”“估衣巷”两个专门市场。那里，除了按照“估衣”的字面含义，买卖一些旧衣服、鞋帽之类，还兼营一些南北特产，如江南的丝绸、红糖白糖、茶叶、景德镇陶瓷以及由天津港、沧州港转运而来的山珍、裘皮等。尤其是那些沿黄河从塞北运到山西碛口镇又一路运到运河岸边的滩羊毛皮，到了临清就更是抢手货了。据老年人讲，从碛口码头卸载下来的滩羊皮和滩羊皮下脚料，主要都送到往临清“估衣市”来了。要不，临清哪来那么多滩羊皮子做袄？后来，我听临清一位资深的文学爱好者说，他记事的时候，临清市的“估衣市”还相当活跃，什么破旧衣服、旧货地摊、车马挽具、古董稀罕、碎铜烂铁、泥人彩绘……真是无所不有。

一转眼，“估衣市”这个在中国存在了几百年甚至上千年的市场，忽地一下说没就没了。如今城市的社区里，人们穿旧了的衣物，全都有回收的设施，有的还在居民小区里设置了慈善墙，悬挂在这里的衣服，大都是六七成新，人们觉得献爱心就得像样一点，谁都不肯把不像样子的衣服转送他人。这不能不说是中国社会出现巨大变革和进步的一个依据。“估衣市”的越走越远，是告别贫困的一个标志，也是中华民族在前进过程中不断丰富自己，扬弃不合时宜的旧东西的一个过程。虽然“估衣市”在长期的自然经济环境里曾发挥过调剂余缺、帮贫济困的作用，但是当着整个社会经过几十年的改革发展、人民生活稳步步入小康的时期，把旧的、过时了的东西扬弃掉，才能轻装上阵，昂首阔步走进新的时代。把这些曾在我们的历史上长期存在的东西记录下来，遥望一个岁月的背影，可以更好地让人们珍惜今天的岁月，打扮更新、更美好的明天。

（原载于《人民政协报》2017年12月11日）

父亲母亲的选民证

母亲生前有两本专门用来保存各种证件和鞋样子、袜样子一类东西的老账本儿，宣纸线装竖排。新中国成立前，父亲和王长梓大伯合伙贩卖茶叶的时候，曾用它记过账，里边有一半写了字。父母是极其珍视这些东西的。在他们离开这个世界后，我清理这些遗物时，居然惊奇地发现：两位老人把新中国成立以来的选民证都认真地保存着。分别是1953年10月、1956年3月、1958年3月、1963年10月……一直到跨入21世纪的最后一张选民证，全都保存得仔仔细细。

选民证很简单，一张白纸上，写着“选民证”三个字。下面就是选民的名字，性别，年龄。注意事项只有两行字：一、凭证参加选举；二、只准本人使用。再就是发证的年月日和发证机关的名称及一枚颜色殷红的公章：商河县选举委员会。在这8张选民证当中，除了1953年的那张是竖排版、繁体字之外，其余都是和现在的一样，横排版，简化字。唯独不一样的是，在1953年那张母亲的选民证背面，还歪歪扭扭地写着几行小字。我辨认了好长时间，才把这些字读下来：“笑在脸上喜在心，人民当家做主人，选民证，领到手，我要当个好公民。”不知这是当时哪位乡村秀才给写上去的，居然还是一首白话诗。

为什么母亲的选民证上会有这首诗？这让我一直百思不得其解。

为了猜测这首诗的来历，我和一位上了岁数的老领导谈起这件事。他告诉我：1953年，中央人民政府委员会第二十二次会议通过了《中华人民共和国全国人民代表大会及地方各级人民代表大会选举法》，人民群众第一次有了民主选举当家人的权力。当时家乡人民十分的激动和自豪，大家积极宣传民主选举，并将这个过程称为“闹普选”。记得父亲和我说过，日军侵华时期，他和王长梓大伯到济南批发茶叶，因为没带良民证，让日军把驴驮子给扣下不说，还把他们两人扔到地窖里，上面盖了一个大车毂轮，吓得他们两人半夜里把车毂轮顶开，仓皇地逃回了老家。如今，中华儿女终于可以自己的事情自己做主了，大家怎么能不高兴呢？因此，“闹普选”就成了当时大家生活中的一件大事。

了解了这个背景，我大体上猜测出了母亲那张选民证上几句白话诗的来历：我们这一带的农村，是山东鼓子秧歌的发祥地，有了喜庆事儿，都兴办秧歌。开展民主选举活动，这么大的事，怎么能不庆祝一下？这些“闹普选”一类的演唱，肯定是当时好多村里都在演唱、识字班里人们全都会的节目，母亲选民证上的那几句诗，一定是母亲上识字班扭鼓子秧歌时的台词。前年，我把自己的猜测说与当时还健在的四婶子听。没想到老人家对我说：哪里是跑秧歌，是演小戏呢。当时发了选民证，人们高兴，“闹普选”的形式可多呢，我们那个识字班的姐妹们都会唱会演。

哦，原来是这样。在弄清了事情的原委之后，我一直在想：旧社会就知道种田交租子的农民，什么事都身不由己，别说是选“官”、选“代表”，一家人的温饱还顾不上呢。如今，有了这么一个选民证，就能表达自己的意志，能说明自己的身份。只要是一位共和国的公民，就有权对国家的事情发言，这是多么神圣而又庄严的事情啊。至此，我终于理解了父亲母亲精心保存那些选民证的因由。老人们既饱尝过旧社会的辛酸，又领受了社会主义制度带来的人民群众当家做主的幸福，怎么能不从心眼里珍惜今天的好时光？

（原载于《人民政协报》2017年12月18日）

寒宵温沙的深情

严冬季节，回乡下探亲。见到当下的年轻人，做了父母之后，对婴儿的那份疼爱，实在是捧着怕摔，含着怕化，仅就为孩子们准备的衣服而言，冬棉夏单，花样繁多，应有尽有。上了岁数的人们看到这一切，赞叹之余，不由得想起自己小时候穿“沙土口袋”的经历。

这样的习俗，不一定到处都有，但对于生活在黄河故道的鲁北地区的庄户人家来说，却大都并不陌生。我们这个地方，婴儿自生下来，就得穿“沙土口袋”。说起这玩意儿，今天的年轻人多数都不知道，但是50岁以上的人大概都不陌生。所谓沙土口袋，就是用老粗布缝制一件开口处有挎肩的口袋，里面装上沙土，夏天里一般都是把从沙丘运回来的沙土放在太阳底下晒一晒、搓一搓，等到温度柔和暖人了，就放在婴儿的口袋里；冬天里天气冷，做父母或者爷爷奶奶的，还要给孩子们将沙土放在一个破铁锅里，点上文火把沙土温热，才能让孩子使用。孩子一旦穿上土口袋，往土炕上一放，这一天不管是拉了还是尿了，就由他去了。到晚上，忙碌了一天的成年人，才集中处理“沙土口袋”里的污物。清理完了，把剩下的沙土再过一遍细箩，另外加上点新沙土，放在破锅里用文火加热到适宜的程度再用，大概我们这个岁数的人都是这么过来的。

我兄弟3人还有一个妹妹，都是这么一个办法。弟弟比我小8岁，他出生之后，我已经能够背着口袋到沙丘去给他取沙土了。虽然背得不是很多，但天天坚持，还是能供上使用的。让我最不能忘怀的是，一到寒冬腊月，父亲母亲在夜深人静的时候为弟弟寒宵温沙的那些场面：老人家把孩子穿过的沙土筛了又筛，然后再掺上一两捧新沙，调和在一起，拿一把铲子在那个破锅里一遍又一遍地来回翻炒，一边炒，一边用手细细地搓，直到觉得温暖适宜，不凉也不烫的时候，才把沙从锅里拿出来，装进“沙土口袋”里，给弟弟穿上。而每到这个时候，不会说话的弟弟，就显得特别高兴，小胳膊小腿又蹬又舞，这个时候，也是父亲母亲最高兴的时候，总是开心地逗着弟弟露出甜蜜的微笑。

多少年之后，我常常想起父亲母亲为孩子们温沙土的那个场面。如今，我已是60多岁的老人，弟弟也50多岁快退休了。不管婴儿时期“穿土口袋”也罢，少年时期吃糠咽菜也罢，父亲母亲操劳一生，总算把我们培养成人。想到这些，就觉得自己如果是一个画家该多好，那样，我一定创作一幅《寒宵温沙图》，献给长眠地下的父亲母亲。有不少夜晚，我在睡梦里醒来的时候，那幅唯心自知的《寒宵温沙图》，还是在我的眼前晃来晃去。

大约是在十几年前，我回到故乡去参观县里的开发办组织的荒碱地改造项目，发现老家的那些沙丘居然都没有了。晚上，我在村子里住下来，和乡亲们说起这件事，问大家孩子们穿“沙土口袋”的还有吗？那个时候，村里用尿不湿的还不多。一位妇女说：“该着咱看孙子啦，沙土都没有了，不穿了。现在孩子们哪里还有那么弄的，都是里外三新的纯棉制品。”

是啊，在过去极其贫困又封闭的条件下，人们沿用传统的土办法、穷办法，也是不得已而为之呀。如今，社会好了，时代变了，人们的生存环境和条件有了翻天覆地的变化。党的十八大、十九大更是扬起了全面实现中华民族伟大复兴的船帆，这是一个多么催人奋进的时代！扬弃旧的落后的，开辟新的先进的，正是时代对每一个国家公民的基本要求，在这个弃旧图新的当口，对曾经的“沙土口袋”这样的生存方式和生活习惯来一个“立此存照”，岂不更能折射出我们当今这个时代的光辉灿烂吗？

（原载于《人民政协报》2018年1月15日）

年味暖透了的乡情

我们位于山东省商河县的老家，是个回汉族杂居的村落。汉族人家过年比较隆重，回族人家过年比较随意，不放鞭炮，不守岁。但是，一年长一岁，谁也不会被“年”挡住。整个社会被年味熏陶得热热闹闹，回族的孩子们当然也有自己的娱乐方式。我们小时候，一进了腊月，就开展各式各样的游戏：捉迷藏、骑马打仗、溜冰、赶蜗牛、跳绳、跳房子……到了年三十这天，孩子们不再出门了，换上父母给做的或者拆洗过的新衣服，等着“改善生活”。傍晚时分，汉族人家一个家族一个家族地排着长长的队伍，到祖坟上去祭祖，回族的孩子们则大呼小叫地跟着看热闹。

吃饭也不一样。由于回族和汉族习俗有区分，我们村的汉族朋友过年初一都吃饺子，而回族人家都吃一种用黄米、小枣做成的美味可口的抹糕。这种黏米糕味道极好，并且寓意“步步登高”。吃罢了年饭，先是以家族为圈子的人们互相拜年，回族人不用像汉族人家那样磕头下跪，但是相互之间交流的家长里短，却像小河里的涓涓溪流，从这家到那家，让整个村子显得生动有趣。

我们老家是著名的鲁北鼓子秧歌发祥地，扮秧歌成了春节期间所有村寨必不可少的娱乐项目。我们村的汉族人和回族人在秧歌的品种和方式上也是各有传统优势，汉族兄弟的秧歌也是按照东街、西街、北街的居住地分成鼓子秧歌、龙灯、高跷，而我们回民居住的中街，因为信仰当中没有偶像崇拜，就以荷花篮子秧歌为主，中间穿插一些乡村生活的快活画面，如男女爱情、男耕女织、课子读书、五哥牧羊、刘海砍樵，有的还加进了一些地方戏的元素。正月初二，年轻人都忙着走姥姥家、姑家、姨家等三亲六故，而上了岁数的人们，特别是那些平日里就喜欢说说唱唱、跑跑跳跳的民间艺人，用不着再去走街串巷，就集中在村里的广场上，敲锣打鼓，议论新年的秧歌如何办得更好。在我的记忆里，喜欢操办这件事情的，在我们中街最有名的应当是张登江爷爷、王炳秀爷爷、张文海大伯还有王少奇大叔这么几位。人家虽然是农民，可是上了扮相，那真是惟妙惟肖，逼真而生动。王炳秀爷爷和少奇大叔都是秧歌队里的领头，起着导演加编剧的作用。秧歌队的队员都得经过他们亲自过眼，步伐、舞姿、身段，一招一式，都得亲自辅导。我哥哥那个时候读初中，可能是长相比较周正吧，夹在秧歌队里扮演一个小姑娘，扮装一穿，还真看不出是个男的。

正月初五秧歌队就开始表演了。“过破五，就开舞”，在那个没有电视、没有音响的时代，农民们自办自演的秧歌该是何等热闹。一边看乡亲们跑秧歌，一边听老先生说书，那就是乡下人的精神会餐啊。特别是过了正月初十，许多人家都套上车、牵着驴，到外村接闺女、请老姑、搬大姨。也有的还给远方的朋友下请帖，请人家来看秧歌。一来是看看俺村的四街同庆的大秧歌；二来也借着年来节下交流相亲，增加亲情。我那个时候年纪还小，没有资格跑秧歌，但是我们却能捣蛋。经常跟在秧歌队身后唱“叫俺扭来俺就扭，一扭扭到十八九。俺娘不给俺找婆家，俺就跟着八路走……”为此，没少挨家长和秧歌队的骂。

虽然这些恶作剧式的放纵不起作用，但在农村收获的那种欢乐，却伴随了我大半生。1968年春天，我当兵走了，临离开村子的那天，乡亲们还开玩笑说：“这次真的跟着八路走了，到队伍上一定要好好干，给咱老家争光。”我记住了这句话，在远离故乡的日子里，尤其是过年过节，总是怀念故乡的秧歌。我知道，我一生的辛勤工作也包括保卫了清脆悦耳的秧歌鼓点。如今，故乡的鼓子秧歌是国家受非物质文化遗产保护的艺术形式，我们喜欢它，因为那是给我们带来欢乐的艺术瑰宝。

（原载于《人民政协报》2018年2月12日）

领着孩子看“手艺”

春节放长假，许多人家去外地旅游。我们一来是年岁大走不动，二来也怕挤。考虑到春节是个亲人团聚的时候，孙辈们也到了该长知识、了解社会的时候，应该让他们接触一下当下的农村，知道农民如何种地、商人怎样经商、艺人怎样从艺。因此，我们决定一起回老家看看。这既是一种对晚辈人的社会实践教育，也是传承中华民族优良传统的一份责任和义务。

大年初二，响晴的天，和煦的风，我们驱车回到故乡，除了领着孩子给村里父老乡亲拜年，也到山东省商河县、惠民县交界的一些村庄，看那里的人们怎样过年，拜访那里从事各种手艺活儿的人们。

吃罢早饭，我们开始出村，先去离我们村2公里的柳编彭村。我记得在我小时候，这个村子就有家家户户用绵柳条子编簸箩、簸箕、筢子、筐子、儿童玩具的手艺，如今还有人做这样的活计吗？反正是领着孩子们出来游玩，有做柳编的就看一下，没有就听人家讲一讲。还好，我们一进村就碰上了热心人彭方文大哥，他比我大一岁，还认识我们村好多人呢。说起村子里的柳编来，我们可算找对了人。彭大哥说，祖祖辈辈传下来的手艺，不能在后辈人手里弄丢了，20世纪六七十年代是村里的村办企业在干，八九十年代，家家户户都开始干了。你们到我家看看吧。

不看不知道，一看真奇妙。彭大哥家的仓库里，堆满了编好了的成品，主要是各种各样的筢子、筐子，那活计做得真漂亮。小孙女拿起一个儿童玩的小筢子，高兴得连扭带跳，怎么也不肯放下。彭大哥说，我再领着你们看几家，就又去了几个编簸箩、簸箕的人家，都是成品满满、琳琅满目。美中不足的是春节期间所有人家都停产过年，要了解一些加工工艺方面的知识，只能听主人面对着堆山叠岭的成品和原料做一些口头传授。即使这样，对于家里这些从小生活在温室里的弱苗苗们，也是一个极好的教育。孩子们按捺不住了解新鲜事物的好奇，吵着买了一些篼子、箅子回去。

从柳编彭村出来，我们又向着泥人张村走去。泥人张村是我们这一带很有名气的一个村子，记得小时候叫河南张，泥人张是后来才改的。这个村子里家家户户都会捏泥娃娃，我们小时候就经常在货郎挑子上买到这个村子里的不倒翁、泥小狗、泥小猫、泥哨。一转眼50多年过去了，村里的泥人制作也变得更专业，更有特色。

我们在村子西头停下车子的时候，几个上了岁数的人正在门口闲聊。得知我们是来看捏泥人的，一位老大姐热情地说，去我家吧，我家就有。跟着大姐的脚步，我们走进了一处房屋宽敞、院落干净的人家。一看，就是那种勤于稼穑、治家有方的人家。大姐把自己的老伴儿孙大哥介绍给我们。孙大哥告诉我们，他做泥人50多年了，年年都有新发展。如今虽然年轻人做这一行的少，可是技艺越来越现代化了。有几个年轻人是村子里的尖子，还有的被评为非物质文化的传承人。

孙大哥领着我们看了他的存货，正房里、仓库里，就连卧室火炕上面，也全都摆满了成品和半成品。那些栩栩如生的泥人娃娃，像年画里的造型，各式各样，足有几百个，不仅孩子们喜欢，就连我们这些老头老太太，也被深深地吸引了。孙大哥告诉我们，做泥人是个辛苦活儿，每年一到8月份，就得到野外去找土源，找到合适的土源，取回来得先进行发酵焖制，发酵一个多月，等到泥“熟”了，秋也收完了，才能做毛坯。等到冬天冷了，堂屋里点上煤火炉子，才能在气温合适的时候上色。

我们指着孙大哥的存货说，这些存货能卖得了吗？老哥开口一笑：“等过了初十，惠民胡集书会一开始，南来北往的客人们都争着买，供不应求呢。”听着孙大哥的介绍，我真替他高兴。我们买了十几个彩塑泥人，孩子们高兴极了。

离开孙大哥家，我们本来还想去踩鼓宋村看一下当地手艺人做大鼓的现场，但是时间有点来不及了。我们就开着车子往回走。刚走到老家村边，就听到村子里有咚咚的鼓点响起。我知道，这是我们村子那帮“秧歌迷”又在闹乐子呢。

回到家里，孩子们高兴地说：想不到农村的文化生活这么热闹。

（原载于《人民政协报》2018年2月26日）

喷香的沙土炒瓜子

真得感谢伟大的母亲河。地处黄河冲积平原上的我的故乡，承受着母亲河丰厚的恩赐，脚下的每一把土都让人牵肠挂肚。回到故乡，儿时的伙伴们如今都是年近七旬的老人，凑在一起免不了扯起一些怀旧的话题。

人老了，酒是大都不喝了，但总得找个说话的引子。那就弄点“炒货”吧——我们老家，习惯把炒花生、炒玉米花、炒蝎豆、炒瓜子、炒栗子之类的叫炒货。小时候，过年过节家家都离不开炒货。我们这个年龄的人，吃的炒货全是在沙土锅里炒出来的。如今，炒货到处都有，还有难以数计的炒货店。可是，对我们这些一生下就睡沙土口袋的人，就是觉得不如沙土锅里炒出来的东西上口。难道我们这土里土气的毛病真的改不了吗？——并非全是这样。沙土里炒豆子、炒花生之类，与如今的各种家用电器炒出来的东西，就是存在一定的差别。全自动的那种“人工智能”，是程序化了的，而用文火加热了的人工烹炒，不仅有眼不离炒锅、手不离炒铲地来回翻转，更有炒货本身生长过的白沙壤土地里的那种纯天然的香气，炒货在热乎乎的沙土里不停地炒，把母体里特有的那种味道全给糅引进去了，把天地灵气、日月光辉赏赐给人们的那种自然、悠然、淡然全都融入了人们感官上、舌尖上的享受，坐在一起喝着茶水、嗑着瓜子、扒着花生、嚼着蝎豆，收获的是一种亲情、友情、乡情。尤其是人们在吃着沙土炒豆的时候，总离不开边吃边哄孩子的老幼相处，人们一边把炒好了、扒好了的瓜子送到孩子们的小手或嘴边，一边哼着“吃豆豆，长肉肉，不吃豆豆精瘦瘦”的儿歌，看着孩子们那股子高兴劲儿，都会会心一笑。此时此刻，挟裹着沙土味道的炒货里边，便有一种土地的温度油然而生，那是沁人心脾的温暖和熨帖。

在一个充满着现代化产品的当下，回忆儿时吃炒货的滋味，丝毫没有厚古薄今的意味。如今社会温饱有余、吃喝不愁是不争的事实，人们想吃炒货，随意进一家超市或叫一个外卖，就可以选择来自全国各地甚至国外的产品。我们凑在一起用传统技艺在沙土锅里炒个花生、煸个熟地瓜干、弄点玉米花，图的是一种怀旧的乡土之恋，是一种它在那头、我们在这头的乡愁的呼唤。

这一阵东拉西扯的怀旧情结过后，农家小院里的炒锅里开始有噼里啪啦的爆豆声响起，我们这伙儿当年的后生，像是突然间又找到了青春的归途，全都撂下茶碗，到院子里，去看在屋子里炒玉米花的当年美女大姐。大姐说："看啥，都是当年扔下的活儿啦，你们怎么越老越像小孩子了？"

"老小孩，到了这个岁数，就是要找到童年的感觉。炒货谁没吃过？之所以这样，就是为了寻找一种记忆，一种乡愁。"

"对呀，对呀，我们这样年纪的人凑到一起吃炒豆，说起来是笑话，想起来是一种情结。就像拿着银碗接白雪，图的不是省劲，图的是一种寻根的感觉。"

大伙儿你一言我一语，热闹得恨不得把屋顶顶起来。老大姐说："别说了，炒好了的花生和栗子都晾得差不多了，你们端到屋里去吃吧。"

于是，我们这些"老吃货"，又都连说带笑地回到了正房。我们这些人啊，从小平凡，从小生活在黄河冲积平原的下梢，在这黄河即将汇入大海的所在，踏着脚下的沙质土壤成长，睡的是沙土口袋，吃的是沙土地里打出来的粮食，就连吃个炒货，也是沙土地里的香，沙土地里的甜。经过这沙土的养育，没有不好吃的东西。怪不得小时候那走街串巷沿村叫卖水果的老人，总是扯着长长的嗓门用半喊半唱的腔调吆喝：

"商河杏子商河桃，吃上一会儿忘不了……"

这是一种情感，一种意蕴。是对日子的大爱，也是对平凡生活的一种享受。人生，学会了与脚下的沙土交接，就有了黄河传人的血脉。我们的祖国之所以如此地生生不息，就是因为她的儿女有了这么一种矢志不渝的黄土地情结。

在老同学家热闹了一上午，临走，每个人还有幸带了一小包炒花生，那带着沙土味的炒货，总是喷香喷香地在脑子里转来转去。

（原载于《人民政协报》2018年3月26日）

上世纪50年代的乡村邮差

不久前，给远在外地的老师打电话，聊起了63年前的乡村邮差。费了一番脑筋，才想起了我们村的那位名叫马延增的老大哥。我们都管他叫“跑信的大哥”。他背着帆布包走街串巷的身影我已经有些模糊了，毕竟那个时候我还小，但也总有一些浮雕或提花式的记忆。

我们村是个大村，新中国成立之前，就是一个区政府下辖的小乡政府所在地。老人们讲，那个时候回族人在外地做买卖的人多，邮递业务就比较多。邮差在乡下，是个颇受器重的职业。那个时候邮差工作的基本形式就是靠双脚走路，寄一封信到外地或者接到外地一封信，一两个月的时间是家常便饭。

新中国成立之后，政府为了改善邮政工作，本着就近方便的原则，在一些人口比较集中的村镇，招聘了一些邮差，延增大哥就是那个时候成为邮差的。在我模糊的记忆里，大哥是个人高马大的汉子，经常肩膀上挎一个帆布包，走东家串西家，走到哪里都引来一群围观的人，围着他问长问短，好像他什么都知道似的。其实，延增大哥就是个“跑信”的，对于寄信和收信的双方他根本不了解。但是，有时候被人们问的无法作答了，也就信马由缰地说上一两句：“快了快了，不要着急，关外雪大着呢，这样的天气有信也送不出来。等开了春一化冻，你家的信就来到了。”尽管这些捕风捉影的话并不完全属实，可是延增大哥不愿意扫别人的兴，一大家子人都盼着那封千里之外的“锦书”，怎么能叫人家失望呢？

延增大哥“跑信”的生计干了大约一年多，不知咋的，就戛然而止了。后来我才知道，原来大哥出事了。那是1956年与1957年交替的当儿，大哥背着他的帆布包挨村送信，是需要走过几条结了冰的河流的。本来，三九严寒季节，在厚厚的坚冰上走过也没有什么不可以，可是到了快立春的时候，冰面就有些危险了。延增大哥就是过沙河的时候，踩裂了河冰掉到河里去的。虽说河水不是很深，可是天冷啊。等着人们把延增大哥从河里拉出来的时候，他已经被冻得嘴唇发青，面色蜡黄，棉裤腿被冻成两条硬邦邦的直筒子，回到家里，把裤子往下一脱，居然有一条裤腿从膝盖处断裂了下来。听大人们说，那个帆布包里的信件和几张汇款单，都没有碍大事，被河水洇湿了的那些，放在炕席上一炙，那些“久不通信，见字如面”的客套话，都能马马虎虎读下来。那几张为数不多的汇款单，也都是有数的那么几家。所以，工作上并没有什么损失。

但是，从那以后，延增大哥不再“跑信”了。隔了不长时间，村子里新换了一个投递员，这个年轻人不再“跑信”，而是风风光光地骑上了一辆新自行车，成了货真价实的邮递员。小伙子把邮件送到收信人家里，志得意满地拢一拢时髦的分发头，煞有介事地说一声“我的任务完成了”，便骑上自行车，吹着口哨向下一个人家走去。相比于我们都熟识的那个延增大哥，这小伙子缺少了一点庄户人家眼中的“老练”，却显得更洋气、帅气。

今年过年，我们这些上了年纪的人，说起延增大哥当乡间邮差的事，比我年岁大一点的人都记忆很深。人们一边回忆当年那些关于邮差的故事，一边谈论如今各式各样的通信手段，从所有人不可或缺的手机，谈到微信、电邮、网上银行，又从外卖、快递谈到批量送货、特快专递、活物运输……真是天翻地覆的变化啊。一位80多岁的老人说：要不咋叫新时代呢？咱们这一辈人有福啊，从最落后的乡间邮差，到现代化的通信方式，经历了一个遍。好好地活着吧，未来几年，还不知道又有什么新的巨大变化呢。

对，好好活着！人们信心满怀地赞美着，期盼着。

（原载于《人民政协报》2018年4月2日）

一辈苦人

不久前，突然接到老家的电话。我的87岁的三婶终于结束了常年卧病的生活，向司命交出了生活的钥匙。对于这根心弦的断裂，说没有准备是假的，但是对于它戛然而止带给我的痛苦与悲哀，却是超出我承受的。

在哀悼三婶的同时，我想到了父母辈的这一代老人。他们年轻的时候摊上兵荒马乱的岁月，拖家带口的时候赶上新中国刚刚成立，之后又以超出常人的顽强与韧性，吃遍了如今的年轻人想象不到的苦楚，是地地道道的一辈苦人。进入老年，赶上国家实行改革开放，日子是好了，可是从磨难中过来的他们，高兴之余由于对幸福生活的珍惜与呵护，更是舍不得吃，舍不得花。记得1981年5月我回老家，母亲从棉田里干活回来，就急着翻弄她的“万宝囊”。翻了半天，从里面找出两个已经烂透了的鸭梨。母亲惋惜地说：“这是春节后给你留的，没想到都坏了。”我说：“娘，梨见梨，一摊泥。你看看梨树上的小梨子比枣都大了，它能不坏吗？”娘也知道不能吃，可是她舍不得扔掉，就说：“坏梨不坏味，扔了怪可惜。”听说，后来娘还是把它们给吃掉了。

刚实行家庭联产承包责任制那会儿，有了土地的老人们，就像有了阿里巴巴喊“芝麻开门”的宝库一样，拼命地在田间干活。20世纪80年代鲁北地区农民大发棉花财的那几年，老人们真是豁出老命地干啊。一次回家，村里的叔叔大爷婶子大娘们为了买一瓶杀灭棉铃虫的溴氰菊酯，找我这个“吃工资的”人给他们想办法。我不忍心看着老人们如此艰难，就到县城找人买了两箱分给大家，乡亲们那份感动，让我至今难忘。

大概是20世纪90年代初期，号召私人经商办企业，一辈子大字不识的三叔三婶，居然办起了一个蜂窝煤球厂。原煤粉碎加工成蜂窝煤卖出去，活计又脏又累，脸上身上整天像是刚从地里钻出来。后来三叔中风偏瘫，还是撂不下这个活计。有时用一只手夹着铁锨把，帮着孩子们干活。我的三婶更是为了加工煤球简直到了不分白天黑夜的程度。

三婶是我们这个家族上一辈老人中走到最后的一位。她的离去，不仅把我这一辈推向了“老人”的位置，更让我怅怅然不知所措的是，从此之后，远在他乡的我，回到那片用母乳养育过我的地方，将再也没有人倚着门框向着遥远的地方张望，再也没有人端着热茶或热面汤向你嘘寒问暖。

三婶子是75年之前来到我们这个家的。那个时候，我爷爷在鲁西临清县的一个回族村的清真寺当教长，我亲奶奶因患病医治无效而归真。半年之后，爷爷卸任要回老家，当地人集体挽留爷爷。因为老家还有我父亲他们兄弟4人，爷爷实在放心不下。大家一看，就对爷爷说：“老人家，你在我们村这些年，老少爷们都舍不得你走，既然老家离不开，我们就再求你一件事。这户舍下遗孀和两个女儿说走就走了的人家，挺可怜的。你善良仁厚，就再成个家把她们给成全了吧。”爷爷好为难，不答应吧，村里老少爷们好心好意；答应吧，一下增加三张吃饭的嘴，穷日子难啊。爷爷翻来覆去地想，后来还是从400里之外带着这家人回来了。听我叔伯大哥讲，爷爷带来的奶奶和两个姑姑可好呢，又实在又能干，全村人都夸。后来，就有人攒拢着要给两个姑姑找婆家。爷爷说，大女儿年龄还可以，二女儿年龄小，先叫她在家里住下，到了岁数再说结婚的事。就这样，若干年后二女儿和我三叔成了家，我们也是一辈子都叫“姑姑”，直到把老人送走。

老人们干活干到真的不能动弹了，好日子也来到了。可是，他们依旧省吃俭用。看到这些一辈子黄土地里刨食吃，脸朝黄土背朝天的一辈老人，我又觉得她们虽然晚景很好，可她们留恋和怀念的却是自已用汗水浇灌起来的那条路。就以三婶而论，孙子孙女们都进了城，几次要把她接到城里去住，可她哪里肯去。想想这一辈老人，恐怕今后都不会再吃苦了，但我依旧认为，他们是平凡而又伟大的。向他们学习，把他们的精神传承下去，就是要学会平凡，珍惜平凡，享受平凡。

（原载于《人民政协报》2018年4月16日）

五月南风起

立夏麦龇牙。黄淮海平原上的麦子，像是遵从着某道口令似的，说一声秀穗，便在短短几天的时间里，齐刷刷地昂起了头，举着枪刺般的麦芒，整齐划一地享受着和煦的南风送来的温暖，等待着农人们眉开眼笑的检阅与赞叹。

这是一个让人们充满着喜悦与期盼的季节。尤其是在今天，农业丰收已经成为常态，我国已经连续十几年获得小麦的丰产丰收。黄淮海平原作为我国夏粮主要产地，能够在如此多的年份里，连续不断地夺得丰收，不仅在中国历史上是个奇迹，在全世界范围内，恐怕也是少有的。这当然要归功于农民兄弟劳动素质的提高和农业科技水平的进步，但也要看到国家优惠的农业政策在调动农民积极性方面发挥的巨大作用。

在我的记忆里，这个时令虽然让人充满着希望，但在温饱问题尚未完全解决的年代里，对于许多地方的农户来说，这是一个比较难熬的节点。“青黄不接”就是这个季节的代名词，粮证上的指标用完了，小麦还未成熟，你说让人着急不?

新中国成立之初，小麦生产水平不是很高。我记得那个时候，鲁北平原上小麦的当家品种叫“野鸡翎”，个头高，根系浅，穗头小，亩产100斤就是好麦子。但是，过了立夏，一接近小满节令，问题就来了：一是怕干热风。小满扬花时节，开始由南向北进入灌浆期，正处于小麦生产的关键时期，持续的干热风天气可能导致小麦灌浆不足，影响小麦产量，甚至出现枯萎死亡。20世纪50年代，遇上干热风，小麦一般亩产减少5%到10%，严重的时候减产20%。针对这一情况，各级政府都非常着急。中央制定了40条“农业纲要”，把农业抗御和抵制自然灾害列入了重要的议事日程。毛主席亲自提出“农业八字宪法”，引导农民重视科学种田。二是怕倒伏。那个时候小麦品种不行，头重脚轻麦秆高，一到芒种，尤其是小麦浇最后一茬灌浆水的时候，风力稍微大一点，或者赶上阴雨天，那损失可就大了。常常是一倒一大片，起不来的麦子就要大幅度减产。

麦田还是这片麦田。连续十几年的小麦大丰收，已经让我国的小麦单产由过去的一二百斤提高到如今的1000多斤。现如今鲁北平原上的农户，谁家的小麦单产低于千斤，都觉得脸上无光。这其中很重要的原因，是国家指导农业生产的思路对头，政策优惠，科技领军，措施得力。农民种粮有补贴，浇地有服务队，抗灾不仅有预警，还有农业保险，麦子的品种全是矮杆、大穗、生长周期短的，抗倒伏能力特别强的。农业生产的综合效应也对小麦生长起着重要的保护作用。如今，林业生产和水利发展，对调节小气候，稀释热风对庄稼形成的危害，发挥了重要的作用。坐在从北京驶往南京的高速列车上，穿过风景如画的黄淮平原，映入眼帘的是田成方，林成网，渠水绕田转，飞鸟蓝天翔。一碧万顷的原野，简直成了人间的天然花园。

如今的农民，种地的心气儿也高了。再不是脸朝黄土背朝天，汗珠子摔八瓣。在老家山东省商河县棘城村的麦田边上，我和乡亲们聊起今年的小麦生产，他们高兴地说："从今年的长势看，如果没有特别意外的灾害，单产1200斤没问题。"一位年龄比我大两岁的老哥哥说："眼下农民比城里人也差不到哪里去，我们种地有播种机，浇地有抽水机，打场有收割机，完全用不着像过去那样劳累了。"过去咱这里一到麦收季节，就说是"争秋夺麦""一麦顶三秋"，如今麦季不忙，秋季照样不忙，全都机械化了，人的体力劳动自然减轻。这就应当是小康社会吧——我心里这样想。

老哥哥说："我每天都到地里转转，为的啥？是为了看风——你知道吗，风是有形状的，咱们小时候念书的时候都不知道，可现在我知道了。"老哥哥说着，在麦穗前俯下身子：你看，麦浪尖上的风多美！颜色是白的，一抖一抖的，就像一条条银白色的绸子。顺着老哥哥的手望去，麦浪的表层的确有一道轻盈的气流，像风像雾更像纱！好啊，我的儿时伙伴也知道审美、懂得欣赏了。同遍地麦田的丰收景象相比，老哥哥这种对于生活的赞赏与感叹，更让人打心眼里高兴。能够从翻滚的麦浪里看出风的形状，不仅仅是一种眼光，更是一种心情。那是生活赋予新时代农民兄弟的一种情怀！

（原载于《人民政协报》2018年5月21日）

枕头的故事

时下，一些五花八门、千奇百怪的养生术、健身秘方，已经到了数不胜数的程度，让人不敢相信或者不知所措。不久前，亲家公从外地寄来个大包裹，说是里面的东西可以让我们老两口儿强身健体。打开邮包，我看了一下，分明就是两个缝制精美的枕头。拿在手上一掂：嚯，每一个都得七八斤重。再仔细一看，发现里面装的全是黄豆。

这就更让人纳闷了，黄豆枕头也能强身健体？于是，我给亲家公打了个电话。他告诉我这黄豆枕头如何好，什么降血压、降血糖、安神益智、调理情绪……我虽然不大相信，但又不好驳他面子，就随声附和地说了一些感谢的话。

收下这两个枕头，我却想起了另外两个曾经和我关系密切的枕头。

先说第一个。那是1960年春天青黄不接的时候。那时乡下的日子真难啊，能吃的都吃光了，家里再也找不到可以用来果腹的“进口货”。我和七岁的妹妹饿得躺在土炕上动不了，村里的张文仁大娘听母亲说了家里的情况后，对母亲说：妹子，孩子是饿坏了，不碍事的，我帮你一把吧。

说完，张大娘就背着一个粗布口袋到了我家，是半口袋谷糠。有这东西，我和妹妹就有吃的了。送走了大娘，母亲把谷糠倒在簸箕里，惊奇地发现，谷糠里面竟然还有两个小米面饼子。就这样，我和妹妹度过了那个最艰难的时刻。

张大娘送糠的举动，让母亲有了新的办法：我们家的那些枕头里面装的不全是秕子吗？洗一洗，磨成面，就差不多能熬到收麦子了。于是，母亲把全家人的枕头都拆了，把里面的秕子都弄到簸箩里，用水淘了一遍又一遍，然后上磨磨了，做成吃食。没想到，就是这些秕子，居然真的帮我家渡过了难关，迎来了麦收。

第二个枕头是1974年春天的故事。那年1月，我从部队复员回到故乡，先是在县委的一个部门帮助工作，后来又回村里劳动。有一天，邮递员突然把一个包裹送到我家，说是部队寄来的“枕头”。我接过来一看，还真的是一个部队战士用来做枕头的携行包。不过，里面包的不是军装和军鞋，而是一包湖南涟源的茶叶，还有一封战友给我的信。信里说，他的老父亲知道他喜欢喝茶，就给他寄来了茶叶。因为部队不允许带着这东西出发拉练，只好寄给我。这包茶叶真好，让我在繁重的体力劳动之后，有了一个与乡亲们喝茶聊天的机会。那包茶，陪伴着我度过了故乡务农的时日。直到9月份考上大学，那茶叶的清香，还常常搅动着我的味蕾，让我不时生出舌底生津的感觉。

如今，亲家公寄来的养生枕头，究竟能起多大作用不敢说，但是老人家的一片心意还是能感受得到。我不由得想，如果当年躺在土炕上的时候能收到这样的枕头，全家还不知道得多高兴呢。于是，我对老伴儿说，别枕它，留着它，一来是对亲人的尊敬，二来也是对今天好日子的一份珍惜。看看今天，再想想曾经走过的路，枕头上的这些情节会教人懂得一些生活的道理。

（原载于《人民政协报》2018年6月4日）

家乡粗布

我一直对纯棉老粗布有着一种特别的情感。年轻人听了这话，可能认为这个老头子都年近古稀了，还这么喜欢赶时髦——的确，时下不少年轻人都喜欢穿纯棉衣服，而且把这当成一种时尚和富有的象征。但对于我来说，穿粗布衣服、用粗布铺盖不仅仅是一种时尚，它更是一种掺杂了敬重土地、敬重先人、敬重父老乡亲的情感，一种割舍不下的恋土情结和平民意识。

中国是世界上最早生产纺织品的国家之一。早在原始社会，人们已经采集野生的葛、麻、蚕丝等，并且利用猎获的鸟兽毛羽，搓、绩、编、织成为粗陋的衣服，以取代蔽体的草叶和兽皮。原始社会后期，随着农业、牧业的发展，人们逐步学会了种麻索缕、养羊取毛和育蚕抽丝等人工生产纺织原料的方法，并且利用了较多的工具。但尽管如此，却很难实现大规模的社会化生产。后来黄道婆创造了先进的织布技术，教人们学会了使用先进的纺织工具纺棉织布，因而受到百姓的敬仰，被尊为织布业的始祖。黄道婆教人纺棉、推广搅车、弹棉弓、纺车等器具、传授“错纱配色”等技术，而正是这些技术的推广，给我的家乡带来了机遇，从此成了“棉花之乡”“粗布之乡”。

听老人们讲，我老家山东省商河县，从宋元时期就是一个产棉区，黄道婆发明的织布技术推广开之后，商河就沾了很大的光。那个时候，男耕女织的社会分工，最先在棉区实行，用木质纺车和木质织布机加工棉织品，就成为一种时尚，并逐步形成了家家织老粗布的传统。庄户人家过日子，如果家里没有纺车、织布机，就会被人耻笑；还有的大户人家，专门上了轧花机，为人家加工棉花。明清时代和民国时期，甚至形成了约定俗成的女子14岁纺线、16岁织布的规矩。每人每年能纺线穗子上千个，织布五百尺。尤其是待字闺中的女子，更是马不停蹄地忙活织布。一来给自己备嫁妆，二来把纺织的活计做好，让婆家人一看，就是有教养人家的女儿。每家每户姑娘出嫁，家里都带上多则

40床，少则20余床的粗布被褥，摆在姑娘的新房里，引来众多人的观看。这种习俗一直延续到今天，虽然嫁妆没有那么多了，但是至少也得十铺十盖。女儿出嫁的前一天，装上汽车，扎上彩绸，到婆家去送“缘房”，成为喜结良缘的证明。

商河老粗布制作工艺有传统特色：木制纺车，木制织布机，每家每户都有一套，工艺虽原始简陋，却步骤严格：有选棉花、轧棉花、挫布绩、纺线、染线、络线、牵机、织布等14道工序。粗布的花样繁多，有10余种设计花样，如翻花、雪花、雏鸡花、野鸡铃等，根据设计要求可织出所需要的花样。老粗布质地柔软，舒适感强，古朴典雅，备受青睐。

商河粗布曾远销周边县市区，且深受欢迎。前几年，一个农民带着一床老粗布床单外出打工，被外地老板看中，花高价买下。以此为商机，商河粗布逐步打入了北京、新疆等外地市场，目前商河老粗布这一传统民间工艺正以崭新面貌进入人们的消费领域。

改革开放初期，商河县父老乡亲发了棉花财，成为全省皮棉过百万石的产棉大县。那几年可把村子里的姑娘媳妇们乐坏了，停了几年的老粗布纺织业又成了香饽饽。户户机杼声，家家卖粗布，加上不断引进新技术，生产的品种越来越多，其中提花“鲁锦”还上了广交会，出口到国外；粗布睡衣成了热销货。我和妻子都是那个年代的故乡人，自然喜欢这东西。所以，迄今为止，脚上蹬的是粗布鞋，在家穿着粗布内衣，为数不多的公共场合只要不要求穿西装，一般也是穿一身粗布唐装。穿好上衣，对着镜子梅花扣一系，嘿！真是一身的中国气派哟！

（原载于《人民政协报》2018年11月12日）

大白菜的记忆

又到了大白菜收获的季节。看着那些停留在超市门口等待卸车上架的大白菜，突然想起了自己年轻时买白菜的情景。

1977年，当了6年兵又上了3年大学的我，准备在国庆节结婚成家。有了家，就得过日子。那个年代日子过得好不好，很大程度上取决于票证。我和妻子每个月每人27斤粮食，2两食用油，每人每月有250克专门供应回族人的羊肉，羊肉的价格是每市斤0.6元。除此之外，还有凭票供应的蜂窝煤和在特定季节凭票供应的每人50千克的大白菜。

买白菜的时候挺费劲。先得看看居住的街道居委会有没有告示，如果公告里说今天几点有白菜，那心里就不安生了。先找出事先到手的白菜票，再准备好钱，虽然一斤白菜只用2分或者2分5厘，最好的也就是3分钱，但是200斤也得五六块呢。那个时候工资低，我们两口子合计也就是每月70元。菜票和钱筹备好了，还得到处找地排车，以备买上之后迅速运回家。到了有菜可买的这一天，我整个人都处在一种既紧张又矛盾的状态中：怕耽误工作，怕错过买菜的机会，怕找不到运输工具，怕排队快轮到自己的时候菜卖光了……有一次，我把白菜买回家，想到借一次车子不容易，不如再去南关街煤球厂买一车煤球。等我把煤球买回来卸完车，已是晚上9点多钟。归还了车子，睡觉的时候，累得连床都上不去。

把白菜买回来，还只是完成了任务的一半，如此漫长的冬季，就得靠这些白菜生活，存放不好就会烂掉。为了蔬菜保鲜，星期天我就骑上自行车，到十几公里之外的沙河滩驮回沙土，用来保鲜。等到吃菜的时候，更是先吃菜帮，再吃菜心，最后剩下白菜疙瘩，还要洗干净，腌成咸菜。有时候，看到妻子把不该扔的菜帮扔了，我还得强装笑脸，唱着《勤俭是咱们的传家宝》的歌曲，把白菜帮子捡回来。

这样的日子持续了五六年，到20世纪80年代中期，情况就好多了。蔬菜品种多了，反季节蔬菜有了，大白菜不再是唯一的当家菜。及至后来有了冰箱、冰柜，就更好了。发展到今天，吃菜就更不成问题。超市里、集市上、快递包、宅急送……各式各样的购买方式，应有尽有。每每看到那些琳琅满目的各类新鲜蔬菜和瓜果桃李，我就情不自禁地想起当年冒着刺骨的寒风买白菜的情景。

当然，我们今天在菜的消费方面，还存在着一些不尽如人意的地方：如土地污染、农药残留、质量欠佳等问题，在一些地方还突出存在。但是，伴随着经济从短缺到过剩的调整，供给侧的改革必然带来经营者经营方式的变革和蔬菜质量的提高。同时，中国人把最好的农产品首先拿给外国人消费的时代已经结束了。小康目标的实现，已经让人民对自身的生活方式有了最新的追求与标准。农产品是否合格，已经不只是产品的质量问题，更是人的素质与价值观的重要体现。那些重污染、掺杂使假、坑害消费者的做法，不仅会受到人们的抵制，也会受到法律制裁。重诚信、讲道德将成为人们的自觉行为和行动，蔬菜，这个人们日常生活中必不可少的东西，必将会成为越来越好的领域。

想起当年买白菜，让我思考了一件本文话题之外的事情：日子富了，生活好了，可别忘了我们曾经的紧缺与困难。我看，那首《勤俭是咱们的传家宝》的歌曲还要唱下去，艰苦奋斗的作风还要继续发扬，把富日子当成穷日子过，处处精打细算，我们才能不忘初心，自觉发扬艰苦奋斗的光荣传统，走好未来的路。

（原载于《人民政协报》2018年11月26日）

在冬季的麦田里行走

从8岁到68岁，正好一个甲子。

8岁的时候，我在小学读书，还要帮着父母过日子。上学的时候，身边带一个布袋，放了学，就跟着年龄比我大的伙伴，去大田里挖野菜，捋柳花。后来，能背动粪筐了，就背一个粪筐与草筐兼而有之的家什儿，反正总是离不开在田野里行走。如今，老了，上了年纪，再有个把月，生命的年轮就要碾进68岁的门槛儿，我竟然开始怀念起在大田里行走的感觉了。

前几天回故乡的路上，脑海里突然想起“二十四节气歌”，默默地念叨着，竟然对“冬雪雪冬小大寒”的季节，有了某种“以身自况”的对号入座。好在如今的初冬季节，并不像60年前那样寒冷，甚至还可以从大田那绿得让人心醉的麦苗身上，找到某种生命的蓬勃，也就不再觉得它只是刺骨的寒冷，便对这个季节充满着热爱与留恋了。你看，那依旧翠绿的柳树，除了枝条略显厚重，不再像春天那样婀娜多姿，其他并无多大变化；即将落叶的杨树、银杏、楷树、榉树们，也都各有风情，或金黄，或姹紫嫣红，或沧桑自信，哪怕是已经卸去浓妆的枝条，也完全没有那种洗尽铅华的颓丧与顾影自怜，而是像装起了枪刺，正步向前的士兵，全然一副正在接受检阅的样子。

在大田里行走，宛如踅进时光的隧道，对照那曾经的过往，透视自己走过的路，拂拭那尘封在自己心灵上的尘埃。面对绿到天边的葱茏，总有一幅与景象极不相称的画面在眼前晃动。那是50多年以前的情景了。白花花的盐碱从遥远的地平线席卷而来，抻拽着瘦弱的平原，撕裂成斑驳陆离的斑块，整个平原在风沙的漫卷中，瑟瑟得像一个患了牛皮癣的病人。沙尘暴一起，昏天黑地般的空气里，携裹着一股难闻的腥咸，人们无奈地叹息着，盼望着早日屏退涝、沙、碱给平原带来的不幸。

这一天真的来到了。40年前推行的农业生产责任制，顷刻间变成了治理涝、沙、碱的灵丹妙药。随着这个办法的实行，昔日曾是花斑秃的平原居然像魔术师手里的一件道具，转瞬间把凡鸟变成了金凤凰。那个时候，我在山东德州地委调研室工作，接待《农民日报》一位名叫丁紫的老大姐时，她说最出乎意料的是，没想到过去盐碱地那么多、一直靠统购统销过日子的德州，竟然能成为全区人均向国家贡献百斤粮、百斤棉的好地方。受她的启发，我连夜赶写了德州地区盐碱地变成高产区的新闻稿。后来，这篇新闻作为向国庆35周年献礼的文章，在《农民日报》头版予以刊登。从那个时候起，德州市的农业生产一年一个大台阶，并且在进入21世纪后，成为全山东第一个全年粮食过两千斤的地级市。

在大田里行走，看看那在寒风中依旧旺长的麦田，心里真高兴！

今年立冬那天，我来到山东聊城临清市河隈张村，了解明代为朝廷烧砖的72座砖窑遗址的情况，置身绿得让人眼睛发亮的麦田里，让我陡然生出“绿海自觉身是麦，愿借沃土扎深根”的感觉。

到麦田走走，或许不像坐飞机、高铁出游那样风光，但是它接地气、亲土壤，除了能体会到农业文明的原汁原味，还能收获某种在艰苦环境中自强不息茁壮成长的自信与自豪。你看，那如今还是绿油油的麦苗，在寒冷的气温下盘根分蘖。一场大雪过后，它们就像听到熄灯号角的军营，“欻”地一下灭了所有的灯盏，蒙上厚厚的被子进入梦乡。睡梦里，它们把自己的根深深地向着深处延伸。这是一个多么有趣的过程。

在冬天的麦田里行走，静谧、安详，让我有了与大自然对话的亲切感。有兴趣的朋友，不妨也来试一试。

（原载于《人民政协报》2018年12月3日）

第二辑

汩汩涌流的文脉

著名不著名，作品作见证

恕我直言，在时下的社会环境里，我们国家的“著名”“大腕”“重量级”太廉价、太泛滥了：写几篇文章、画几幅漫画、涂抹几张宣纸、唱几首流行歌曲、在影视剧里当个什么角色甚至是群众演员，便一夜之间“著名”了。与这著名相对应的，便有了在企业赞助下的各种名目的“研讨会”“发行会”“笔会”“见面会”……只要这样的会开过，当事人便也像跑堂小工升掌柜，牛起来了。按理说，真正的艺术家、文艺家，把自己的辛勤劳动成果变成商品，按照物有所值的规律收取一定报酬，无可厚非。但是，也的确有人本事不怎么样，却把功夫用在为自己不加掩饰的刻意炒作上，印发各种宣传册子、名片，雇枪手写评论，把一些虚头巴脑、无聊透顶的头衔统统揽在怀里，似乎可以给自己弄出什么光环来似的。

一次，和一位“著名”的“家”说起话来，人家为了显示自己的能耐，告诉我“稿费收入十分可观，已经用稿费在某处买了房子”。因为我知道他说的房子是房改房，便知道此公已经虚荣到了极点。我这样说，并不是把所有的“著名”的“家”都囊括其中，也不是说必要的研讨会、笔会和宣传册子都不去搞，而是这种东西太多、太随意了，反倒会生出许多俗不可耐的东西来。以作家这个群体而言，中国作协会员达八九千人，各省各行业作家协会的会员就更多了。成为某级作协会员，是从专业的角度对你创作水平的认可，但有这种资格，不一定就是“著名”，真要著名，也得拿点真东西出来。刘庆邦先生写了那么多脍炙人口的作品，却从来不为自己开研讨会。他有一句名言：“作家要靠作品来说话！”我觉得，这既是作家的骨气与风骨，也是作家的本质与良心。桃李不言，下自成蹊。一个真正热爱文学、矢志为文学创作呕心沥血的作家，是不会为自己的是否著名而去对镜贴花、刻意打扮的。曹雪芹埋头黄叶村一写就是十年，谁为他开过研讨会？沈从文不也是靠着自己的作品成为一代文学巨匠的吗？当今的人们，又何必让浮云遮住自己的望眼！

“著名”还是要有一些的。从这个角度，我们国家的“著名”不是多了，而是太少。任何一个国家，如果没有自己著名的文学家、艺术家、科学家、哲学家，这个民族就没有希望。尤其是一个国家进入盛世，就更应当有自己灿若群星的“著名”。不管是唐诗宋词、四大发明，还是万里长城、敦煌石窟、明清小说、元代杂剧，概莫能外。没有灿烂群星装点的天空，将是一个不明朗的天空。回顾现代文学史，正是鲁迅、老舍、巴金、郭沫若、徐志摩、冰心、臧克家们支撑了中国文学的舞台。而王蒙、邓友梅、刘绍棠及后来的蒋子龙、陈忠实、贾平凹、铁凝、张炜、阎连科们，则以其辛勤的耕耘和令人赞叹的作品，为我们的当代文学增添了光彩。这些“著名”，是当之无愧的，又不是所有的人都能在短时间里可以企及的。当然，今后的历史，肯定会有人实现新的超越。但所有实现超越的人，都不是意躁心浮、图虚名务实祸的角儿。故而，“著名”二字是不可乱用的，至少像我这样的人，是不能承受的。自己认了这个称号，糟蹋了文学，也糟蹋了自己，更谈不上写出好的作品。我曾在一个城市里生活过近20年，现在回过头去看看，许多当年自诩为著名的文化人，都如王安石《伤仲永》里的那个方仲永一样，开了谎花儿，没有结出什么像样的果子来，渐渐地“没于常人矣”！是不是被自己认可的“著名”给扼杀了呢？

一个人倘或在一个村子里“著”了“名”，便从此飘飘然，他还能走出家门吗？如果不知天高地厚，弄虚作假，欺世盗名，给自己罗织光环，弄什么“大师”“泰斗”，就更糟糕了，一旦玩砸了，还怎么抬头？而且，凡是造假，迟早要翻船的。

（原载于《上海文学报》2009年7月9日）

《长征画集》的再思考

又是一个暑假来临了，许多望子成龙的爸爸妈妈爷爷奶奶外公外婆们，正在忙着给自己的宝贝选择各种各样的暑假补习班。美术的、书法的、摄影的、音乐的、民族乐器的、西洋乐器的、打击乐器的……背画夹子的、小提琴的、架子鼓的、照相机的……洋洋大观，应有尽有。照此下去，几十年后，我们伟大祖国的土地上，到处都是艺术家、表演家。

这该是多么让人大开眼界啊。然而，于这令人眼花缭乱的风景线中，我却觉得对孩子们的教育中，似乎缺少了一些东西……

早饭后，站在阳台上看对面少儿艺术学校门口，排着长长的队伍为孩子报名的家长们，像一条硕大无朋的蚯蚓慢慢向前移动。此时，我手里正拿着一本珍藏了40多年的《长征画集》。这些年来，我只要在家，几乎天天都要翻阅一下。今天对着给孩子们报名的家长队伍，突然觉得手中的这本画册更加重了许多分量。当然，我没有强把这两件事扯在一起故作惊人之语的矫揉造作，更不想、也丝毫没有去指责这些对祖国未来抱有深深的期望的“我们”的意思，也就更不会像鲁迅笔下的“九斤老太”那样抱怨我们的孩子一代不如一代了。只是眼看着中国共产党建党九十五周年的日子就要来到，同时又是中国工农红军长征胜利八十周年。怀着深深的思念之情，就觉得手里的这本《长征画集》有了另外一层含义。心头掠过一种连自己都说不清楚的情绪。于是，又像往常一样，翻阅那本被我珍藏了40多年的画册。40多年来，除了到外地出差，几乎没有一天不看它。它只有24页，置诸床头，便于阅读，是一个方面，更重要的是，它的内容和创作过程，不止一次地让我边看边流眼泪。是什么原因让我这个年过六旬的人如此长盛不衰地动情？说来话长。

我想，今天的年轻人知道这本画册的一定为数不多。我之所以如此长久地被它感动着，首先是这24幅画真实地再现了工农红军在以毛泽东同志为首的中国共产党领导下，历尽千辛万苦，克服了难以想象的困难，终于胜利地完成了二万五千里长征，创造了历史上前无古人的奇迹的客观事实。这些画每一幅都是伟大长征的片段记录，是真实的革命史料，也是珍贵的艺术品。二来这本画集的出版经过充满着传奇色彩，体现了革命党人献身于他所从事的革命事业的时候那种忘我的无私精神，那种大公无私的初心与情怀，体现了在极端艰难困苦的条件下，红军战士高尚的乐观主义精神。

《长征画集》最早的印行，是在1938年。那时，我们的国家正在遭受着日本帝国主义最残酷的侵略，国民党政府已经溃逃到重庆。八路军、新四军正在极端艰苦的条件下，深入敌后坚持对敌斗争。在这样的形势下，我们党内从事宣传工作的阿英同志得到了画集的照相原稿。当时我“内心的喜悦和激动，真是任何的语言文字，都不足以形容（阿英语）”。于是，便在上海一个叫作“风雨书屋”的出版机构冒着随时被查封和逮捕的危险，在宣传抗日的《文献》月刊上以《西行漫画》的书名刊登出来。尽管这样，画册出版以后不久，风雨书屋还是被敌人查封，人员遭到了逮捕。直到1958年，一位热心的读者偶然在北京图书馆发现了这本画册，才向人民出版社提出了再版建议。并于同年12月用阿英的底本重印了三千册。但是当时仍然不知道画集的作者是谁，只知道最初的底稿是肖华同志带来的，便写上了他的名字。肖华同志知道后，一再更正这是误记，至于作者究竟是谁，他只是说“很可能是红军第五军团中做宣传工作的同志们”。直到1961年，黄镇同志从国外归来，才证实这些画稿是他在长征途中用各种各样、大小不等的碎纸画下来的一束漫画。于是，1962年再版时，才署上了作者的姓名。并请魏传统同志就各幅漫画的画意做了回顾，配了诗。据说，1977年人民美术出版社又重印了一版，但也是数量很少。这正是我猜想今天的青少年知道这本画册的一定为数不多的根据。

抚今追昔，世事沧桑，画画的人、配诗的人和早期出版这本书的人都陆续作古，想起他们，怎不泫然。纪念中国共产党建党95周年和长征胜利80周年，我们重读这241幅漫画的时候，不能不感慨良多。如今的孩子们有那么多学习高雅艺术的门路，实在是件好事，中华民族立于世界民族之林，离不开一代代少年的茁壮成长，“少年强则国强，少年智则国智”。我真切地希望，在教育下一代的问题上，除了让孩子们学习一些有利于提高学养和文化素质的专业知识之外，更应当关注一些对于他们进行光荣传统的教育。诚能如此，我认为是比任何专业教育更能强身壮骨的。所以，我把《长征画集》当作革命传统教育百花园里一束光彩照人的花朵。我期盼着让更多的人从这一束漫画所反映的民族精神中汲取营养，让老一辈革命家开创的业绩再写新的篇章，让那些追着新潮过各种洋节的娃娃们不光知道向自己的父母讨要巧克力，更知道用自己的双手创造共和国更加灿烂美好的新生活。

（原载于《联合日报》2016年6月17日）

云中谁寄锦书来

少年时代，常常看到村里老小期盼着接到亲人来信的样子。那表情，比孩子们盼着过年放鞭炮、穿新衣还急切。后来上了中学，学着给《中国少年报》写信，那张报纸上有个“知心姐姐”栏目。在与“姐姐”的通信中，终于知道了相互之间的书信来往叫作“鱼雁传书”，并且还记下了一句“家书抵万金”的古诗。1968年我离开故乡，成了一名解放军战士。紧张的军旅生活，让我真的懂得了什么叫作“思念亲人”。于是，训练之余，便充分利用了国家给现役士兵减免8分钱邮票的“三角戳”，给各路亲人写信联系。至今，翻阅当时人们相互间的通信，竟觉得当时的信件不仅十分有趣，而且具有很高的史料价值。这些信件中，或者是亲人之间的互报平安；或者是一缕乡愁、一束秋思；或者是一篇倾诉胸怀的陈情表、一札入情入理的两地书，多么让人念念不忘。

古典文学名著中有多少名篇佳作都是来自人们的相互通信。舍弃了这样重要的一种感情表达的方式，不免让人遗憾。然而，短短50年的时间，在中国持续了几千年的“鱼雁传书”，一转眼到了岌岌可危的境地，纸质书信已经被现代化的电子信息技术替代，什么“六百里快马”、什么“雁阵惊鸿”，统统“一去不复返”。当下的通信，已经很少有往来于人与人之间的纸质信函。想交流吗——哪怕是远隔千山万水，抑或是远在异国他乡，只要将几个阿拉伯数字轻轻一按，熟悉的声音便如近在咫尺，道出胸中块垒。打电话还不足以解决问题，那好，打开电脑，把想说的话、想办的事写成电子邮件，或者QQ、或者微信，只要轻轻点一下“发送”，一封书信便在眨眼之间送到对方案头。何等快捷！何等率性！

然而，这随心所欲的快捷、便当背后，却也隐藏了许许多多的隐忧：且不说古典文学中许多名篇佳作都来自人们的互相通信，仅就人们表达感情的方式而言，也多了一些草率，少了一些深思熟虑。“说过就算”和“想删就删”，已经让人忽略了言辞的价值和质量。更不用说，随着纸质书信的锐减，再也见不到类似王羲之《十七帖》那样的书法精品；也很难再见到鲁迅与许广平那样的，既是推心置腹交流情感的文学作品，又是高水平的学术讨论、让人大饱眼福的书法珍品《两地书》了。甚至连“某某某，见字如面”“大札收悉，迟复为歉”一类的套话也不多见了。取而代之的，是快餐文学、街头广告甚至粗俗段子。这些内容充斥在相互的网络聊天、信息沟通之中，传递给人们一种社会正在被少有的浮躁与轻率包围着的感觉。长此下去，快是快了，深沉却被甩出了轨道，“十年磨一剑”之类的认真精神也不再被推崇，也很难产生“鱼雁传书”带来的那种相识相知的情谊。因此，我一直想呼吁，在网络技术已经被多数人接受并驾轻就熟的今天，还是要在青少年中提倡一下纸质书信。

“云中谁寄锦书来”的期盼，不只是男男女女之间的卿卿我我的闲聊，它还传递着更为重要的社会和文化意义。如果我们报纸的副刊、文学刊物的专栏，经常选登一些书信往来的佳作，或许，能起到一定的导向作用。

写完这篇文字，望着湛蓝的云天，我真想能接到一位友人的来信。天上正有一群大雁飞过。借着怀旧的惆怅，我问南飞的惊鸿，你能给我一个“云中谁寄锦书来”的满意答案吗？大雁飞走了，我依旧怅然。

（原载于《人民政协报》2017年3月27日）

我有小斋曰“煮书”

12年前，我曾利用春节放假的时间，在家里抄写《文心雕龙》。一位拜年的朋友看我如此痴迷于“故纸堆”，笑着对我说：“还想着把这么难啃的骨头煮得脱了骨啊？”

“我哪里有那本事，只不过春节放假无事，聊以自遣而已。”话虽是这么说，可朋友走后，我觉得他把读书比作“煮”的说法，不仅形象，而且贴切。孔夫子说过：“学而不思则罔，思而不学则殆。”不就是让人在读书的时候把功夫用在深钻细研、融会贯通上，把阅读的内容嚼碎、吃透、消化、吸收吗？而这个过程不正是由生变熟、蒸煮加工的过程吗？它和人类为了果腹加工做饭的过程极其相似，区别就在于前者是物质的食品，后者是精神的食品。如果真能把书煮透“吃”下，那联字解句、剖毫析厘、左右逢源地穿行在文字码起的精神高地上，恐怕也就不是什么难事了。

我把这样的想法在电话里和朋友说了，他不由得哈哈大笑起来：“到底是书虫子，一说你就明白了。咱们省的老作家刘知侠，生前就在他的书房里悬挂着一幅‘每日煮书’的横幅呢。”想不到，《铁道游击队》的作者原来也是如此地痴迷读书。我不由得对“煮书”二字大加赞赏起来。

让我意想不到的是，十几天之后，朋友从画家解维楚先生那里，给我求来了一幅“煮书斋”的墨宝。看着先生那飘逸洒脱的大字，我不禁问自己：你读书求甚解了吗？当然，由于一个人的时间、空间和工作环境等因素，不可能对所有的书都拿来“煮”，但对于那些必读的书，却必须认真地去煮、去读，只有这样，才能究其难、得其妙、尽其理。

虽然这样想，但是，我始终也不敢悬挂那幅书写雅致的斋名匾。因为我知道，自己离“煮书”的标准还差得很远，对于这样一个斋名，我还不配。所以，我只能隔一段时间拿出来看一看，问一问自己到底读书读得怎么样了。后来，我在南宋诗人董嗣杲的诗词里，读到了“少年偶负投机愧，今日徒工煮字劳”的诗句。一个以训诂解字为特长的人，尚能对自己年轻时急功近利、不求甚解的求学态度做出自责，我辈不是更应当认真地反思自己吗？别说我们这样的凡夫俗子应当学会“煮书”，就是那些古今名人，也都是在读书中自己不断丰富起来的。且不说“吟安一个字，捻断数茎须”的唐代诗人卢延让，也不说“残羹冷炙有德色，不如著书黄叶村”的曹雪芹，就是近代许多名流大家，也是在“煮书”中让自己的人生变得丰富多彩起来的。我所景仰的作家张炜先生，就是一个在“煮书”中不断写出优秀作品来的文学大家。他为了写作长达450万字的长篇巨著《你在高原》，曾经耗去了22年的经历。这是一个多么了不起的“煮书”过程！

当下，国家正在提倡全民阅读，也常常听人们议论，我国人均阅读图书的数量如何如何不如别人。我想，重要的不在于发现自己有什么问题，关键在于如何克服自身存在的问题。当我们全都拿着手机专心致志地看短信，甚至走路都能走到河里去的时候，我们是否在问自己：你是在“煮书”吗？少一点浮躁，多一分理性；少一点肤浅，多几分深沉；少一点自以为是，多一些知耻后勇，我们的读书风气或许就会明显好转。

我曾经是一个“读书不求甚解的人”，自从有了“煮书斋”，就经常会在心里给自己提个醒：书不仅要读，而且还要用心思来“煮”才可以。如果能用激情的火焰给自己的冷锅凉油加温，说不定就能烹调出各行各业脍炙人口的美味佳肴来。一想到这些，我就拿出“煮书斋”三个字来看看，纵然是酸甜苦辣咸，也要调和成最可口的饭菜。

（原载于《人民政协报》2017年4月24日）

听王兆祥说书

每当赶进穿心店的马车塞满了宽敞院子的时候，说书艺人王兆祥就会背着他的卖艺搭子，准时走进这家为过往马车夫服务的乡村客栈。整整10年，南来北往的车夫们带着一身疲惫进来，揣着王兆祥那些绘声绘色的故事睡醒之后，又甩着长长的响鞭踏上征程。时间久了，车夫们成了穿心店的常客，为了店家的热情好客，也为了听王兆祥说书。

王兆祥可不是一般人，那是每年正月初十到十八都要到山东省商河县棘城村胡集书市撂场子、打擂台的“角儿”。虽说是靠卖艺糊口，可王兆祥是打拼了几十年的老艺人，他的书说得上口中听，能让人入心入耳。棘城村是回汉族杂居、买卖人居多的大村落，因此有钱的人多，喜欢听书的人也多。于是，这里既是王兆祥施展才华的舞台，也是他养家糊口的“饭门”。只要他打场子的木板大鼓“咚咚”一响，准有一些“票友”“粉丝”聚拢过来，挤进马车夫的圈子里一饱耳福。

50多年前，听王兆祥说书的经历，不仅给我留下了挥之不去的生动画面，甚至像前世走散的灵魂重新附体一样，引领着我从那些充满着侠客味道的《大八义》《小八义》《七侠五义》《包公案》《施公传》《水浒传》《三国演义》以及后来的《林海雪原》《野火春风斗古城》等文学作品的聆听中，走向对文学的深深热爱。至今，听王兆祥说书的场面还历历在目。

每次，看看人到得差不多了，就听“啪”的一声，醒木一拍：“醒木轻敲小扇翻，胸饶野乘口成篇。与君一夕评今古，占毕诗书胜十年。”几句开场词一过，那扣人心弦的故事便口吐莲花般地从王兆祥口中娓娓道来：“上回书中说到，宋公明下山接父，在遇到官兵追捕、躲进还道村寺庙的时候，不仅化险为夷，还授了三卷天书，遇见九天玄女；而同样下山接母的李逵，一路上时乖运蹇，老娘亲被虎吃掉、遇上假李逵劫道等等，让人看来只觉得那写书的施耐俺真的是看人下菜碟儿，把个黑旋风糟蹋苦了。今天，咱们接着上回书，说点李逵高兴的事。且听我把黑旋风踏青游玩一出给众位客官慢慢道来。”

一段李逵游春的故事便这样被活灵活现地推到听众的眼前：“人道我梁山泊无有景致，俺打那厮的嘴！”王兆祥学着李逵的样子，像戏剧舞台上的武丑，边说边做动作：“和风渐起，暮雨初收。俺则见杨柳半藏沽酒市，桃花深映钓鱼舟……”场面甚是鲜活。

若干年后，我进入曲阜师范学院汉语言文学专业读书的时候，竟然神奇地发现，王兆祥的那些小段，除了来自古典文学名著，有的还来自故乡文化名人的作品和一些民间传说。比如，关于李逵游春的那个段子，就来自元代前期山东省惠民县杂剧作家康进之的杂剧《李逵负荆》。真想不到，一个靠讲唱文学在乡间卖艺糊口的人，竟有如此深厚的古典文学修养。我想，王兆祥之所以如此，大概与他对故乡先贤的景仰是分不开的。

我与王兆祥虽然不是一个县的，但我们的老家相隔只有十几里路。小时候，我到惠民县淄角镇赶集，来回都要经过王兆祥的老家歇马亭村，还在别人的指点下看过他家的宅院。后来，我上了大学，教授明清文学的老师让我们学着写文学评论，我于冥思苦索之后，突然想起了王兆祥白话水浒的那些段子。于是，就从评论作家写作技巧的角度，写了一篇专门论述水浒传第四十二、第四十三回的文章《一样探亲，两样命运》。没想到，文章写完之后，不仅受到老师的表扬，还被一家报纸采用。我心里明白，除了大学专业课的助推，听王兆祥说书也帮了我的忙。

如今，王兆祥已经于若干年前去世，但他在山东惠民、阳信、商河、济阳一带留下的名声和他说过的一些脍炙人口的段子，却在一些上了岁数的人们中口口相传。今年春节我回到故乡，和人们讲起王兆祥说书的事，大家不无感慨地叹息：马车和穿心店早就没有了，与之有关的，只剩下老人们还不时地念叨起的王兆祥，以及王兆祥故乡的胡集书市被列为国家非物质文化遗产加以重点保护的事了。

（原载于《人民政协报》2017年5月22日）

北店子渡口

黄河自西向东而来，进入山东济南地界。西起平阴东至济阳的这段流经平阴、东平、东阿、茌平、长清、齐河、槐荫、市中、历下、历城、章丘、济阳的河道，真像是“把中原大地劈成南北两面”的巨斧，将美丽的泉城济南与一望无际的大平原分离成隔河相望的南北两片。其实，在咸丰五年（1855年）黄河铜瓦厢决堤改道大清河之前，这里还只是被称作“济水之源”的大清河的河道，远没有黄河流经后形成南北天堑的局面。齐河县志载：嘉靖二十七年，在北店子附近，建大清河桥一墩，为九省通衢之嶋偓。桥九孔飞跨，势若长虹，边置狻猊，东西桥头建坊，一额书“大清桥”，另额书“济水朝宗”，名闻遐迩。

然而，自从铜瓦厢决堤把这里变成了黄河的河道，大清河的水变黄了，桥头的狻猊不见了，就连平日里南来北往的车马行人，也因桥面的毁坏而停下了脚步。不过，对于人类来说，哪里有阻挡前进的障碍，哪里就有敢于“第一个吃螃蟹”的探险者。黄河阻断南北通行的道路之后，很快催生出了一个专供弄潮儿探险的职业——玩船。而码头，则是使这一职业得以安身立命的依托和希望。古老的济南，从此形成了以泺口和北店子为主的两个船渡码头。有意思的是，不管是泺口码头还是北店子码头，两岸与之相连的、来往最为密切的，竟然都是些回族村庄。泺口的近邻是桑梓店附近的老寨子、小寨子；北店子的南岸是纯回族村西张村，河对岸则是左三里、米三里两个回族村。他们敢于投身这一冒死吃河豚的行当，当然有两岸亲戚来往密切的回族情结，除此之外，也与回族人长于经商、亲水临流等习俗不无关系。

既然有了这个行当，投身其中的人们便免不了生出些探险者的自豪，甚至把“从河南到河北，黄河里边尿过尿”也当成资本向人们炫耀。不过，这样的光景不长，玩船的行当前后算起来也就是100多年，其间还伴随着时而河道干涸、时而洪水泛滥、时而春汛漂凌而出现的停航，接着就是与社会进步相伴而来的机械船只、电动船只的应用，让这些玩船的老干家子们不无失去冒险家光环的失落感，于是他们也与时俱进，你有机械船，我就弄浮桥。反正俺是黄河的子民，说什么也不能离开黄河。于是，西张村、泺口村和米三里、左三里、老寨子、小寨子的那些玩家们，又打起了浮桥的主意。时至今日，除了每年6月20日到7月20日，由上游的小浪底水库开始的调水调沙期间必须把黄河里的浮桥全部拆除，其余时间这里的浮桥还是照样使用，从不中断。

然而，这样的时日又能持续多久呢？老人们扳着指头掐算着：济南市的城市建设又要北跨了，从平阴到济阳的这段河道上少说也有9座已经通车的大桥了，据说在建的还有什么穿黄隧道、城际铁路等等。有人告诉西张村的村老村小，以黄河北岸的桑梓店、崔寨、大桥镇为主体的济南新区，已经动工了，黄河将像兰州那样，由市区穿过，成为一条不折不扣的城中河。今后修建跨黄河的大桥，就更是小菜一碟了，咱们的浮桥早晚也会像咱们玩的船一样，被送进历史博物馆。

西张村这些与北店子渡口打了多半辈子交道的老人们议论着、叹息着、感慨着。不知谁突然冒出一句：这不，咱家门口的这座跨黄大桥，今年7月1日也要通车了。到时候，谁还稀罕你那破浮桥？

是，是。咱们的浮桥要寿终正寝了。爷们儿们，来，让我们再唱唱那些船工号子吧。

哦嗬，哦嗬，吼起来吧。

于是，一排排紫糖色的脊梁，一张张紫糖色的面孔，牵出了一阵阵粗门大嗓的吼道：

“号嗷号哩呗
歪嗨哩歪
一流地歪歪
歪嗨哎歪
歪嗨哎歪……”
“一河两岸柳叶青，
春暖花开万物生。

庄稼地里小麦黄，
过了芒种麦收忙。
八月十五秋天到，
备下过年钱和粮。
嗬呦呵嗨
嗬呦呵嗨……”

老人们唱着，扭着，是对往昔的眷恋，还是对新生活的向往？天边的新月升起来了，吼号子的人们站在渡口的旧址上，看那亮得像银钩似的月牙。那月牙，一个在天上，一个在黄河里……

（原载于《人民政协报》2017年6月19日）

在历史的回音壁前静听

要不是参加中国网中国政协频道、全国首款网络议政平台《议库》联合主办的“保护母亲河万里直播行动”，我还真的无缘来到黄河壶口东岸的山西吉县。而正是这次吉县之行，不仅让我感受到了黄河壶口瀑布波澜壮阔、吼声震天、气吞万里如虎的壮观，更让我仿佛站立在历史的回音壁下，听到了一个伟大民族自立于世界民族之林的铮铮誓言和勇往直前、不停进击的豪迈战歌。这种穿过时间的隧道和岁月的江河传递过来的回音，传递着五千年中华文明的血脉，凝结着一辈又一辈中华儿女的期盼与自信，并与当下在新的历史起点上进行的伟大斗争、推进的伟大事业、实现的伟大梦想融为一体，交响在两个一百年顺利进行的多彩追光里。

这回音是什么——就是有如中华民族铮铮誓言的《黄河大合唱》!

提到《黄河大合唱》，在吉县、在壶口、在宜川、在延川、在壁立千仞的山陕大峡谷，总流传着许许多多关于它的故事。而这些故事就像是越燃烧越发亮的太阳，岁月越久，留给人们的思考越多。

说起《黄河大合唱》的诞生，就不能不提词作者光未然。当然，还有另外一个人，也是要捎带着说一说的，那就是给诞生地“命名”的阎锡山。1938年，阎锡山为避日军进攻锋芒，也是为了保存实力，带着山西国民省政府机关和他的晋军退守吉县黄河边的一个村子里，住了几天，老觉着心绪不宁、吃喝无味。请大夫会诊了半天，也弄不清他得的啥病。他问侍卫官：“这是个啥地方？咋住得叫人老不爽快？”侍卫回答说：“叫下寺。”阎锡山这才恍然大悟，认为自己身体不舒服，原来是因为这个村叫“吓死”引起的。于是，他立刻叫人到附近周围找个名字吉利的村子去住。几个副官找了下寺周围几个村，“南原”和“难圆”谐音，“上寺”和“伤死”谐音，其他村子过河又不方便。几经参谋们筹划选择，最后决定将行营中心点建在古渡口马粪滩北边一个名叫

"南村坡"的地方。阎锡山一听"南村"与"难存"谐音，便煞有介事地说："我要生存，只有生存才能发展，再'难存'的地方，只要大家有克服困难的毅力和决心，'困难'也就'存在'不住了。从今天起，我的行营就改名'克难坡'吧！"就这样，南村坡便改名克难坡了。

村名是改了，可是"难"却不想克。不过，阎锡山不想克难，有人想。1938年10月，时任中共抗敌演出三队特别支部书记、对外公开身份是国民政府军事委员会政治部西北战区宣传工作兼演出三队指导员的光未然，利用住在克难坡时的机会，经常下山到壶口观看瀑布。壶口是黄河的重要码头，船工要在这里卸船，很多毛驴在此运输。许多场面激发了光未然的创作欲望。在转战吕梁的时候，他从马上摔下来，但是，在养伤的过程中仍然坚持创作。1939年的延安元旦晚会上，光未然满怀深情地朗读了《黄河大合唱》的歌词，激起了全场热烈的掌声。作曲家冼星海同志受到感染，主动请缨为歌词谱曲。于是，一首在中国音乐史上气势最为宏大、演出阵容最为庞大、演出效果最为轰动、对中国人民的文化自信推动最为长远的大合唱就这样诞生了。

80年来，这曲承载着中华民族豪迈气概的壮歌，伴随着我们惩列强、靖边鄙、安天下、奔小康、铸辉煌。7月10日下午，我们正在壶口瀑布进行直播，恰好遇上北京市房山中学的师生冒雨在现场合唱《黄河大合唱》。触景生情，我们这伙儿走黄河的人也情不自禁地加入了大合唱的行列。那一刻，我似乎听到了一支金戈铁马的队伍正在鲜艳的旗帜下浩浩荡荡驰过洒满阳光的大道。果然，几天后，朱日河草原上纪念建军90周年的盛大阅兵式，就让我们真的见到了这个激动人心的场面。你听，那黄钟大吕的旋律，正向世人展示中国气派的钢铁誓言；那让敌人闻风丧胆的新式杀器，正成为热血男儿和巾帼英雄们的责任担当；那风在吼、马在叫的激烈场面，正在背负着初心与责任的一代新人身上变成脚踏实地的坚定步伐。

祖国，愿你越来越强大！

（原载于《人民政协报》2017年8月7日）

下柬的日子

七八十年前，鲁北平原上青年男女的婚姻大事，往往就是巧舌如簧的媒婆男女两家一说合。只要主家说行了，就要用一套约定俗成的程序把“父母之命、媒妁之言”固定下来，写在红纸上，以媒人说合，男方下柬（求婚帖）、女方回柬（允婚帖），并通过请媒人的宴席将事情公之于众。

冬闲季节，村里的闺女媳妇们便凑在一起，今天帮着这个大娘剪窗花，明天帮着那家婶子搓玉米棒子，嘻嘻哈哈地逗乐子，无忧无虑地寻开心。热炕上，女人们就着一窗暖阳，盘起腿来，做些绣兜兜、缝嫁妆之类的活计，在说说笑笑中，议论着村里的家长里短，一个话题接着一个话题，温着自己的一曲春梦。

栓娥正低着头纳鞋底儿，她对面正在搓玉米棒子的三婶子突然冒出一句：“栓娥子，俺给你想了一个婆家呢。”红了脸的栓娥一下把头深深低下去了，嗫嚅地说：“婶子，俺还小哩。”“还小？你没见人家娇娇都当娘了？”于是，女人们来了劲儿，七嘴八舌地顺着三婶子的话题，议论她给栓娥子找婆家的事。

闲话是实话，三天以后男家真的上门提亲了。一番商议之后，便进入了谈论“下柬”的话题。三婶子对男方的家长说：“兄弟，丑话说在前头，我是看着你们两家门当户对，孩子们也对事，才给你们撺掇这件事的。咱可千万别闹讲排场比讲究的那一套，实实在在便好，是个过日子的来头。”

但也得请个识文断字的来给写喜帖呢。不大一会儿，一个手里拿着墨盒，另一只手里攥支毛笔的人就进来了。客套之后，男方的家长开门见山地说：“我一个大字不识的人，也不懂什么生辰八字，请你来帮着谋划谋划。”拿笔的人说：“其实也都是些老套子的事。无非是纳彩、问名、纳吉、换号、看日子、下柬这一套。换号，就是把两头儿家中长辈的辈分、姓名、年龄写在红纸上，这叫‘帖’；再用一张红纸，写上两个年轻人的姓名、年龄、属相，这就叫‘柬’。提前把事说好了，两下里一交换就行了。”

三婶子说：“两家做亲图的是个吉利，一只大红公鸡总不能少吧，表示着两家长长远远的二斤粉条也得有呀，再加上二斤上好的茶叶和一块显得又火腾又鲜活的花布，算是给那头儿老人和闺女的一份定亲礼，我看着，这四色礼就挺好。”

人们一边议论，一边看执笔人写帖。不大一会儿，一张一尺半的红纸就写好了。那段文字是：

×××先生台鉴：

易曰乾坤定矣，诗云钟鼓乐之；自古男大当婚，女大当嫁。今有××之子×××，年方弱冠，命中富贵，且自幼聪颖，为人诚实。贵府素来教子有方，家中千金亦是女中贤良，且经方家算定，二人八字相合，年庚相符，属命相生，实是珠联璧合。故而冒昧登门求亲。古人云：良缘必夙缔，大礼自天成。万望仁兄不弃寒陋，金口允诺，以使两家相结永世之好。

求亲人×××

顿首

×年×月×日

写完之后，执笔人又给他们念了一遍。几个人听得一头雾水，但是又都说挺好，让媒人抽空送过去就是了。执笔人说：“等那边给了话儿，我再替他家写一回允婚帖送过来。”于是，主家的婆娘就赶紧点火烧水，煮了饺子端上来，陪着大家吃了。酒足饭饱，写帖的秀才满面春光地从主家千恩万谢的话语中走出来。求亲帖就算完成了。

第三天上午，媒人又到女家那头去写了“谨遵台命”的允婚帖，并将女家为刚定下来的新女婿买的新鞋新帽拿回来。未来的婆婆一边端详亲家送来的鞋帽，一边笑得合不拢嘴。媒人一边说着“还有呢”，一边撩起大襟下摆，从荷包里掏出4个红纸包和一把高粱莛秆。这是一包茴香、一包艾、一包盐、一包麸子。暗含了“相爱有缘有福”。这一把莛秆，一共18根，折合9双筷子，是个十拿九稳的意思。也就是说，亲戚那头儿认下了。至此，整个下柬过程就算完成，一门亲事也就定下来了。

（原载于《人民政协报》2017年8月14日）

河道里的“理”有了新解

在山东省东明县焦园乡和与它对岸的河南省兰考县固阳镇东坝头村，谈到黄河在这里摇头摆尾、河道经常忽南忽北忽东忽西的情况时，一句“大道上讲理，河道上不讲理”的俗语，引发了我对这句话的发问与思考。

东明县是黄河入鲁第一县，境内黄河长62公里，流域面积205.98平方公里。全县有七条较大的季节河，分别为洙赵新河、万福河、贾河、东鱼河、紫荆河、夏营河、赵王河，均为东西流向，只有黄河像一头桀骜不驯的雄狮，随着汛情的大小，忽而南北走向，忽而东西走向，把滩区百姓的生计弄得像是风浪里的小船，摇摆不定。

由于河道太宽，滩区村子的土地几乎全在大坝里面。造成这一局面的原因，在于这里原来不是河道，1855年黄河决堤改道的时候，才把这些有着上等田亩的村庄圈进大堤里面，使他们成为特殊的“滩地人”。一百多年来，人们既舍不得搬离，又止不住水患，只好来一次大水，翻修一次房子，然后垫高一次房台，防止下次洪水淹到家里。年深日久，既考验了当地群众逆境求生的韧性，也形成了一些为特殊环境所规定的乡风民俗，以及许多只有在河道里居住的人们才会遵守的道德规范和生存方式。

就拿“大道上讲理，河道上不讲理”这句话来说，局外人听来，似乎有点懵里懵懂，不知所云。但是，你到那段黄河大堤上一站，面对着河道中心河槽里那烟波浩渺的滚滚浊浪，再放眼两岸那一碧万顷、长势喜人的庄稼，你就开始对这样的俗话有些心领神会了：如此肥沃平坦的土地，谁能舍得丢弃？再说，老辈人世世代代都在这里耕耘，要不是170年前的那次黄河改道，怎么能把我们上好的家园变成滩区呢？于是，自从成了滩区，便有了滩区“自家”的“理儿”：大水来了，需要抗洪的物资，只要用得上，不管是谁的，用！庄稼熟了，顷刻间就被洪水卷走，管他谁的呢，先收了再说，总比辛辛苦苦白忙活好。

当然，这样的“不讲理”，最后还是要讲理的。都是乡里乡亲，谁好意思不声不响地占有别人的劳动果实呢！一般来讲，大水退去之后，当初组织救灾的主事人便找到受损失的人家说：你看，洪水欻欻地舔着大堤，再不挂溜就把大堤冲垮了。俺没有办法，把你家那十几棵大柳树全给砍了。灾退了，把树身子找回来，能折变几个钱算几个，亏了的那部分秋后补给你二斗红高粱吧。于是，事情也就这样过去了，既没人见怪也没人红脸。乡里人有乡里人解决矛盾的方式，大家都知道大水来了以大局为重、以保护财产为重的道理。

如今，精准扶贫了，国家给滩区的村子在大堤外盖起了崭新的砖瓦房，可这些对黄河生了根的人，就是舍不得离开滩区，还是照样开着车去河滩里种地——那地，有祖先的灵性吧！虽说这些年外边的诱惑还是把年轻人的心都吸走了，但上了岁数的人们守着村台、看着往堤外高处走的人家，心里不断地思忖：这么宽绰、这么肥沃的土地谁来耕种呢？就这样抛开老祖宗的家业去住楼房、当“市民”吗？

按河道里的“理”，大伙儿的担心也不是没道理。但是，眼下是圆梦的日子，不能总是守着老理过日子。所辖村庄都在滩区的焦园乡和长兴集乡，这两年就有了一些“新道道儿”，搞规模经营。出现了一批像神农园公司、鲁园作物种植合作社式的新型合作组织，他们种粮、种菜、种藕，先后辟出黄河湾蔬菜基地、万亩藕塘、千亩日本丹波黑豆和黑小麦等专门种植基地。仅长兴集乡的东明黄土地合作社，就与郑州、济南、天津、广州、北京等多地签署农产品购销合同，先后为800多人提供了劳动岗位。

道理想通了，滩区搬迁的心就有了。地还是咱的地，村就让它成为咱们种地的驿站吧。咱们去住新房，让滩区成为规模化现代农业的示范区。河道里的“理”与大道上的“理”在精准扶贫中走到一起了。

（原载于《人民政协报》2017年9月4日）

“枣俗文化”中的繁衍密码

羞于谈“性”是封闭乡村环境的一大特色，黄河两岸孔孟之乡的齐鲁大地尤其是这样。但是，“性”又是人类繁衍必不可少的基础，于是，许多乡风民俗就挟裹了或诙谐或率直或隐喻或含蓄的生殖崇拜因素，无孔不入地潜在于人们的日常生活。

黄河两岸的先民，从古老的礼节和《诗经》《礼记》里，学会了对“性羞涩”的避讳。他们懂得了用含蓄和比喻对羞于启齿的事物进行表达的方式。在黄河东岸山西吉县，我就了解到当地有一种看望月子里的妇女要送桃形花馍的习俗，这是源自对女性乳房崇拜而形成的习俗。还有用“绵绵瓜瓞，民之初生”指代婴儿初生时，像瓜果里面的籽粒，也是很有趣的比喻。而民间对于繁衍的隐喻，最常见的，莫过于食枣乞子。

黄河流域是著名的金丝小枣产地，“枣下纂纂，朱实离离”的风景，不仅提供了生活的甘甜，还造就了丰富多彩的“枣俗文化”。小时候，老人讲述的故事中，常常有母亲吞赤珠而生下金童玉女的情节。《艺文类聚》中就曾引用《诗含神雾》中的话说：刘媪“含始吞赤珠而生刘邦”。这里说的“赤珠”，过去多无准确的诠释，实际上指的就是小枣。这不仅在初民的图腾崇拜中可以看出，即使到了明清之际，许多文学家还是把红枣称为“赤珠”“朱实”“红珠”“红宝”。山东商河、乐陵、庆云三县的县志中就有不少这样的记载。今年春节，我目睹老家青年人的婚礼，依旧有在婚宴上“撒喜枣”的习俗。闹房的嫂子辈们，一边将大把的小枣花生塞进新人的嫁妆，一边敲打着新房里的家具，喊出许多押韵合辙的连珠妙语：“拍打箱，生一帮；拍打柜，生一对；拍打匣子，生个尕娃子……”毫无疑问，这些“早生子”的期盼，是将小枣花生的谐音与繁衍联系在一起。

华中师范大学的林继富教授在谈到枣与生殖崇拜时，曾引用《仪礼·士昏礼》《尔雅·释亲》《礼记·昏义》等典籍中的论述，从多方面论证了枣俗所蕴含的文化内涵。如《仪礼·士昏礼》中称："妇见舅以枣栗，见姑以脯。"这里的"舅"和"姑"不是现今意义上的"母亲的兄弟"或"父亲的姊妹"，而是"夫之父曰舅""夫之母曰姑"。让新媳妇吃枣和栗子，其含意即为"早立子"，也是将枣与求嗣联系在一起的例子。

鲁北平原的枣农，每年开春都要对已结枣的枣树进行环剥，以促其多结果，结好果。他们把这种寄托着自己希望的劳动称为"嫁树"。许多人说这个"嫁"字不确切，我却感到这个字用得再好不过了。它既包含了植物学上"嫁接"的含意，又把人类婚嫁的含义置之于树，使树的生殖与人类的生殖达到了一种和谐。元朝人王祯在其《农政全书》中记载："正月一日日出时，反斧斑斑椎之，名曰'嫁枣'。不椎则花而无实，斫则子萎而落。候大蚕入簇，以杖击其枝间，振去狂花，不打，花繁，不实不成。"可见，这位农学家是把嫁树、疏花作为合理授粉的措施来看的，这与人类的优生优育又有点相似，只不过它是调剂植物生殖生长与营养生长的一种手段罢了。由此看来，这个"嫁"树的"嫁"字，除了嫁接的作用，还隐而不彰地输入了一种象征繁衍的意蕴，说明古老的繁衍愿望已经衍化成了一种潜在的质朴，并成了我们破译古老"枣俗文化"深刻内涵的钥匙。

守着一条黄河，演绎了这么多有趣的习俗，我们的祖先留下的这些礼俗，应该也是黄河的馈赠吧。

（原载于《人民政协报》2017年9月18日）

我所经历的国庆

人活在世上，总有喜怒哀乐之事相伴。总体上讲，喜事、高兴的事多了，人的精神就好，正所谓人逢喜事精神爽。为此，我总告诉自己：要多想美好的事，让自己心里总装着庆典，生活就有奔头，心气就往上提。比方说，每年的国庆节庆典，总会成为让我激动不已的日子。每逢这个时节，那热烈的欢庆氛围，总会与国旗、国歌等元素交织成让我难以忘怀的魂牵梦萦，在我的脑海里反复呈现。我今年66岁，从记事起，国庆庆典经历了几十次，每一次都让我兴高采烈。在这篇小文里，不能一一道来，但是经历的6个10年大庆的场面，却至今历历在目。

1959年10月1日，是新中国的第一个10年大庆。那一天，我们村里的大人们采来松树枝，扎起松门，写上标语，村小学的老师领着花鼓队，敲着有节奏的鼓点走街串巷。村民们也都翻箱倒柜地找出只有过年过节才穿的衣裳，集合在大队的场院看热闹。那时我只有8岁，唱着“叫俺扭来俺就扭，一扭扭到十八九”的儿歌，在人缝里钻来钻去。许多从旧社会过来的人，凭着发自内心的感激，热情洋溢地歌颂领袖毛主席，歌颂我们党。

1969年国庆，一个非常时期的庆典。那时，我已经是一名解放军战士，长时间的中苏对峙，已经让人们把准备打仗的弦绷得紧而又紧。国庆到来之前，有些文化的战士，都学着写诗作词。我在训练间隙写了一首题为《战士观礼到北京》的新诗，大伙儿都说写得不错，鼓励我寄给报社。没想到，这首诗真的在10月1日的《河北日报》上登出来了。看到自己的诗歌变成铅字印到报纸上，我心里别提多高兴啦，感觉比吃糖还甜。

1979年国庆节，我作为山东德州地委农村改貌队队员，正在平原县恩城公社小北关大队工作。党的十一届三中全会刚刚开过，我们在改貌工作中推行了农业生产责任制。那个国庆节，我是在和农民一起研究如何分地的场院屋里度过的。感受那样的场面，领略农民分得土地后的喜悦心情，的确是件让人幸福指数急增的快事。而正是这一年多的改貌，让我赢得了一个连续10年从事政策研究工作的机会。后来，我在翻阅自己写下的关于农村改革的那些文稿时，对党的十一届三中全会给中国带来的巨大变化，有了更加深刻的理解。

1989年国庆节，我带队在东北满洲里考察边境贸易。在满洲里市的精细安排下，我们特意到边防哨所参观，通过高倍望远镜，望苏联的后贝加尔斯克。那时节，山东老家正是三秋大忙季节，人们还穿着短袖衬衫。然而，此时的后贝加尔斯克，却是白雪皑皑，居民足不出户。就连我们脚下的满洲里，多数农牧民也躲在家里取暖了。这让我联想到，世界多么奇妙，祖国的大地多么辽阔。

1999年国庆时，我作为山东省民族事务委员会副主任，带队到北京参加国庆50周年民族工作成就展。56个民族的兄弟姐妹相聚在北京，品味50年来“当家做主人”的幸福与自豪，畅谈改革开放给各族人民生产生活带来的巨大变化，畅想未来伟大祖国的美好前景。国庆节那天中午，我突然接到中央领导要到民族文化宫参观的通知。我们十分激动，许多同志都穿上崭新的民族服装。下午3点，时任全国政协主席的李瑞环同志来到山东展区，望着我们的一只小尾寒羊标本，连连点头称赞。我向他汇报了山东省采取经济帮扶，帮助少数民族发展小尾寒羊生产的情况。他笑着说：好，好！山东大汉养的羊也是膘肥体壮。

在新中国成立60周年的时候，我得到了一份幸福指数特别高的“美差”：作为山东省国庆彩车领导小组办公室主任，装扮参加国庆游行的彩车。当山东省以“岱青海蓝”为主题的彩车开过天安门广场时，我激动得热泪盈眶：我这个农村出来的穷孩子，能够为共和国60年大庆制作彩车，是一件多么荣耀的事啊！我所承担的是包括我的祖辈在内的广大人民群众对祖国最真诚的祝福啊！想到这些，我对国家、对党的无限热爱越发地强烈起来了。

今年国庆，虽然离“70”周年还有两年的时间，但是今年的喜事特别多。举国上下正在喜迎党的十九大，以习近平同志为核心的党中央描绘的“两个一百年”美好蓝图和民族振兴的百年大计正在逐步变成现实。10月1日起，还将施行不久前全国人大常委会刚通过的国歌法，所有这些，都让我心里的庆典情结越来越浓厚。

（原载于《人民政协报》2017年9月25日）

总把新桃换旧符

进了腊月的门，许多人家开始“忙年”。洒扫庭除的、置办年货的、更新设施的……前几天，老伴儿对我说：“快过年了，你去买盆鲜花吧。”买花是好事，新年到了，房子里放一盆鲜花，颐养眼福不说，还有着除旧布新的寓意，说明了一种生活的理念与信心。我突然想起了王安石先生那首《元日》诗：“爆竹声中一岁除，春风送暖入屠苏。千门万户曈曈日，总把新桃换旧符。”多么好的比喻，多么清新的意向。正如我们的国家，在刚刚召开的中共十九大的指引下，不忘初心，砥砺奋进，已经成为一股浩浩汤汤的时代洪流，洗礼着共和国的角角落落，除旧布新，呈现出“千门万户曈曈日”的大好局面。

好，我去买花。走进仙境般的花市，嗬，我的眼睛都看不过来了：热情奔放的大叶兰、一枝独秀的报春梅、玲珑剔透的旱荷、亭亭玉立的水仙、红得发烫的一品红、开得热烈的君子兰、结满了花骨朵的牡丹、苍翠欲滴的松柏盆景、烂漫多姿的映山红、颜色各异的杜鹃花、月季花、蝴蝶花、郁金香、西番莲……太多了，看花了眼，记也全记不住。有一家花市的花房，摆放的全是名贵的花卉品种，门楣上的大字居然是“商河县花卉市场”。这些花全部来自我的故乡山东省济南市商河县，都是由玉皇庙镇的父老乡亲们亲手栽培出来的。这让我发自内心地高兴。

我小的时候，老家的人们只知道种庄稼，哪里有种花的闲心？那时，我们也喜欢花，春暖花开的日子里去地里挖野菜的时候，顺手采撷的各种名目繁多的野花野草，什么打盆花、鸢尾花、苦菜花、婆婆丁花、蓟菜花……我们也懂得美，把采来的花用一根茅草捆起来，在家里的显眼处摆放上一两天，就变成牛羊的饲料了。如今，家乡的父老乡亲不仅学会了种花，而且还连续两年都举办了山东省花卉博览会。听说，在贾庄一带，不少贫困户靠种植花卉发了财、盖了楼、买了车、进了城。还有的花农发了财之后，兴办福利事业，出资办鼓子秧歌会、办老年歌舞会。我的几个兄弟媳妇就成了村里广场舞的积极分子，并且都能在大庭广众下说唱就唱。这真是翻天覆地的变化呀。

唉，只是有一点，走着走着，我们老了。譬如我，过了年就67岁了。虽说当下人的寿命普遍提高，可还是进入了老年人的行列。可以坐公共汽车不花钱，在公共汽车上可以有人让座，可以有人把一个从穷乡僻壤来的乡下人从“王小”喊到“小王”，又从“小王”喊到“老王”，甚至于偶尔有人还叫一两声“王老”。虽然感叹自己不再年轻，但老朋友们总是劝慰我：老了不要紧，赶上好时候就行。这话说得在理，就在我们年近古稀的时刻，赶上了这么伟大的新时代。所以，年岁的增长都无关紧要，我所期待的，是自己能有一颗热爱生活的心，虽然我不会养花，但是我喜欢花。像儿时供养田地里的野花一样，让我有一颗惜花爱花的心。

想到这些，我在花房里精心挑选了几株水仙花带回来了。再过十天半月，它们就会长出一颗颗顶着花蕾的箭，那剑上的花蕊会绽放出美丽的花。那个时候，它将以清新、芳香、简洁、大方的形象，让我沉醉于走进新时代的感觉，怀揣着大道至简的人生命题，用我有限的生命，书写对于人民的那份忠诚。

（原载于《人民政协报》2018年2月5日）

让自己的心里始终留存一种温暖

我是行将奔七的老年人，一上公共汽车，短不了有青年人喊着“大爷”给我让座。每到此时，心里就暖呼呼的充满着感激之情。上了年纪，有热心的青年人给让座，是人家个人素质高，也是社会风气好的表现。对于那些一看就知道是出于真心的年轻人，接受一下别人的礼让也未尝不可。那是对人家一片诚心的尊重与回报。

但是有一条，千万不能认为你上了岁数，别人就非得给你让座。许多年轻人没有给老人让座，不一定是他心里没有这样的想法，青年人也有青年人的特殊情况。比如，昼夜加班没有休息好，身体有残疾或者患了疾病，没有发现新上车的老年人等，都是可以理解和接受的。不必以年纪大而与年轻人争座位。如果你上了岁数，上车后确实行动有困难，可以礼貌地向别人说明情况，以协商的口吻与人沟通。如果你虽然是老年人，但身体健康，也不一定不给别人让座。接受别人的让座和主动给别人让座，都体现了人们的相互关爱。

我接受别人尊重的同时，首先尊重别人。对于给我让座的朋友，报以必不可少的礼让与感激，在后来上车的人当中，有年纪比自己大、身体条件不如自己或者虽然年轻但怀抱小孩或者搀扶老人的，该让座一定要让。我就是这样要求自己的。人活着，就不是一个人的世界，相互之间的理解与关爱，是公民的基本素质。遇上了就是缘分，伸出援助之手就是道义支持。随着我国国民素质的提高，人与人之间相互礼让，尊重是一种道德修养的表现，是做人的必修课和素质积累。若干年前，我到国外出差，看到人家许多城市一方面车水马龙，另一方面秩序井井有条，就羡慕得不得了。眼下，我们的国家也逐步这样做了，行人不再去闯红灯、抢斑马线，司机、机动车辆驾驶人员也就不再与行人发生矛盾了。我每次走到斑马线，看到司机师傅们主动停车礼让，内心都生出一种深深的谢意。人敬我一尺，我敬人一丈。如果全社会都这样做，我们的社会秩序、生活秩序、治安秩序就会从根本上发生改变。有些好的道德风尚，常常起于最初的某些规定或者规范，时间长了，慢慢变成了人们的自觉行动。

记得20世纪六七十年代学雷锋的时候，一个人外出或者一伙人外出，不管走到哪里，总会有温暖的手迎接着你的到来。尽管计划经济时期，人们的生活水平还很低，但是相互之间的帮助、体谅还是做得很好的。不管是县委书记焦裕禄的那些深入到农民当中与农民兄弟交朋友的“琐事”，“还是为了六十一个阶级兄弟的生命”的那种跨省跨区的几千里大协作；不管是王杰的舍己救人还是路边偶遇一位身患疾病或者出现意外的人，总有人善意地上前扶一把。所有这一切，全都闪耀着一种先人后己、乐于助人的高尚情操。

把方便让给别人，帮助别人把困难克服了，就是一种很好的道德修养表现。一个人把加强自己的道德修养当成一种温暖，尊重他人、尊重社会、遵纪守法就会成为自觉的行为。大庆油田的副总指挥王进喜，是中共九大选举的中央委员，在生命垂危的时刻，仍然忘不了归还组织上到医院看望他时留下的三百元钱。这样让人们感动的事情，只有在毛泽东思想的教育下，才能成为整个社会和自然人的自觉行动。在经历了正反对比之后，人们从道德下滑的信任危机中看到了失去真爱的岌岌可危。于是整个社会怀着对中华民族光荣传统的美好回忆与眷恋，强烈呼吁人类良知的回归，对不文明、不道德、一切向钱看和以“我”为轴心的自私行为进行了强烈的谴责。好在中华文明的根基深厚，习近平总书记在提出全社会都要坚持社会主义核心价值观的同时，在党的十九大报告中再次强调“要提高人民群众思想觉悟、道德水准、文明素养，提高全社会文明程度”。这正是广大人民群众盼望已久的大好事。有党中央的英明领导，“人民有信仰，国家有力量，民族有希望”的新时代已经开启。一想到这些，心底的那种暖呼呼的感觉就在全身流淌。

（原载于《中华魂》杂志2018年第3期）

素味真情别有天

今年的这个春天，我总觉得与往年有些不同——国家发生了许多值得庆祝的大事，身边也有着一些令人欣喜的改变。比如，春节里请客喝酒的文明多了，以往那种酒场上发飙，死乞白赖劝酒、让酒的现象已经很少看到；许多过去近乎绝迹的老手艺出现；说书的、唱小戏的、跑秧歌的越来越多了，中华民族充满着自尊自爱、自娱自乐的传统归来了；还有就是朋友们聚在一起时，总喜欢聊一聊国家发展、民族振兴。

先说传统文化的回归。在山东省滨州市的惠民县魏氏庄园，过去游客到这里就是看这一处景点。现如今，这里已经变成了古代建筑鳞次栉比、节日商品琳琅满目的成片仿古村落。同时，这一处景点的扩大，竟然像用了酵母的发面馒头一样，把传承了几百年的“老武定府”里的一些过年节目、过年习俗、娱乐形式、传统技艺给钩沉起来了。比如走街串巷说书，惠民县是有传统的。从元朝惠民县戏曲作家康进之创作元杂剧《李逵负荆》《黑旋风老收心》，到如今少说也有六七百年的历史了，一直没有中断。我记事的时候，讲唱《水浒传》这一传承，在民间还有很大市场，背着褡子、装着鼓板、拿着“醒木”到乡下说书的人年年都有。有的乡土艺人走到农村，随便找个空场，大鼓一支，云板一敲，立即有听众围观上来，很快就凑齐了场子。于是，那行云流水般的说唱，便在艺人绘声绘色的描绘中，生长成为听书人的内心视像。在长达上百年的时间里，“唱水浒”几乎成了一些说书人的拿手好戏。我至今还能记得起那专门演唱《黑旋风老收心》的说书人开场的那几句：“先来一段小斧头，说说黑旋风李逵老来收心的故事……”

新中国成立后，惠民县为了弘扬讲唱文学，专门成立了“胡集书市”，为艺人们提供施展才华的舞台。但是，由于在很长一段时间里，全国从事说书行当的人越来越少，许多底层的民间艺人却“渐行渐远渐无书”。如今好了，像魏氏庄园这样的景点扩大了规模，南来的北往的，街头巷尾摆场的，顷刻间活跃了起来。魏集古村落离胡集镇本来就不远，新的建筑布局把两下里连接得越来越紧，人们听说书、学说书、学写书的积极性也给调动起来了。一年到头都有人来惠民县说书、办“玩意儿”，人们的精神文化生活得到了极大的丰富。

再说人们对国家命运的关注。不久前，我和几个朋友去看望一位德高望重的老师。老师已是83岁的老人，从年轻时就不喝酒，更不习惯于在饭店里聚会。于是，我们就尊重老师的意见，摆几盘糖果，沏一壶酽茶，扯一段话题，既有当年跟着老师读书时的趣闻逸事，又有时下学子们在各自的岗位工作学习、子女成长情况的相互交流。当然，我们谈得最多的还是人们对习近平新时代中国特色社会主义思想的感受与体会。虽说我们当中的绝大多数都已赋闲在家，可大家心里想的事情全都是家国命运。人们从“党的十九大”谈到“习近平总书记新时代中国特色社会主义思想”；从反腐败取得的丰硕成果谈到社会风气逐步好转的客观现实；从打黑除恶谈到良好的社会环境的形成；从企业改制谈到保护一线职工的合法权益；从修改宪法谈到制定监察法……全都流露出喜不自胜的喜悦感和获得感，都觉得我们这一辈人真的不白活。大家都说，面对“两个一百年”的奋斗目标，觉得自己还不老，我们虽然不在其位，但是跟着习主席实现中华民族伟大复兴的家国情怀，让咱们在力所能及的情况下，还能做许多事情。

听着这样的议论，心里真舒坦。真是有什么都不如有一个称心如意的好社会。

（原载于《人民政协报》2018年4月9日）

随着茸芭莘那的歌声走进草原

与民族界别全国政协委员茸芭莘那相识，让我这个不会唱歌的人，突然间对音乐产生了兴趣。今年全国两会期间，在吃完饭回房间的路上，茸芭莘那送给我两本她的歌曲演唱专辑，一本是专门为云南各民族演唱的《大怒江》，另一本是面向全国各民族演唱的《远方的客人请你留下来》。正好带着电脑，我便回到房间插上光盘听起了茸芭莘那的歌。

嚯，果然了得。怪不得人们称她为“怒江百灵”，怪不得她能从怒江州兰坪县一个普普通通的普米族山寨的农家小院走上央视的舞台，又从北京走到了世界各国的舞台。她那美妙的声音真的是天籁之音，她独具特色的民族唱法真的是艺术园地里的一朵奇葩。当天晚上，我乘着兴致，一气听完了她演唱的26首歌曲，一边听，一边敲打着桌子击节点赞。她的演唱音域高亢，婉转柔和，清脆里带几分温馨，利落中挟裹着甘甜，让人有一种金声玉振、余音绕梁的感觉。茸芭莘那多才多艺，能用多个少数民族的语言演唱，普米族的、怒族的、纳西族的、苗族的、彝族的、藏族的……真是个优秀的人才啊！

听不够，翻转过来再听。就这样，在十多天的政协会议期间，我听了七八次。每次倾听，都闭目遐思，跟随着她的歌声，畅游在音乐带给我的美妙的享受之中。

我从小放羊，长大以后又在祖国的北疆当兵，对草原、对牛羊本来就情有独钟，而茸芭莘那演唱的歌曲里边，除了使用少数民族的语言之外，最能让我因韵明道、旁通无滞的就是那首普米族民歌《美丽的大羊场》。你听：

“啊哩啦哩哩/白姿花舞若怒扎哟/啊哩哩哩哩哩/太阳出来喽/朝霞映山岗/草滩绿茵茵/雪山闪银光/牛羊啃着绿草/牦牛摇着铃铛/草地上开满了杜鹃花鲜艳又芳香/牧场上有我心爱的阿哥/心爱的阿哥/阿哩哩哩哩哩/美丽的大羊场/好一个世外桃源/我们普米人可爱的家乡……”

每当听到这里，我眼前便有广袤无垠的草场承载着大群大群的牛羊组成的画面。我是走过一些草原的，锡林郭勒草原、呼伦贝尔草原、那拉提草原、桑科草原、冶力关草原、青海湖草原、三江源草原……这些美丽的草原，集生态与美学于一身，在承载着人类生存的物质基础的同时，又用自己的无私与旷达，狂妄恣肆地描摹着祖国大地的多姿多彩，勾画出草绿、山青、天蓝、水碧的壮丽画卷。“绿水青山就是金山银山”这个伟大的命题，茸芭莘那把它融进了自己的歌声。

随着《美丽的大羊场》走进牧场，不光可以看到在鲜花绿草中自由自在的牛羊，还会学到曾经在我的生命里出现过的阿爸、额吉、阿黑、金花、扎西、洛桑、阿迪力、铁木耳、卓嘎、再娜、阿力……他们会在洒满阳光的草原上带着诗意的笑容向你走来。这是多么幸福的时刻！所以，茸芭莘那在歌曲的末端唱道：

“太阳落山喽/霞光映村庄/湖泊星罗棋布/小河静静流淌/牧童骑上牛背/悠悠笛声飘扬/山寨里升起缕缕炊烟如幻又如梦/木楞房里有我的爹娘/慈祥的爹娘/阿哩哩哩哩哩/美丽的大羊场，好一个人间天堂/我们普米人可爱的家乡。”

听到这里，我对茸芭莘那的歌唱有了更深刻的理解，她之所以唱得那么好，除了她的音乐天赋，恐怕更重要的还是她对故乡、对人民、对生活深深的挚爱。优秀的歌手，必然同时是热爱人民的人，如果没有这一条，即使嗓子再好，演唱也未必能进入角色。正是有了对人民的大爱，茸芭莘那心里那些蓝天白云、羊群绿草才能被激活，才被赋予了与万物共生的灵性与琴键般清脆的美妙。

今年5月，是毛主席《在延安文艺座谈会上的讲话》发表76周年；10月，是习近平总书记《在文艺工作座谈会上的讲话》发表四周年。学习这两个讲话的时候，我情不自禁想到了茸芭莘那的歌唱。随着她的歌声，我走进了草原，看到了美丽的大羊场；随着她的歌声，我走进了“两个一百年”的美好梦境，看到伟大祖国以越来越强大的实力自立于世界民族之林的傲岸身姿和雄伟步伐。

（原载于《人民政协报》2018年5月3日）

乡民之乐的乐后思考

或许，这就是最有说服力的证明，或许，这就是城乡之间差别急剧缩小的一个缩影：我的40年前还是穷乡僻壤的故乡，如今“时髦”得让我不敢相信。

正是麦子拔节的季节，过去都是家家忙着浇地、施肥、灭草、喷药。我回到村里，也是想去看看乡下那种农忙季节“处处有活干，家家无闲人”的场面，重温一下庄户人家那种“汗珠子砸脚面”的劳动场面。但是，我的这个想法实在有点太落后了。回到老家的日子里，并没有发现一个人为地里的庄稼着急。虽说从入冬以来没下过透地的雪雨，可是地里的小麦全都长得茁壮喜人，一派丰收景象。

除了在外地打工经商的年轻人，四五十岁的女人们大部分是在家里看孩子，五六十岁的男人们除了零七碎八的庄稼活道，也能像城里人那样，在太阳还没有完全落山的时刻，就回到家中。有喜欢娱乐的一伙子“乐天派”，进门后洗把脸，像有急事似的，拿着自己的胡琴、笛子、唢呐一类的“家什”往外跑。人们说他们“你吹笛，他拉弦，说说唱唱乐着玩”。我和这伙子人们聊起来，他们居然“振振有词”：在庄稼地里忙活了大半辈子了，从来就没有想过自己的文化生活。如今日子好了，家里的农田也转包出去了，孩子们都外出打工挣钱，再也不能光摽在庄稼地里。出来唱唱小戏，念几首诗词，唱几支歌，不光可以增加肺活量，保证身体健康，也能让自己觉得年轻啊。

是的，乡亲们说得有道理。我正在琢磨他们的话语，一位头发都白了的老汉说：“听听我朗读岳飞的《满江红》吧。”果然了得，乡亲们居然有如此雅兴与心思，这在过去连想都不敢想啊。我仔细听了一遍，虽说不像业内人士那么专业，可是对逻辑重音、抑扬顿挫的拿捏方面，还挺有那么点意思。在人们的掌声里，又有一位看上去大约50来岁的人，绘声绘色地朗读了辛弃疾的《青玉案》。人们正要叫好，一位奶奶模样的妇女走过来说：“别在这里吼了，看看俺们的大秧歌吧。”

“我们这是文化呢，不去你们那里。”

“难道我们就不是文化？亏你还说得出，你老婆正在那边跳舞呢。”

“你们这帮人啊，粪不拾，草不锄，撂下饭碗就跳舞。如果40年前这个样子，连个婆家也找不来。”

在人们一片哈哈声中，妇女连搅带闹地走了。跟着她的脚步，我也来到扭秧歌的场子。嚯，也不全是妇女，还有几位“大老爷们”呢。干了大半辈子的农活的他们，扭起来、舞起来，还挺像那么回事的。过去，一说起农村妇女，好像就知道刷锅洗碗，围着锅台转，或者下地干农活。如今看来，她们不光能干活，会劳动，还特别热爱村里的文化活动。听村干部告诉我，到这里参加跳舞、唱歌、扭秧歌的中年妇女，有30多位。我四叔家的大儿媳妇今年52岁了，年轻的时候可没少受累，拔草喂牛绝对是一把好手，一个人能背回一座小山似的柴草。没想到，就是这样一位“铁姑娘”式的弟妹，如今居然成了村子里秧歌队的骨干。她不光秧歌扭得好，舞跳得好，还是一位颇有名气的“K歌”能手，据说已经录制了100多首歌曲。一次，她二小子到我家，打开手机让我听他妈妈“K歌”。嗬，真不简单，我还以为是专业歌手呢。

过去，我们讲了几十年的消灭三大差别，但是直到今天，我才从乡民之乐的乐后沉思中领悟到：农民与城里人原本就有着相同的智商与情感，但是在贫穷的日子里，农民就显得寒酸和穷气，如今农村小康了，人也精神了。城乡差别、工农差别、体力劳动和脑力劳动的差别也越来越小了。按照“后天下之乐而乐”的古训，我们的政府是不是应该在文化兴邦的过程中，再给丰富多彩的“乡民之乐”助上一臂之力？如根据农村实际需求，增加一些经典图书、戏曲、曲艺，进一步涵养和提高农村居民的精神素养。那样，我们的“后天之乐”也会得到百姓更多的称赞。

（原载于《人民政协报》2018年5月14日）

鲜花与秧歌

去年，我的故乡山东省商河县，举办了“第六届山东省花博会”。这听起来有点天方夜谭，因为50年前我离开故乡的时候，“花”倒是有——遍地的碱花：白茫茫，咸乎乎，空气里都弥漫着一种难闻的腥咸。即使是在本来应当繁花似锦的春天，也只能看到步履维艰的桃儿、杏儿们娇娇羞羞、扭扭捏捏地露一小脸儿，很难看到被节令规定了的花团锦簇。

记得离开家乡的那一年，村子里要给我们几个行将远离的游子披红戴花，但想尽办法也采不到理想的花束，就只好把人家给姑娘准备嫁妆的绸子被面拿来，扎个花滥竽充数。好在后来，那白花花的盐碱被关进了潘多拉的盒子，故乡的土地在林茂粮丰的同时突然丰富多彩起来，种植业五谷丰登，养殖业六畜兴旺，更有那老祖宗不懂、前辈人不会的行当应运而生了。

种花，就是一个这样的产业。

前几年，我因公事回老家，作为嘉宾被工作人员在胸前别了一朵鲜花。当时就想：这样金贵的一朵花，还不如省下钱给孩子买支铅笔呢。后来，县里的同志陪着我们参观，才知道花卉已经成为当下农村的一大产业。走进贾庄镇那些一村一园林、一家一品种的花园里，才真正理解了什么叫作五彩缤纷，什么叫作多姿多彩，什么叫作争奇斗艳。

在我的记忆里，玉皇庙镇以前是全县最穷的地界，与它相连的济阳县新市、贾寨和临邑县的孙安孟寺等地方，被称为德州地区的“锅底”。可是，如今，这些地方都变成花园了。一位济阳县农村妇女说，她们那里因为靠近商河县的花卉市场，如今也开始种花了。她这么一说，我对商河的花卉市场来了兴趣。驱车前往：嚯，果然了得，淹没在花卉大棚群里的现代化的花卉市场，与逶迤远去的花卉大田连成一片。繁忙的花农们，按照各自的专业分工，饶有兴趣地进行着种苗装盆作业、盆花搬运专业、盆花分级作业、切花包装专业……

虽然对于这些花木我大都叫不出名字，但我感觉到故乡的确是温柔富贵的花园之乡了——它圆了我的一个梦，那是儿时母亲讲述的童话里的一个绚丽多彩的画面，是我负笈远行时眼前晃动的一组镜头。

有了养花的心，人就显得精神。人一来精神，就容易手舞足蹈。“吴儿踏歌女起舞，但道快乐无所苦。”王安石的这两句诗是有道理的。自从花卉产业发展起来，与之相对应的文化艺术产业也呼呼地旺长了起来。

商河县是有名的鼓子秧歌之乡，整个鲁北平原都知道，它与海阳、胶州的大秧歌被称为山东民间舞蹈的三大艺术奇葩。跑秧歌，老年间叫“闹玩意儿”。年来节下，村村寨寨，没有不闹的，大人孩子都喜欢。那个时候除了这样的社火，穷乡僻壤的农村，没有别的集体娱乐活动，所以这跑秧歌也就成了百姓们普遍关注的带有庆典性质的大型的自娱自乐活动。说它是自娱自乐，因为跑秧歌一般都是村民们的自发行为，没有什么政府或者官方背景；再就是，跑秧歌带有明显的乡土气息，辛辛苦苦一年了，把大伙儿集中起来热闹热闹，锣鼓一敲，筋骨一舒展，也就抖落了浑身上下的疲劳与说不清道不明的不尽如人意。说白了，跑秧歌就是图个乐和的事。

过去，秧歌主要是过新年、闹十五。如今，也成为文化产业，我的乡党们也有了一顶“非物质文化遗产传人”的桂冠。因了这样的理由，跑秧歌便不再仅限于年来节下，而是越来越趋向专业化、以提高带普及、以普及促提高、普及与提高并进的不间断文化活动。每逢重大节日或文艺调演，开场的、压轴的，总是离不开鼓子秧歌。这一活动，淋漓尽致地折射出故乡的精神风貌和历史厚重。

记得若干年前，一位组织了多年秧歌的老先生，认真记录了鼓子秧歌的每一个动作、每一个细节，并从技术层面上进行了整理与编排。这套图文并茂的资料，后来被正式出版。我曾经作为一种自豪与骄傲，收藏过这本《商河鼓子秧歌》。

如今，站在看秧歌的人群里，我突然发现，在这万紫千红的岁月里，故乡亲人们每个人的手里都有一支彩笔，他们饱蘸着岁月的色彩，随心所欲地涂抹着，劳作着，把一幅幅壮丽的画卷临摹在故乡的大地上、也印记在每个人的心里。

（原载于《人民政协报》2018年7月7日）

汩汩涌流的文脉

我地处黄河冲积平原下梢的故乡——山东省济南市商河县的每一寸土地，都像母亲腹中连着我的脐带，为我传递生命成长所需要的养分，让我有了生命独立的特征。如今，这根一头连接黄土地，一头连接远走他乡的游子的脐带，仍然在为我输送的养分中，添加着有关故乡的殷殷叮嘱。

商河，这个黄河下游的农业大县，在世界和中国的版图上或许算不上出名，但是，在“民以食为天”的生存学上，它却始终闪耀着光彩夺目的色彩。自隋朝开皇十六年置县以来，迄今已近1400年的历史。在漫长的历史进程中，先民们以其勤劳智慧创造了大量的物质财富与灿烂多彩的乡土文化，把这片土地装点得更加美丽富饶。当然，它也经历过临盆的痛苦与涅槃重生的呐喊，经历过深受剥削阶级压迫的挣扎与斗争。直到“十月革命一声炮响，给中国送来马克思主义”，它才找到了原本就属于人民的历史属性。民主革命时期，商河是重要的革命老区，抗日战争和解放战争期间，都为中国革命的胜利做出过巨大贡献。新中国成立后，这里更是快速发展，工农业生产和各项社会事业都有了长足的进步，是全国重要的棉粮生产大县。百姓安居乐业，社会平安稳定，“国泰民安”的日子让父老乡亲们有了“吴儿踏歌女起舞，但道快乐无所苦”的生活热情，于是“手舞之，足蹈之”，拾起了先民曾经的鼓子秧歌，并且从故乡的黄土地舞进了济南府、北京城，成了国家的非物质文化遗产的代表，今年9月还成功地举行了全国民间舞蹈调研活动。

可能就是因为这些，激发了商河人的文学创作热情。近年来，乡亲们当中出现了一些热心文学创作的人才，文学创作的热情空前高涨。写小说、写散文、写诗歌、写曲艺、写戏曲，而且自编自演，热闹得风生水起。上至耄耋老人，下到还在上小学的娃娃，出现了许多文学新星。尽管这新星还在不断升空，但是他们的光芒已经照亮了商河的土地。于是，县里的有关部门开始编纂

《商河文艺年鉴》，并让我写一篇前言。

浏览过书稿后，我深为感佩。收入年鉴的资料，有文学作品、曲艺、戏曲、体育、影视等，群体之大，水平之高，令人称赞。阅读这些作品，除了能感受到每位作者的独特视角和文学寄托，还能强烈地感受到汩汩涌流的文脉冲击。尤其是在这部年鉴里，还能看到60年前启蒙我读书识字的周德香老师的作品，让我格外高兴。周老师今年已经80岁高龄，这些年来，作为一个农民，她在照顾好家庭的同时，笔耕不辍，写下了《落凤坡轶事》《马莲花开》等长篇小说和《满彩》等中篇小说。同时，她还影响了丈夫霍相馨，让他也爱上了书法创作。每每看到这些，都让我强烈地感受到：故乡变了，变得越来越文明，越来越富庶。

前几天，有一位名叫吕炳宵的商河农民，在济南的五龙潭公园举办个人书画展和个人诗词创作研讨会，我应邀出席。一到现场，就被那热烈的气氛给感动了。这位62岁的农民，几十年来锲而不舍地耕耘着农田和砚田，收到了物质和精神的双丰收。一位干了多年济南市委宣传部部长的退休干部说：一个农民画家能到济南办书画展和诗词研讨会，实在是不简单。或许，这就是小康，这就是春风化雨，这就是铸造灵魂，这就是家国情怀和民族骨气。我想，我们的国家，一个县的范围都能有吕炳宵这样的文艺粉丝，是值得祝贺的。

习近平总书记指出："要把爱国主义作为文艺创作的主旋律，引导人民树立和坚持正确的历史观、民族观、国家观、文化观，增强做中国人的骨气和底气。"县域编纂自己的文艺年鉴，可存史、可资政、可教化、可以鼓励人们不断上进，激发人们的创造精神。真心希望这本年鉴能够不负初衷，对推进商河县的建设起到积极作用。

（原载于《人民政协报》2018年11月19日）

我的小升初与中学生活

人到老了的时候，常常回忆起儿童时代的许多事情。特别是我们这些经常凑到幼儿园门口，等着接孙子孙女的老年人，看着天真无邪的孩子们，就容易想起自己的童年。

先说我的小升初。那个时候，我们真的不像今天的孩子们，总是有很大的压力。记得1964年夏天一个星期天的中午，我们几个上小学六年级的男生，正光着屁股在湾里打水仗，突然来了一位同学，大声地喊着："快出来，老师让咱们到刘集中学（县二中）考试去。"一听说去考试，我们几个都赶紧上岸，穿好衣服，回家去了。那天，母亲除了给我几个窝头，还破例给了我5分钱的菜金。没有人送，也没有人把我们当成赶考的学子，除了身上那5分钱让我多了一份得意，一切皆如平日上学，有说有笑地奔向十里以外的考场。

在学校一个地板上铺了麦秸的空旷教室睡了一夜后，第二天便开始考试了。

没有任何压力，一切如平日在班级里的测验或小考。上午考语文，下午考算术。我虽不是第一个交卷，但也算交卷比较早的。大约20天之后，学校张榜了。我们去看。我发现，在录取的108名新生里面，我是第33名。开学分班时，我被分到一班。

中学真是个大家庭。那个时候的中学，学生食堂每天都熬稀粥，有少量面粉蒸的馒头，俗称"细粮"，再就是玉米面窝窝头，俗称"粗粮"，其次是地瓜面窝窝头。不过，大部分同学舍不得吃，都是吃从家里带来的掺糠兑菜的窝窝头和鲜地瓜或者地瓜干。头一天用一个棉线网兜把需要加工的食品送到伙房，开饭的时候再领回来。学生食堂有专门为学生加工的咸菜，一般是早饭一碟小咸菜，只需要五厘钱，多一点的就要收一分钱。午饭和晚饭都有蔬菜，一般是清水煮白菜或者萝卜。不过，我们一般不吃，一是花钱多，一份要五分钱；二是我们回族人有自己的生活禁忌。即使是五厘钱的小咸菜，也很少买。我们一般是每个星期天从家里背一口袋鲜地瓜，十几个糠窝窝，外加一罐头瓶羊脑子炒辣椒。我很不愿意吃糠窝窝，那种食品捧在手心里，在大风天朝着逆风的方向一吹，都能吹散。娘说，吃吧，不吃怎么上学。娘还告诉我，吃糠窝窝有窍门，辣椒是“送糠王”，多吃辣椒就不觉得糠窝窝难吃了。

尽管初中生活很苦，但大家的学习热情特别高涨。记得入学不久，正赶上我国成功发射第一颗原子弹。虽然我们都是小孩子，但对于那件来自中央人民广播电台的号外，还是表现了空前的热情。我们在操场上游行，在教室里写诗，欢喜雀跃地庆祝这件特大喜讯。第二天套红号外的报纸到了，我们下课了都抢着阅读，并且自动到农村宣传。我还第一次给《中国少年报》的“知心姐姐”专栏写信，表达自己的喜悦心情。虽然写给报社的稿子未能发表，但是“知心姐姐”的一封回信却让我对给报社写文章有了极大兴趣。

无忧无虑的学校生活，为我们的学习提供了极为宝贵的时光。时至今日，回想起来，仍然有许多课文，像《老山界》《核舟记》《多收了三五斗》《白杨礼赞》《荔枝蜜》《王贵与李香香》《第比利斯印刷所》《回延安》等，都被我牢牢记在心里。而且，那个年代烙印于心底的知识，也成为支撑我一生的宝贵财富。

记忆中的初中学习生活一晃就过去了。1968年3月，我光荣地参军入伍。在6年多的军旅生涯中，小学和初中给我的知识，让我有了一个圆梦的机会。我在部队利用业余时间写稿子，居然在当年就发表了好几篇文章。这也成为我在后来的日子里，坚持笔耕不辍的重要原因。

一转眼，人老了。拾穗的年龄，把早晨的落花打扫一下，是对过往岁月的怀念，更是对未来日子的展望。现如今多数人都觉得越活越年轻，我亦不觉得自己衰老。相反，倒常常有一种“时之来也，陈力以出”的向上精神。欣逢新时代，我将鼓余勇。为党和人民的事业再做努力，愿祖国越来越美丽，越来越富强！

（原载于《人民政协报》2018年12月17日）

写春联的那人、那书

我们村是一个回汉杂居的村子，年头岁尾，汉族人家有写春联的习俗。记得小时候，看大人们写春联，便成了我们这些半大小子们最乐于围观的趣事。尤其是1964年秋天，我考上初中之后，这个兴趣就更浓了。

写春联是雅事，执笔的人愿意写，贴春联的人愿意贴，看写春联的人也愿意看。像我们这样既不能写又不会贴的孩子，虽然只有看的份儿，但是，其中的氛围特别让我们舒心。自己乐意，家长支持，执笔书写的人高兴……所以，看文化人写春联不光可以获得新春将至、除旧布新的清新感，还能收获一种所有人都高兴、“千门万户曈曈日”的喜悦感。

我们村写春联的人是一位老先生，待人极和气的。据说，土地改革定成分的那一年，他家本有可能定为地主，但是由于家风好、先生又有个好人缘，就稀里糊涂给闹成富裕中农了。就因了这事儿，老人对乡亲们就更是礼让有加，有求必应。因此，每年一进了腊月的门，老人就对乡亲们说：今年写对联可要早插手，纸张自己拿，笔墨我伺候。于是，人们便三三两两朝他家去，拿着红纸看老人家挥毫泼墨。不过，看写字的人虽然都拍手叫好，实际上真懂得的不多，无非是图个喜庆吉祥罢了。

老先生可不这样想。他从小念私塾，知道白纸黑字的重要，每一副对联都是细心琢磨。村里人都知道，老人有一本专供写对联的书，叫作《击壤集摘联》。那里边摘录了宋朝人邵康节《击壤集》里的几百对名句、警句，是一本很好的对联工具书。想写对联时，翻来书本，与贴对联人家的境况比照一下就行了。据说，新中国刚成立那阵子，人们心气好，过年了，家家都想贴对联，老先生就对着那本书里的内容写。有一次，村子里几个年轻人和一个不识字的中年男子开玩笑。这个人的媳妇四五年前去世，他领着独生儿子过年。几个年轻人光想逗乐，不知深浅，偷偷写了揶揄人的话，大概是“一门俩光棍，爷俩四球蛋”，贴到人家大门上。老先生听说后，很是气恼。连连说：不光有伤风化，更不该笑话穷人。他叫人马上去那人家把对联撕了下来。然后又独具匠心地写了“贫家出孝子，高地生芳草”和“光明在前”的横批，给这家人送了去。

到我们上初中时，张贴对联的要求高了，首先得政治过关才行。贴什么，怎么贴，都得突出政治。这下，老先生为难了。乡亲们的对联要写，但是不能再抄那本书了，得自己动脑子。据说，老先生经常在夜深人静的时候，拿出那本书，一边琢磨，一边修改，把自己琢磨的对联记下来，记了满满一本，直到自己认为能赶上“潮流”，没有“封资助修”了，才开始动笔给人书写。那一年的春节，许多人家的春联都变成了一首歌里的两句歌词：“公社是棵常青藤，社员都是向阳花”，千篇一律。许多人问老先生：过去那么多鲜活词，怎么说不写就不写了？老人笑笑：“那些东西就像我这个老头子，老了，该退场了。再说，过年不就是为了图个喜庆，让老少爷们家家都是向阳花也挺好啊。”

我当兵走的那一年，快过年的时候，老先生去世了。从那之后，我再也没关心村里的对联了。前年回家过年时说起这事，人们充满了对这位老人的深深怀念。乡亲们告诉我，现如今村里能写对联的人不少，但是都到不了老人家那个水平。我问那本专供写对联的书还有吗？人们把老人的孙子叫了来，我与他说了找那本书的事。他回到家翻箱倒柜折腾了半天，好不容易找到几张书页。我看了一下，果然是《击壤集摘联》的一些残存。就对这位壮乡说：“这也好，好好保留吧，过年贴对联或许还能用得上。”

（原载于《人民政协报》2019年2月11日）

出门见喜

一看这个题目，读者就知道我上了岁数。

过去过年的时候，家家门口都要贴对联，那对联的横批，一般人家都是“出门见喜”这四个字。拜年的人相互之间，也常常用这句话互相祝福、道喜。更有那粗识文墨的人家，为了彰显自家的与众不同，在自家大门的门框左右两边各贴大红对联：“忠厚传家远，诗书继世长”“老人颔首辞旧岁，儿童拍手贺新年”“气静形安乐，心闲身太平”……字里行间透着庄户人家那种祈求平平安安、家道顺遂的心境。哪怕是遇上许多不足以与外人道的烦心事，过年这段时间也得忍着，也得摆出“出门见喜”的心态。再难的事，也只能胳膊断了往袖子里藏，牙齿落了往肚子里咽。

如今不同了。首先是人们的受教育程度普遍提高，文化人多了，哪个村子都有几个大学毕业生。而且对联的花样多了。印刷好的对联，从大城市的文化商店到农村里的集市，各种语句新颖、印刷精美的对联都有。有的人不习惯用印好的对联，愿意自己或者请别人写，总觉得那样才有年味，才有文化。这也不要紧，商店里有专供写春联的红纸，样式别致，图案新颖，规格、尺寸任挑选，买回来写就行。

其次是人们的心气儿高了，写对联的立足点也高了。不光祈求平安，更是要通过春联这种洋溢着喜庆气氛的形式，把农村的巨大变化，人们昂扬向上的精神，把对中央出实招、动真情加强农村工作的政策措施、法律法规的满意与赞扬，把小康之民的其乐融融写出来。

春节前，几位青年时期的老朋友来看我。刚喝了几杯茶，几个老友就开门见山地说：我们几个老家伙求你一件事。你是作家，帮我们想一下怎么样才能把对联写好，我们要给咱们的同学、战友送对联。我一听这倒是个好主意。就问你们想干这件事，说明已经想了一些日子，有没有现成的拿出来讨论讨论。

老朋友们还真的动了脑筋。只见那个当年被人们称作“秀才”的老刘，从手提兜里掏出一个小本子，说：我倒是琢磨了一些，来的路上也给大家念了念，可这写春联的事，不能马虎，不能让人家笑话啊。我说，你先念一下，咱们大伙儿再议论。“一年接一年，笑声连笑声”“小康人家喜事多，新时代里好梦圆”“新房新宅新气象，好吃好喝好光景”“坚如磐石政权稳，深得民心领袖亲”“雄关漫道真如铁，而今迈步从头越”……老刘总共念了50多条。我觉得都挺好，美中不足的，是缺少一点纪念改革开放40年的新词。朋友老徐说，你再编上几对，就行了。于是，我们几个又且琢且磨，终于又想出几副：“雄鸡一唱天下白，中国人民站起来；改革开放富万家，中国人民强起来”“年年都有定心丸，农村政策暖人心”“幸福日子才开头，一年一年争上游”……那横批写什么？老徐说，我看咱还是按照老规矩，通通用“出门见喜”这四个字，既保留了老传统，又符合当下的现实，图的就是个喜庆。

商议妥当，我把早就买好的红纸裁了，让大家挥毫泼墨。没想到，谁都不肯动手先写。我说，当年的老底子咱们都知道，这几个人里老李毛笔字写得最好，你就来吧！老李一看拗不过，只好提笔书写。还真不愧是文化馆工作人员，那笔画一落纸，工笔正楷的模样就出来了，赢得了大家的赞扬。写了20多副，老李说累了，让我来写。我哪里敢写毛笔字，就坚决地推让，最后还是老徐接过毛笔，又写了一通。

大家正写得起劲，突然听见有人敲门。老伴儿去开门，原来是我们在楼下饭店里订的餐食送上来了。大家笑着说，怪不得都说“出门见喜”，这还真是一开门“喜事儿”就来了。别写了，快坐下吃饭。

（原载于《人民政协报》2019年2月18日）

叫卖过幽巷

这是一段走远了的岁月。尽管远去时光留下的背影已经有些模糊，但是，与它相伴的岁月里，那一串奇异的叫卖声，却时常萦绕在耳畔，带我回到那段艰苦卓绝的岁月。

那是1962年即将结束，1963年即将到来的严冬季节。村子里突然传出卖杂面的吆喝声。我们那个地方，叫卖杂面是别有一番情调的，拉着长长的拖腔，唱小曲儿似的："啊~喔~啊~喔~面~了……"慢条斯理有板有眼地唱着叫卖，让人听得心里熨帖，馋虫拱嘴。在那个年月里，是谁这样大胆，冒着被扣上走资本主义道路的帽子，在这夜深人静的时候卖杂面呢？第二天一打听，才知道是东院的义和爷爷操起他们家祖传的老手艺，卖起杂面来了。

义和爷爷家几辈子靠杂面手艺过日子，他家的杂面可是远近闻名的。首先是选料精当。绿豆、黄豆、红小豆、豌豆、豇豆，先在水里捞一遍，晾干，蜕皮，然后再兑上小麦，磨面后过细箩筛。然后是和面。和面时打上生鸡蛋，由身大力不亏的爷爷亲自揉面，反复揣揉，直到把面团揉得细腻光滑而又柔韧劲道，再用干净的纱布包起来饧着。饧上半个钟头，才开始擀面、切条。老人家那手上活计，像玩杂技似的，干净麻利，擀出的锅盖大的面片真是薄如蝉翼。然后把一张硕大的面片折叠起来，一阵麻利的刀工过后，粗细均匀、不沾不连的面条就被井井有条地码放在那里了。

本来，义和爷爷家的这个手艺已经停下5年多了，可1962年国庆节之前，中央突然让集体向农户借出一些土地，以战胜眼前的困难。我们村按人口每人借给6分地，农民全都不失时机地种上了越冬小麦，一些回族人家也开始杀牛宰羊。义和爷爷正是看到政策开始松动，才敢于拾起撂下若干年的杂面生意的。他想：这么多人家宰羊，卖了肉都得煮骨头。要是借着热气腾腾的骨头汤，下碗杂面，不正是庄户人家的天堂生活吗？果然，义和爷爷的杂面生意一开张，受到了全村老少爷们的欢迎。记得有一天半夜里，父亲把我从睡梦里叫起来，说是起来啃骨头。我立即乐了。没想到父亲从汤锅里捞出一根羊肋条，哄着我说："听到你义和爷爷的声音了吗？自己出去买一斤杂面。"我拿着父亲给的钱，踏着冬季平原上乡村里特有的寒冷，循着叫卖声走到黑黢黢的弯弯胡同口。爷爷一看是我，连声说："孩子中用了，能帮着你爹买杂面了。"从那以后，我经常深更半夜出来给家里买东西。

大概是受义和爷爷的影响吧，很快，在1963年、1964年，村子里半夜叫卖声音的内容越来越丰富：王炳青爷爷的包子、胜祥大伯的细米窝头、堂子哥的油饼、保真哥的火烧……一个6000人口的大村，市场还真不小哩。在夜半三更的冬夜里，听那各具特色的叫卖，有喊的，有唱的，还有叫卖中夹杂着幽默的，庄户人家啊，在这夜深人静的冬夜，为了赚取一把一家人聊以糊口的"下脚料"，竟然投入了那么高的生活热情。这情景留给我一种说不清楚的感觉，伴随了我很长时间。后来，我上了初中，到离家12里之外的县第二中学读书，就很少能接触到这种叫卖过幽巷的场景了。1968年当兵离开家，就彻底告别了这种生活。不过，后来听村里人说，这样的叫卖一直没停下来。

到了改革开放初期，这样的叫卖不仅从黑夜转到白天，更从地下转到地上，从七出八进过道幽巷转到集市，而且叫卖的方式也变了。从最初的扯着嗓子喊，到后来拿着小喇叭，再到电子屏幕。前不久，我回家一趟，发现村里已经有了四五家超市和十几家电商。他们全是靠电脑、手机同外面的世界发生联系，卖的有自己的产品，也有天南海北的产品。如此巨大的变化，同那个"叫卖过幽巷"的岁月相比，实在是不可同日而语。

如今，我们已经进入了一个崭新的新时代。为了记录这个巨大的变化，我把自己亲身经历的往事记下来。即使将来的孩子们不信，也算是留给他们的一段笑谈。别说未来的年轻人，我自己有时候想起来，也忍不住偷偷笑起来。

（原载于《人民政协报》2019年3月18日）

书籍是人生最好的陪伴

对于我们这些50年代初期出生的一辈老人，年近古稀还能坚持看书写作，我得感谢大半生的读书生涯。人生最好的伴侣就是书籍。如果没有书籍相伴，生命还有什么意义？因此，如果有人问我为什么能够在繁忙的工作之余，还能笔耕不辍，写出十多本图书，我只能说，写书的冲动完全来自读书的积累，如果没有持之以恒的刻苦攻读，就不可能有正确的人生坐标，也更谈不上与写作或者有什么能够变成文字并且引发人们关注的话题。

再穷的农村，总有书的踪迹。仓颉造字的本意就是要教会人们识字、从愚昧走向文明的，因此，纵然穷乡僻壤的农村，也总有凤毛麟角的读书种子。我记事的时候，在外地做阿訇的爷爷，一回到老家，总给我讲些读书人的事，什么王敬斋阿訇靠苦读学会翻译古兰经、纳训翻译《一千零一夜》，特别是《一千零一夜》里的那些故事深深地吸引了我。爷爷还把我们村几个读书人家的情况讲给我。我记得当时有一个与前夫离婚后改嫁给我一个表舅的舅妈，过门时就带了很多书，什么《大八义》《小八义》《七侠五义》《三侠剑》《水浒传》《三国演义》……正是爷爷的这些指点，让我有了同爱书人接触的机会，经常跑到人家借书看。平心而论，那时候的年龄，读这样的书还很费事，不认识的字、不懂的词大量存在。但是由于特别喜欢，经过日久天长的磨炼，居然在小学五六年级的时候，基本上闯过了阅读关，不仅生字生词大量减少，而且朗读课文时，还能随着课文的节奏，逐步地把握其中的情感氛围、逻辑重音、要点坐标等。读书让我走进了一个充满着遐想与憧憬美好事物和光明前景的境界。虽然那个时候家里日子很困难，但由于有书读，并不觉得难受。升入初中之前的那段岁月，让我养成的这个习惯，一直伴随我走到今天。

掌握词汇和成语，是读书的一大乐趣。词汇、成语，是语言、故事的载体，也是人走向成熟与智慧的导师。像“郑人买鞋”“刻舟求剑”“买椟还珠”

这一类的成语，本身就富有强烈的哲学意味。记住了它们，就等于明白了一个重要的人生哲理。因此，看书，记住其中的词语和成语，包括一些俗语、方言，也是很有乐趣的。“文革”期间，学校停课，但是图书室照开，借着这个机会，真的读了不少书。当时流行的《红岩》《林海雪原》《暴风骤雨》《铁道游击队》《欧阳海之歌》《红旗谱》《播火记》……都是那一时期读完。并且是边读边记，记住了许多好词好句好篇章，像浩然长篇小说《艳阳天》的许多章节，都背了下来。那个年代，报刊上许多文章，内容虽然比较空泛，但是漂亮词语特别多。我记住的许多成语，就是那个时期背下来的。

读书明理，读书让人不犯糊涂。旧社会劝人读书，流行什么书中自有“黄金屋”“颜如玉”“千钟粮”之类，其实，书中更多的是教人抛开眼前的物质利益，着眼于人类最美好的大仁大义。一部二十四史，记载的文功武治，世代变更，基本上都是激浊扬清，颂扬正义鞭笞邪恶。有书为伴，就可以以史为鉴，以人为鉴，以铜为鉴，进而达到知兴替、明是非、正人品、升品级的目标。于是，当你走进蜿蜒曲折的书山幽径，那些为官清廉、为国忠诚、为民劬劳、为学认真、为政勤勉、为人正直的各方面人瑞标兵，就会在你的脑海里排起长长的行列，与那些闪耀着人性光芒的语言和故事，招着手喊你入列。进入习近平新时代社会主义以来，反腐倡廉、打虎拍蝇、弘扬正气的行动中，一些经不起时代检验的犯罪分子之所以从公仆的岗位堕落成人民的罪人，一个共同的毛病，就是不读书。他们不学无术的脑子里，所想的无非就是黄金屋、颜如玉、千钟粮之类，因此，他们浑浑噩噩，迷失了方向；如果他们认真读书，从前车之辙中汲取一些教训，对来自各方面的糖衣炮弹多一些抵制，对送来的厚礼敢于撤蟹焚裘，也不至于走到后悔晚矣的地步。从这一点讲，读书不仅增加人的工作能力和水平，更能增强立身之本，其乐趣是一言难尽。

读书还是团结同事亲友家人朋友的润滑剂，是调剂人际关系、增进社会和谐的法宝。古代的文人学士、德高望重的社会先贤是这样，一家一户的门风家教也是这样。我们兄妹四人，就多亏了喜欢读书的这个爱好。弟弟1974年初中毕业，那时农村上学实行推荐，因为我被推荐上了大学，弟弟就不能推荐上高中。只好下学劳动。由于我和大哥、妹妹，都先他初中毕业，家里存书比较多。我们就告诉弟弟，好好读书吧，只要恢复高考，一定会有用的。果然，恢复高考制度之后，弟弟坚持不懈的努力，帮了他的大忙，考入了师范学校。

回顾自己和家人走过的路，深深感到读书的确是人生最大的乐趣和享受，也是一个在崎岖山路上行走的人最好的陪伴与挚友。

（原载于《中国政协》2019年11期）

第三辑

清风吹过清水河

怀念一个处分

1

高洁老头儿最近有些怪，总是在怀念48年前县监委给他的一个处分。仿佛那个处分对于他来说，不是一个污点，而是一种荣耀。他逢人就说，多亏了当年那个处分，既挽救了他个人，也让他的孩子们一辈子身正影直地做人。他说，他就是哪一天一口气上不来，走了，心里也踏实了。

对于老人的这番话，许多不知内情的人都说，准是老糊涂了，怎么把自己走背字的陈谷子烂芝麻翻腾出来，难道老到香臭不辨、自甘出丑的地步？也有人说，快80岁的人了，不是怀旧就是老年痴呆症。不过，凡是了解他的人，都说，高老头儿说的是真话。当年那个处分，虽然只是一个党内警告，但是对于他来说，的确起到了治病救人、警钟长鸣的作用，也为他在多半辈子的从政生涯中自警自励、寒素清白奠定了坚实的基础。要不，老头儿一辈子能活得这么刚正？

2

1962年，秋场上的庄稼还没收拾利索，黄河岁修的指令就下达了。按照准军事化编制，县里叫团，公社叫营，村叫连。

高洁担任营长的孙家滩公社的营部设在离黄河入海口最近老鸹嘴村南的一片大洼地里。当时他只有30岁，精力旺盛、仕途得意、如日中天，各项工作在全县都是狗撵鸭子呱呱叫的货。要不，他这个年纪、这个经历，能干上公社党委书记吗？那个时期公社一级扛大梁的，哪个不是在战场上淬过火、加过钢的老家伙，至少也是推着小车、抬着担架，翻过沂蒙山、闯过双堆集，经过真枪实弹考验的汉子。他能混到这个岗位上，是他有能力，有水平。

可就这么一个有彩头儿、有前途的汉子，偏偏被一顿饺子给绊了一脚。要不是他哪里跌倒哪里爬起来，也许就完了。

那是入冬以来最冷的一天，入海口附近的浅海全都结了冰，小刀子风割肉似的往骨头缝儿里钻。天渐渐黑下来的时候，高洁领着几个营部里的施工员，深一脚浅一脚地回到营部的帐篷里。

“老天爷诚心跟咱过不去，冻得我尿尿都掏不出家什儿来了。”施工员小赵不无抱怨地说。

“书记，包顿饺子犒劳一下吧。大家都撑不住了。”其他几个人也都应和着小赵的话音说。

“那怎么行呢，每个河工一天一斤半粮食，哪能多吃多占？”高洁说。

“无非就是剁几个萝卜、弄二斤粗面嘛。大家忙活了一整天，都饿得前心贴着后心了，先弄顿饺子吃吃，等天暖和了我们再把这顿饭的定额节省下来也就是了。”几个施工员几乎是用哀求的声音对高洁说。

“我和你们不也是一样吗，难道我就不知道肚子饿得难受？再说，民工们推了一天车子，他们哪个不比我们累？要是都想吃饺子，哪来那么多粮食？”

说完这话，高洁似乎觉得有些太过分，就一个人先到伙房去了。他问大师傅，晚饭都弄了些啥？

炊事员告诉他，还能有啥呢，还不是每人一个地瓜面窝窝、两个糠菜饽饽，加一碗玉米面黏粥。

“这天太冷了，大伙儿辛苦了一天，除了准备好的这些，能不能再包上二斤面的饺子，让大家大打牙祭？”

“书记，行倒是行，可咱伙房里就剩下十斤白面了，万一有病号……”

“今天就先这么办吧，以后再想办法补上。就是二斤面啊，多一两都不行。”

大师傅赶紧洗了几个胡萝卜剁了，把挂在帐篷顶上的羊尾巴油取下来，狠狠地割下一块，一人和面，一人拌馅，干净麻利快地包起饺子来。等到几个青年人狼吞虎咽地把早就订好的饭吃完，饺子也就包完了。

也是凑巧，饺子刚刚端上桌，还没开始吃，民工胡三就闯进帐篷。他急赖赖对高洁说，他爹“掉腚”，要请假回家去看看。

高洁和胡三是一个村的街坊，知道他爹习惯性脱肛。就说，不是什么大病，不能请假。

没想到，这句话激怒了胡三。开口就骂上了："高洁，俺爹有病你都不让俺回家，你自己在这里偷包饺子，我去告你！"

正准备吃饺子的几个人，一看胡三敢骂书记，撂下饭碗，七手八脚将他摁在地下，用绳子绑了，扔在伙房的煤堆上。还是高洁多了个心眼儿，半夜时分就让人放了他。

没想到的是，半月以后，县监委两名同志拿着一封20多名民工签名的上告信，来调查高洁多吃多占和作风粗暴的问题。

不用调查，一切都属实。高洁对来调查的同志说明了情况，并表示接受县里给予的任何处分。

后来，县委给了高洁一个党内警告处分，并且把他从公社党委书记调整为县水利局副局长。

3

受了处分的老高，没有埋怨任何人。他从哪里跌倒从哪里爬起来。

他让老婆把家里那两只下蛋的鸡卖掉，退赔了那顿饺子钱。又把胡三那个习惯性脱肛的父亲接到县城医院进行了治疗。医生说病人主要是营养不良造成的。他就把自己购粮证上结存下来的一斤半食用油送给胡三家。高兴的一家人直想给他磕响头。

老高又一次把腰杆子挺起来了。在接下来三年里，年年闹自然灾害，他每年都领着民工出河工，每年的任务都完成得最好。领导看他干得好，又提他当水利局局长。那年月兴修水利可是个玩命的活儿。知道河南林县修建红旗渠的故事吗？1970年，高洁当上全国劳模，还与林县县委书记杨贵一起受到毛主席接见呢。不掉几斤肉、脱几层皮，能混到这份儿上吗？

老高干得好啊。当地老百姓都这么说。那个时候只要老百姓说好，你就开始进步了。果然，老高成了县里的领导。1979年又当了县长。当了县长的老高，依旧是和老百姓们一起摸爬滚打。在县招待所里招待客人，自己的消费全都记到小本子上，月底让秘书把钱送给会计。

20世纪80年代中期，老高从县委书记岗位上退下来的时候，县里说给他的老伴儿办个农转非。他说，不用，先给那些急需的同志吧。

老高常说，当年那个处分，让他身上有了抗体。他怀念它。

（原载于《大众日报》2010年11月12日）

在日喀则的日子里

2010年9月初，接受了到西藏日喀则地区参加由山东省援建的日喀则文化中心落成仪式并看望山东省援藏干部的任务之后，我决定在那里多待上一段时间。12年之前，西藏在我的人生旅途中，曾经有过一段匆匆而过的经历。那片土地播撒在我心中的神奇和诱惑，让我无时无刻不在为第一次进藏的短暂而心存遗憾。虽然我知道即使在那里待的时间再长，也不可能对它的神奇全部了然，但是阳光与荒原留给我的眷恋与期待，却让我始终保留着一份渴求和谐与单纯的希冀，盼望着能有更多的机会加深对西藏的了解与融入。

一上车，藏族小伙子南木加就对我说，他的老家南木林县近十年来发生了天翻地覆的变化，曾经的荒原如今已经开垦出大片大片的草原，县里正在推广山东对口支援乡镇引进紫花苜蓿的成功经验，再过几年将有十几万亩荒原变成水肥草美的天然牧场。

是吗？这消息实在太让人振奋了。12年前路过这个地方的时候，时任西藏自治区党委副书记、政府副主席的杨传堂同志告诉我，南木林是西藏的第二人口大县，但也是一个条件极差的穷县。传说很早以前，在一个叫“饿死羊”的草滩上，居住着几户牧羊人，他们早上没有奶茶喝，就用凉水充饥，晚上也只能有一点点肉度日子，生活很穷苦。有一年遭大旱，草滩被太阳晒成一片焦土，牛羊断水缺草，渴死饿死的难以计数，眼看没有活路了，人们不得不收起帐篷，背井离乡。

岂止是荒滩变草场，我们的“艾玛土豆”也成了宝物呢。县长巴桑多吉接过我的话说，南木林的艾玛土豆一直以个大、皮薄、口感好誉满全藏，但过去一直用传统方式和技术种植，如今，县里抓住对口支援和西部开发的机遇，利用多种途径和方式，以培养新型技能型农民为目标，以先进实用技术推广为重点，对种植户进行了规范化、标准化培训，培育了一批有文化、懂经营的致富带头人。并且积极寻求销售途径，走活土豆产业发展这盘棋，切实以土豆产业带动群众增收。全县从事土豆种植的农民占全县总人口的52.2%。光这一项，农民每户就可以年增加收入上千元，山东的同志还正在帮着我们上深加工项目。

及至看了现场，面对那堆山叠岭的土豆和一碧万顷的草场，我确实感觉到，西藏的变化实在太大了！

作为行署所在地的日喀则，变化就更明显。12年前，新落成的山东大厦在整个市区显得格外惹眼，城市也比较原始。然而，这次一进入市区我简直被眼前的巨大变化惊呆了：它已经成为一座美丽而又充盈着民族风情和现代化元素的城市！鳞次栉比的高楼、宽阔笔直的马路、彩钢覆顶的厂房、环城镶嵌的城市湿地、琳琅满目的店铺、花团锦簇的街景、富有藏族建筑特色的医院和学校、充满着藏乡风情和民族团结精神的城市雕塑、上海建成的日喀则高级中学、青岛支援的日喀则行政中心、黑龙江修建的日喀则农牧民工建筑技能培训基地、吉林省改造修建的日喀则第二中学……还有山西、陕西、重庆等地的一些商业性建筑。由于日喀则由内地多个省份援建，很多街道、广场、大型建筑都以内地的某些省市的名字命名，写上“××省市援建”。这倒成了一道独具特色的风景线。从扎什伦布寺出来往东走，是珠峰路。沿着珠峰路一直走，可看到山东路、上海路、黑龙江路……

至于年楚河，那更是别有一番景色。这条流经日喀则市区东侧的雅江支流，如今已经被整修一新，河堤全部硬化，堤岸被改造成绿树成荫、风景宜人的宽阔马路。在山东等援建省份的支持下，还在河左岸修建了一个碧波荡漾的城中湖，成了藏族同胞欢度沐浴节的重要场所。此情此景，与12年前我所见到的浊浪滚滚形成了鲜明的对比。

日喀则地区水利局的局长，是一位若干年前从湖北主动到西藏工作的技术干部，如今是远近闻名的全国劳动模范、五一劳动奖章获得者。他告诉我，自己已经在这里工作了30多年，与藏族同胞、与这里的一草一木都结下了深厚的感情，组织上多次安排他到内地工作，但是都被他谢绝了。他说，在民族地区工作，和藏族同胞天天在一起，有一种说不出的幸福感，是人生的一大幸事。党的民族政策是国家长治久安的基石，基础打好了，就要靠每个人的努力去为大厦的建设添砖加瓦。我就是要做普普通通的一砖一瓦。

这话讲得太好了。怪不得那些身穿漂亮藏袍、手里摇着转经筒、一步一长跪的朝圣者，步履总是那么从容；那些垒着尼玛堆、飘扬着各色经幡的山口附近，总有虔诚的朝圣者顶礼膜拜；那些把神秘的藏戏表演带到内地的文艺工作者，总是觉得找到了实现理想的舞台。……原来，他们都从心底深处意识到党的民族政策给西藏人民带来的长治久安和社会进步。所以，他们求神灵保佑，盼佛祖赐福。

记得日喀则文化中心落成的那天，看完了藏戏演出，行署副专员同珠对我说，日喀则的藏民祖祖辈辈都在这块土地上唱藏戏、藏歌，但从来都没有想到要修建一座投资2600万元的演出场所。如今，这座有着7000多平方米、突显着藏文化特色的文化中心，不仅提供了在日喀则演出的舞台，还为我们藏民族的文化遗产走出大山、走向内地、走向世界创造了条件。藏族同胞从内心深处感谢党的民族政策和东西协作、互相支援的伟大举措。他们知道，正因为有了党的民族政策这个长治久安的基石，才使宗教信仰自由得到保证，才使各族人民过上幸福生活，才使西藏发生如此天翻地覆的变化。

西藏的日喀则是这样，在山东省对口支援的新疆维吾尔自治区的喀什、青海海北藏族自治州、四川北川羌族自治县等地，同样让人们感受到党的民族政策的巨大力量。近13年来，我在从事和参与对口支援、经济合作、西部开发以及民族宗教等工作的过程中，感触最深的就是，党中央制定的民族平等、民族团结、各民族共同繁荣发展以及先富帮后富、西部大开发等一系列政策，取得了举世公认的成果，这些成功实践，不仅有力地保障了少数民族参与管理国家事务的权利和当家做主的主人翁地位，而且最大限度地凝聚了各民族人民搞建设、谋发展的智慧和力量，形成了各民族之间平等、团结、互助的关系，确保了社会主义事业的不断胜利和成功。实践证明，毛主席关于“国家的团结，民族的统一，国内各民族的团结，是我们事业成功的基本保证”的英明论断，是多么的高屋建瓴！边疆地区的繁荣发展与稳定，既是社会主义制度优越性的最集中体现，也是大厦对基石的礼赞、种子对土地的感恩。

生活在这样一个伟大时代，又能投入对口支援西部大开发的行列之中，尽自己的绵薄之力为国家的长治久安做一份贡献，我感到由衷的高兴。于是，我书写，我讴歌，用我赤子的心，用我真挚的情！我们与受援地区干部群众一起，已经先后完成了新疆喀什地区疏勒、英吉沙、麦盖提、岳普湖四县，西藏日喀则地区的日喀则市、南木林县、白朗县、聂拉木县，青海省海北藏族自治州的门源县、祁连县、海晏县、刚察县的“十二五”规划编制，其中列入对口支援的各类经济和社会发展项目2000多个。随着党和国家各项优惠政策的进一步贯彻和这些规划计划项目的落实，多民族团结共荣的伟大祖国，一定会越来越强大，越来越富裕，越来越文明！

（原载于《文艺报》2011年2月2日）

民言入耳

县委书记张昭龙的妻子灿云是县工行的纪检组长。拉存款本来没有她的事儿，但各家银行竞争激烈，第一夫人作用非同小可。行长对她说，你关键时刻出出面就行。

暑假开学，行长们盯准了学校收费这块肥肉：初步匡算总额可收三千万元左右，把这一块拿下，不仅超额完成市行的任务，还有职工奖金、改善福利以及政治上的诸多好处。这样一合计，行长们决定分头请教育局和各学校的头儿撮一顿儿。

新生报到头几天，各校都在报到证上注明到工行储蓄所缴款，后来嫌太麻烦，就让工行现场收。行长们巴不得学校有此要求，马上在各学校门口打起了“工商银行竭诚为教育服务”的横幅，设立了饮水站。

其他银行一看工商银行抢了头彩，找教育局叫阵。

局长为难了，问工行能不能分一块给几个关系户？行长说，这都是红眼病呀，你别管了，明天，他们保证不再找你。

第二天，灿云游魂似的在几个收费点上轮流坐了个把小时。

消息很快传开：工行收费是第一夫人操作的。几家银行果然不找教育局了。

灿云不知其中猫腻，认为她出面只是为了完成任务，哪想到人们会把此事与她的身份、与她的丈夫联系起来。

晚上，丈夫一进门就问，你们工行搞啥名堂？

趁着学生入学多拉点存款呗。

你呀，没脑子，现在大伙儿都说你利用我的身份谋取私利呢。

我到存款点儿上转转是为工作，一不吃私二不贪污，谁愿意说就说去吧。

老张不想和妻子争辩，他只是觉得银行争拉存款背后，掩盖着经济秩序的混乱。作为县委书记，他有责任去引导规范。

早晨六点，张昭龙起来散步。

岔河大桥中间一帮人比比画画地说着什么。他刚一凑过去，大家不再言声。

“怎么了，刚才那么热闹，我一来就卡壳了？”张昭龙问。

“不是，昨天北马村一个老汉在这里跳河了，要不是搭救得及时，那老人准没命了。”有人告诉他。

“哦，那老汉为什么跳河？”

“孩子考上大学，拿不起八千块学费，把今年收的小麦和一头驴卖了，才凑了四千多块钱。孩子看老人太为难，提出不上学了，老人觉得对不起孩子，走到桥上大哭一通，就跳下去了。”

“竟有这事？”张昭龙神情严肃地问：“知道他叫什么吗？”

“听说姓刘，叫什么名字不知道。武装部的人把他救上来送回家的。”桥上的几个人说。

张昭龙没再往下问，这就足够让他心情沉重的了。

往回走的时候，他觉得步子很沉，空气也变得更加闷热，连太阳都有些模糊。他眼前老是一条波浪翻滚的大河和一个在波涛中挣扎的老人，那老人嘴里不停地喊：孩子，爹对不起你……

灿云端上早餐，发现丈夫神色不对，赔着笑脸劝他吃饭。张昭龙说：“不吃了。今天你请个假吧。”灿云不知道自己有什么过错，也不敢直接问他。就给县委办公室主任打了电话，主任说，张书记上班后先开常委会，让教育局局长列席。

她更摸不着头脑了。

常委到齐后，张昭龙问教育局局长：“今年考上多少大学生？”李局长一看书记亲自过问教育，高兴地回答，本科277名，比去年多62名，专科486名，比去年翻了一番。

“有没有因为家庭困难上不起学或者退学、辍学的？”

“在县委、县政府的英明领导下，这几年城乡群众增收都很快，没有听说考上大学不去的。”

“你们调查过吗？”

副书记老吕怕教育局局长说漏，插话说："乡镇报上来的数，还得落实一下再说。"县长也说要先把情况弄清。其他常委也说了大体相似的意见。

"看来我们够官僚的了，一件早就应该掌握的事，从主管部门到我这个书记，都说不上所以然。我曾经怀疑那些数字有水分，可没有调查过。今早上有一伙人议论北马村一个老汉因给孩子交不起学费自杀的事，让我遇上了。否则会不会有人向我说呢？我看，既然大家都同意搞个调查，就由吕书记和分管县长牵头，就适龄儿童入学率、辍学率、考上大学上不起或者中途退学的情况搞个调查。谎报军情，就地免职。还有，"张昭龙对教育局局长说，"你到北马村替我看看那个老汉，告诉他，不要为难，县里一定帮孩子入学。"

李局长开始以为今天有好事，这会儿倒害怕了，壮着胆子说，我们工作是粗了些，这次一定实事求是地把底子捞准。

十天后调研结果出来了：小学适龄儿童入学率为98%，小学辍学399名，初中611名，高中87名；去年考上大学因困难没有报到5人，辍学1人；今年考上大学因困难不能报到的预计7人。

这是一份沉甸甸的调查报告啊！它不仅反映了教育的问题，也反映了群众收入的真实情况，更暴露出干部队伍的一些毛病，作为书记他引为自责。

那天夜里，他做了一个梦，梦见一个人在一片浩瀚的沙漠里艰难地跋涉，灼热的阳光炙烤着他，他的嘴角上起了一圈燎泡，他想找一口解渴的水！他走啊，走啊，远处的一个沙丘上一株梧桐，树下站着一位双手叉腰的老人。他向老人讨水喝，老人顺手向远处一指。目光所及，有座低矮的茅屋，昏暗的煤油灯下，一位白发苍苍的母亲正在给儿子赶制一件御寒的衣服……

第二天一早，张昭龙要通了秘书电话，他要到几个贫困村走一走。

刚要走，工行行长来了。他把两千元现金递给灿云。说："任务完成得很好，大伙儿都弄点奖金。一线的多一些，行级干部吃个平均数。"

"老邹啊，灿云她凭什么拿这份钱？"

"她做了工作嘛，员工拿的更多啊，我们只是随方就圆呗。"行长说。

"噢，这次你们总共发多少钱？"

"十几万吧。"

"都发下去了吗？"

"上班就发。"

“老邹，这笔钱先别发。给灿云的你拿回去。县委研究以后，即便同意你们发，也不能有她的。”

邹行长拿着钱走了。张昭龙对妻子说：得对你们均贫富了。

第三天，党政联席会通过了在全县开展捐资助学的决定。工行带头捐献了二十万元，其他银行和电信电力烟草等单位也都出了点血。全县集资二百多万元，除了补贴困难学生，还设立了扶贫助教基金。

半个月后，有人在寺庙里给张昭龙捐了一尊佛像，红布条上写着：求佛保佑昭龙书记一生平安。

（原载于《南方文学》2011年第4期）

不拿

“不拿”，听起来不像是一个人的绰号，更不像一篇小说的题目。县委书记廉志恒，偏偏就得了这么一个让人听起来怪兮兮的绰号。一般人当面不敢叫，敢叫的只有全市县委书记们凑在一起的时候，那几个平日里喜欢和他斗嘴的同僚，不无调侃地和他刺乎两句。当然，都是些熟得不能再熟的老伙计，相互之间也不会有什么芥蒂。

老廉是三年以前由市委副秘书长改任元和县委书记的。下来之前，他是全市有名的笔杆子，市委的文件、领导的讲话、重要的调查报告、工作总结，哪一个不得由他最后定稿？大家都服他。

到县里工作之后，主要精力用在决策上，文字上的事情除了写写自己的讲话、对事关全局的文件把把关，一般不用他操心了。可是，其他方面的事情，甚至有一些看起来是鸡毛蒜皮的琐事却慢慢地涌了上来。其中，拒收礼品就是一件颇费周折的事。譬如有人找你办事，有人想和你拉近乎，要给你送礼，你完全可以不要。但是，遇上开会、参观或者参加庆典活动，许多主办方都送纪念品，你拿不拿？上级发的奖励你拿不拿？你不拿别人还拿呢，偏你是个羊群里跑出来的骆驼？你这样做是不是想掀别人的跟头？难道满树的果子就数你红？

老廉倒是不管这些。一个人有一个人的秉性。对这些在别人看来顾虑重重的事，他从来都是一言以蔽之：不拿！

不拿并不容易。为这事儿，他自己发过几次火，也让别人下不了台难堪过。这样的倔脾气，真让人没办法——江山易改本性难移。有一次，一个人给他送了十斤羊肉片，他非常严肃地退了回去。偏偏赶上那个人是个坚信天下没有不吃腥的猫的家伙，回去以后就把那些羊肉片换了包装，拐弯抹角地送到了老廉表哥的手里，并让他表哥又给他送了家来。老廉的爱人不知道内情，就把羊肉片涮着吃了。老廉知道后，觉得有些蹊跷：怎么一天内有两个人送羊肉片呢？就给表哥打了电话。弄清来龙去脉之后，先是把表哥数落一顿，第二天就叫司机按照市场价把钱送还了表哥，然后又由表哥按照原来的路子一环一环地退了回去。这回，那个送羊肉片的人服气了，说："我还正想着说只要猫吃腥，就没有送不出去的鱼呢。看来，这回我猜错了。"

最有意见的是身边的几个工作人员。跟着他出发，不光没光沾，还时不时地为了接受公共场合的馈赠，被他批得上不来下不去。去胶东开会的那次，人家烟台的同志觉得兄弟单位的同志来了，咱这里盛产苹果，就在散会前给每辆车上装了两箱红富士。老廉知道了以后，那火，发大了。指着司机的鼻子说，不拿就是不拿，为什么拿人家的东西？不管司机怎么解释，最后还是让司机把那两箱苹果送到城关镇敬老院去了。为这事，司机和给其他领导开车的同行说起来的时候，总是有些抱怨。"不拿"这个绰号也就这么传开了。

"水至清则无鱼，人至察则无徒。"无徒就无徒，只要心地干净，只要不让老百姓戳脊梁骨，管他呢！

自从小浪底水库蓄水，黄河下游不再断流了，河水送得及时，元和县已经连续五年农业丰收啦。夏收一结束，征收黄河水费的时候，受了益的元和县农民踊跃交纳，在全市拿了个第一名。为了表彰先进，市水利局给前三名的县发了奖金。廉志恒正在家里输液，水利局局长给他送来一个1万元的存折。

老廉一看那存折的户名：蒋丽水。就有些纳闷儿。问："什么意思？"

水利局局长说："你倒着念呀。"

"水丽蒋——水利奖"，老廉反复嘟哝了几遍才若有所思："你搞的什么名堂呀？"

水利局长于是把市里如何奖励的事讲述了一番。

"县里的领导都有吗？"

"不是，按照市水利局的要求，主要是奖励县委、县政府的两个一把手和分管县长，剩下一点留在水利局。"

"他们的你也送去了吗？"

"还没有呢。听其他两个县的水利局局长说，有的给领导买了钢琴，有的给了现金。我考虑咱们县工资低，你家也不宽裕，就给你弄了个存折。"

"我家再难还比那些五保户难吗？我告诉你，我不管别的县里怎么拿，反正这钱我不拿，县长、分管县长和你们局里也不能拿！这钱是全县老百姓的，理所当然要用在他们身上。谁敢把这笔钱走了胡志明小道，我和他没完！”

老廉越说越来气，忽地一下从床上坐起来，拔下手背上的针头，提起公文包就要走。水利局局长自知惹了祸，赶紧检讨说：“廉书记，是我错了。”

一股股红的血从输液的针口里流出来，在老廉的手面上爬：“知道你错在哪里吗？明明不该自己和部门拿的东西，不光自己的部门拿，还让领导一起和你们背黑锅。往轻了说是对群众没有感情，往重里说这叫以权谋私，腐蚀领导！”

水利局局长益发知道自己错了，就对老廉说：“廉书记，你批评得对。市里奖励的这笔钱，你看是不是上一个小型水利项目？”

“那就到最贫困的村子调查一下，找一个最需要架桥的地方，帮着他们把桥和路修好。让群众知道，共产党永远和他们心连心！”

老廉的这些“倔事儿”，不知怎么传到了省报记者站站长的耳朵里，写了一篇《“廉不拿”的故事》的人物通讯。让老廉审稿的时候，老廉问记者，本来就不属于自己的，不拿不对吗？如果这也成了新闻，不是从另一个方面证明我们整个社会的道德标准在迅速下降吗？

“可你把一些应该拿的也放弃了呀？你这是为什么呢？”记者说。

“为什么？你知道辽沈战役吗？锦州那个地方出苹果，辽沈战役的时候，我们的部队从那里过，一个都不去拿。因为他们知道，这是人民的！知道这是谁说的话吗？”

年轻的记者站长思考了半天，没有答上来。

老廉告诉他，这是毛主席说的。毛主席还说呐：人是要有一点精神的！

《“廉不拿”的故事》稿子被老廉毙了。

“不拿”的绰号却越来越响了。老廉知道，“不拿”，不是他的个人“专利”，是全党的财富。不管有没有人与他争“冠名权”，他都一以贯之，身体力行到底。老廉十分珍惜这个绰号，因为他觉得“不拿”是一种精神，一种美德。一个人能在金钱至上物欲横流的滚滚红尘中获得这么一个绰号，值。

（原载于《南方文学》2011年第4期）

在东荷西柳间行走

荷、柳均为植物学意义上的花木名称。但是，我这里写下的“东荷西柳”，却是建筑学意义上的山东省奥体中心的主体建筑物。它们坐落在济南市历下区燕山新区内的龙洞地区经十路以南、旅游路以北，东、西两条体育路之间，占地八十一公顷，建筑面积三十五万平方米。其中，被称为“东荷”的，是可容纳一万多人的体育馆，与之相对应、被称为“西柳”的，则是可容纳六万多人的体育场，包括各容纳四千人的游泳馆、网球馆。此外，还有五万五千平米的中心平台及辅助设施

如此宏伟的设施，既是山东省承办第十届全国运动会的主题场馆，又是集中了省城济南最有特色的人文地理要素的现代化标志性建筑，更是当下人们遣兴游历的一道靓丽风景线。远远望去，那宛如一朵盛开的巨型莲花和由颀长的柳叶造型连缀而成、流淌着垂柳风韵的场馆，就像北京城里的鸟巢、水立方，型巨而神飞，质实而灵秀，俨然如碧波荡漾的湖面上升起的仙宫圣殿，让人赏心悦目、意动神摇。

这让人很自然地想起“三面荷花四面柳，一城山色半城湖”的坐标性定位诗句，它就是非济南莫属的建筑。能用一座标志性建筑把一座城市的特色容纳进去，正是设计者的匠心独运。这座奥运场馆，接受和吸纳了济南古城的这些鲜活要素，才有了这座植物学意义上的“东荷西柳”成为建筑学意义上的不朽之作的巧妙构思和大胆实践。而这两者的契合，又从艺术创作与鉴赏的高度，把“天人合一”、“道法自然”的哲学命题演绎的淋漓尽致，为古老的省城济南注入了崭新的艺术元素。

在“东荷西柳”间行走，是一种陶醉。那是唯心自知的艺术欣赏。看那栩栩如生的荷叶，簇拥着由一个个花瓣连接起来的盛开的荷花，想那婀娜多姿的垂柳，在设计者的裁量下，神来之笔轻轻地一点，空灵点活了神韵，夸张赋

予了大气，不知不觉间，植物学意义上的生生不息，暗合了竞技体育中的蓬勃向上。有了这样的感怀，你就会不由自主地想走进“东荷西柳”，在看台的任何一个方位坐下来。此时，不管有没有比赛，你都会自然而然地想起那些或生龙活虎、或千姿百态的比赛场面。然后，把这阳刚美阴柔美充斥其间的场面做一番深思，噢，所有的这一切，都是在荷与柳的包容之中按部就班地进行，阴阳互动，刚柔相济，是在演绎天地两仪之间的完美结合呢？还是为齐鲁文化中的某些元素做注？带着这样的思考走出场馆，漫步在姹紫嫣红的林荫道上，一举手一投足，你都会被某种蓬勃向上的精神所感染，甚至你还能从这些被浓缩了的济南元素中，看到正在发生着巨大变化的省城那日新月异的身影。

在“东荷西柳”间行走，恍如进到一个奇妙的梦境。它对于我这个从少年时代就在济南追梦的人，与其说是精神上的圆梦，毋宁说更是一场向着未来不断追梦的寻寻觅觅。48年前，十四岁的我离开穷乡僻壤的老家商河县，只身到济南闯天下，虽然没有什么鸿鹄之志，但崇美攀高的本能还是有的。在那“家家泉水、户户垂柳”的大明湖、趵突泉一带，遥望风景秀丽的千佛山，曾生出许多说不清道不明的遐想与杂感。那是一个秋风萧瑟、万物凋零的季节，乡下已经地净场光，松柏树之外的树们，叶子也几乎全部落光。然而，济南城里大明湖、趵突泉畔的那些垂柳，除了叶子的颜色由墨绿变成淡黄，身影却依旧婀娜，它们和那些举着沉重莲蓬的残荷一起，用收获的姿态做着诠释季节的沟通；辽阔霜天下的清流里，游鱼耀锦，喷珠吐玉，银白色的水泡像从水底冒出的精灵，一串串，一丛丛，把古城特有的风景点缀的活灵活现，让你真的舍不得离去。于是，就在秋风里行走，在大明湖、五龙潭、趵突泉之间的东荷西柳间行走。第一天走，第二天还想走，不为别的，就为那一道亮丽的风景，就为那一份心旷神怡。以至于有一天，太阳已经落山了，我还在大明湖畔做着恋恋不舍地游走。及至夜幕降临，华灯初放，我才惊诧地发现，泉城的夜色竟比白天更耐人寻味，更发人深思。灯影里的大明湖，魔幻般地向人们推出了一个叹为观止的神奇世界：湖水深处，投下了四周明明灭灭的万家灯火，微风一吹，那灯火像宣纸上点染的浓笔重彩，洇湿着向四周扩散，鲜活中带几分飘渺，模糊里显一些夸张。让人不解的是，灯影摇动的时候，那倒映在水中的建筑物的影子，却丝毫不为所动。是天生的矜持给了它们特有的定力，还是澄澈的湖水不忍心摇碎这些劳动者们呕心沥血的既成？被奇妙的景色牵拽着，我走，走在大明湖畔的夜色里，走在东荷西柳的灯影中。那份舒心，那份惬意，让我本能地喟叹：济南真好，泉城真美，如果有一天能到此地生活，真是三生有幸！

冥冥之中有没有一种相助的力量，我不得而知。但是，若干年后，我的这个奢望变成了现实。1997年，我如愿以偿地被调入省城济南工作，而且单位就在大明湖南岸不远处的一个院子里。这使我与东荷西柳有了最亲密的接触，也为我行走的夙愿提供了得天独厚的便利。于是，我走，走大明湖，走趵突泉，走五龙潭。走着走着，时不时地停下来，望着那郁郁葱葱的千佛山，望着那飘忽不定的蓝天白云。那景色真好，变化真快，昨天某个方位还是一片空场，转眼间矗立起一座高楼；不久前的棚户区，不知什么时候变成了堪与欧美一些城市比肩的漂亮社区。整个城市像一部百读不厌的大书，让人读了还想读，变着法地从中品出一些大舜躬耕历下的滋味。晚间，在大明湖畔驻足，湖水里的那些灯影，尽管还是摇曳不定，但色彩却越来越艳丽，越来越漂亮。再看拥挤在湖底的那些高大建筑物的身影，已经把水中的那片蓝天，切割的支离破碎，变成许许多多不规则的几何图形……

于是，我走，走在东荷西柳的甬道上，走在日新月异的梦境里。

东荷西柳像一把开启智慧大门的钥匙，给人们留下数不清的奇思妙想，激活了人们的创造力。当植物学意义上的东荷西柳在省城济南变成一座巨型的体育场馆时，我深深地爱上了这个为整个城市的精气神注入了新鲜活力的所在。他承载着我几十年来在东荷西柳间行走的一份情感，一种愿望。时下，整个城市越来越美了，住在这里的人们越来越富了，为东荷西柳留下这么一组塑像，也是情理之中的事。济南奥体中心，正是顺应了这样的要求，在民族复兴的大船上挂起的一张帆。在东荷西柳间行走，既有圆梦的满足，更有寻梦的追求。若干年后，东荷西柳会是个什么样子呢？我想，那一定是一个越来越精彩的惊梦。

（原载于《中国文学》2013年第10期）

午夜听蝉记

炎热盛夏季节的蝉鸣，单调而乏味。不光我有这样的感觉，和许多人谈起来，都觉得蝉鸣的声音比较枯燥，鲜有美感可言。即使在汗牛充栋的文学作品里，除了美术家摄影家们用蝉的形象表述某种意境或美感，文字性的记录中，很少有赞美蝉鸣的。然而，癸巳年七月初在烟台市牟平区养马岛海边上的一个仲夏夜，一段静心听蝉的经历，颠覆了我形成了大半辈子的这个印象，让我突然有了一种从枯燥和单调中寻出美来的慨然。

济南的夏天实在太热，坐在开着空调的房子里还是一个劲地揩着热汗，恨不得找个清凉的水湾纵身一跃。就在这个时候，烟台市散文学会会长綦国瑞先生向我发出了去牟平区养马岛参加散文笔会的邀请，个中的感激之情自不多言。更何况养马岛这个风景秀丽的地方，像一个少女楚楚动人的眼睛，把我的心早早地摆渡过去了呢——我真的喜欢这个地方。

及至住进岛上的一家宾馆，穿透大脑皮层的第一印象，就是这里的蝉鸣有些特殊：响亮、急促而且仿佛永无休止，以至于让我陡增了许多炎热中的烦恼。本想来此避暑，想不到却遇上噪音之扰。无奈，只好把每天早起的散步习惯，移到他人都已入睡的午夜时分，这样不仅可以屏退一天的暑气，而且可以免去无休无止的蝉鸣之困。

然而，当我在漆黑的夜幕中兀自屹立于大海边的山坡上，遥望白天看上去一望无际、水天一色的大海时，顿时生出了置身于混沌初开、乾坤始奠的境界之中的感觉。如果说白天的水天一色是蓝色的穹隆笼罩于蓝色的托盘之上，而此时的天地之间，瓦灰重重，模糊混沌，才是真正意义上的水天一色。作为人的我，则是被包裹在其内里的一个骚动不安的质子抑或其他什么。要不是停泊在远处等待靠岸的船上还有一束闪闪烁烁的灯光，在提醒你山崖下面就是大海，说不定我会一步一步地走下去。

让我从空旷的混沌中清醒过来的，竟是身后山坡丛林里的蝉鸣。真的好奇怪，即使是在这万籁俱寂的午夜，养马岛上的蝉们仍然不知疲倦地放歌。是什么让它们如此这般地乐此不疲呢？——自然界真的有许多奥秘，需要人类认真的解读与琢磨——把吸纳与释放集于一身而拼命地讴歌，或许就是蝉儿们的命运使然吧。我静下心来，努力从那高亢而又单调的分贝里感受某种心灵的照应。突然，我觉得那蝉鸣转眼就变成了一道切割力极强的鞭影，从漫无边际的冥冥中劈了下来。黑黑的夜竟被它劈成了界线分明的两半。虽然乾坤依旧混沌不清，但在我心中的那道鞭影，却始终闪着诱人的光。甚至它还能像孩子们手里摆弄的夜光棒，在空气中来来回回地地舞动着。那五光十色的光谱上，流淌着袅袅的仙乐，悦耳，动听……

这个夜深人静的时刻，真的让我从养马岛的蝉鸣中领略到一种舒心与清凉……

（原载于《散文百家》2014年第5期）

呼啸的成人礼

黄河的一双儿女，投入大海怀抱的刹那间，宣告它们从此长成大人了！水，归附了大海；泥沙，滞留在陆地。水做的和泥做的，一对你中有我、我中有你的孪生姐弟，分别被叫做渤海湾和黄河三角洲，从此，它们开始履行成人之后的一切义务，手挽手，肩并肩地在新生的土地上书写辉煌。当我置身于山东省东营市黄河入海口大汶流流域广袤的湿地平原上，感受那遍地生绿、水草旺长、群鸟翔集、鱼虾畅游、河海交汇的原生态风景时，大自然律动的琴弦竟让我顿生了一种返璞归真的如痴如醉感。

这里是共和国最年轻的而且每年都有新的增长的唯一一块土地，也是山东省境内最大的一片湿地公园了。过去，每年由黄河泥沙淤积出3—4万亩土地，这在整个地球上也是为数不多的风水宝地。少年时代，听老师讲述黄河流经黄土高原时，每每挟裹大量泥沙。这些泥沙到那里去了呢？如今，站在黄河口这片硕大无朋的湿地上，领略那“天苍苍，野茫茫”的无边风月，似乎对少年时代那个看似非常幼稚的追问，有了崭新的理解。怪不得人们把黄河称作母亲河，原来那些被它挟裹而来的泥沙，造就了这片美丽富饶的黄河冲积平原啊。想那黄河，从那海拔四千六百多公尺的三江源出发，一路拉扯着沿途的涓涓溪流，逐渐形成了气吞山河的磅礴气势。及至走到黄土高原，见那光秃秃的山岭虽然土层不薄，却并无一星半点的绿色，就如那访道寻仙的空空道人发现大荒山无稽崖青埂峰下无才补天的顽石一般，携了它们一路东下，做些培植绛珠仙草的功业也好。果然，这黄土领受了黄河的恩惠，转眼之间形成一条金色的飘带，像个掀天揭地的大汉，器宇轩昂、傲岸威猛、凶悍异常，一路上斩关夺隘，呼啸呐喊。“河出潼关，因有太华抵抗而增益其奔猛；风回三峡，因有巫山为隔而增益其怒号。”带着桀骜不驯的倔强，黄河的泥沙闯过高山峻岭、险滩激流。直到进入下游，才发现那一望无垠的大平原，才是它的用武之地。

先前的泥沙已经遵照黄河的循导，将这里抻成一片林茂粮丰的大平原，它们的任务，就是沿着前辈的道路，继往开来，再立新功啊！不能再任性了，归顺自然就得做大自然的顺民呀。你看，一路上的亲人们，多好，有的赠送籽种，有的输送养分让我这粗鲁的汉子，全给捎到下游来了，责任何等重大！于是，狂躁的黄水渐渐平稳了下来，呈现出某种程度的老成持重。“弃幼志，顺成德”，黄河入海口形成了大片的湿地——我们该举行成人礼了。

走到黄河入海口的时候，黄河的泥沙和黄河的水商议着，泥沙向继续前行的姐姐挥着手，祝贺它从此融入大海，成为连接世界各地航路上不可分割的一分子；而姐姐呢，则把一路上获取的所得——养分、籽种、鱼虾、生态一股脑儿留给了弟弟。于是，黄河入海口的沼泽地，留下了大片大片的柳林，留下了一望无际的蒲苇，留下了鸟鸣莺啼，留下了鱼翔浅底，留下了数不清的生命和鲜花。共和国最年轻的土地，就在这里倔强地成长起来了。当我来到垦利县西宋镇东北部那片最为广阔的河道，坐上游艇穿过柳林，航行到蔚蓝与浑黄交织的分界线时，我听到了海风热情洋溢的呼啸，闻到了海洋生命的腥咸。我知道，那是生命的呐喊，那是天籁的音韵。就在离这片沼泽地不到一公里的地方，一座人造榕树大门为标志的现代湿地农业观光园，正在向游人们开放。那里的冬枣、蜜桃园、温室大棚、花圃等，正在为黄河入海口新生土地的成人大礼宣读贺词，加上那些供游人享乐的迷宫怪屋、铁索桥、情侣渡等，黄河三角洲的成人大礼还挺热闹呢。

（原载于《散文百家》2014年第5期）

谷雨桐花开

连续两天都在下雨。一场好雨。

小麦拔节的当口，下雨就等于“下钱”，庄户人家一边美滋滋地听细雨敲窗，一边掰着手指头算日子。数着数着，有按捺不住喜悦的汉子，便披了雨衣，下意识地扛一张铁锨，彳亍彳亍朝田里走。去干什么——他自己也说不清楚。反正就是站在田头吸烟。边吸、边看、边听那雨点落在麦苗上生发出的似语非语，是麦苗的窃窃私语吗，还是春雨的含情脉脉——你听，这声音奇妙，沙沙的、软软的，像一只纤细的手在轻抚心的琴弦。这场面好看，数不清的透明线条从漫空里垂落下来，织成玲珑剔透而又硕大无朋的水晶浴帘，诱惑着那蓬勃着绿意的浴女般的生命在尽情地嬉戏中，做着心旷神怡的引体向上。

这组镜头是2015年4月19日中午，谷雨的前一天，在山东鄄城县军屯村的路边上映入我眼帘的。

这是一个有近两千口人的回族村庄。我是陪抗日民族英雄马本斋烈士的儿子马国超将军来这里寻访先人足迹的——1941年底到1942年，抗日战争最艰苦的阶段，马本斋率领他的回民支队曾六次在军屯驻扎，打了一个又一个胜仗。那是一段记录着烈士和他的威武之师与人民群众一道抗击倭寇的战斗历史的岁月，那是演绎着中华民族宁折不弯的民族气节的一种精神再现。

当99岁的张孙氏老人在烧热了的铁锅前，一边给马将军烙饼，一边讲述当年给马本斋司令和他的部队做饭的经过时，将军的脸上挂满了泪水。老人把一张具有回族特色的葱花羊油饼递到将军手里的时候，所有在场的人都看到，75岁的将军哽咽了，许多在场的人都跟着流泪了。

无声胜有声的瞬间，是感恩？是追思？是怀念？还是宣言？在这珍贵的沉默中，人们仿佛听到了一句微带颤音的“娘”的呼唤，仿佛看到了将军脸上的泪水与窗外的雨水流在了一起，形成的涓涓细流——融入大地，浸润沃土，滋养人心，给已经是春花烂漫的日子增添一种拔节的掌声，灌浆的呐喊。

是的，这样的季节，尤其是牡丹之乡的菏泽，“谷雨风前，占淑景、名花独秀。露国色仙姿，品流第一，春工成就。”正是牡丹盛开的季节，来到菏泽当然要去看一眼。于是，不少人加入了领略雨中牡丹花的行列，带着一种莫可名状的满足走了。

我却怎么也呼唤不起欣赏牡丹的雅兴。相比较而言，我更喜欢谷雨季节的桐花。30年前，故乡的黄河平原上，到处都是泡桐树，一到谷雨季节，成方连片的泡桐树举着藕褐色伞盖般的树冠，挟裹着淡淡的香气，由近及远逶迤成一道独具特色的风景线，遮天蔽日，煞是好看。那是20世纪60年代学习焦裕禄时，推广兰考县封沙改碱经验结下的硕果，不仅有了防风固沙的作用，而且阔叶树蒸发量大的特点，也对改善小气候起了至关重要的作用。泡桐树，也像倡导种植它的焦裕禄一样，用只做不说的忠诚诠释着一个人民儿子的拳拳之心。

然而，浮躁的社会风气从来都不容纳“山川舍其诸”的犁牛之子精神。当金钱至上的大潮席卷而来的时候，犁牛之子的耕耘就显得不合时宜而被打入另册了。人家要献祭，献祭就要用最好的资源做供品取悦于孔方兄。而桐树这个树种过于老实，甚至由于始终如一的虚心而被视作软弱，因而便成了被商品社会诟病的一大缺陷。于是，在什么赚钱种什么的口号下，默默无闻的泡桐树被金钱的利刃放倒了。当听说东洋人最喜欢用又轻又软又防腐蚀的桐木做包括拖鞋在内的室内用品时，就干脆把所有能换钱的大树统统伐掉，既增加出口额，又加快发展步伐，名利双收，何乐不为？大片大片的桐粮间作不见了。人们不再需要它的挺拔与傲岸，更不需要用它“好斫五弦琴”的内在品质去为已经作古的钟子期制作响器，取而代之的是在整个社会陷入浮躁后的“速生”。

速生，速生。一切都在以“萝卜快了不洗泥”的节奏向上攀升。

速生杨——这种三四年便可更新一轮的主要用作工业纸浆的乔木，堂而皇之地登上了平原绿化主体树种的宝座，整个华北平原的绿化几乎全是速生杨当家，单一种植。从农田林网到水系生态建设，从四旁植树到护堤护坡，全都是速生杨唱主角。至于由于单一种植可能出现的诸如抗灾性能减退、生态失调等等，鬼才管它呢，很少有人提及植树造林必须坚持乔灌结合、多发展互补性强的混交林等这样一些重大原则。谁还顾得上这些呢。听说除了河南省兰考县出于对焦裕禄的怀念，舍不得毁掉大面积的泡桐，其余地方已经见不到成方连片的桐粮间作了。而脚下这片土地，就紧挨着兰考。何不去那里看一看虽然不起眼、但却独具特色的桐花呢？记得若干年前，北京来的一位大学者，给我的朋友的一首词里就有“书生最苦，风流应在，桐花依稀处”的句子。学者是把桐树的默默无闻和肯于奉献于冷板凳上的书生等同了来看的。我既有此同感，就权且把这种古人喜欢用来做琴的树种引作自己的知音，从它开花的基础形态看起，增加一些对桐树的了解吧。

有了这样的想法，脑子里突然冒出一个与桐花的耐性相对立的时尚词语“速生”。

多好的名词啊——“速生”“速成”，挂着书画班的牌子不临帖、不写大仿而直奔行书、狂草胡涂乱抹的速成；不学乐理知识进门就是莫扎特、肖邦的协奏曲的钢琴速成；登台比拼前匆忙学唱的几首歌的星光速成……各个领域，数不清的量身定做，道不完的沽名钓誉。谁还稀罕默默无闻的犁牛之子呢？

且慢，虽说当拜金主义的旋风席卷而来的时候，不少人晕头转向，但千万不要忘记，根底深厚的民族，从来都有用自己的铁肩挑起沉重的担子负重远行的巨人，都有“为天地立心，为生民立命，为往圣继绝学，为万世开太平”的英明人物。20世纪90年代的一天，时任福州市委书记的习近平就看出了这方面的门道。他专程来到焦裕禄同志工作过的河南兰考县参观，烈士墓前，“焦桐”树下，“把泪成雨”，欣然命笔，填写了《念奴娇·追思焦裕禄》：“盼归来，此水此山此地。百姓谁不爱好官？把泪焦桐成雨。生也沙丘，死也沙丘，父老生死系。暮雪朝霜，毋改英雄意气！依然月明如昔。思君夜夜，肝胆长如洗。路漫漫其修远矣，两袖清风来去。为官一任，造福一方，遂了平生意。绿我涓滴，会它千顷澄碧。”这才是正气的抒发，这才是为生民立命的呼喊！怪不得当了总书记之后，习近平又去参观焦裕禄纪念园，又去看望“焦桐”，原来，那是一种可贵的百姓情怀，为民情结。在这个桐花初绽，春雨潇潇的日子里，置身于焦桐树下，望一望那高耸入云的桐林，嗅一嗅那足以净化任何雾霾的淡淡的清香，心的湖水该会泛起多少让人浮想联翩的涟漪！真的，此刻我们已经置身于那株胸径4.2米、身高25米，树冠覆盖500多平方米的“焦桐”之下，它像一位顶天立地的巨人，与一眼望不到边的桐林手挽着手，举着灿若锦缎的藕褐色花团，擎起了兰考的天，庇护了兰考的地。再也没有风沙肆虐，再也没有土地泛碱，满眼都是新房林立的村舍，遍地都是忽忽旺长的麦田。《追思焦裕禄》词的巨型碑刻经过春雨的洗刷，更加光鲜夺目。

清风细雨里，我静静地站在碑刻前的大树下，读那让人提气的词章，听那细雨沙沙的浅吟低唱。耳畔像是突然传来一个声音：“活着我没有治好沙丘，死了也要看着你们把沙丘治好。”接着，50年前的那个清癯消瘦的县委书记的形象便在眼前高高地升起。这棵大树的年轮也该50多年了吧？我自问自答地数算着：哦，它的根不光扎在了兰考，已经深深地植入中华大地，植入了人民的心房。和眼前这座石刻的丰碑一样，焦桐也是一座亲民爱民、艰苦奋斗、科学求实、迎难而上、无私奉献的丰碑。这让我想起了清代赵蕃的诗句：“桐花最晚开已落，春色全归草满园”。谷雨桐花开，今年谷雨又逢春雨沙沙，是个人寿年丰的好兆头。据说，黄帝在宣布仓颉造字成功的那天，下了一场不平常的雨，落下无数的谷米，后人因此把这天定名谷雨，成为二十四节气中的一个——谷雨。

（原载于《当代散文》，2015年第4期）

吃“派饭”的滋味

不久前，我去看望离休后居住在太行山区的93岁老首长时，他对我说：“眼下来了客人都兴进高级饭店了，不像当年刚‘开辟’的时候，党的干部进了村，都是在堡垒户家里吃派饭。今天你就把我当成个堡垒户，在这里吃顿家常饭吧。”

在我的老家，人们习惯把革命根据地的建立，称作“开辟的时候”。而吃“派饭”，就是指干部下农村工作时，按照农民住宅顺序，轮流去各家吃饭。更早时候的吃“派饭”我没经历过，但20世纪60年代初期，驻村干部到我们家吃饭的情景，我还记忆犹新。

那个时候，虽然说公社以上的干部都有一个“脱产干部”的称呼，但实际上他们哪一个也不脱产，而是与农民群众“同吃同住同劳动”。轮到干部到哪家吃“派饭”，尽管生活还比较困难，但主人家都尽量把饭菜调剂得好一点。我母亲就是一个爱面子要强的人，每逢脱产干部来我家吃“派饭”，总是千方百计把伙食往好处做，能不掺糠就不掺糠，能少兑菜就少兑菜。为了让干部们吃得好一点，临到开饭时总找理由把孩子们支到别处去，客人走了才叫我们回来“打扫战场”。干部们也深知农户的不易，每吃完一天“派饭”，都非常自觉地按规定留下5角钱的伙食费。这对于当时的农家来说，可是一件挺合算的收入，因为5角钱正好是我上小学一个学期的学费。另外，除了密切干群关系，凡是能被派有干部吃饭的户，都有一种“堡垒户”的自豪感。

后来，吃“派饭”的日子轮到了我自己头上。1968年8月，作为一名军人，我到地处太行山深处的河北省涉县支农。当时，我被派到神头公社的一个村子，并按规定吃“派饭”。对于当地并不富裕的百姓来说，这个饭真是难“派”呀：叫解放军和自己一样吃糠咽菜吧，不忍心；想表达一下心意吧，又实在没有能拿得出手的东西。于是，乡亲们发明了一个两全其美的办法：凡是被派有解放军吃饭的人家，头一顿饭必须吃大碗面。这种面用一个硕大无朋的粗瓷碗装着，面条是一半绿豆芽一半宽面条掺和在一起的那种，吃起来很上口。可那时每人每年只有几斤面粉，一户农家操持这么一大碗面，在那个年代是多么不容易！所以，战友们每次被派到老乡家里吃饭，总是把这碗面推了又推，让了又让，有时甚至争得面红耳赤。可最终，还是由战士把面吃下去，主人脸上才露出笑容。于是，战士们只好从每月6元的津贴中拿出2角，把每天的伙食费增加到7角，算是对老乡的一种补偿。

一次，领导让我去邻村一户人家了解他家聋哑孩子的治疗情况。进村后，我就住进了这户人家的偏房，他家也理所当然地成了我的“派饭”户。可没想到，这户人家竟然是这个贫困村里最贫困的人家。但即使是这样，这家人照样为我做了大碗面。当我把面条捧到手上，望着炕上躺着的老人，看看不会说话的孩子时，不禁鼻一酸、眼一颤，滚滚的热泪止不住夺眶而出。那天，面条虽然没有吃下去，但在之后的日子里，那碗面却总是在我的记忆中晃来晃去。如今，我虽然已是60多岁的人，大半生中也吃了各种各样的面，但最让我忘不了的，还是那碗热气腾腾的太行大碗面！

20世纪80年代初期，吃“派饭”的规矩开始变味了。记得当时有一部叫作《黑三角》的电影，电影中下基层的干部不再到百姓家吃饭，而是在公社食堂吃完饭，交上3角钱就算完事。于是，群众就形容上面来的干部每顿饭交3角钱的行为是：“县长来了交3角，局长来了交3角，市长来了交3角，你到底吃了多少黑三角？”没用几年，从一开始的象征性交钱到后来的白吃白喝、大吃大喝，吃喝风便像浓浓的雾霾一样扩散开来，以至于后来三令五申都刹不住这股歪风。直到党的十八大之后，以习近平同志为核心的党中央铁腕反腐、重拳治贪，才使吃喝之风得到有效遏制。

我想，现在制止吃喝的文件那么多，是不是也应当有一个鼓励到老百姓家、贫困户家吃“派饭”的规定呢？饭怎么吃、和谁吃、吃什么，应是一个值得思考的课题。

（原载于《人民政协报》2017年4月10日）

热炕头暖心头

塞外高原的严冬季节是寒冷的。呼啸的寒风与肆虐的暴雪是军人炼狱的磨石，隆冬季节零下30摄氏度的气温是军人的家常便饭。有过在祖国北疆驻守经历的军人，谁都不会忘记那段曾经的岁月。然而，又有许多人永远都不会忘记，在那极其寒冷的冬季里，他们却享受了冬季野营拉练抑或执行战备任务时，在老乡家里住窑洞、睡热炕的那段经历。冷暖两重天的考量，不仅练就了为国戍边的钢筋铁骨，更铸就了军队与人民群众血肉相连的鱼水深情。以至于半个世纪的光景过去了，盖了新房、用上暖气或空调的老乡家的土炕已经大多不复存在，但留给老兵们的那份难以忘怀的温暖，却像一股甜蜜的热流，萦绕在老兵们的心头。

作为一个曾经的军人，我有过在塞外高原服役5年的经历，张家口、大同、济宁、二连浩特等都与一个曾经挚爱它的战士结下不解之缘。那些寒风呼啸的冬夜里，那些下岗回来的火炉前，有多少慈祥的眼睛就有多少母亲般的温暖，有多少嘘寒问暖就有多少父亲般的担当。短暂的相聚，频繁的转场，常常是一两天、十几天、最多也就是个把月的时间就挥手告别。但是，不管时间长短，只要你住下了，炕总是暖的，水总是开的。

我们这些“见面喊大娘，进门挑水桶”的战士，在许多年后，虽然大多已经记不起房东的姓名，但那些熟悉的村名却如炊烟袅袅的故乡，链接起祖国北疆起伏的山峦、淙淙的河流、崎岖的山路、静谧的村庄和那些温暖如家的热炕头。怀来县的窑子头、南山堡、上八里、下八里；下花园的戴家营、定方水、红崖沟、徐家窑；宣化区的清凉山；万全县的安家庄、宣平堡、武家庄；崇礼县的范家西沟、摆察村；阳高县的罗文皂、镇门堡；大同县的罗卜庄；浑源县张庄；乌兰察布市兴和县的三十号、二道营子；丰镇县四十二号村；怀仁县的鹅毛口……多么熟稔的地名。于是，夜深人静的时刻、战友相聚的酒桌，都会情不自禁地吟唱起那首曾经红遍大江南北的《老房东查铺》。唱到动情处，不少人甚至泪眼潸潸。兵民是胜利之本啊，有了这段经历、这份情致，谁能不说我们的队伍是“试看天下谁能敌”的威武之师、仁义之师！

温情和暖意是可以发酵的，就像人老了喜欢怀旧，热炕头的温暖像贮存的陈年老酒，随着时间的推移，留给人越来越耐咀嚼的滋味，或醇香、或甘甜、或感恩、或思念。

耐不住历久弥新的思念，不久前，我驱车前往下花园区的定方水，去拜访1970年初到1971年底曾经住过他家的支永隆大哥。早就听说，大哥的母亲20年前就去世了。那是一位多么好的老人呀，她曾为我洗过军装、炸过油糕，要不是队伍上有纪律，老人家还想给俺这个“穿四皮（皮鞋、皮大衣、皮帽子、皮手套），吃军粮，就是不敢看姑娘”的山东娃当媒人呢。如今，支永隆大哥73岁了。见面时，他已是白发苍苍，好在身板尚且硬朗。

回到阔别已久的故乡，一草一木都觉得亲切。我们当年吃饭的食堂还在吗？村西山崖畔的窑洞还有吗？我们的车炮掩体后来都派了什么用场……我问大哥当年的房子、当年的热炕，老两口儿全都笑了，看吧，当年的老房子早就没有了，现在全家3处宅子，全都是新房、新屋、新家具，土炕早就没有了，家家都有取暖空调，还有土暖气……

热炕是没有了，可热炕的温度还在，亲人的话语还在。再领我去看看当年我们打出的山洞，看看大娘的坟墓，看看那次山洪暴发两个战友遇难的河汊吧……于是，大哥领着我进入了长达10华里的红崖沟。站在依旧残留着积雪的黄土峁顶上，望着半山腰里当年居住过、如今已经坍塌的窑洞，我又想到了热炕，想到了温暖。那样的日子已经远去了，可它留在心底的那股暖流却依旧汩汩涌流。感谢部队，感谢塞外高原的父老乡亲，也感谢农家的热炕、山里的清泉。当年的那个小战士回来看你了！

快50年了，物换星移，岁月沧桑，人事两非，不变的只有心头的那股温馨。

（原载于《人民政协报》2017年4月17日）

五一节，对一列火车的怀念

1960年，9岁的我刚上小学三年级。五一节放假那天，我因为跟着皮叔去放羊，把老师布置的作业给忘了，只好晚上再做。父亲瞧了瞧箱柜上的油灯碗，发现里面的油已经燃干，就说，快去供销社打点煤油吧。说着，就从那个百宝囊似的布包里找出二两煤油票。我连蹦带跳地去打来了煤油，却乐极生悲，一脚绊在门槛上，本来不多的煤油全都洒了出来。父亲把那浸了煤油的土弄到一个破碗里，试图挽回一点损失，但完全无济于事。没办法，父亲只好端着油灯碗到邻居家添了一点，才让我把作业完成。

四年之后的深秋季节，我升入山东省商河县第二中学，第一次接触到“大庆油田”这个神圣的名字。之后，又了解到，就在我洒了二两煤油的那个5月1日，从北大荒原野上一个叫作“萨尔图”的火车站里，开出了一列装有15节原油罐的火车，并向锦西炼油厂飞奔。那是一列向党中央、毛主席报喜的车，是一列向世界宣布中国人民从此摘掉贫油国帽子的车，是一列象征着自力更生、艰苦奋斗的民族精神取得巨大胜利的车！

随着那列从萨尔图开出的列车的牵引，我国的以石油工业为标志的石化工业、钢铁工业、纺织工业、军工工业等，出现了多门类、多行业快速发展的良好开端。从运出第一车原油开始，短短四年的时间，大庆油田已经成为我国最具标志性的特大油田。1964年2月5日，中共中央发出《关于传达石油工业部关于大庆石油会战情况的报告的通知》的时候，大庆油田在国人心中已经成为引为骄傲的中国品牌了。记得也是在那一年，我国第一颗原子弹爆炸成功的时候，我们在学校里已经可以点燃锃明瓦亮的汽灯彻夜欢呼了。

于是，从萨尔图开出的那一列火车，在我的心目中变得更加神圣，更加光彩夺目。以至于在其后的若干年内，一想到那列火车，就有一种“我以我血荐轩辕”的报国热情从内心升腾。多年来，我总想到大庆去一趟，去看看那里林立的井架、高高的钻塔，去看看萨尔图火车站。直到去年7月的一天，当我真的置身于萨尔图的时候，我才知道，它原来就是大庆火车站。而这个站名的变迁，本身就是新中国在毛主席领导下强国富民的一个缩影。

从1902年开站，到“九·一八”事变后沦为日寇经济掠夺和军事侵略的运输工具，再到新中国成立后由中苏共管到无偿归还中国……1977年，萨尔图火车站以大庆油田为依托易名大庆火车站。在了解了这段历史后，我对萨尔图火车站更增加了许多敬意，我也因此更怀念1960年的“五一节”从这里开出去的那列油罐车。

那一天，当我站在大庆火车站广场前时，我的心情实在无法平静。面对着这座现代化城市的一等火车站，它一百多年来的发展史，就是整个中华民族经历屈辱、曲折、奋斗、繁荣、富强的历史的缩影。它不仅为大庆油田的开发做出过前所未有的贡献，更是中国人民自立于世界民族之林奋斗史的生动写照。想到这些，我就觉得自己从那一列57年前从萨尔图火车站开出的列车上获得了前进的动力。

祖国，我为你祝福！

（原载于《人民政协报》2017年5月8日）

看老照片忆老部队

人的一生中，有一段在人民解放军的行列里服役的经历，对于多数人来说，都是特别值得珍惜、值得用心收藏的。有人把它藏在心底，有人把它写进文章、日记、文学作品或回忆录，也有人把它镶嵌进影集……我的战友刘全义同志，就把这份热诚烘焙到了极致。他用6年多的时间，把我们曾经服役过的那支创建于1945年抗战胜利前夕、曾经在解放战争塔山阻击战中荣获过“威震敌胆”光荣称号、在抗美援朝的上甘岭战役中荣立过集体三等功、老山战役中以英勇杀敌著称的炮兵第九团的历史，先后整理成了《雄风永存》《峥嵘岁月》两本书，作为内部资料加以认真保存。

“八一”建军节来临之际，我又一次捧起这些弥足珍贵的资料，陷入深深的回忆。

刘全义同志在整理资料期间，仅照片就搜集了一万多帧。虽然这些照片不能全部付梓，但我作为编委，在审视那些老照片的过程中，却从那些或旧得发黄、或漫漶不清、或缺边少角、或依旧残留着弹洞的老照片里，看到了历史群峰的巉岩和岁月艰辛的峥嵘。

如今，这支英雄的部队已被编进另一支部队的炮兵旅，但顺着来时的路，我依然找到了第二任团长王一平指挥塔山阻击战时的作战笔记，找到了至今仍在革命军事博物馆陈列的塔山阻击战“威震敌胆”的大旗和在上甘岭战役中荣立特等功的三营八连炮四班那门战功卓著的火炮，找到了94岁的第三任团长韩俊。

说到革命军事博物馆陈列的那门大炮，我忽然想到了一等功臣王祥文同志。那是多么好的一个人啊！当敌人发起又一次冲锋，炮四班阵地上的战士全都下山扛炮弹的时刻，正是这位坚守阵地的老班长一个人独自操炮发射了29发炮弹，打退了敌人的进攻。如今，对着书中王祥文的照片，我不知道他是否还健在。在拿枪的敌人面前，他是一个大义凛然的汉子，而在转业、个人利益需要做出抉择的时候，他却毫不犹豫地选择了一个地处北疆边城的小集体企业。我和几位老首长们谈起这件事的时候，他们几乎是在异口同声地说：这就是毛泽东的战士，这就是“两个务必”的精神！是的，“两个务必”精神的确在炮九团历史上刻上了深深的印记。抗美援朝归国后的南川剿匪、1964年大比武时的全军夺魁、16年新乡驻守的军民团结、塞外高原紧急战备时的摸爬滚打……

在那一摞一摞的照片中，我曾发现一张自己的图像，背面还有我当年写下的一首小诗：“战前忆苦牙咬碎，铁拳一举漫天雷；敌人胆敢犯疆土，把它龟壳炸成灰。”

那是二营部忆苦思甜大会的画面。那时我才18岁。部队刚刚进入一级战备的第二天，战士们全都摩拳擦掌，有不少人咬破手指写下血书要上战场，以连队为单位的各种表态会议纷纷举行。我们二营部搞的是忆苦思甜大会。那天，先是徒步行军到南山堡，请董存瑞烈士的老父亲董全忠大爷给讲述董存瑞的成长故事，回到疏散的村子里，又请贫农老大爷讲。晚饭是一顿窝窝头就野菜。虽然部队刚从河南转场到怀来，大家肚子里都缺少油水，但没有一个人说忆苦饭不好。因为要打仗了，说不定战争打起来，天天爬冰卧雪，这样的忆苦饭想吃还吃不上呢！

这样的话，对今天的年轻人讲起来，大家都觉得不以为然。其实，忆苦有什么不好？常想过去，有助于我们保持艰苦奋斗的作风和谦虚谨慎戒骄戒躁的作风。王安石就曾有“豪华尽出成功后，逸乐安知与祸双”的历史提醒，我们难道不更应当谨记“两个务必”的教导，圆好实现民族复兴的中国梦吗？

我爱老照片，更爱老照片展示给我们的峥嵘岁月。夜深人静，翻阅着一支部队70多年的照片，宛如站在夕阳下回望连绵起伏的群山，拂去岁月的征尘，历史的群峰向我们招手：战友啊战友，老照片前，擦亮我们的红星，放开我们“向前、前进”的歌喉吧……

（原载于《人民政协报》2017年7月31日）

确有天河望人间

“七夕”将至。每年此时，人们总会讲起牛郎织女的传说，希望有情人能终成眷属。对此，我也有自己的渴望。但我不是那个天上的牛郎，我和老伴儿耳鬓厮磨了大半辈子，我们不需要鹊桥相会。我所渴望的，是由清华大学与青海大学联合团队主持的天河工程能早日付诸实施，让常年隔河相望的牛郎织女不再终日里以泪洗面，可以顺着人工天河铺就的黄金水道重回人间。

2016年9月11日，天河工程论证会在青海省西宁市启动。项目旨在科学分析大气中存在的水汽分布与输送格局，进而采取人工干预手法，实现不同地域间大气、地表水资源再分配。项目将有助于实现青藏高原地区生态效益最大化，促进全国特别是北方经济社会发展。在我看来，这个充满着神话精神的科研项目，是人类充分利用大自然，以科学的态度，把牛郎织女的故事向前大大推进了一步，使之不再停留在幻想与神话的层面。如果该科研项目得以实现，那被人们赋予了许多想象的牛郎织女故事，一定会得到更为美好的诠释与解答。

生出这样的想法，是最近与中国科学院院士、青海大学校长王光谦先生一次面对面的讨论引发的。对于王院士领衔的这个科研项目，我早有耳闻，但对于其中原理却一直是不可思议，懵里懵懂。直到这一次当面向院士请教，才有了一些初步的了解。王光谦院士告诉我说，观测结果显示，在大气边界层到对流层范围内存在稳定有序的水汽输送通道，可将其称为“天河”，基于大气空间的跨区域调水模式就是“天河工程”。“我们首先将通过对大气中水汽含量及迁徙路线的监测，掌握水汽迁徙规律，并在有条件的地区进行人工干预，北方地区地表水资源短缺的局面是完全可以解决的。”

光谦先生的这番话，让我这个从小长在黄河岸边的山东汉子顿然生出许多感慨：我们伟大的祖国能成为世界文明古国之一，一个十分重要的原因，就是有了母亲河黄河的哺育和恩养，才让我们这些“涓涓乳下子”得以一辈接一辈地续写着光辉灿烂的中华文明。尤其是近70年来，我们在继承前人对黄河趋利避害成果的同时，按照把黄河的事情办好的要求，尊重规律，尊重科学，坚持兴利除弊，有效地实现了70年无流域重大灾害。但是，也应当看到，随着社会发展对水资源要求的不断增长，仅仅靠黄河水也是有限的。20世纪50年代，毛泽东同志就曾发出过向南方借一点水的设想。直到进入21世纪，我们才完成了南水北调中线、东线工程的施工，并且成功地向华北地区送水，西线工程也在论证中向前逐步推进。如果南水北调工程全部完成，再把天河工程的事情办成办好，那不仅是我们人口增长、社会发展和建设事业得以顺利推进的重要保证，也是确保母亲河永远年轻的重要前提。

这次和王光谦院士的讨论让我从内心深处坚信，天河工程一定会取得圆满成功。到那个时候再过七夕节时，天下的有情人就可以打着雨伞，在细雨霏霏的氛围中与牛郎织女对话了。

我把我的想法告诉王院士，他高兴地告诉我：一定能行。天河工程只要成功，我们就可以实现跨区域空中调水，构建南水北调的空中走廊。那个时候，我们就可以让沙漠变绿洲，变不毛为园林，让大地更环保，让祖国更美丽。

听着王院士充满信心的回答，我从心里期盼着这篇新的牛郎织女的故事尽快变为现实。

（原载于《人民政协报》2017年8月28日）

永远的军屯

军屯，黄河岸边再普通不过的一个村庄。如果说有点什么特殊的话，一是它是个有近两千口人的回民村子，清真寺高耸的顶脊上有着一弯闪着银光的月牙标志；二是这个名字一听就叫人联想到它应该和军队、战争有着某种联系。的确，这联系就来自马本斋——在中国抗日战争历史上写下光辉灿烂篇章的民族英雄和他的威武之师。

民族英雄的故事总是能让人热血偾张，让人回想起今天美好生活的来之不易。在党的十九大即将召开之际，我又想起了两年前随马本斋之子马国超将军到山东省鄄城县军屯村，寻访马本斋司令员和他所领导的回民支队在军屯村驻扎抗日时的情景。

到军屯的那天，上苍以一场少有的春雨，润泽着黄淮海平原的角角落落，带给人们的不仅仅是愉悦，还有某种难以言状的清新和通透。张兆信老人拄着拐杖来了，张兆言阿訇来了，就连87岁高龄，当年给马本斋提壶烧水的张兆宝老人也来了。不大一会儿，村头就集合了十二三位83岁以上的老人。他们挤在一起，在怡人的细雨里踮着脚跟，望啊望，等待马国超将军的到来……就像当年欢迎马司令和他的回民支队一样……

女人的心思总是比男人细些。老汉们在村头迎接将军的当口，当年那些给八路军烧锅做饭、纳鞋底的姐妹们，虽然都已耄耋蹒跚，却谁都不肯舍弃这个与将军一起追思抗战胜利的机会。她们合计着再做一顿当年马本斋在村子里养病时吃的饭，让将军尝尝。99岁的孙张氏老人提出，她要亲手给马司令的儿子烙几张白饼，理由是当年马本斋司令员就住在他们家，她曾亲手给他烙过饼。人们都说，就让她烙吧，让她把当年的故事讲给后人，演示给后人，就是对抗战胜利的最好纪念。

将军来了。这位虽然已经75岁却依旧身板笔挺的燕赵壮士，面对曾经与自己的父亲并肩作战打击日寇的老哥哥、老姐姐和所有的父老乡亲，再也控制不住情感的闸门，缓缓举起右臂，以一个标准的军礼向雨中老人们送上了深深的谢意。

将军一生写了很多的诗文、小说、影视剧，凡是父亲战斗过的地方他几乎都去过，可就是没有听说过父亲在军屯的这段经历。要不是村上的父老乡亲每逢马司令的祭日都要到清真寺请阿訇开经祭奠的消息传到他的耳中，说不定要留下终生的遗憾呢。多么好的乡亲啊，多么执着的秉性，纵然马司令已经走了71年，大家还是如此深情地怀念着他。乡亲们和马司令不沾亲不带故，就是凭着对侵略者的那份同仇敌忾，将这份感情凝聚得无坚不摧。人们回忆着，指点着，哪一片是1942年秋天，马本斋第一次率领回民支队露营夜宿的打麦场；哪一家是马司令召开秘密会议谋划攻打鬼子据点的“参谋部”；哪一处院落是他养病期间的老房；哪一处地点是马司令帮着军屯村购买了18条步枪进行军事训练的“校场”……

马司令的儿子来到军屯，这可不是一次简单的寻亲之旅，是爱国主义教育的一次生动演示，是告诫世人勿忘国耻的醒世钟。清真寺里，老人们一枝一蔓述说着当年马本斋在冀鲁豫一带英勇杀敌的故事，就像窗外的细雨一样，那么叫人心清眼明。当孙张氏老人用当年给马司令擀饼时的那根擀面杖挑着一张烙好的葱花羊油饼送到马国超跟前时，75岁的将军终于忍不住眼泪夺眶而出。老人问起将军的家庭情况，当听说将军有儿子，儿子也有儿子的时候，老人连声不断地说：“好！好！咱中国人的江山，永远断不了血脉！”

是的，中国的江山，永远断不了血脉，我们有这么好的国家，这么好的军队，这么好的人民！将军感叹着，抒发着，他觉得军队与人民之间的那种无法形容的鱼水情谊，只能用军人对祖国的担当去报答——他把自己编剧、导演、并担任其中演员的电影《马本斋和他的母亲》的拷贝留给了军屯。

将军的心留在了军屯。那是永远的军屯。

（原载于《人民政协报》2017年10月16日）

王进喜的退款单

从“铁人王进喜纪念馆”走出来，伫立在他的花岗岩石雕像前，我情不自禁地躬下了腰身：铁人，真正的共产党人，请你接受一个来自齐鲁大地的后学深深的敬意！我是以你为榜样长大的，我是呼吸着你和你的那个时代的清新空气长大的。你率领着1205钻井队从大西北的玉门油田赶到北大荒的时候，这里一片荒原，你用“宁可少活二十年，拼命也要拿下大油田”的大无畏气概，奋战五天五夜打出了第一口油井。你曾经带领你的钻井队多次创下年进尺10万米的奇迹；曾经在油井发生井喷的关键时刻，奋不顾身跳进泥浆池，扭动着身躯搅拌重晶石粉；也曾迎着凛冽的寒风奋战三天三夜，率领着可敬可亲的工友们用人拉肩扛的办法，把高达38米重22吨的井架矗立于荒原……你实在是共和国了不起的大功臣。

在人民的心中，在国家的历史中，你是功臣。可在你的眼里，却从来不把“功臣”两个字和自己联系起来。即使在生命垂危的时候，已经是中共中央委员、大庆会战指挥部副总指挥的你，依然没有一丝半点居功自傲的意思。

1970年，你患胃癌在北京301医院动手术，石油工业部的同志带着康世恩部长的亲笔信来看你了，你的老伙计韩忠全代表大庆油田广大职工来看你了。面对着经过大庆油田党委集体研究后给你的300元补助，你不仅斩钉截铁写下“我不困难”四个大字，还对这300元钱的用途做了细致入微的安排。你对前来看你的工会主席韩忠全说，这钱我不能要，回去后给我办好两件事：一是在张铁匠汽车站旁边盖一座候车室，要隔出里外间，外边让上下班等车的工人歇歇脚；二是，还记得那个因犯心脏病夜里突然去世的钻井工人吗？他没有了，可家属孩子都在，连个安身之处都没有。要把里间拾掇好，能吃能住，让他们母子住进来。记住，不能让他们白给看房子，要按家属工给他们开工资，让他们一家安定下来。

多么好的共产党人啊，即使自己的生命即将走到尽头，身为党的中央委员会委员，想到的仍是一线工人和工人遗属。说心里话，每次翻阅这段资料，我都忍不住掉下眼泪。可当时在场的工会主席韩忠全在后来谈到这件事情时却说，现场他强忍着不让自己流泪，就怕铁人怪他不够坚强。后来，韩忠全趁铁人不注意，把那300元钱塞到了沙发坐席下面。离开王进喜病房后，韩忠全再也控制不住自己，眼泪唰唰滚落下来。但是，这笔款子，后来还是被王进喜发现了。1970年11月15日，王进喜同志在北京病逝。生命的最后时刻，他把这笔钱连同另外两个人看望他时分别留下的100元的钱包在一起，又列了一个清单。写下了一张退款单：

"我住院期间，领导和同志们给我送来的钱，请交给组织：韩忠全300元、李章锁100元、居正平100元。我不困难。"

清单的落款后面，依然是四个字："我不困难！"

我用相机拍下了这张如今珍藏在"铁人王进喜纪念馆"橱窗里的退款单据。它的字迹说不上清秀，但我敢肯定，这是世界上价值连城的墨宝！他留给我们的，是代表一个真正的共产党人优秀品质的无价之宝，是一个"赤条条来，赤条条去"的钢铁硬汉掷地有声的人格宣言！

当然，我拍下来的还不止这些：还有王进喜1960年出席劳模代表大会的代表证、他到食堂用的饭票、他在劳模大会签到簿写下的感言。请看看这五句话吧：

"讲进步不要忘了党；讲本领不要忘了群众；讲成绩不要忘了大多数；讲缺点不要忘了自己；讲现在不要割断历史！"

这就是铁人——一个真共产党员留给世界的心声。

关于铁人为我国石油工业做出的贡献，50岁以上的人都应当如数家珍。后来的年轻人，当我们无忧无虑地享受改革开放成果的时候，能否面对着铁人的遗像说一句"我们问心无愧"呢？

（原载于《人民政协报》2017年11月20日）

不该被遗忘的治水英雄

40多年之前，我在新华书店门口排了好长时间的队，终于买到了一本上海辞书出版社出版的缩印本《辞海》。大学毕业后，尚未冷却的那股子学习热情，让我每天都抱着《辞海》背诵一些自己喜欢的词条。“白英”就是那个时候在《辞海》里认识的一位明代的农民朋友。此前真的不知道山东还有一位类似四川都江堰的建设者李冰父子这样的古代英雄。不过，真正读懂了白英，却整整耗费了我40年的不懈努力。

我一直纳闷：像明代工部尚书这样的政府高官，率几十万民工都弄不好的水利工程，一个乡下的农民咋就能治好呢？年轻时候那股子惯于“打破砂锅问到底”的劲头儿，让我在20世纪80年代中期，独身一人跑到白英的老家——山东省汶上县。一打听，老百姓嘴里的那些近乎聊斋式的传说，让我觉得白英简直就是个神仙：什么耕田为业，自幼聪慧好学，对大运河非常了解。明初运河水量不足，航运船只受阻，朝廷为此非常焦急，就到处找能人，结果就找到了白英。白英领着官兵沿运河而行，走到一处，突然止步，指地跺脚，平地喷出一眼泉水，很快涨满了运河，使航船顺利通过，解除了人们的疾苦。这样的解释虽然说明了老百姓对白英的爱戴，但却明显不符合事实。回到家后，我再次翻阅史书，才知道白英不仅治水知识渊博，而且为人正直，不慕名利，是个在当地很出名的隐逸君子。他在东平县戴村坝一带治理水患，主要是因为答应了朝廷官员的治水请求。

著名京杭大运河为历代漕运要道。明朝洪武年间，黄河在原武(今河南省原阳县地)决口，汹涌的黄河水漫过曹州流入梁山一带，淤积400余里，切断了明朝南北水路大动脉的运河。南北漕运的瘫痪，使朝廷百官、平民百姓，无不为之忧虑。济宁州同知潘叔正奏请朝廷尽快疏通河道以解百姓之苦。工部尚书宋礼受命同督都周长、刑部侍郎金纯等带领济南、兖州、青州、东昌等四个府的25万民工，对会通河水系进行了大规模治理，但因会通河水源不足，没有根本解决漕运问题。宋礼完不成任务，无法向朝廷交差，便布衣微服出访，寻求治水方略。他在汶上城北遇民间能人白英，听取了白英对运河治理的一些设想，觉得这位布衣有一些与人不同的治水理念，便诚恳地邀请他出手相帮。白英根据会通河的地势水情，提出了六条治河方法。以汶水作水源，筑堤引水，西注运河地势最高的南旺，然后向南北分流。其中六份北流到临清，接通卫河，中间设水闸17座；四份南流至济宁，下达泗、淮，中间设置水闸21座，从根本上解决了会通河水源不足的难题。

宋礼采纳了白英的建议，并按照白英设计的图纸组织施工。经过民工历时9年的艰苦奋战，终于完成了开掘汶上济宁段运河这一举世闻名的水利工程。使之河河相通，渠渠相连，湖湖相依，汇成一派巨大水系。白英治水的成功，使明、清两代600余年间航运畅通无阻，对当时的南粮北运发挥了很大作用，最高年运粮达四五百万石，有力地促进了明、清时代经济、文化的发展和社会的稳定。治理运河工程告竣后，白英随宋礼进京复命，因劳累过度，行至德州桑园，不幸呕血去世，时年56岁。运河两岸百姓闻讯，无不为之悲痛，白英作为中国水利史上的一位民间工程技术人员，其事迹和英名永远留在运河沿岸人们的心中。

十几年前，我曾在山东省一个部门负责农业方面的工作。每年一到汛期，就要沿黄河、运河等骨干河道巡防工程，每次来到戴村坝，都要在这里驻足良久，并且多次为戴村坝的整修维护做过一些工作。前不久，我又一次到东平、汶上等地，查看白英留下的工程和人们为了纪念他而修建的庙宇遗址。可惜的是，在一些地方，对于白英这么一位在中国水利史上占有重要地位的人物，在保护措施和认识程度上，都还有着相当大的差距。如果我们也能像四川人保护都江堰那样，把东平戴村坝和汶上南望分水枢纽等这样一批白英治水的系列重要遗址保护好，那该是一件多么有意义的事情。文物保护呼唤文化自信。把我们民族自己的好东西保护好、传下去，就是弘扬中华文化的最好行动。

（原载于《人民政协报》2017年12月4日）

清风吹过清水河

严冬季节，中国北方的天气正冷。然而，位于海南省东南部的陵水黎族自治县，却是一派天蓝海碧、云蒸霞蔚、万木葱茏、鲜花盛开的季节。脱掉厚厚的冬装，换上便捷的服装，来领略陵水河的大好风光，真的是心旷神怡的人生乐事。

不久前，我来到陵水游玩，住进了清水河畔的一家宾馆。宾馆的服务人员告诉我，出宾馆就是一处供人们休闲娱乐的公园，一早一晚都可以在里面散散步，活动活动，给自已的心情来一个放松。

对于如此善意的提醒，我不能不心存感激。当天傍晚，我就走进了这所椰林高耸、树木蓊郁、百花盛开、色彩斑斓且又濒临大河、堤坝秀美、波涛翻滚、清风习习的公园。那浸润着甘甜气味的凉风吹拂过来，就给人以秀手拂面的快感，仿佛冥冥中有某种仙人指路的耳提面命。走在这么美好的公园里，不知不觉就到了太阳落山的时候。虽然仅仅走了公园的一小部分，但我仍觉得不虚此行。

按捺不住对这个公园的眷恋，第二天，我起了个大早，背上相机就到公园里去了。这次，我才彻底地转遍了整个公园。让人感到非同一般的是，这个看上去如此秀美的所在，原来是一处设计主题为“廉政”的休闲娱乐场所。除了让人心旷神怡的风景娱乐设计，更能让人振聋发聩、警钟长鸣的是，园区里如雕塑、座席、碑廊等，全都被赋予了提醒人们在道德底线、大是大非、个人修养等方面保持清醒，让人廉洁自律的内容。比如：在廉政公园大门的正面，一组构思奇特、警示性极其强烈的“廉”字景观，就深深地吸引了游客的眼球。艺术造型的“廉”字，上面是一顶寓意为官要清廉的官帽，廉字背面的石刻是“公生明，廉生威”六个金光闪闪的大字，阐明了为官之道、为政之德和立身之本。而在离此不远处，则是一组寓意深刻、独具匠心的“却步桥和爱莲池”。这组设计由两座断桥组成，爱莲池中央矗立着一组曲线群体雕塑，雕塑以多个曲线连接成表现人体身材性感美的视角；爱莲池中种满了莲花，不少莲花枝头已经结出莲子，寓意清正廉洁。而这两组雕塑的两端，则是两爿永远不能走到一起的断桥，它警醒世人尤其是为官之人，在美色和利益的诱惑面前，绝对不能有贪欲之心，必须时时刻刻想到“廉洁”的要求，以出淤泥而不染的慎独之心，自觉抵御各种不正之风的侵袭与腐蚀。稍有不慎，就会跌下断桥，身败名裂。

再往前走，公园里浓郁的树荫下，原来处处都有让人从纷繁世态中猛然惊醒的设计。一丛用绿篱栽种起来的迷宫，提醒你一旦走错了路，就会陷入令人迷失的“迷魂阵”；而离此不远的几株椰子树下，则是几尊中国古代钱币形状的雕塑。乍看上去，几枚造型逼真、写着“康熙重宝”“永乐通宝”的钱币，真的很传神，但仔细审读，你才会发现，那“孔方兄”的方框里，正正规规地镶嵌着几个让人眼睛一亮的小字：“金钱有价人格无价”“常怀律己之心”等等，发人深思。

廉政公园中唯一一个人物雕塑，那也算是陵水人的骄傲——明朝海南籍清官海瑞。雕塑旁的石碑上毕恭毕敬地介绍了这位几乎与包拯齐名的历史人物为官清廉、洁身自爱、为人正直刚毅、不献媚奉迎的品格，以及他对国家忠心耿耿，为百姓直言上疏、蔑视权贵、抑制豪强、惩治贪官的故事。海瑞一生严于律己，自甘清贫，获得百姓的赞扬，被人们称为“海青天”。

公园里的廉政教育内容太多了。当我朝着一座亭子走过去时，发现这原来是一座悬挂着警世钟的所在。乘着清晨旭日投下的曙光，我似有所感地撞响了这口足以让人头脑清醒的大钟，那警钟长鸣的巨响，让我的心底涌起了一阵难以名状的激动。

当我拍摄了几十张照片要返回宾馆的时候，门口一块硕大无朋的石碑上镌刻的大字，让我本来有些激动的心情又增添了一种温暖：“漫漫人生路，走好每一步。”我想，这不仅是对到公园散步休闲的人的提醒，也是对所有人民公仆的提醒。记住它吧，历史的回音壁下，你能听到这些谔谔诤言的回响。

（原载于《人民政协报》2018年1月29日）

怀念杨贵

我对杨贵同志的敬重，始于20世纪60年代末期。那是一个让新中国产生两弹一星、南京长江大桥、林县红旗渠的岁月。1968年春天，我应征入伍来到河南省新乡市，一个距红旗渠不远的地方。第二年，报纸上赫然醒目套红标题，向全世界人民庄严宣布，河南林县的“天河工程”红旗渠胜利建成。这是一个多么振奋人心的消息，我真想去现场看一看这个在县委书记杨贵同志的带领下，由10多万林县人民奋斗10余年创下的人间奇迹。然而部队紧张的战备训练和令行禁止的纪律，却不允许我们去参观这个伟大的工程。

第一次来到红旗渠，是20世纪90年代初期。我在山东省庆云县担任县委书记，脱贫攻坚的巨大压力让我再次想起了红旗渠，想起了老县委书记杨贵，想起了林县10多万了不起的人民。当时，我们那个县是全省倒数第一的贫困县，但是我想，县情再不好，我们的自然条件、农业基础，也比地处太行山深处的林县要好。就在这样的心情下，我终于看到了心中向往已久的红旗渠。

亲眼见到红旗渠，立即就让我血脉偾张。红旗渠是一个怎样的工程呀，在怪石嶙峋、无路可走的地方，杨贵领着他的农民大军，用10余年的工夫共削平了1250座山头，架设151座渡槽，开凿211个隧洞，修建各种建筑物12408座，挖砌土石达2225万立方米。红旗渠总干渠全长70.6公里，有人计算，如把这些土石垒筑成高2米、宽3米的墙，可把广州与哈尔滨连接起来。这也让我坚信，杨贵能做到的事情，庆云县照样能做到。

当年，庆云县的地表水全在海浸区范围，群众祖祖辈辈都是喝咸水，大骨节病、氟斑牙等多发病、常见病非常严重。新中国成立后虽然进行过多次改水实验，却没有取得最终成功。于是，我们以杨贵同志为榜样，学习红旗渠建设过程中“自力更生，艰苦创业，团结协作，无私奉献”的精神，采用地膜覆盖、垂直铺塑等现代化技术，修建中型平原水库，把过去容易向上泛滥的地表水压在了地下。水库修好之后，全县人民喝上了黄河水。开闸放水那天，村上的群众敲锣打鼓，高举着“告别千年苦水，迎来万代甘甜”的标语，到水库的大坝上扭秧歌。后来，我离开庆云县20多年，当地的老百姓还从水库里给我装上一瓶子的水，让我分享他们的喜悦与甘甜。其实，我心里知道，那是在杨贵同志的影响下，我和我的同事们努力去做的一件事情。

我怀念杨贵，还在于他那颗不忘初心、一以贯之的公仆之心。杨贵不止一次地说：“我想对于我来说，红旗渠就是一种精神和信仰，我希望能把它继承和发扬下去。”的确，以在县委书记这个岗位上工作20多年这件事情来说，当下恐怕很少有人能够做到。在这20多年的时间里，林县的百姓就是他的亲人，为群众排忧解难就是他的职责，这只要看一看他和林县群众一起在红旗渠工地上的那些照片，就什么都明白了。共产党的干部多么需要永远和群众打成一片啊。直到今天，林县那么多群众还在怀念他，念叨他，这就是民心，这就是百姓心中的那杆秤给出的足斤足两的分量。相比杨贵，现在少数已经忘记了初心的干部们，不应该深刻地反思与忏悔吗?

杨贵心里想着百姓，他心里始终挂牵的还是林县的水。百姓吃水、农田灌溉、工业发展、城市建设，哪一项不需要水?离开多年后，他给红旗渠写下了十句话，每句话里都带一个水字。在今天看来，老人家心里想的那些事，做的那些事，都是为天下百姓着想啊。在当前全国各地都在贯彻党的十九大精神，以习近平新时代中国特色社会主义思想指导我们的各项工作的时候，我想，我们就是要像杨贵同志那样，有始有终、不忘初心地把事情做好。相信我们的党和国家一定会更好地带领人民群众，实现“两个一百年”的奋斗目标，圆好中国梦。

（原载于《人民政协报》2018年5月7日）

记住来时的车辙

不久前，我在沂蒙山区旅行时，在一个西瓜摊位前坐下来，买了半个西瓜解渴。卖瓜的老汉看上去70多岁的样子，我们谈起了孟良崮战斗和淮海战役的事。老人说：共产党多亏了老百姓的支持啊。不管是孟良崮还是淮海战役，没有那么多的红嫂、没有那么多的支前手推车，就没有全中国的胜利啊。

老汉这一说，我下意识地“嗯”了一句。我们这些红旗下长大的共和国第一代公民，从心底深处热爱党、热爱祖国、热爱领袖、热爱英雄、热爱人民军队，并且以自己大半生的时间实践着儿时的理想和志愿，力所能及做了一些为国家为民族努力工作的事。但是，对于产生伟大的党、伟大的军队、永垂不朽的烈士的母本——人民这个概念，却总是有一种觉得她太过于抽象，过于空洞的想法，没有把她放在创造历史的根本动力这个角度去考虑问题。

经过卖瓜老汉这么一说，我仔细一回味，是啊，中国新民主主义革命的胜利，固然是因为我们有马克思列宁主义、毛泽东思想的正确领导，有千百万为人民的解放事业不怕流血牺牲的将士，但是他们也是人民中的一员——刘胡兰、黄继光、马本斋、左权……不都是农民的儿子吗？那宁愿自己饿肚子，自己挨冻，也要剩下最后一捧粮食送军粮，拿出最后一块布料做军鞋的，不正是肚子里怀着我的哥哥的母亲吗？在100多辆支前手推车的队伍里，就有我的父亲，我的叔叔呀。他们虽然不像英雄那样壮烈，不像将帅那样横刀立马、指挥大军，不像红嫂和沂蒙六姊妹那样震撼人心，但他们对革命和胜利的投入与期望，却是平凡而又伟大的。从这个角度讲，我们在教育青少年热爱祖国、热爱英雄时，只有把英雄同人民创造历史的观点统一起来，才能让唯物主义历史观深入人心。

这样想着，我的思绪又回到另一个问题上：如果没有把“英雄来自人民”这样的思想根植于心，我们的尊重英雄、尊重历史的教育就成了无源之水，无本之木，就找不到来时的车辙。或许，那些平时动辄就夸夸其谈的干部，之所以在生命的拐点处迷失了方向，就是因为心中没有了百姓。

沿着淮海战役时支前的那些手推车的辙印，看看我们党和军队成长壮大的历史吧。直到今天，在井冈山区一些老建筑的墙壁上，我们依然还能看到已经有些字迹模糊的标语口号："一切为了苏维埃""打土豪，分田地"；在延安南泥湾那栋被保存下来的窑洞的墙皮上，还能看到"自己动手，丰衣足食""自力更生，艰苦奋斗"的口号；在鲁北平原的乡下，一位年过九旬的老人，还能絮絮叨叨地给我讲述"土改那年，口号就是一切权利归农会……"这些发自肺腑的话语，讲的都是一个道理：一切为了人民大众！

这才是共产党的根本宗旨。那些讲起来头头是道，做起来迷迷糊糊的人，大概就是在处理果实与根本的时候，忘记了根本，只看到果实。一些干部只要政绩，不管根本，不浇水、不施肥，甚至还要做一些伤害根本的事情，就是忘记了我们来时的路。

党的十八大以来，习近平总书记提出了"不忘初心"的要求，这是对党的根本宗旨和奋斗目标的一次最为深刻的反思和警醒。我们应当时刻牢记总书记的提醒与教诲，始终把握全心全意为人民服务的根本宗旨，不管道路多么复杂，始终记住来时的车辙，用坚定的理想信念支撑民族复兴的伟大理想。

（原载于《人民政协报》2018年6月25日）

想起了“鲁棉一号”

麦收时节，车过山东临清。大片大片的麦田里，有大型收割机不慌不忙地忙碌。远处绿油油的棉田，有农人像侍弄婴儿似的，蹲在田垄间。是薅草？还是除虫？——我不知道。让我颇感惊叹的是：如今，“麦子上了场，棉花没了娘”的老规矩已经改了。

看上去黄云连天的麦田，过去到了芒种节气，至少得忙活半个月，才能夏粮入仓。争秋夺麦的节骨眼儿，谁也顾不上去管那些刚刚拉开架势旺长的棉花——让它们先蹲蹲苗吧。如今，收麦子全都机械化了，人们就能腾出手来侍弄一下子棉花苗子，这是庄户人家的本能，也是一种乐趣。当然，如今种棉花也不像过去那么累了，喷灌机、灭虫机大田里走一趟，不知让农民省多少心。

这么想着，脑子就突然换了频道，一下子回到了40年前，山东鲁西北农民靠种植“鲁棉一号”发财翻身的事来。那个时候，鲁西北是我国几大贫困片之一，实行家庭联产承包责任制之后，农民发家致富的积极性得到了空前的释放。那一年，我作为一名年轻干部，在山东省平原县恩城公社小北关村驻队，农民群众向我们提出了帮助兑活“鲁棉一号”良种的要求。就是那个时候，我来到临清县山东棉花科研所，见到了“鲁棉一号”的首席科研代表庞居勤先生。庞先生真的是个好人，1960年大学毕业后，留在山东农业大学任教，两年之后，调到山东省棉花研究所工作，从那个时候起，他就在临清这块土地上，与农民兄弟一起，想农民所想，急农民所急，终于在农民群众积极性空前高涨的时候，推出来了“鲁棉一号”这个我国棉纺织工业资源严重短缺时候的给力资源。

有了良种，农民群众心里高兴啊。大家起早贪黑，大田里吃，大田里忙，把所有精力都投入在棉花生产上。那个时候，棉花的棉铃虫特别严重，为了买一瓶杀灭棉铃虫的溴氰菊酯，经常有人骑几十里自行车找我们帮助购买，我也竭尽所能给予他们帮助。

一转眼，40年过去了，“鲁棉一号”作为当年的功臣品牌，早已退出了历史的舞台。据说，如今的棉花品种，已经有十几个在绒长、衣分率等方面，大大超过了“鲁棉一号”。但是，“鲁棉一号”当年发挥的那种改变我国棉花生产长期落后局面的作用，却是令人难以忘却的。“抓住金（粮食），大上银（棉），日子越过越喜人。”老百姓说得好，要是没有“鲁棉一号”，大家就发不了棉花财。

我更想念“鲁棉一号”的发明人庞居勤先生。听说，“鲁棉一号”之后，先生又研发出了好几个在全国叫得很响的品种。他在20世纪80年代荣获国家科技进步一等奖之后，又获得了一系列荣誉称号，享受国务院特殊津贴，并且已于2003年光荣退休。

人生赶上一个称心如意的时代不容易，赶上一辈为中华民族伟大复兴而矢志不渝的人物更不容易，就像农民能遇上一个“天时、地利、人和”的良种。怀念“鲁棉一号”的时候，我也为自己生活在这个时代而感到高兴。

（原载于《人民政协报》2018年7月2日）

《三大纪律八项注意》与沂蒙精神

山东省庆云县于1926年建立了中共第一届县委，我是第28任县委书记。

20世纪90年代初期，我刚开始履行这个职务的时候，惊奇地发现，这个县有一个很好的习惯，就是不论职务大小，见面一律称“同志”，很少有人叫什么书记、什么长之类。与此相关联的，许多老干部特别热衷于唱《三大纪律八项注意》。他们说，这是一首军歌。1947年从沂蒙山过来的队伍，都是唱着《三大纪律八项注意》来咱这里的。老百姓愿意听，而且还把这首歌当成是教育儿女的“教材”。

1947年秋天淮海战役打响，需要老百姓支前，庆云县的广大农民就来了积极性。他们说，就冲《三大纪律八项注意》这首歌，咱也得到沂蒙山支前。果然，他们以冀鲁边区支前独立团、支前第三团、庆云乐陵盐山混合团的编制到支前第一线去了。他们在沂蒙山区、在淮海战役的主战场，将沂蒙山人民刚毅坚强、当仁不让的担当精神，通过孟良崮、莱芜、徂徕山等战役诠释得淋漓尽致。更让人叹为观止的是，沂蒙精神所体现的爱党爱军、无私奉献的情怀，在许多普通老百姓身上得到了再充分不过的体现。

从1947年底到1948年9月，庆云全县有组织的出夫（抽出人或被派出去作临时性的修建、运输等事的工作）搞了3次，全县编成4个团，18个营，56个连，共出动4700副担架，780辆大车。淮海战役打响后，庆云县的支前队伍一上去，就赶上鲁南战役。领导上让庆云县先上一个担架营，4个连分别由4个区组成，一区一连，区委书记任连长，武装部长任教导员，县民政科长齐阳珍任营长。那一次，庆云县担架队可真露脸。部队有多艰苦，担架队就有多么艰苦。为了把战斗中负伤的战士安全送到后方医院，担架队每天都要抬着担架走100多里山路。这对于从小没有见过山的庆云人来说，是个不小的考验。有的人跌破腿，有的人摔着腰，可他们千方百计不让伤员受二茬罪。沂蒙山的人太好了，那些红嫂、沂蒙姊妹在冰冷刺骨的河水中，用自己的肩膀扛着门板搭成桥梁让解放军战士从上面通过的场面，每次想到，都是一次让人回肠荡气的冲锋号角！

受沂蒙精神的感染，新中国成立后，庆云县参与过支前的人当中，有50多人重返沂蒙，成了那里的永久性居民。庆云县刘古风村人邵东鲁，七七事变前曾在31游击队政治部工作，1940年转入八路军，任冀鲁豫军分区政治委员。由于战事紧张，积劳成疾，孟良崮战役时，身体已支撑不住。他知道自己将不久于人世，拒绝了上级让他疗养的命令，写了一封寄给父母的信。信中写道："本来，死是任何人都脱不了的，况且我的死是光荣的，是为人民的解放事业而死的……父母的大恩那是说不尽的。虽云忠孝不能两全，儿能尽忠人民解放事业，也算不负大人教养一场……我死后不必起尸，自有青山埋忠骨。我将永远与蒙山沂水为伴。"这就是一个庆云赤子的沂蒙情结，是一座大山对于他的子女的影响。

《三大纪律八项注意》这首歌，我们这一辈人从上小学就会唱。成为一名解放军战士之后，更是没有一天不唱。党的十八大以来，以习近平同志为核心的党中央，从端正党的作风入手，打虎拍蝇，惩治了一批贪官，赢得了人民群众的拍手称快。人们的街谈巷议，无不为一个不争的事实叫好：我们党的好作风又回来了！

（原载于《人民政协报》2018年7月16日）

一个甲子的守护与挖掘

1958年8月，一个刚刚从山东大学历史专业毕业的年轻人，被分配到山东费县一所中学教书。那个时候，他才23岁。他叫廉成灿。

大概是出于对故乡的热爱，这位在中学教授历史课程的老师，对家乡的乡土历史给予了极大的关注。用一个历史专业毕业生的眼光，他一眼看中了清末著名抗倭名将左宝贵的事迹。那位在1849年朝鲜平壤为抗击日本侵略者而英勇捐躯的山东汉子，正是代表中华儿女抗敌御侮英雄气概的典型。于是，从那个时候起，廉成灿就利用业余时间挖掘和整理左宝贵的事迹。直到1962年2月22日，《北京日报》发表了他写的《左宝贵生年调查》，才使得左宝贵的出生年月被史学界确定下来。从此，全国许多史学专家对左宝贵的研究，渐入佳境。

在这个基础上，廉成灿又充分利用自己是左宝贵家乡人的有利条件，深入民间，走访知情者，开始对左宝贵进行系列研究。1994年，他出版了《民族英雄左宝贵》一书，成为第一部左宝贵传记。在此基础上，廉成灿又将研究的触角向前延伸，发表了《关于甲午战争爆发时间的起算问题》一文。文章发表之后，被清华大学和中央党校理论刊物转载，在理论界产生了很大的反响。这时廉成灿已是山东费县教育局的一名干部，有了更多机会接触和了解社会。老先生研究民族英雄的心思，也愈发强烈而执着了。

为了翔实地掌握左宝贵的成长和发展轨迹，廉成灿从研究左宝贵家族入手，先后多次到地方镇、齐河县左三里村、江苏省淮安、扬州等地调查走访，并多次参加全国性的民族历史研讨会。这可不是一件容易事。比如说，地方镇在20世纪50年代隶属费县，后来却划归了平邑。过去，一个电话就可以定下来的事，现在要协调两地相关人员。但是，这些事都难不倒立志为英雄立传的廉成灿。几经努力，2004年，廉成灿又出版了《左宝贵家族》一书。而此时的廉成灿，已经69岁，从工作岗位上退下来七八年了。

退休，对于许多人来说，都意味着一生的辛劳已经功成名就，该好好休息了。但是，对于廉成灿这样对书写中华民族的抗战历史有着高度责任心的作者来说，退休正是可以利用宝贵时间、抓紧书写英雄事迹的大好时机。于是，在退休之后，廉成灿再鼓余勇，先后创作出版了影视剧本《平民英雄左宝贵》《费县姓氏探源》《尘封浮踪》等专著。2017年9月，在纪念左宝贵牺牲123周年纪念会上，我见到廉成灿先生，他告诉我：自己已经82岁了，2018年是他研究左宝贵60周年。他计划用一年的时间写完《甲午风云左宝贵》。听到这个计划，我深受感动，想不到一位年届耄耋的老先生，对自己终身热爱的事业和敬重的民族英雄，竟有着如此割舍不下的情怀——我静静地期待着先生的大作问世。

果然，今年七一刚过，一本厚厚的书稿就送到我手里。我打开包裹，正是廉成灿先生的新作《甲午风云左宝贵》。这部包括了170多幅图片在内的新作，包括了廉成灿在左宝贵研究方面所进行的具体工作，以及近期才发现的左宝贵的19封通信手札。其中，写给春山和马占鳌的书信各一封，两信内容共涉及43名文武官员，是研究中国近代史及左宝贵的重要资料。当我读着这些考证严谨、资料翔实的书稿时，内心深处不免升起一股深深的敬意：一位83岁的老人，在进行了整整60年的认真研究之后，仍然不顾年老体弱，无休止地对一位民族英雄进行追踪研究。廉成灿是一位汉族干部，而他研究的对象，却是一位回族将领。可见，在他的心里，民族英雄是整个中华民族的骄傲，抢救历史文化资料，是加强文化建设的重要内容。

廉成灿的行动，得到了社会各方面的认可。如今，老人面对着自己的研究成果，却觉得自己一生只做了一件完整的事情，那就是在完成自己的本职工作之余，专心地从事了左宝贵的研究。或许，这项工作能对我们弘扬民族文化、弘扬先烈骨气、弘扬爱国主义精神，起到教育后人的作用，那对于廉成灿来说，也就心满意足了。

如今，廉成灿仍像一只吐丝的春蚕，继续着他的研究。

（原载于《人民政协报》2018年7月23日）

“视民如伤”书法的故事

27年前的秋天，我奉命到山东省庆云县担任县委书记。工作了半年多之后，与县直机关的许多同志都比较熟悉了，大家都愿意跟我亲近。以县委书记的身份，出现此类情况也不难理解。但是，我深深地知道，对大家投来的目光，不能一个模子对待。故此，对一些来汇报工作的同志，只要能抽出时间，听一听他们对工作的想法和建议，我一般都热情接待，细听之，思考之，分析之。

有一天，我刚从南周村一家违规生产鞭炮导致一对青年夫妇丧命的现场回到办公室，突然有人要见我，说是汇报工作。来人是一位老林业局局长，北京人，当年为了支援贫困地区才来这里工作的，而且已经到了退休年龄。我还以为老局长是来找我谈林业生产方面的问题呢。没想到，老同志一开口就说：“咱们这个县多年没有这么一种上上下下齐心协力干事业的局面了，我马上就到退休年龄了，没有别的要求，就是想让你给出个词儿，我给你写几个字。”

我一听就乐了，我可不是书法圈里的人，更出不了什么可以供书法家挥毫的文辞。就说，我也不懂，别让我为难了。可老局长非要让我说几个字，我一看老同志挺诚恳，又想起刚看到那家遭了灾难的农民还抛下的3个孩子，我心里正难受呢。就顺口说，那就给我写个“视民如伤”吧。没想到，这四个字竟把老局长难住了。他问我是哪几个字？我给他写了一遍。老同志看了一会儿，略带难色地说：“有个‘伤’字不太好吧。”我马上就明白老同志是不太清楚这四个字的含义，就对他说：这是说，领导干部要把老百姓遇到的闹心事和各方面的困难，像呵护自己身上的伤口一样对待才行啊。

我告诉老局长，这四个字出自《左传·哀公元年》：臣闻国之兴也，视民如伤，是其福也。我这么一说，老局长恍然大悟：原来书记你是借书明志呀。我说我倒没有那么高调，只是觉得自己就是农民的孩子，必须把百姓的事办好才行。我又与他谈了准备从我开始，县、镇和村里的三级书记，每个人领养一个那户人家的孤儿。老局长一听，上来抓住我的手说："王书记，我终于知道什么叫'视民如伤'了，你放心，我一定把这几个字写好。"

一周之后，老局长把写好的字送给了我。我细细地审视着、琢磨着，一种接受父老乡亲深深叮咛的感觉陡然袭上心头。我没有裱糊，也没有悬挂，只是把那幅字珍藏了，作为一种对书写者的尊重，更作为对全县父老乡亲们一种承诺。我把"视民如伤"的古训当作自己的座右铭，严格地要求自己。

2016年6月30日，庆云县为了庆祝党的生日，把当年我们三级书记领养的3个孤儿和后来加入我们帮扶孤儿行列的北京一位叫张玉柱的先生全叫到县里，我也去和孩子们见了面。如今，3个孤儿都已为人父母，除了我帮扶的那个老大没上大学在辽宁开饭店外，他的两个妹妹大学毕业后都在东营就业，兄妹三个日子都过得不错。

看到孩子们如今生活美满幸福，我心底那幅"视民如伤"的墨宝，突然变成金光闪闪的"为人民服务"。我想，作为一名共产党员，不仅要有"视民如伤"的情怀，更要有俯下身子为民拉犁的孺子牛精神。

参加完那次活动，我把老局长写的那幅字找出来，裱好挂起来。只是可惜，写字的人走了。

我喜欢这四个字，它至少能提醒我对自己的期望与要求。每每看到"视民如伤"的古训，心头便掠过无数张百姓刚毅的面庞，演绎着世间的冷暖。或许，百姓的种种困境与不幸就是我心上的伤疤吧。每每看到那些民间的疾苦，就痛其所痛、苦其所苦，做好人、行善举的心就生出来了。当我把这种朴素的情感与"全心全意为人民服务"的宗旨结合在一起时，心底就有了崇高的理想与信念。

如今，我虽然已年近古稀，但仍秉承一切为人民着想的理念不能有丝毫懈怠。我愿以"视民如伤"的心气儿，磨亮我的老有所为，给生命留一线灿烂的夕照。

（原载于《人民政协报》2018年12月10日）

又见老冯

一个寒风凛冽的日子，我按照居委会的通知，去街道办的“退伍、转业老兵信息采集点”登记信息。从早晨八点半，到下午一点半才登记完毕。我是多年没有参加这样的活动了。虽然比较费事，但是我很高兴，因为我又看到了军人集合的场景，又看到了军人相拥而泣、相见而喜、相知而乐的动人场面。

这些白发苍苍的老人，几乎每人都有一个装盛着曾经光荣履历的背囊。或许，这些光荣此前只有一种用处——用来给儿孙们讲故事。想不到如今却有了新的用场。于是，那些拄了拐杖、坐了轮椅或是由老伴儿陪同而来的老兵，都在祖国一声问候的温情中找到了暖意。当然，这支长龙中，也有年轻的战友，他们也有自己的心语，也有自己的荣耀。我在同这些大多从未谋面的战友讨论起此时此刻的感受时，大家都不约而同地说：这么大规模的军人信息采集，倒不图什么物质利益，而是证明我们曾为国家、为民族尽了义务，我们是有档案的人，是祖国母亲怀抱里的儿子。一位老兵说，当年我第一次接过那支老式步枪的时候，就曾经写下：“谁说这是七斤半？万水千山交给咱！”今天我虽然老了，但仍有“有战必召回”之心！

听着战友们“老骥伏枥，志在千里”的铿锵誓言，我内心的激动难以掩饰。眼一酸，鼻一颤，就想起了当年的军旅生涯，想起了我的战友老冯。

老冯叫冯清新，大我五岁，是一起当兵的战友。入伍后，我们同分到二营部，我在无线班，他在有线班。虽说都是通信兵，可这有线班与无线班之间，差别就大了。无线班赶上军事训练，a212b电台，朝身上一背，戴上耳机，手拿话筒，就可以接收或者传达信息。有线兵则不然，他们得架线、跑路，又苦又累。这倒适合老冯，他人高马大，身材魁梧，虽说文化程度不高，可是能吃苦、会团结同志、会处理问题。老冯进步特别快，当兵第一年就入了党，老兵退役的时候，他们班的老班长还推荐他当了自己的接班人。

老冯的有线班长当得蛮有样子。别看他文化程度不高，但在战友们中的威信却很高。1969年春天，我们二营接受了一项施工任务，在某地埋设地下电缆。几百公里的施工线路，经常出现意想不到的困难。到达太行山一个地方时，山势特别陡峭。老冯他们班在接受任务时，硬是把最艰难的一段抢在手里。就在工程即将达标、快要收工的时候，刚刚走出工地的老冯，突然发现工程有塌方的危险。这时，下面还有一名战士没有来得及出来。老冯奋身一跃，把那名战士推了出来。而就在这时，塌方出现了，老冯被埋在下面。幸亏抢救及时，老冯除了皮肉有些硬伤，其余并无大碍。事后，领导给他记了三等功一次。

也正是这一年的秋天，我们部队奉命北上，到国庆节期间，疏散在农村的军人们，开始了最为紧张的一级战备，就连我们这些机关兵也必须回到建制连队。那个时期，我自恃头脑聪明记性好，训练的时候早就把无线密码背得滚瓜烂熟，把密码表和一根备用的鞭天线放在一起。训练结束，怎么也找不到了。我和老冯说了，他觉得这是件大事，弄不好就要受大处分，就陪我去训练的地方寻找。幸亏那时候我们的军民关系好，我们刚出门不远，就碰上了送回鞭天线和密码表的老乡。

又过了一年，老冯复员了。从此我们就一直没有见面。47年啊，一段多么漫长的时光。所以，如今政府要登记老兵的信息，我一定要告诉他这个喜讯。

不久前，我回到故乡，终于再次见到了年已73岁的老冯。他告诉我，当年他们回来的那批兵，大都被安排去了胜利油田，他当时也接到了去当工人的通知。可是，公社里看了他的档案，觉得他有技术，就把他留在公社广播站，负责为全社各村装喇叭，一干就是8年，当年电话兵的那套本事全用上了。

老冯又告诉我，小喇叭安完了，就赶上国家改革开放，好时候也来了。现在，他和老伴儿身体很好，一个儿子在外县有自己的工厂。如今，国家又让军人登记，不在乎别的，就是想让孩子们知道，咱给国家出过力。

听着老冯的话，我点头称是。感谢时代，感谢祖国，我们永远是共和国最忠诚的战士。

（原载于《人民政协报》2018年12月24日）

砖头瓦块绊倒人

写下这个题目，眼前仿佛就像有蜿蜒曲折的小路在晃动着向前延伸；打了一个寒战，又仿佛看到了有前行者趺趺撞撞、醉汉般摔倒在路边的身影。顺着他摔跤的那个方向看去，并无可以致人摔倒的特别障碍和羁绊，无非是一些看上去并不起眼的砖头、瓦块、碎石，只要稍加小心，是可以在这崎岖的山路上抵达终点的。

写完这段类似影视剧话外音的文字，我意识到，我想娘了。因为，“砖头瓦块绊倒人”这句话，是娘经常对我说的，是她整个家训里的一个重要内容。不知是她老人家从步履维艰的庄户日子里得出的经验之谈，还是她出于对孩子们的疼爱，只要我们一离开家，就总是掐着耳朵嘱咐：出门要倍加小心啊，不管走到哪里，咱不怕事，但是也别惹事，砖头瓦块绊倒人啊。别看不起人，要多为穷人着想。说这些话的时候，娘还常常捎带上一些古往今来的事例，或身边能够看得见摸得着的某人某事，或人们耳口相传的历史故事，或民间俗话谚语。什么“秦香莲扳倒负心驸马”“人狂没好事，狗狂挨砖头”……真不知道大字不识的娘是从哪里学来的这些“闲篇儿”。直到我们都长大成人，才对母亲的这种耳提面命，渐渐有了一些理解与感悟。这是一种做人的谦卑与谨慎，是一种教育子女谦虚待人、谨慎行事的人生态度。尤其是有了些地位，或者各方面都比较顺当的时候，更要这样去做。

我记得在自己成长过程中，每当有一些小的进步，母亲总是说：别张狂，河里淹死会水的，刚学迈步就炸翅，永远都飞不起来。1992年秋天，领导让我到山东省庆云县担任县委书记。听到这个消息，老母亲思虑好几个夜晚。不是怕别的，她最担心的是我对基层的情况缺乏了解。尤其是县里具体事务性的工作太多，免不了遇见各种心态的人，比如投其所好的、献媚逢迎的、藏奸要滑的等。虽然这些人为数不多，但是如果你缺乏一颗为公的心，就容易被别人牵了鼻子走。

母亲的这个顾虑不是没有根据，她给我讲了我们老家有些领导干部“摔跤”的事例，提醒我一定要提高警惕。我把母亲的话记在心里，仔细观察周围的环境，果然在两年之后，发现有一个刚到县里工作还不到一年的人，工作中很不检点。他常与一些不三不四的人接触，而且接受别人的礼品，结交一些酒肉朋友，在群众中造成了不良影响。我几次对其提出严厉批评，但收效不大。我向上级党组织反映了这一情况后，此人被调走，但在新的单位仍不接受教训。几年以后，他犯了严重错误，受到严肃处理。想起这件事，我就反思：怪不得母亲常说“砖头瓦块绊倒人”，如果当初这个干部不和那些不三不四的人接触，或许就不至于这样吧。“要做好人，须寻好友。引酵若酸，哪有好酒？”没有防微杜渐的自觉性，就容易上当受骗。

警惕可能绊倒人的“砖头瓦块”，不仅要慎独，而且要明辨是非。这样才能真正拒绝小人，结交坦荡君子。社会上有许多耿直率真的人，他们心直口快，坦荡为人，却不大讲究交往方式。对这样的人，只有善于发现他们的长处，理解他们的心思，才能与之沟通，肝胆相照，才不会把可以用来搭桥补路的良才当砖头瓦块给丢了。

“砖头瓦块绊倒人”，是从生活的一个侧面给人们提一个醒儿。当然不能把这当成让自己凡事都谨小慎微的理由。从我们的社会来说，好人多的局面永远是主流。这不仅是民族精神的自信，也是五千年中华文明的结晶，是经验之谈。弘扬社会主义核心价值观，引领人们正信正行，走好今后的路，才是我们应当努力践行的。

（原载于《人民政协报》2019年1月7日）

民言是金

——我和《大众日报》的故事

山东省委机关报《大众日报》是我们党1939年在沂蒙山区创办的，至今已经整整80周年了。

我与《大众日报》有很深的缘分，在这里，讲几个故事。

我当中学生的时候，就是《大众日报》的热心读者。大学和刚大学毕业的那几年，我是它的通讯员，尤其是改革开放初期，在它的理论版上发表过不少文章。但是，真正让我离不开并且觉得它对工作具有不可或缺的指导作用的，是20世纪90年代在全省经济发展倒数第一的庆云县担任县委书记的那五年零三个月的时间里。

1995年4月，庆云县东辛店乡李壮宇村小学一位叫吴秀云的女老师，因病住进了滨州市人民医院。没想到一位普普通通的小学教师的病居然牵动了全乡百姓的心，人们虽然穷，但是在道义面前却人人有铁肩。大家捐款捐物，要县里一定把她的病治好。我被这种草根人物受到乡亲爱戴的情绪感染，派县委常委田荣先同志去医院看望。老田回来，眼里含着泪水对我说，这个老师太好了，生命已经垂危，弥留之中总是说着一句话：校长，再给我几支粉笔，我要板书，要给孩子们布置作业……说得我也掉了眼泪。吴老师没有被留住。她出殡的那天，我也去了现场。这个普通小学教师的离去，因为人们的口口相传，引起《大众日报》关注。他们经过周密采访，写出了长篇通讯《她心中唯有党的教育事业》，在头版头条刊登。随后，《中国教育报》《中国妇女报》和《人民日报》也分别刊登，德州市委还专门做出了向吴秀云学习的决定。

这件事让我认识到，贫穷不可怕，怕的是没有正能量，一个正确的导向、一个好的建议、一次有效的监督或批评，可以起到比给项目、给资金更大的作用。通过报社对吴秀云老师的宣传，对改变庆云县落后的面貌起到很大促进作用。更为重要的是，从上到下都有了一股上进的心气。

那个时候，庆云县是山东省最后没有整体脱贫的四个国家级贫困县之一，群众生活中遇到的最大问题是吃水难。庆云县是海浸区，地下水苦咸，新中国成立后虽然多次治理，均未收到理想效果。群众的氟斑牙、大骨节病等多发病、常见病很严重。为此，我们那一届县委、县政府下决心根治苦咸水问题。于是，集全县之力修建的严务水库，采用垂直铺塑等新技术，经过几年努力，总算竣工了。只要把黄河水引进来，群众吃水难的问题就彻底解决。可是，从20世纪70年代到90年代，黄河出现了20余次断流。尤其是春季，常常一断就是四五个月。而我们修好的水库急需送水的时候，就赶在了这段时间。就在这时，《大众日报》两名年轻记者张天卫、贠瑞虎，正在全省进行一项关于扶贫工作的调查，他们徒步1000多里，对全省四个国家级贫困县和10个省级贫困县开展调查研究。所到之处，不听官方汇报，不做官样文章，而是直接深入农村，与农民兄弟聊天，让百姓把心里话都说出来。一路走一路写，写成《访贫札记》系列报道。两位记者来到我们修的水库旁，采访到几位老乡，老乡们发牢骚说："修水库是好事，可是把我们的地占了，水却没见到。"于是，两位记者就写了一篇题为《苦水区苦在水上，"盼水妈"还在盼水》的稿件，发表在1997年5月4日的《大众日报》上。

看到报道后，县里有的同志说，两位记者不了解情况，这篇报道有出入，应当向他们说明一下事实。但是，我认为，两位记者实地深入14个县采访，本身就是他们转变作风的证明。虽然水库因为黄河断流不能蓄水，但是修了水库未能让群众及时受益是个基本的事实。我们既不能埋怨记者，更不能迁怒于群众。我们应当做的，就是以此为鉴，对各方面工作来一次彻底的检查，看看哪些做到了，哪些还有差距。不能光听表扬的话，好听的话。

我们的这次对照检查取得很好的效果。通过排查，找出了干部队伍理想信念和宗旨观念方面存在的问题，工作作风方面存在的问题，财政增长质量不高的问题以及群众多发病、常见病未得到较好防治等问题。我们在全县集中进行整顿，针对问题采取了措施，受到群众的赞扬。我还就接受两位记者批评和个人对这件事情的反思体会写了一封信寄给报社。

出人意料的是，1997年6月13日，我写的这封信在《大众日报》头版头条的位置刊登出来，题目为《〈访贫札记〉发人深思——一位县委书记给本报的来信》。前面还破天荒地由时任报社总编刘广东加了一段长达560字的编者按。这让我像是出了一身酣畅淋漓的大汗，顿觉浑身轻松了许多。

我这封信的主要内容，是表达自己看到《苦水区苦在水上，“盼水妈”还在盼水》这篇含有批评因素的新闻报道后，自己的思想变化过程和对舆论监督的认识过程。从感到别扭到心悦诚服，这是一个思想斗争的过程，也是一个对我党批评与自我批评光荣传统再认识的过程。认认真真思考进去了，心气也就顺了。这也让我想到了砭石可以治病疗伤的常识，想到了“良药苦口利于病，忠言逆耳利于行”的古训，想到了“以铜为镜可以正衣冠，以史为镜可以知兴替，以人为镜可以明得失”的经验之谈。

《大众日报》把这封信刊登出来后，我们以此为突破口，在县里狠抓干部作风整顿，许多群众反映强烈的问题都得到了解决，而且后来的几任领导班子都狠抓干部作风建设不动摇，使这个曾经位列全省倒数第一的县发生了根本变化。同志们回忆起这段历史，都觉得和我们能虚心接受新闻媒体的监督有很大关系。我自己也认为，多方位对各级干部进行监督，是一件对党和政府大有益处的事，它让我们时刻保持清醒头脑，脚踏实地当好人民的公仆。领导机关和领导干部，应当把接受党的纪律的监督、人民群众的监督、舆论监督等作为一种加强自律的形式和常态，使自己置于阳光之下，自觉打磨和锤炼自己，你就会体会到有人帮助你推上坡车的亲切感。

石之砭我兮，可以疗我疾。何乐而不为？不久前，在《大众日报》创刊80周年之际，我写了一篇回忆这件事情的小文发到《大众日报》上。没想到又引起社会各界不小的反响。有给报社点赞的，也有给我鼓劲的，还有朋友给我发信息说这个故事“在现阶段仍有重要的指导意义”。

还有一件事。1997年12月，我接到调令，要离开庆云到省民委工作。临走时，我整理了一大箱人民来信，大约有1700多封。当时的《大众日报》德州记者站站长佟化文来到我办公室，问我弄这些来信干什么，我说我想把这些来信都带走，不管走到哪里，经常拿出来看一看，可能会有好处。他说，这不是好新闻吗。我说，别胡来，我也不图什么扬名，就是为了看看老百姓喜欢什么，不喜欢什么。结果，他真的写了一篇小通讯《珍贵的财富——王树理离任小记》，编辑部还特意配发评论《民言是金》在《大众日报》头版发表了。后来听说这篇小通讯获得中国新闻奖，还进了大学教材。而那1700封信我一直保存着，现在还经常翻阅。

如今，20多年过去了。想起与《大众日报》的这些故事，我仍然感慨万千，思考良久……

（原载于《人民政协报》2019年1月14日）

从克难坡到南泥湾

我站在山西吉县黄河岸边克难坡高高的山顶上，远眺壶口瀑布汹涌澎湃奔向东南、把崇山峻岭劈成两半的壮丽画面，朋友告诉我：对面就是陕西省的宜川县，再往前走，就到延安了。

真耐人寻味。当年抗日战争进行到最艰苦的岁月，就是隔着一条黄河，河东岸便是国民党陕西省政府主席阎锡山的老巢。据说，一开始，阎锡山也曾带领着他的山西省政府逃到伊川，只是觉得一个堂堂的山西省主席，还没见到鬼子的模样，就跑到别的省来避难，名声上不太好听，于是又撤了回来。回到这个叫南村的地方，成了“省政府”的乔迁之地。作为对国家安危负有重要责任的阎锡山，在大敌当前的时刻，仓皇出逃，不能不说是个笑话。可是，惯于虚张声势的阎锡山，却摆出一副坚决抗战的架势，说“南村”这个名字与“难存”是谐音，不好听。我们就是要励精图治，克服困难。于是，就将村子更名为“克难坡”。虽然也口口声声告诉他的下属要“克难”，并且自己住的村子的名字都改为“克难坡”，其志向不可谓不大。但是，当日本人的枪炮刚刚打过娘子关，这位曾经自称“山西防线固若金汤”的山西王，就带着他的“省政府衙门”及一班文武大员跑到临汾的吉县来了。而且办公地点就设在这个汽车开不进、山果出不来的穷山村。就连堂堂的阎司令本人，也不得不天天骑毛驴。尽管他把这说成是韬光养晦，但是从太原跑到这里来避难的行动本身，就已经告诉人们，长官的那些所谓的“克难”云云，不过是骗人的鬼话罢了。真正“克难”能这样吗？一个堂堂的晋阳古都都不要了，跑到兔子不拉屎的地方避难，实在与“克难”毫不相干。真正的“克难”，应当是当敌人向我们进攻的时候，尽管我们在装备、物资等方面处于弱势，但是我们却有着“下定决心，不怕牺牲，排除万难，去争取胜利”的英勇气概和以弱胜强的集体智慧。这样的队伍有没有？——肯定有！而且就在不远处的黄河对岸，就在相隔只有百十公里的延安南泥湾。那才真正叫“克难”呢。敌人，你不是封锁吗？你不是围剿吗？——我们自己来！没有粮食，我们自己种；没有布匹，我们自己纺；没有土地，我们自己开；没有碳，我们自己烧！没有这，没有那，只要自力更生，就能丰衣足食。这才真叫克难！结果怎样？我们胜利了，敌人失败了。

一想到这里，我下决心跨过黄河去，去延安，去南泥湾。去领略一下当年的八路军，当年的三五九旅的模范们，是如何“克难”重生的，去看一看那片当年到处是荒山的地方如今的情形。

顶着7月的骄阳，我们从吉县向延安进发。而且事先说好，不住延安市里，就住南泥湾，去看看那里的山，那里的林，那里的路，那里的庄稼，那里的田园，那里的父老乡亲、兄弟姐妹。

我们的想法是对的。从苹果之县的山西吉县出来，我们看到了黄河岸边克难坡那片当年阎锡山没有看到的绿树成荫的景色。一位同行的朋友说，可惜给这个地方改名的人没能克难，却让如今的农民兄弟给实现了。延安肯定比这里还好。

果然不出所料。当一款高高耸立的广告牌映入眼帘的时候，“自己动手，丰衣足食”八个大字，让我们意识到，南泥湾到了！过去，虽然多次到延安，却没有到南泥湾看看。如今，想到天边，你也不会相信这就是当年的南泥湾：茂密的植被，挺拔的树林，长势良好的庄稼，大片正开着蓝色花朵的药材。恐怕，你想都想不到，这人间仙境般的所在，竟是当年那个到处是荒山的南泥湾。别急，好看的还在后边呢。车子又往前开了一会儿，更不得了了：一片四千多亩的荷花池，正开得千姿百态，醉人的画面让我们不得不把车子停下来。人们拿相机拍，用手机拍，用空中飞行器拍，一边录入着醉人的风景，一边说着发自内心的赞美之词，那情景，就像走在路上捡了一个大金娃娃。中国网的同志们看我们兴致如此高涨，就说给你们来个现场直播吧。——好，那就让我们与美丽永存。

南泥湾的河流也像是随了人的心情。过去，这里干旱少雨，如今却是河流密布。吃过午饭，我们要去汾川河一看，这是一条黄河的支流，流出112.5公里之后在伊川汇入黄河。看看这条河流，正是我们这次活动的目的。考察黄河嘛，就要对它的每一条支流给予尽可能的关注。听当地干部说，如今，延安的水利条件好多了，基本上实现了旱能浇，涝能排。望着清澈碧透的河水，我突然想起了江南水乡的画面。南泥湾，你真的是处处赛江南了。

夕阳渐渐西去，我们该投宿了。去宾馆的路上，我们看到南泥湾还保留了为数不多的几排老窑洞，墙壁上那当年的标语还在，“自力更生，艰苦奋斗”“自己动手，丰衣足食”……我想，这是我们党的初心，也是人民军队的初心，更是南泥湾人民的初心。初心在，力量就在，我们的希望就在。

（原载于《中国政协》杂志2019年第4期）

百年《女神》犹含彩

《女神》是郭沫若1919年到1921年之间主要诗作的合集。连同序诗共57篇。多为诗人留学日本时所作。其中代表诗篇有《凤凰涅槃》《女神之再生》《炉中煤》《日出》《笔立山头展望》《地球，我的母亲！》《天狗》《晨安》《立在地球边上放号》等。我的青少年时代，就是在熟读这些诗作的激动与放浪中度过的。时至今日，重读这些激情如闪电惊雷、柔情如明月清风的诗作，眼前仍然时而闪电惊雷，时而溪流淙淙。涌动的激情常常使我这个年近古稀的老年人心底涌起层层涟漪。

今天的中国，在中国共产党的领导下步入中国特色社会主义新时代。此刻回首“五四运动”一百年来发生的沧桑巨变，仿佛诗人倾注全部热情呼唤的那个涅槃重生的凤凰正在展翅飞翔；再生的女神也在历经了补天的艰辛并取得成功后引吭高歌。时代变了，中国人民经历了站起来、富起来、强起来的伟大历程，让女神的呐喊与放歌终于变成了现实。盛世再读沫若先生的《女神》，该是多么让人浮想联翩！

于是，我决定西走巴蜀，去看一看诗人的故居，去叩问那个肩负着重重的民族责任感出走异邦的诗人为什么能在面对民族的危亡时，发出如此让人撕心裂肺的呐喊与呼啸！

四川省乐山市沙湾区那座背负绥山、面向若水的315号住宅，就是郭沫若出生的故居。看一看这座有着36间连廊结构、四进三井、布局讲究的“豪宅”，你怎么都不会相信，一个有着优越的生活条件的人，在反帝反封建的大潮即将来临，经历了时代的打磨与洗礼之后，仍然义无反顾地一定要出国留洋。或许，这就是那个风雨如磐的暗夜留给立志要开眼看世界的强者的独立思考吧。

面对故居里那些图片和实物，我看到了年轻郭沫若给出的答案：面对军阀混战、外敌觊觎、民不聊生的局面，心急如焚的他向亲爱的祖国母亲寄托了自己深深的爱：

啊，我年轻的女郎！
我不辜负你的殷勤，你也不要辜负了我的思量。
我为我心爱的人儿，燃到了这般模样！
啊，我年轻的女郎！
你该知道了我的前身？
你该不嫌我黑奴卤莽？
要我这黑奴的胸中，才有火一样的心肠。
啊，我年轻的女郎！
我想我的前身，原本是有用的栋梁，
我活埋在地底多年，到今朝总得重见天光。
啊，我年轻的女郎！
我自从重见天光，我常常思念我的故乡，
我为我心爱的人儿，燃到了这般模样！

这首写于1920年的《炉中煤——眷念祖国的情绪》，与早些时候写作的《女神之再生》合起来读，就不难看到，郭沫若之所以抛弃优越的生活到异邦求学，主要是“我要去创造些新的光明，不能再在这壁龛之中做神”“我要去创造些新的温热，好同你创造的光明相结”“姊妹们，新造的葡萄酒浆，不能盛装那旧了的皮囊。为容受你们的新热、新光，我要去创造个新鲜的太阳！”如此炽烈激越的诗句，在57篇诗作中比比皆是。读这些诗，任你铁石心肠，也会被澎湃的激情所冲刷。弄懂了这些，再回头看今天的祖国，我们真的可以告慰已经长眠地下的郭老：您期待的凤凰涅槃重生，终于在今天实现了！我们伟大的中华人民共和国经过70年的砥砺奋进，已经繁荣富强、百姓小康，屹立于世界民族之林，“炉中煤”的热量正在散发着最为耀眼的光芒。

走出故居，我突然觉得，郭沫若的《女神》问世虽近百年，但仍然对今天正在进行的伟大事业具有提振士气的巨大作用。正如习近平总书记在纪念五四运动100周年大会上的重要讲话所言，中国人民和中华民族从斗争实践中懂得，中国社会发展，中华民族振兴，中国人民幸福，必须依靠自己的英勇奋斗来实现，没有人会恩赐给我们一个光明的中国。历史深刻表明，只要中国人民和中华民族勇于为改变自己的命运而奋斗牺牲，我们的国家就一定能够走向富强，我们的民族就一定能够实现伟大复兴。

（原载于《人民政协报》2019年5月6日）

一棵树的根脉与叶脉

盘庚迁居、湖广填四川、洪洞大移民……千百年来，中国境内的大规模移民实在太多太频繁了。以至于让史学家们根本无法把生活在我们这片土地上的所有已识别和未识别的民族的迁徙史及其特点来一番详尽的考证与分析。只是在习惯打包的思维方式驱使下，做粗线条的记录。比如，自汉朝以来，陆续有外籍人士沿丝绸之路自西向东而来，至于这些人的国别、族属、来干什么、何时落籍融入等等，则一言以蔽之：胡人－经商－丝绸之路－胡地等。这么几个概念性的单词，把汉唐以来的这段移民史给概念化、模糊化了。细细研究起来，在中国数千年的文明史中，人口的迁徙始终是整个社会发展的一个重要内容。甚至可以说，某些历史时段中，人口的迁徙对于社会发展的定型起了定盘星的作用。如发生在朱明王朝“燕王扫北”之后的山西大移民，就对中原及京畿地区的稳定与发展起了至关重要的作用。当然，移民形式有多种多样，有成功的，也有不成功的；有国家意志下政府出面组织的移民，也有民间随着社会发展的走向择高而处式的选择性移民；有民族融合过程中不同民族间远缘杂交后出现的地域性移民，也有因战乱、自然灾害等不可预见因素造成的被动式移民；有社会发展过程中出现的以经济为主体的拉动性移民，也有利益原则驱使下出现的商业性移民；有屯垦戍边式的防务与发展并重型移民，也有就打造某一方面特定优势而形成的会战式移民……总之，移民形式多种多样，犹如大树，根之上是干，干之上是冠，冠分枝，枝分叉，叉又有枝，枝又有叶，叶子上则布满网状脉、分叉脉、平行脉等各种各样的叶脉。从迁徙的结果来看，只要融入民族大家庭这棵根深叶茂的大树，不管根多深、叶多茂，都是母亲身上的肉，都紧连着黄土地上的一抔土。

既然移民研究是一个如此浩繁巨大的工程，以我这样的水平和能力，要想在短时间内写出一点有说服力的文字，恐怕难以做到。但是，从中选择一个自己比较熟悉又不太宽泛的侧面，做些抛砖引玉式的钩沉，或许能引起人们对历史上出现的各种形式的移民进行越来越深入的思考与研究。说不定，还会成就一部中国移民史呢。

我是回族。我知道这个群体是我国民族之林中的一棵大树，是一个以迁徙见长的族群。从小生活在回族圈子里，工作之后又走了不少回族聚居和散居的地方，并有机会做过几年民族宗教方面的工作。我想，通过对回族人迁徙的历史和现状做一个有血有肉的回顾与分析，并由此对我国人口迁徙的历史认真地做一番思考，对于梳理我国历史上的移民，并为当下的人口布局提供某种可资利用的借鉴，或许不无意义。于是，脑子里便出现了“回回人脉”这个题目，转念一想，既然是一棵树，就应当有根有叶有血脉，具体到每一个人，更像是枝杈之上的叶脉。叶脉的联想，勾起了许多回族人迁徙的故事、与之相关的涉及民族学、宗教学、民俗学以及回族人生存环境、生活过程中的人与事。而这，正是我的母族走过的道路上留下的脚印，它微小而清晰，对我试图探询的话题也许不无帮助。

一、树挪死，人挪活

这在我大脑的存盘里，应当是最早期的一个画面了：58年前初春季节的一个上午，村子中央王家场院里，突然开来两辆大汽车，在那个人们还把汽车称为“四轮电”的年代，偌大的稀罕让村老村小们迅速地集结到这片只有闹社火时才热热闹闹的所在。但是，这次集结虽然人多，却并不热闹，甚至还夹杂了一些“牵衣顿足拦道哭”的悲凉。许多人都是一家一户连哭带叫着被簇拥着赶来的。他们总共四十多人，全都带着破家值万贯的一些行李，哭叫着被连拉带拽上了汽车。送行的大人们当中，不少人哭红了眼圈，他们一边劝说着比他们哭得更凶的车上的人，一边用安慰的口气说：走吧，树挪死，人挪活，等混好了再回家看看。

喘着粗气的汽车缓缓开动了，王家场院顿时“哭声直上云霄”。当时，一个只有6岁的孩子怎能“解其中味”，直到后来上了高小，我才知道那是一次由政府出面组织的向青海省回族聚居地区去的移民。并且从老人们的口中得知，这些被移民的乡亲们，初到青海的时候，还是过了几天好日子，并且有达子爷爷写给乡亲们的顺口溜为证：

我叫张登江，
离开棘城乡。
来到青海省，
住进魏家庄。
从此后，
再不吃野菜和谷糠……

但是，好景不长，没过几年，自然灾害造成的生灵涂炭并没有让这些挪了窝儿的人“活”起来。于是，再迁——这几十户立足未稳的人家，在1958年至1959年间，说一声迁徙，顷刻间便作鸟兽散。一部分回到了老家，更多的是去了刚刚建立民族区域自治制度的宁夏银川和新疆，留在青海的竟然一户也没有。尽管这次“被迁徙”没有按照政府预设的走向发展，但移民的目的还是达到了。时至今日，当年迁徙到宁夏和新疆的那些街坊，虽然一度被冠之以“盲流”，但如今已经成为他们所在地的移民元老，并且绝大部分都有了第二代、第三代甚至第四代。随着这根脉络的延伸，水到渠成地形成了家乡父老联系西部地区的一个支点。

像后来人踏着前人的脚印，这些已经站稳脚跟的人们，拓展了前人活动的空间之后，生出了新的根须，人脉便又向着新的方向递进和延伸。在我的记忆中，20世纪60年代以来，我的乡亲们几次比较集中的迁徙，大都是依靠先前的人脉作跳板，实现了生存环境和人生轨迹的改变。这几次民间自发的移民活动分别是：1959年到1964年之间的“闯关东”“走西口”，外流人员大都去了哈尔滨、吉林、沈阳和西北地区的乌鲁木齐、银川、呼和浩特、包头等大中城市，并以这些城市为基点，梯次向周边的中小城市和地处边缘的山区、牧区、林区、矿区进发。其就业特点是出苦力、干重活，比如下煤窑、到林区“扛大个”以及到农区从事开荒、牧区放牧和从事牛羊屠宰等，其间的艰辛与不易实在难于言表；第二次是1968年到1972年间的以谋生为主要目的的人口盲目流动。由于大学停止招生（1967年也没有征兵）、农村自主经营权受到限制等因素，这次移民出现了以青年一代为主力的特点。这一拨人与前人相比，文化高，思维活跃，最初离开家乡时，大多通过贩卖粮票、布票、油票等证券，积累了出关的盘缠与路子，冒着一定的政治风险而远走他乡。我的一个既是兄弟又是发小的同学王树先，就是初中毕业以后去哈尔滨郊区的一个县，为当地的牧民当雇工饲养奶牛的。据说，如今，年过花甲的他，已经是一个私人养牛场的主人，混阔了。

回回人啊，为着生计和信仰，就是这么踮着一双不知疲倦的大脚，在不停的迁徙中，用汗水和辛劳把自己的血流从根基输送到叶脉。如果把故乡比作迁徙者的根，而把他们比作叶脉，绘成一张图，还原一下这棵树从根到梢的形象，该是一幅多么让人浮想联翩的画卷！

无独有偶，和我们村地邻的小胡村，也是一个纯回民村。前不久，这个村子里最大的于氏家族举行新续家谱“阖谱”仪式，要我给他们题写几个字，我思忖再三，写下了“绳其祖武”这个续谱时惯用的老话，虽然话俗，但细细琢磨，还真有那么点意思：老猫尿房檐，祖辈往下传，这个家族近60年来由本村迁徙外地的宗亲已占目前全村人口的60%以上。而我们那个村子，60年间迁到外地的人加上他们繁衍的后代，竟与村里的现有户籍基本持平！“绳其祖武”，就是照着先人的脚步走啊！

这当然是一个充满着艰辛与不易的过程。要不先人们教育后人时都说“艰难困苦，玉汝于成”嘛！正是这样的磨砺，催生出这个群体的每一份子有了一种相互理解的情感认同，他们用最朴素的语言，把这种认同概括为“天下回回是一家”。这本来是回族群众相互之间表示亲近的一种民族认同感的朴素表述，其用意无非是有着共同理想追求的回族人之间的相互沟通，类似于汉人之间“四海之内皆兄弟”的说道。但在很长一段时间内，这句话却被冠之以“狭隘民族主义”的帽子加以误读。甚至被上升到“抹杀阶级斗争”“混淆阶级阵线”的高度加以批判。这只能是习惯了拿大帽子压人的一类人的无知妄说。其实，回族人脉中的认同感，是有着明显的是非界限的。他们所说的“一家”，是指共同尊奉着信仰、坚守正道正信、且爱国爱教、遵纪守法的同时又“劝人行好、止人干歹”的人，而对于那些离经叛道、背信弃义甚至违法乱纪的人，就像为了保证一棵大树不至于疯长或者被虫蚁蛀蚀，而随时进行修剪和管理一样，是要坚决进行剔除的。他们甚至把那些离经叛道之徒称作“易卜劣斯（魔鬼）”与其坚决地进行斗争。如若不然，在长达一千多年的不断迁徙中，能自立于中华民族如此众多的民族之林吗？记得十几年以前，被唯利是图的商业大潮驱使，鲁北地区一些地方出现了造假烟、牛羊肉注水掺假等背信弃义的举动，最先起来反对他们的，正是回回人中的耆宿长老们，他们以麦田守望者的远见，奔走呼号着剔除那些生了蛀虫的枯枝败叶，让那些靠着辛勤劳动走西口闯关东的人们，把生存的根脉扎在适宜的壤土里，延伸，再延伸，于是，新叶催陈，华枝再发，绿蓬蓬的枝叶再度旺长……

人类从事社会活动的生命之树，虽然与自然界植物的生命之树有着根系、主干、枝叶、脉络诸方面的相似，但是，其生长的规律却有着根本的不同。轻易地挪动一棵树，它的根系肯定会受到不同程度的损伤，即便是活了，也要重新进行根系的恢复与再造；而人的挪动（迁徙），则是在大脑支配下进行的智力、体力、财力等多方面的投入。这其中，人类迁徙活动与植物挪动的最大不同是，树木的迁徙是人类强加给它们的一种被动式挪动，而人类的迁徙通常情况下是建立在自愿或者虽不自愿却又不得不的前提之下。既然人类的迁徙活动从属于某种思维、意识的支配，信仰的力量就会成为其迁徙活动的巨大动力。考之回族人的迁徙之旅，很大程度上是信仰的一种延伸，具有乐土苦旅的意义。回回民族为自己圣洁的信仰所支配，从骨子里就有一种为追求美好生活和高尚品德的不懈追求。他们用自己优秀的品质和生活方式去影响人、带动人，于是，“德不孤，必有邻”。自身的包容换取了别人更大的包容，为根基的伸展开拓了更广的空间。也正是这种传统，使得曾经领受过地处红海沿岸的古埃及文明的回回先民们，把穆罕默德“学问虽远在中国，亦当求之”的教诲，传之后人，使他们在融入之初，就与远在东方黄河流域的中华文明实现了顺理成章的契合与嫁接，形成了中国回族人民守望信仰、勤劳朴实、国家至上等生存理念，成为独立于中华民族之林的一个优秀群体。是故此不正是“树挪死，人挪活”的一个例证？

二、大道如砥，行者无疆

长于迁徙就要总在路上。作为总在路上的回回人，秉承的信仰当中有一个颇为重要的理念——“中道”。就是要求人们言谈举止不偏不倚，谨守中正，此之谓中道思想，也是穆斯林在宗教功修和社会生活中应遵循的基本准则。换言之，中道即是大道。只要有了这样的准则，就能远离邪恶，从善如登，迁徙的道路才会越走越宽广。好比一棵树，根脉正了，才能为树冠上的叶脉输送好的营养。这让我想起了《诗经·小雅·大东》中“有饛簋飧，有捄棘匕。周道如砥，其直如矢。君子所履，小人所视。眷言顾之，潸焉出涕”的话。这是歌颂周文王的诗篇，其“周道如砥”的句子，蕴含的意思是：周行的是王道、是正道、是大道，这样的道路尽管充满艰辛与磨难，但却必然坦荡宽阔，能够通往成功，能获得百姓的拥戴。后来的文人们，是否觉得“周道如砥”仅仅用来歌颂周朝太受局限了呢？于是，便转了转充满着玄机的汉语言的文字魔方，“大道如砥，行者无疆”就成了具有道学意味的醒世名言，程颐老先生甚至解释说：大路本来是平坦的，我们只需顺着走下去，就能成就完满的人生砥石，像磨刀石一样辅助着人生的功德。这话既然有砥砺的意思，人们在顺着人性走的时候，难免坎坷和磨难，但只要是正路、大路，你就勇往直前吧。天行健，君子以自强不息，地势坤，君子以厚德载物！

让我把大道如砥、行者无疆与回回民族的长于迁徙联系起来的想法，竟是来自2014年参加的几次有关回族问题的研讨会。它们分别是：五月上旬由中国伊协在乌鲁木齐召开的伊斯兰教中道思想研讨会、八月下旬在贵州省威宁县召开的第二十二次全国回族学研讨会和九月下旬在江苏扬州市召开的“普哈丁园与运河文化研讨会”。这几次会议有一个共同特点，就是从历史走来的回回民族靠什么走向未来？这让我又一次想到了一棵树的根脉与叶脉——如果信仰是这个族群的根脉，那么，沿着丝绸之路不断延伸的根，就会把造物主的恩典通过树干皮层上的管道输送给树冠，而树冠通过叶子光合，又把吸收的营养返还给根脉，一个造就根深叶茂的过程就在自身相辅相成的砥砺与磨合中完成了。这样的循环与回族人的迁徙有着极其相似的特点，他们把为着追求美好生活而动议的迁徙，视作一个创造机会的过程，虽然在这个过程中可以看到鲜花、听到掌声，但不可避免地有荆棘和泪水。只有经历过砥石磨砺后的意志才能展示最为锐利的锋芒。

此时此刻，我独自站在扬州市区解放桥的大运河东岸上，望着那淙淙北的清流，像是在眺望一位远行者的背影，又像是自问自答一个话题：那个当年远涉重洋来华传教的西域人到哪儿去了呢？十分钟之前，我怀着一种叩问先贤的敬畏之情，拜谒了一处南宋咸淳年间由西亚来中国传教的伊斯兰教传教士普哈丁的坟墓。这处墓地被当地人称为“回回堂”或者“巴巴窑”，相传是穆罕默德圣人第十六世裔孙于南宋咸淳年间(1265—1274年)来扬州传教，此墓园原是专为安葬普哈丁的，后又陆续安葬了一些阿拉伯人。墓园坐东朝西，墓亭为阿拉伯制式。正门临河，门额刻石为：西域先贤普哈丁之墓，下署：乾隆丙辰重建，门厅3楹南侧，为清真寺，面东南楹。沿石阶抵天方矩矱。墓域门厅，厅3楹为四角攒尖顶。庭院中，有北轩、东轩各3楹。北轩附近建南北相对墓亭两座。亭后即普哈丁墓亭。亭平面呈方形，四壁设拱门，四角攒尖板瓦顶，内层呈拱球顶。墓葬于亭中央地下，地面用青石砌成五级矩形墓塔。墓亭东北植有700多年树龄的银杏1株，老干虬枝，姿态奇特。整个墓园建筑分三部分。第一部分为墓域，内有普哈丁墓及其他阿拉伯人的墓碑；第二部分为清真寺，是教徒们做礼拜的活动场所；第三部分为东郊公园。此外墓园里还集中保存了一些中国元代遗留下来的阿拉伯文墓碑。扬州市伊斯兰教协会的同道告诉我，普哈丁在扬州期间，弘扬伊斯兰教传统美德，扶弱济贫，广交朋友，做了不少好事，得到扬州地方人士的拥戴和官方的礼遇。普哈丁主持建造了著名的仙鹤寺，与广州的怀圣寺（光塔寺）、泉州的麒麟寺、杭州的凤凰寺齐名，同为我国东南沿海伊斯兰教的四大清真寺。光绪年间（1875—1908年）的《西域先贤普哈丁墓碑记》记述了一则普哈丁传教的故事：“其时绿扬城东有龙王庙，老僧华仙素擅法术，颇有名誉，见先贤欲一斗其伎俩，卒不能胜，乃折服而退。”这则富有神话色彩的故事，体现了东西方文化的碰撞和交流，反映了普哈丁刚来扬州传教时的曲折经过，充分说明了他在当时人们心目中的地位。由于普哈丁的传教取得了当地士人的认可，一时间皈依伊斯兰教的信众越来越多。20年前，我在德州工作的时候，知道那里有一座明代苏禄王的坟墓，那是我国境内唯一的一座外国国王的墓地，现在看来，从民族学宗教学的角度看，那个独立的墓园对于回回民族迁徙成长的意义和作用，与普哈丁墓园具有的根脉意义无法相提并论。普哈丁前后在扬州生活了10年，其间他曾回西域3年，回到中国后又到山东济宁、临清、德州和天津、塘沽等地，把回回人迁徙的脉络延伸到华北平原的大运河两岸。至元明时期，伴随着运河经济文化的繁盛，扬州成为回回民族聚居的重要商埠，并以此为基点，形成了回族人沿大运河向北方不断迁徙的基地和跳板。时至今日，居住在大运河两岸的华北平原上的老回回们，还有不少人说起自己的族谱，总是追溯到先人由扬州北迁的情节。

听说大运河申遗已经获得成功。扬州城里的普哈丁墓、仙鹤寺和山东济宁的清真东大寺，都同时被列入世界文化遗产的名录。此时此刻，站在大运河的岸边，怎能不叫人浮想联翩？将近一千年了，那些长于迁徙的人们，仍然不停地迈动着双脚，走啊，走啊……怪不得老人们常说：织女在架上，纺女在垫上，背锅回回在路上。一个为着信仰的纯洁甘愿背着一口锅随时停下来自炊的行者，该有多么让人感赞的真诚与毅力！那是根脉的延伸，那是枝叶的光合，那是信仰的真谛在催人前行啊！如砥的大道尽管宽阔，却是充满着艰辛与苦难，只有在披荆斩棘的行进中抱定圣洁信仰的勇士，才有希望把生存的根须连接到水土肥美的沃土！有一个让我为其嗟叹不已的女人的故事，一直压在我的心底——我只能说，她遇到了“易卜劣斯”（魔鬼），嫁了一个虽是同族却异常粗野的男人，那个没有文化、天天酗酒的男人，喝醉了酒就打老婆。终于，在某一天，14岁的女儿看不下去了，愤然离家出走。这个无奈的女人找到我，让我帮她寻找孩子的时刻，她突然说出了要领着一双儿女远走他乡的想法。我当时以为不过一时的气话罢了。然而，若干年后，这个倔强的女人居然成了一个企业的老板。当她以60多岁的年龄来看望我时，一双儿女也都长大成人。这让我想到了“大路通天各走一边”的俗语。当长于迁徙的族群特点在一个历尽磨难的个人身上得到验证时，我更加相信大道如砥、行者无疆的老话了。

三、努力营造自身的大气连续系

陆生植物根与冠分别处于地下与地上，在通常情况下，冠部朝向大气，易失去水分，根部则吸收水分，因此水的主要流向是自土壤进入根系，再经过茎到达叶、花、果实等器官，并经过它们的表面——主要是上面叶子的气孔，散发（蒸腾）到大气中去。土壤、植物、大气形成一个连续的系统，称为土壤－植物－大气连续系。回回人的迁徙，与陆生植物的这个系统有着极其的相似。一个或一群处无重席、食无二味、琴瑟不张、钟鼓不修的行路人，就是一片叶子或一根侧枝，在不停地蒸发与散失的同时，必须相应地跟上水分的输送，才能确保其系统的正常运转。少年时候读《古诗十九首》里的“行行重行行”，总喜欢把那本来就不太难懂的句子变成当下的白话文：你走啊走啊老是不停地走，就这样活生生分开了你我。从此你我之间相距千万里，我在天这头你就在天那头。路途那样艰险又那样遥远，要见面可知道是什么时候？北马南来仍然依恋着北风，南鸟北飞筑巢还在南枝头。……还有许多心里话都不说了，只愿你多保重切莫受饥寒。老师告诉我，这是一首怀人的爱情诗。及至长大知道了母族的迁徙史，我仿佛对这首诗有了更新的理解。那老是不停地走着的，不正是我的母族吗？是什么支撑它的大气连续系？——是人类文明的结晶，是涓涓细流般的文化滋养。穆斯林的叶脉里，具备着善于学习和吸收养料的基因，总是能够合理地消化吸收水分在输送过程中的不同介质，成功地完成营养在体内的运输、吸收和蒸腾，故而保证了每一片叶子的脉络都能进行正常的呼吸与光合。

玉米苍皮，高粱晒米，黄烟染金，稻谷垂穗。告别扬州，我行走在黔西北风景如画的乌蒙山里。当列车穿过长满红高粱的山谷，坐在对面的先生问我：去威宁看海吗？——我一下愣住了：听说过贵州有茅台，没听说过贵州有海呀。——这就是我的孤陋寡闻了。先生彬彬有礼地告诉我：贵州不仅有“海”，而且是经国务院批准的被列为国家级自然保护区的“海”。这个“海”不是广义上的“海洋”之海，而是威宁县城所在地的一片面积约为40平方千米的淡水湖泊，素有“高原明珠”之称。我告诉那位先生：我是去威宁参加中国回族学研讨会的，不知道那里还有“海”。先生接过我手里的车票，道：“‘草海’就是海呀。那里的回民可多呢，贵州全省有22万回族人，草海就占了一半还多呢。”噢，怪不得会议选择在这里召开，原来威宁有这么多回族人。我感叹着，想不到在这个地处乌蒙大山里的偏远之地，竟然会有这么多的回族人！是哩。——先生原来是一位回回通。他告诉我，草海的回族人是几经迁徙才达到今天这个水平的。据《威宁县志》记载：威宁西北一带，毗连滇之昭、鲁，多回族。其先皆出甘、新，随元、明两代征西南，故移植于滇及黔之边地。又据族谱记载，也有不少源于陕西。威宁城郊的四十八屯，即是当时屯兵垦田的迹证。回民迁徙到威宁初期，较集中的居住点有：县城内的马坡、城郊的下坝，及马家屯、海子屯、阳旺桥等处。清王朝及国民党统治时期，当权者竭尽民族压迫、民族歧视之能事。少数民族屡遭兵祸，回民首当其冲，多次被血腥镇压，人口剧减。为了繁衍生息，遂逐步迁徙到离城较远的野窝坪子、戛利、哈喇河、秀水、果化、迤那、妥摆姑、凉水井、牛棚区、稻田坝等地。

也有的迁往云南省昭通、鲁甸、会泽、宣威境内或毗连处。故云南省昭、鲁、会、宣等县回民的祖籍多在威宁。威宁彝族回族苗族自治县，于1954年11月11日建立，在这个多元文化相融的环境里，回回民族不仅以经济的快速发展证明了自己，而且和兄弟民族相处关系融洽。现在全县有回民约11万人，其族群人口的平均经济文化水平，在全县都属上乘。听着先生的介绍，我不由得想：真是大道如砥，纵然这天高皇帝远的偏远山区，也难阻挡长于迁徙的回回人健硕的脚步。是什么让他们如此这般地成为大地的行者？——在领略了作为全球十大观鸟胜地的威宁县草海湿地之后，面对着那些从遥远的北地来此过冬的候鸟，我突然想到了“物竞天择，适者生存”这句话。“适者”之适，在于融入。而融入莫过于文化的交融。威宁的回族人在讲起自身的发展史时，有一句颇能发人深思的话：“血通脉张，神聚心收”。这是一个多么形象的比喻！一个以少数居于多数环境中的民族，能够时刻把好自身的脉搏，从而确保血脉的畅通，就是要把思虑之神收敛到信仰的大道上，才能聚力凝心，勇往前行。“行者”要想“无疆”，最要紧的是把生存的大树之根脉链接到源源不断的营养基之上——学习文化，接受文明的洗礼，就成为长于迁徙的回回人生命之树常青的一个重要特点。

这让我又想到了一个与草海相隔不远的所在——云南省海通县纳家营。我是两年以前去那里访问的。那是一个养育过近代中国一代回族文人的所在——就像一棵大树被输送了充足的养分和水分。纳家营清真寺的创建历史可以追溯到元代至元年间，相传从穆罕默德圣人第三十一代孙、元朝著名回族政治家、云南行省首任平章政事赛典赤·赡思丁之长子纳速拉丁的孙子纳数鲁，率随军家属迁居此地，就已开始兴建，其间几经改扩建，形成今天的规模。它面积广阔、历史悠久、建筑雄伟、名扬中外。纳家营清真寺坐落于通海县纳古镇纳家营村中心地带，背靠狮子山，面临杞麓湖。前大门位于纳古镇忠训路76号，这条路被命名为“忠训路”，是因为享誉国内外的中国阿拉伯文化学者纳忠教授和《一千零一夜》的译作者纳训先生这两位名人的故居，分别坐落在清真寺东大门的北南两侧不远处。纳忠，字子嘉，阿拉伯文名叫阿布杜·拉赫曼。著名阿拉伯历史学家，阿拉伯语教育家。1909年3月出生在纳家营的一个回族家庭。1940年毕业于埃及爱兹哈尔大学，获“学者证书”。曾任中央大学、云南大学教授。1958年后，历任北京外国语学院教授、亚非洲史学会第一至三届会长，北京外国语大学教授、博士生导师，成为联合国教科文组织首届沙迦阿拉伯文化奖获得者、巴基斯坦“希吉来国际学术奖金”提名委员。中国民主同盟成员。第六届全国政协委员。长期从事阿拉伯历史、伊斯兰文化的研究。著有《回教诸国文化史》、《埃及近现代史》，译有（埃及）艾哈迈德·爱敏《阿拉伯－伊斯兰文化》、（叙利亚）阿库尔德·阿里《回教与阿拉伯文化》。2008年1月在北京逝世，享年99岁。纳训：回族。同样为纳家营人。1941年毕业于埃及艾资哈尔大学。曾在开罗任翻译，1948年后历任云南明德中学校长、《清真铎报》主编、云南民族学院教导处资料组组长、云南省文联翻译、人民文学出版社编译。1936年开始发表作品。1958年加入中国作家协会。主要作品有：译著《天方夜谭》《一千零一夜》《阿里巴巴和四十大盗》《勇敢的小乌龟》《一粒麦子》等，中译阿拉伯文作品《孙中山先生的生平》《背影》《风筝》《捕蛇者说》等。受纳忠、纳训的影响，海通县及与之相连的沙甸，近百年来人才辈出，像中央民族大学的教授林松先生、纳忠先生的儿子家瑞先生等，都是著名的伊斯兰文化学者。曾经在北京从事教育事业多年的纳家瑞先生，后来回到故乡后继续从事教育事业，办起了以阿汉双语教学的学校，并且出版了地方特色明显的刊物《纳家营》。见到纳家瑞先生的那天，腿脚已经不大便利的老人拄着拐杖，陪我们参观了村子里的阿汉双语学校和他为了支撑双语学校而创办的管件厂。在双语学校里，一批羊羔跪乳般的娃娃们正在老师的指点下阅读阿语版的文学作品《阿里巴巴和四十大盗》。这场面让我有些眼圈发红，一个在京城从事高等教育并且成绩显著的人，本来可以用自己较深的学术造诣为国家的民族教育做出更大贡献，但是他却选择了回到故乡从事最基础的小学教育和成人教育。个中的原因或许很多，但是在我看来，在老人的眼里，看重的恐怕是一个民族薪火相传的百年大计。浇树浇根，育人育心，一株茁壮成长的大树，多么需要根脉的延伸与供养！只有夯实了根的基础，才能保障树冠的蓬勃、叶脉的畅通。而像纳老这样远见卓识的人，在当下中国的回回群里，已经是越来越多。2014年6月，在甘肃省临夏州一个会议的间隙，我跟随《中国穆斯林》杂志的副总编马力强去市郊区参观一处由甘肃省二十多位企业家自愿出资合办的一处经省教育厅批准的全免费阿汉双语教育学校，这里云集了来自全国各地一千多名穆斯林子女，他们将要在这里完成从小学到初中的全部课程。当我抚摸着来自山东沂水县上流庄的一个二年级在读生的头问起他的学习情况时，出人意料的回答让我感到这处学校培养的学生，不仅在按照教学大纲授课方面不逊于其他学校，更难能可贵的是，从老师到学生充满着的那种中华民族的文化自信让人看到了希望。毋庸讳言，在旧中国，回回民族是一个受教育程度很低的群体，也因此受到社会的歧视与白眼。新中国60多年发展史的一个了不起的功绩，就是实现了包括回族在内的各少数民族在文化上享有了受教育的权利。我想，这些在红旗与阳光下成长起来的读书种子，其未来的迁徙肯定会比之先辈们脚下的路更宽，就业的档次更高，根脉与叶脉之间形成的大气连续系的循环更合理，更理智，他们是回回民族这棵常青树上最为耀眼的果子。因为，他们已经把学习的管道连接在时代的出水阀上。

四、润物细无声：一场悄没声的迁徙

生命意义上的植物，常常于不经意间陡然凋之，刚刚几天前还是一树嫩芽，没过多久便枝伸叶展，花香四溢，摇动着舒展的叶子迎合着春的风信，或作鲜花盛开的妩媚，或作喃喃细语般的浅吟低唱。最让人叹为观止的，莫过于西域东来的兰州清真拉面、三江源拉面了。我想，生活在东部的多数人，都会与我有同样的感受。其实，当一棵大树的根脉在地下悄悄延伸的时刻，并没有人关注它的渐变，只有高高的枝杈上凸起耀眼的果实，人们才指指点点地谈论着、感叹着，数说着它的昨天、今天、明天。来自西部穆斯林的清真拉面，在为人们增添口福的同时，委实起到了助推人口迁徙的巨大作用——这是信仰的根脉在革故鼎新的土壤里深深扎根的过程，是叶的脉络在默默无闻的光合与呼吸中拉动树冠成长的不懈追求与努力。

回想20多年以前，偶尔吃一碗兰州拉面，对许多人来说，还有某种尝鲜吃稀罕的意思，不少人都是怀着极大的好奇心探询着来自西部的这种家常饭：为什么拉面馆禁止烟酒？为什么外菜莫入？及至得到明确的回答，才恍然大悟：原来，回回民族生活如此讲究，他们拒绝带有麻醉品性质的烟酒，拒绝未经阿訇见证的食品和屠宰肉食品，他们倡导生活当以节俭朴实淡雅为主。而清真拉面这种食品，正是这些优良生活习俗的体现。有了这样的交流，人们便把先前的好奇转变为对一种良好饮食习惯的向往与认同。于是，清真拉面便由原先的吃稀罕变为寻常百姓的家常饭。有了市场，来此经营的人便日渐增多。仅在山东地面上经营这一产业的，就有三四万人，真正形成了小门头、大产业。人口的迁徙也就在悄无声息的落籍中完成了。真可谓“随风潜入夜，润物细无声”。

平心而论，在当下虽然不说是物质基础高度涌流，但也不乏神经错乱了的一些人在灯红酒绿之后自认为如今已有享不尽的荣华富贵、吃不完的山珍海味，进而终日把自己埋藏在既轻且贱的追光中，旋转着不知忧愁的腰身饮酒作乐而忘却危机的局面下，清真拉面这样的食品家族中的“草根”，显然是不足挂齿的。不过，草根偏有草根的风骨，它不媚俗、不跟风、不急功近利，任你是天王老子，来到我的门下，也得先睁开眼来看一看那块“外菜莫入、禁止烟酒”广告牌，凛凛大汉般地屏退着那些出手阔绰、挥金如土的纨绔浪子。好在天下还是穷人为多，人穷了就爱吃家常饭。有道是“待要饱，家常饭；待要暖，粗布衣；待要好，结发妻。”吃家常饭的人一多，草根们便有了生存的环境。

当然，这只是从社会需求的角度解读的一种结论，更深层面上的作用，清真拉面的走红，从民族学、宗教学、社会学的角度看，这一现象促进了我国的民族团结和宗教的信仰自由政策的贯彻落实。你以为兰州拉面、三江源拉面的东渐、北进、南下只是个异地经商、跑买跑卖的浪迹生涯吗——远不止此！它把回族及信仰伊斯兰教其他民族一些值得让人深思的优秀品质和生活理念传到了内地，比如：它带来了伊斯兰教崇尚节俭、艰苦奋斗的创业观念；讲究清真、内清外洁的卫生观念；节饮食、省睡眠的生活习惯；返璞归真、清廉自守的自然观等，同时也将东部沿海省份及不同地域经济和社会进步的经验带回到了西部，毫无疑问，这对正在实施的西部大开发是起了积极作用的。古代的丝绸之路，早已经发挥了这样的作用。从丝绸之路传到中原的兄弟民族，虽然已经融入社会主义民族大家庭，但这种不同民族间的相互交流、相互学习，仍然不可或缺。这让我联想到沂蒙山里的银杏树。银杏有公母之分，据说雄性树只开花不结果，雌性树既开花又结果，但前提是雌雄之间必须借助风力实现传粉，才能确保雌性树的正常结果。清真拉面在东部地区的落地生根，其中就包含了不同信仰的群体之间对一种优秀生活方式认同的理念。

自然界物竞天择、适者生存的规律表明，一种新物种的发现，常常给人类社会的进步带来巨大转机。社会学方面的常识也告诉人们，一个并不起眼的行业的兴起，常常带来意想不到的某种收获。以东部沿海省份的浙江为例，改革开放前全省信仰伊斯兰教的群众不过两三万人，现如今仅仅一个义乌市，就有七万之多，义乌那座漂亮雄伟的清真寺，也正是靠着许多拉面馆的善款建设起来的。作为穆斯林散杂居大省的山东省，改革开放前回族全都集中在青州以西的地区，这些年来随着全省经济和社会发展带来的拉力的增强，来山东经商办企业的人越来越多，沿海地区的穆斯林也越来越多，其中最大的群体就是从事拉面经营的回族、东乡族、撒拉族等，而他们的融入，又为有生活禁忌的外地穆斯林来山东提供了便利。真想不到，这样的社会进步，竟与并不起眼的拉面生意连在一起。还有，随着拉面馆子的日益增多，在为寻常百姓舌尖上的消费提供方便的同时，也有效地遏止了商业社会的竞奢斗靡之风。正如一家拉面馆墙壁上的对联："一碗可留宾，三餐有它温饱足矣；四季家常饭，来者全是清廉之人"。倔强的清真拉面在消除奢靡之风、腐败之风等社会现象当中，不是一剂针砭时弊的良药吗？当然，这样说不是让人们天天去吃拉面，但至少对节俭之风的回归不能不有所裨益。

清真拉面，和经营它的那个群体一样，弱小，但不缺骨气。

俗语说得好："春园之草，不见其长，日有所增。"于是，这皮皮实实的小本生意，居然得天地之灵气，吸日月之辉光，成了一道郁郁葱葱的风景线，一时间席卷了大江南北、长城内外，"小树"变成了"大树"。——这是一场悄没声的迁徙，当时代拉动了车轮的行进，并没有多少人去专注每一节车轮的铿锵，就像一个人不会老是摸着自己的脉搏走路。

五、揣着敬畏之心上路

长于迁徙的考量的不仅仅是迁徙者的腿脚，比腿脚更要紧的是心。迁徙意味着生存环境的再造，更意味着根脉衍生过程中的吮吸与自我丰满。勇于挑战迁徙的先决条件，是基于自信前提下的他信。回回人把这样的心态概括为"敬畏"。即对信仰的尊敬与服从。《古兰经》里有250多处讲到了"敬畏"一词。有100多处讲到了"顺从、服从"。其含义是对神圣信仰的敬若神明并心向往之。到了民间，"敬畏"变成了更朴实、更直白、更具有对人的警觉性，那就是：凡事都要有个敬情，有个怕情……我个人理解，敬情，即对客观事物、客观规律和外部环境的他信，相信世界的美好，相信客观规律的不可逆性，相信追求美好是世间大多数人的共同理想，因而，长于迁徙就是对美好境遇的追求和对美美与共的信任，所以要怀着崇敬的心情对待迁徙，对待新的环境；怕情，就是对由于慎独的缺失造成的过错加身及由此招致的冥冥之中的惩罚保持高度警惕，故而律己以严，待人以宽。由此可以看出，在回回人的生存词典里，“敬畏”的含义是知敬畏者无畏，行大道者不偏。为了保证人们对信仰敬畏，在伊斯兰教教职人员的管理上，也是辅之以体现着迁徙特点的阿訇聘任制度。你要坚守正道，做一个深受群众欢迎的阿訇，就必须接受来自他们的客观评价。于是，普天之下，阿訇的任期实行聘任制，从接到聘书并答应到任起，每一任为3年时间，期间双方如有不适应，均可提出辞呈或者辞退。相互之间的敬畏之情，既是契约又是维系，既是修人也是自修。这样的标准，让人把对慎独理解上升到与至尊对话的层面，在虔诚的自省中参悟世事，领会人生……

先来看一段故事。1937年卢沟桥事变之后，日寇的铁蹄践踏了中国的大部河山。当时正在北京一所中阿学校里攻读阿拉伯文的山东菏泽青年马从一，还是一个血气方刚的热血男儿。经学教育的灌输让他敬重国家、敬重安宁、敬重和平祥和的观念不仅根深蒂固，甚至早已成为一种融入骨髓的敬畏情结，他和所有的中国人一样，最怕的就是失去平安、失去家园。这心态被青面獠牙的侵略者触痛后，义无反顾地转化成前所未有的大无畏。于是，马从一取得阿訇资格后的第一件事，就是投身抗日，抗敌御侮！这个头戴小白帽的年轻人，从遥远的京城迈开迁徙的双脚，回到故乡菏泽，很快组织了一支由苏鲁豫冀边区二百多名回族青年组成的鲁西回民抗日游击队。队伍接受了从延安来的基干团给予的指导和训练之后，很快成长为一支能征惯战的英雄部队。这支集中了苏鲁豫冀地区优秀回回青年的抗日武装力量，在新兴、龙堌一带打过多次伏击战，于新兴集截获过鬼子的给养车，创造过一次俘虏41名鬼子兵的奇迹，成了让鬼子闻风丧胆的回回战神。就连那些被打得丢盔卸甲的敌人侥幸逃生后，说起让他们后怕的败绩，也把理由归结到“游击队长是阿訇”上来。仗打胜了，新中国成立了，老人继续回到清真寺当阿訇。如今，已是92岁高龄的老人，仍旧坚持着他的五时拜功，身板硬朗，精神矍铄，偶尔还能拿起棍棒比画两下武术。说起当年打鬼子的事，还能用“知敬畏者无畏”这种蕴含哲理的话语回顾往事……

揣一颗敬畏的心上路，就像旺长的大树之根脉、叶脉具备了抵御病虫害的抗体，能够自我调节，祛病养生。在文化水平普遍提高、民族的文化自信却受到严重挑战的当下，一个目不识丁的农村回族老太教子之道，很可能没人理会，她的那种土里土气的“老人言”，听起来常常让人觉得没嚼头儿，浅显、直白、乏文……故而一耳听、一耳冒。等到是非经过，苦头吃够，转过脸来再想当年听到的老人那些话，就觉得不光有嚼头，简直是金玉良言。尤其是有着虔诚信仰的回回老人，其言谈话语中，常常包含着某种话俗理不俗的深刻哲理。其中有些话是叨唠过来叨唠过去的耳提面命；有的是不到关键时刻的不发声的响鼓重锤；有些则是饱含着酸甜苦辣的经验之谈；还有的属于醒世悟道中的观察与预测……我很想把这个不识字的农家妇女的故事讲述给读者。老人已经归真12年了，每每想起她的一些话，就觉得那是人世间最无私的教诲和引领，是一个知世明理的母亲对自己儿女痛彻骨髓的爱与保护。比如，“敬畏”这个词，当下越来越时兴了。其实，老人一辈子都在说这个词。还是在我上初中的时候，她就对我说过，人活在顿业（世界的现世）上，对人对事都要讲究敬畏，要有敬情，更要有怕情，别大咧咧，砖头瓦块也能绊倒人，没有这样的防备，走路都走不稳。这样的话，对于当年我们这些整还不晓世事的孩子，无疑是对牛弹琴。及至年长，尤其是做了几年民族宗教工作，才晓得老人那番话，是充满着信仰的理性光芒的教诲，是对子孙后代终极眷注的一种提醒。《古兰经》中，关于人要有敬畏之心的教训很多，如：“真主确是同敬畏者和行善者在一起”“你们当中最高贵者为最敬畏安拉者”45年前的那个冬天，老人的儿子正在塞外高原的一个部队里服兵役。那时战备正紧张，北疆的军事防务无时无刻不是箭在弦上的状态，军人的通信也被限制在规定的时段。部队把儿子的立功喜报寄到老人手里的那天，老人展开那张立功喜报，除了几句报喜的话，没有儿子一点信息。老人没往好处想，觉得至少是孩子受了伤，或者就是……如果真是那样，自己将以国家至上的心态，不给部队领导添一点麻烦。这样想着，目不识丁的老人居然迈着小脚，从入海口的黄河冲积平原走到了地处恒山深处的一个小村，看到正在那里执行疏散任务的儿子一切安好，当天就要离开部队。以至于让当时的团政委王凤仪、政治处主任马广志都为之感动。两位首长非要见一见这位农村妇女。当他们得知老人最担心的是儿子“殁了”

之后，部队“有难为”，而来帮助做一些事的时候，情不自禁地为这位回族老人的胸怀所感动。也是这位老人，八十四岁归真之前二十分钟，留给已经成为一方水土的主政者的儿子的最后遗嘱竟是：死，真主的口唤到了，应命归真我不怕，我怕的是你在官位上犯错误，记住，不该拿的千万别拿……今天看来，这样的教诲，正是一位怀有敬畏之心的母亲对儿子的最大希望与期盼——平凡而质朴的话语，却体现着人间最无私的大爱。

宗教是对人生的一种终极眷注，它是人类精神生活机能的基础。在道德领域，作为道德需求的无条件的严肃性，宗教的这种终极眷注表现得非常显著。当我们通过发生在身边的故事解读这个伟大的命题的时候，似乎更能从中领略到一种道德力量在人类良知中运行时的潜在规则：越是对客观规律心存敬畏、始终保持着慎独自律的人格的人，越是能感念到生命价值里那些无比珍贵的因子，因此，他的行为必然是嫉恶如仇并且为着对美好的事物的追求而勇于赴汤蹈火，换言之，越是怀揣敬畏之心的人，越是在艰难困苦面前无畏无惧，一往直前。

六、苍茫林海是吾乡

茂林不弃单株故以成其大，脉络不离根基所以得其养。

迁徙不是离群索居，“大分散，小集中，围寺而居”才是回回民族的特征。因为他们深深懂得独木难成林的道理。宛如一片拥拥挤挤的乔木，只有不脱离群体，才能拥有为了一滴雨露、一缕阳光而奋力向上的勇气，才能长成参天大树。而作为有着多民族共同美好梦想的黄土地，这个承载生命的载体，不论是自然群体还是栽培群体，都一视同仁地接受着来自造物主阳光雨露的恩赐。长于迁徙的回回人所以能遍及全国各地，不管是聚居还是散居，都有赖于中华民族久已有之的多民族共存共荣的政治生态和民族团结的稳定遗传。就好比一类植物被人工栽培后，在一个新的环境里，更懂得依赖群体的极端重要性。群体大了，才能抗风浪；群体合理了，才能使果实的质量瓷实而甜蜜。正因为如此，为迁徙者铺路架桥搭窝棚的善举总是随处可见。山东无棣黄河入海口附近的一个叫作“五营”的回民村子，五百年前还是一个朝廷屯兵的地方，一群上马能开弓、下马能种田的回回人修了一座清真寺，从此变成了名副其实的回回营。因为要避朱棣的君讳，无棣改名海丰，五营就被叫作“海丰营”。一天，从胶东半岛因避兵乱而逃荒路过此地的一支丛姓家族的人，听说清真寺可以给饭吃，就上门求援。没想到，寺里的阿訇和营里的居民，居然连续多日留他们，盛情款待，礼让有加。以至于让这支汉族丛姓家族的人感动非常，留下来接受洗礼成为穆斯林。后来，这支丛姓家族的人为了与原籍的信仰有所区别，决定把“丛”字下面的一横去掉，改姓“从”。如今，从姓已经是五营的第一大户。续家谱的时候，仍然念念不忘这段民族融合过程中走过的路。与这个故事相照应，如今的社会，逃荒的没有了，经商的人却越来越多。如前所述，近二十年来由新疆、青海，甘肃、宁夏等地来山东经商办企业的回回人，已经有近二十万人。为了让他们进得来、留得住、干得顺心、有利可图、无难可忧，所到之处，都在清真寺为远道而来的穆斯林设立了诸如婚姻介绍所、矛盾调解小组、外来务工人员子女上学服务组、红白事理事会等服务组织。青岛、烟台、威海、日照等沿海地区，过去很少有穆斯林居住，近年来随着西部迁徙来此人员的增加，都按照穆斯林的风俗分别修建了清真寺，划拨了墓地。当新疆一对在青岛经商的夫妇把身患残疾的儿子培养考上大学的消息传出后，许多热心的包括汉族兄弟在内的市民都向这对夫妇伸出了援助之手。当他们拿着社会各界捐献的资金，把孩子送到大学的时候，泣不成声地对所有好心人表示了最真挚的感谢。那一时刻，这对夫妇真的感觉到脚下的沃土对于一片叶子的重要性。他们知道自己已经融入一片有茂林修竹组成的茫茫林海。那就是他们、我们、咱们的家。不可否认，在少数对回族缺乏了解的人中，有极个别人把回族人的迁徙看成是一种“乱掺和”，甚至以一种排斥和冷漠的态度拒之门外，用刁难推诿等手段希望他们离开。其实，这种包含了某种歧视因素在内的做法，是一种既有悖于国家民族宗教政策、也不利于营造良好的政治生态的短视症。好比营造林地，混交林比之于单一品种，总是有很强的互补性和共生优势。就像一棵大树，不能远离森林。只有形成群体，才能营造令人耳目一新的风景线，才能给大自然在界定空间、提供绿荫、防止眩光、调节气候等诸多方面提供资源。我的故乡商河县赫城村，是一个回族与汉族人杂居的多达六千人的村子，500多年来，由于相互之间的了解与信任，从没有发生过相互之间让人过不去的矛盾。直到今天，许多汉族人家宰鸡宰羊还要到清真寺请阿訇下刀。尤其是食品安全被提到新的高度以后，回族人的许多生活习惯越来越得到周围汉族人的认可与尊重，内清外洁成了全村人的共识。三十年前，我在山东省临邑县翟家公社调查当地改碱实验的时候，一位公社干部把我领到一片种满沙打旺的河滩地，他告诉我，过去这里全是寸草不生的白花花盐碱地，自从种了沙打旺，豆科植物与固氮菌互利共生的原理，为杨树的生长创造了极为有利的条件。如今河滩地上的树木长得很好。望着那片正在旺长的林地，我似有所悟地懂得了生态工程系统结构的整体性对于作物生长的协调与平衡原理。若干年后，我在思考经过迁徙在汉族人为主体的地区散居下来的回回民族所以能与之相处得如此融洽，与豆科植物产生的根瘤菌能为其他植物提供能量和安全的生长环境有着很大程度上的相似。当一个人口较少的民族把生存的人脉链接于与时俱进的大局，就像稀有树种被移植到适宜生长的土壤，获得了宿主和根瘤菌之间的系统共生的必要条件。一旦把它们分开，两者都要受到损害。所以，回族离不开汉族，汉族离不开回族，各少数民族相互离不开，成了我们国情的基本面。这种鱼草共生原理在我们国家历朝历代的执政实践中得到的正反两方面的印证，既是我们的经验，更是实现民族伟大复兴的必然遵从。回回民族这棵树的根脉与叶脉，在茫茫林海的大家庭中，会汲取越来越丰富的营养。面对绿浪滚滚的蓬勃，我和我的母族发自内心地呼唤：林海深处是吾家！

2014年12月21日写于济南

第四辑

一年好景橙黄

化蝶

在异国他乡，她走了。

她走的时候说：蝴蝶飞走了。

20年后的一个深秋季节，在一个被当地人称作“海岛金山寺”的寺庙里，一个患了癌症且又经过手术治疗的特殊病号来了。

她说，她是胡蝶的女儿，她是一只作茧自缚的蛹子，化蝶的日期到了，她也要飞走了。

像是联袂演出的一对搭档，母女俩一前一后相隔了近20年。她们是去赴另外一场演出，还是对人世间做最后的谢幕？

两代人演绎的一场悲剧就这样结束了。

或许，飞走的蝴蝶已经渐渐地淡出了人们的视线，曾经的躯壳也已经化作春泥。然而，身后的故事、故事里的凄美，却久久地萦绕在我的心头，由挥之不去到化入化出，反反复复提醒我，让我不停地咀嚼那个化蝶全过程。于是，我想到了鲁迅那句话：“悲剧就是把人生有价值的东西毁灭给人看。”

这个让我怦然心动的故事，不仅仅因为它的主人公曾经是中国历史上的名人或者和名人有着某种联系，实在是因为它留给人们的情感上的东西过于沉重，过于压抑，以至于我拿起笔来的时候，总是听到自己的心在静静地发出一种莫可名状的声音……

名人，名角，名事……凡是带点名气的，胡蝶都占全了：20世纪30年代的女影星皇后，香港著名粤剧文武生潘有声的夫人，后来又被国民党军统特务头子戴笠霸占……她主演了中国第一部有声电影《歌女红牡丹》，她把一个忍受丈夫虐待与压榨而毫无反抗、心地善良又有几分愚昧的女性刻画得相当成功。在第一部左翼影片《狂流》中，她塑造的秀娟不但富有反抗精神，而且内心世界十分丰富，受到好评。她主演的《姐妹花》是她表演艺术的高峰。在影片中，她一人饰演有着不同人生道路的双胞胎姐妹大宝、二宝，把两个身份悬殊、性格各异的女性刻画得非常成功。这部影片在当时打破国产影片有史以来上座率的最高纪录，后来到东南亚、日本、西欧诸国上演，也大获好评。胡蝶饰演过娘姨、慈母、女教师、女演员、娼妓、舞女、阔小姐、劳动妇女、工厂女工等多种角色，她的气质富丽华贵、雅致脱俗，表演上温良敦厚、娇美风雅，一度被观众评为“电影皇后”。胡蝶横跨默片和有声片两个时代，成为20世纪三四十年代我国最优秀的演员之一。即使定居香港之后，胡蝶仍然不停地演出。1960年《后门》一片获第七届亚洲电影节最佳影片金乐奖，胡蝶获最佳女主角奖，同年，此片获得日本文部大臣的特别最佳影片奖。1986年胡蝶获得台湾电影金马奖特别奖。1995年在纪念世界电影诞生100周年、中国电影诞生90年时胡蝶获中国电影世纪奖：女演员奖。

多么丰硕的成果，多么传奇的人生！然而，尽管如此，却始终没有逃出“茕茕孑立，形影相吊”的悲惨命运，以至于1989年她在加拿大去世的时候，说出了那句充满着忧伤的话语：蝴蝶飞走了。

是的，蝴蝶是飞走了，但是，她还留下了一颗比她自身更凄美的种子。这颗种子优雅多情而又尚美重义。这颗种子在她的腹腔里发芽，在她的襁褓里长大，似乎上天给她这个生命的时候，就已经安排好了她的前生今世。以至于在她的宿命里就注定了与名人、名角、名事剪不断理还乱的种种纠葛与牵连。

胡友松，胡蝶的女儿。北京市知名画家，山东台儿庄李宗仁纪念馆名誉馆长。

1939年，胡友松出生在上海。那时她叫胡若梅，是母亲为她起的名字，意思是希望女儿如梅花般美丽坚强。由于是私生女，若梅从小就不知道父亲是谁，也不曾问过自己的父亲究竟是谁。

在胡友松幼年印象里，最深刻的是在上海“百乐门”参加给前方抗日将士募捐的活动，母亲在台上表演，她提着小篮子在场里来回走动。她有漂亮衣服，能坐高级轿车，但是她却没有自己的家，她从小就住在酒店包房里。6岁时，小若梅患上了湿疹，医生根据她的病情向胡蝶建议，最好将女儿送到北方去生活一段时间。此时，恰好军阀张宗昌暴毙济南火车站，他的姨太太沈文芝逃到南京当家庭教师，胡蝶便委托沈文芝将若梅带到了北方。在小若梅的记忆里，沈文芝这位养母对她特别凶狠，常常无缘无故地冲着她大发脾气，拿她出气，有时还不给她饭吃。

1951年，已经移居香港的胡蝶得知女儿的艰难处境后，便来到北京，准备将若梅接到香港，但沈文芝一口拒绝，无奈之下，胡蝶留下了一只装满金银首饰的手提箱给沈文芝，并嘱咐她用这些东西换来的钱供若梅生活、上大学。然而，沈文芝很快将这满满一箱的财物挥霍掉了，到若梅中学毕业时，箱子已是空无一物了。

若梅中学毕业后，考入一所医专就读。医专毕业后若梅便被分配到北京积水潭医院工作，后又调入北京复兴医院当护士。1965年，原国民政府代总统、台儿庄会战的总指挥李宗仁携夫人郭德洁驾机回到国内。第二年，郭德洁因患乳腺癌在北京去世。为此，刚刚从海外归来的李宗仁情绪十分低落。为了帮助李宗仁从痛苦中走出来，周总理和中央统战部开始为李宗仁物色伴侣。在拟定的人选之外，李先生一眼看中年轻貌美的胡友松女士。1966年7月的一天，李宗仁和胡友松在北京举行简单的结婚仪式，从此这位红颜女郎和白发将军走到了一起。

重情重义的胡友松，被李宗仁义无反顾的爱国情怀所感动，立志要与他相伴终生。一进李公馆，她就向工作人员声明：我不管钱，所有存折、钥匙都不管，也不继承财产，我只照顾李先生的起居。她说："李先生的亲属都在国外，我作为他的妻子，理所当然要照顾好他。我责无旁贷！"而李宗仁对这桩婚姻也非常满意，他把两人的合影照片冲洗了很多张，分别寄给国内外的朋友，在每张照片的后面，他都写上："这是我的夫人胡友松。"然而，天不作美，两人生活了不到三年的时间，先生就撒手人寰，先她而去。锥心的伤痛啊，想先生在时，虽说忘年，却也终日耳鬓厮磨，卿卿我我，窗前月下，无话不谈，美满幸福。如今先生先她而去，该是何等的伤心！她不愿意回头看，更不愿意发出叹息。她把自己的名字由"若梅"改为"友松"，就是为了向世人表达自己的志向和胸怀呀。"如果李先生是一棵不老的青松，我就是秉持着诚心为他守灵的知己。士为知己者死，女为悦己者容。从现在起，友松就是李先生灵魂的守护者。"

她始终如一地信守着自己的诺言，一直依靠微薄的工资养活自己，过着清淡的生活。为了生活，她开始学画，而且成了京城小有名气的画家。而对于李宗仁的所有遗物，都当作国家文物，一一做了认真的保管。她先后两次将国家发的生活费13.7万元、李宗仁的私款等共计20余万元以及大宗名人字画全部上交国库。与此同时，她还把李宗仁的160幅照片捐赠给中国历史博物馆，表示不要国家任何照顾，完全能够自食其力。她自己节衣缩食，却不断把微薄的退休金捐献给希望小学；在抗洪救灾义卖活动中，她把自己卖画所得的5200元钱全部捐给了灾区人民。她之所以这样做，是因为“李先生的爱国精神一直铭刻在我的心底，永不磨灭”。

1996年8月，山东枣庄市台儿庄的人民听说了胡友松女士的一些情况，就接她到台儿庄参观考察。这次齐鲁之行，不仅让胡友松对李宗仁的卓越功业有了更加深刻的解读，也让她对台儿庄人民有了更加深刻的认识。回到北京，她把李宗仁的遗物全部捐献给台儿庄人民，并到台儿庄定居，还担任了台儿庄战役纪念馆的名誉馆长。

（原载于《文艺报》2011年2月18日）

心中的香巴拉

一场不大不小的雨，把藏东南原本诱人的青山绿水，洗刷得愈发地苍翠欲滴。厚厚的云们千奇百怪地变幻着，做着描摹山峦和塞壑填谷的游戏，让连绵起伏的山们越看越像浓墨重彩的大写意。风一吹，云走，山也走，它们随着人的眼睛的推拉摇移，环幕电影般的组合或切割着不同的画面，独有的景致煞是好看。

无须更多的表白，只这简单的一瞥，也会让你立马喜欢上林芝这个地方。

当我站在雅鲁藏布江与尼洋河交汇处的山坡上，放眼大江汇流的波澜壮阔，一种圣洁的升腾，让我突然想到了爱默生的一句话：自然是精神的象征！在人们的生活离自然越来越远的今天，在遥远的西藏林芝，居然还是这么山水各得其位，该青的青，该绿的绿，就连空气里氤氲的那股清香，也遵循着造物的策划，有条不紊地履行着为大自然增光添色的职责，恰到好处地编织着天人合一的壮丽与绚烂。

我真想振臂一呼，吐出胸中块垒！

但是，我怕搅扰了尼洋河与雅鲁藏布江的梦。

那是一江澄澈的空灵，那是一泓清凌凌的浪漫。

让我在这高原的细雨中走一走吧，让我看一看珠峰是如何梳妆，雅江是如何抒情。

流云飘走了，远山的雪峰露出了一抹银白。

野花顶着晶莹的水珠，把雨的恩典诠释成一颗颗水晶。野鹿悠闲地舔舐着母乳般的清泉，偶尔抬起头来，望望空中的苍鹰，像是在问：你还满意咱们的香巴拉吧？

香巴拉，这个红极一时的新名词，有人说它就是天堂，有人把它叫作香格里拉，也有人说，它是一个雪山环绕的神秘世界。那里花常开、水常清，遍地是黄金，满山是宝石，甜蜜的果子总是挂在枝头，丰收的庄稼随时等着人们收割，人的寿命以千年计算，想活多久就活多久……这些来自宗教的期盼，当然是美好的。现实世界的实践也证明，香巴拉是寄托了人类美好理想的所在。藏族学者阿旺班智达在其考证香巴拉的论述中说，香巴拉是人类持明的圣地，其地形状如八瓣莲花，中心的边沿及叶子环绕着雪山，叶子之间由流水或雪山分开，雪山和秃山、石山和草山、林山和花果山、湖泊和树木、园林和道路，全都安排得井井有条，令人陶醉。这其中，除了造物天赐的山脉，最重要的就是：水！

从这个意义上说，林芝当之无愧的就是香巴拉。

（原载于《时代文学》2011年第6期）

新疆的“香”“甜”

说起新疆，我脑海里总会蹦出两个字：香！甜！

记得那年到新疆旅游，还是在敦煌上火车的时候，朋友送我一箱在路上吃的当地特产——李广杏，并且告诉我，这是从新疆和田一带引进的一个品种，入疆后你会随时尝到那里的各类水果，那简直就是一个甜蜜的地界。果然，西出阳关，迎面是大漠热浪裹挟着的一缕缕令人心仪的甜蜜。新疆的朋友用哈密瓜招待了我。哈密瓜不但营养丰富，香甜可口，而且药用价值高，有清凉消暑、生津止渴的作用。品尝着香甜的哈密瓜，与朋友尽情交谈，顿觉甜蜜无比。

我是一个有着种枣经验的人，曾经具体操作过黄河入海口平原上一个面积达38万亩之多区域的枣粮间作。一直以来，一种敝帚自珍的夜郎心态，总觉得天底下的枣子没有比得过山东金丝小枣的质地。到了新疆才明白，那里的新疆大枣吃起来竟是那么甘甜可口，肉多、糖分大、有嚼头、耐储存，虽然不像山东的金丝小枣可以在阳光下拉出长长的金丝、逢年过节做成熟食供人们享用。但是作为可以生食的干果，它却有着内地小枣无可比拟的优势。

岂止哈密瓜、大枣，新疆在全国数得着的瓜果太多啦。吐鲁番的葡萄、库尔勒的香梨、昌吉的番茄、伊犁的杏、阿勒泰的樱桃、喀什的苹果和无花果……这几年，随着交通条件的改善，新疆的干鲜果已经占据了国内城乡市场，甜蜜已经成了新疆的名片。而且这种甜蜜正在发酵成人们心灵上对新疆的向往与思念。许多没有进过疆的人，总觉得那是个神奇而美丽的地方，要不然造物怎么赐悯于它如此丰富的资源?

物质上的甜蜜仅是一个方面，人心对甜蜜的那种感觉，则更富有诗性和情致。当你接触到新疆歌舞，看到载歌载舞的木卡姆表演，听到刀郎悠扬深情的歌唱，你就领略到“会说话就会唱歌，会走路就会跳舞”的说法的真实内涵了。新疆维吾尔族，上至七八十岁的老人，下至刚学会走路的娃娃，都能跳很好的舞蹈。那种没有丝毫扭捏的水到渠成，简直让人叹为观止！维吾尔族、哈萨克族等民族的兄弟姐妹，都是极善于表达自己内心感情世界的群体，生活的甜蜜达到一定的浓度，总是掩饰不住情动于衷的那种激动。于是，敲起手鼓，弹起热瓦铺、迪塔尔，一场对甜蜜情感的恣肆宣泄便开始了。尤其是大型舞蹈木卡姆，真叫人击节称快！在疏勒、在麦盖提、在哈密、在阿勒泰……几乎在新疆的所有地域，都能看到木卡姆的表演，尽管由于语言方面的障碍，你听不懂唱词，但是随着情节（或者叫作剧情）的发展，你会情不自禁地跟着表演者的节奏，或热血沸腾、或泪流满面、或鼓掌击节……怪不得被列入世界非物质文化遗产，实在是大美至极！若干年前，参加一个在吐鲁番举办的活动，葡萄园那甜蜜浓重的绿荫下，小伙和姑娘们那美轮美奂的歌舞，被浸泡在浓浓的葡萄甜里，即令所有的人为之倾倒！那一时刻，让我突然间感觉自己仿佛被“窨”在一个甜蜜的罐子里，我惊呼：新疆的天地是甜的！

再来说说新疆的“香”。回族人把香气看得极重。倘若相互之间断了香气，就意味着从此断绝了来往。不过，这里说的香气，通常情况下是指节日或者重大纪念日请阿訇、毛拉诵经时炸制的“油香”。一个家庭做了油香，也叫动了“香气”，是要分送给各位至亲好友分享的。否则，就等于断了香气，相互不再来往。我想，新疆所有信仰伊斯兰教的民族，都是有这样习俗的。大概出于对香气的敬重，在新疆人的饮食习惯里，“香气”就成了其极具特色的支撑。于是，就有了香味浓郁的手抓肉、烤羊肉串、大盘鸡、羊肉抓饭、九大碗、拉条子等数也数不尽的特色食品。人们在享受这些美味的同时，又把“香气”与“甜味”结合在一起，正餐之前先上几个干鲜果盘，再给每人来一杯“三炮台”盖碗茶，香和甜的融合就在人们有说有笑的气氛中悄没声儿地浸润了心灵。这是不是与两世吉庆信仰中对后世天堂的憧憬有关呢？我想，所谓天堂的美好，也大抵离不开“香甜”的辅佐，至于天堂里的流水潺潺、仙乐袅袅，现世的新疆不是到处都可以见到吗？新疆各族人民，在创建新生活的劳作中，始终用一种唯心自知的香甜感滋润着崇尚美好的心灵。

说到这里，我不能不说一说新疆的“馕”。“馕”源于波斯语。早在汉代就传入中原，据说这种食品前后曾有过26个名称。“胡饼”就是传入中原后的一种叫法。馕的制作，先以麦面发酵，揉成面坯，再在特制的火坑（俗称馕坑）中烤熟。馕的品种很多，大约有50多个。常见的有肉馕、油馕、窝窝馕、芝麻馕、片馕、希尔曼馕，等等。馕作为家常便饭的主食，不仅有着“香”的特性，更适应了维吾尔族、回族、哈萨克族等民族人民勤于劳作、长途跋涉的生存方式。馕含水分少，久储不坏，便于携带，适宜于新疆干燥的气候；加之烤馕制作精细，用料讲究，吃起来香酥可口，富有营养，人们喜欢它就不足为怪了。

“可以一日无菜，但绝不可以一日无馕。”馕的品性无意中暗合了新疆人吃苦耐劳、倔强自立的性格，又注入了清真食品纯正的元素，以实实在在的干货支撑起一方水土生存的人们结实的骨架和强健的体魄。有一年的盛夏，我在由喀什前往奥古伊塔冰川的路上，无意中碰到几位赶骆驼的回族老乡正在路旁的树荫下休息，他们每人手里一块馕饼，另一只手举一个牛皮水壶。这情景竟让我感动不已。

如今，那些难忘的场景过去几年了，我却依然怀念它。新疆是香甜的，香得让人回味绵长，甜得让人舌底生津。就为了这份感觉，在我只要走得动的情况下，我还愿意每年都到那里走走看看，品尝和感受那里的香和甜。

（原载于《人民政协报》2016年04月07日）

纸坊的纸

作为四大发明之一的造纸术，对中国古代文明发展的贡献是不言而喻的。它还带动了我国农村传统造纸业的发展。走遍东西南北中，总有一些叫“纸坊”的村落。这么多的纸坊村，一来说明它们或多或少都与造纸有牵连；二来也说明先人们以造纸为荣、对文化深怀敬畏的一种人生态度。如今，随着现代科学技术的发展和造纸业的兴旺，传统的造纸技术已是越来越物以稀为贵了，许多纸坊村也大都名不副实，空有其名了。当然，也有的纸坊村还在坚守。与我有些联系，并且让我曾经置身其中的，是孔夫子的故乡、我的母校曲阜师范大学所在地——山东曲阜纸坊村的桑树皮造纸业，不仅至今长盛不衰，而且成了许多农户家庭经济收入的主要来源。他们以麦田守望者的谦恭，坚守着祖辈流传下来的祖业，让纸坊的纸独树一帜地诠释着孔子故乡独特的原始。

纸坊村有731户人家，2740多人，纸坊河穿村而过，为桑皮纸加工提供了水源，村名曾叫安南庄。据村里老人传讲，南宋时，有南方王姓一家因逃难于此定居，便有了“安南庄”的称谓。后来乔、郑两家由山西洪洞县带着桑皮纸制作技术来此落户，并专为孔府造纸，遂更名为“纸坊村”。曲阜《阙里志》记载：“纸坊在城北十里，居人造纸为业……孔子五十六代孙孔希翥居于此，为纸坊户。”

起初，桑皮纸主要用于棺材里衬裱糊，也兼作冥纸，用于丧事和祭祀神灵。后来，人们从棺木裱糊后可以防腐的实证受到启发，将裱糊工艺用在了条编容器的密封上，开始制作酒海、虾酱篓子、酱油、醋容器等。没想到，桑皮纸一经在液体容器上使用，马上显示出它的独有的优势。用作盛酒，酒的味道更醇香更甘甜；用来做虾酱篓子、鱼篓子，让海味的鲜味更纯正、更地道。至于盛酱油、醋，那就更能保持原汁原味了。从此，郑、乔两家掌握的“捞纸”

技术具有了专利的性质，不仅不外传，而且严格保密。直到公私合营时，这门手艺才得以公开。

20世纪70年代中期，我作为接受贫下中农再教育的对象，来村里住了半年，并且直接投身捞桑皮纸的日常劳动。尽管干的都是剥桑皮、泡桑条打下手的活儿，但毕竟接触到了这一行当。如今细细回想起来，捞桑皮纸离不开这么几道工序：

谷雨节前后，砍下桑树滑条。择其粗细均匀不老也不嫩者，趁着水分饱满，容易剺骨，抓紧时机剥皮。剥皮时顺着桑条纵向扯剥，既容易剥离，也使纤维更加柔韧。晾晒、去杂。将剥下的桑皮晾晒干燥确保不腐后对其进行去杂，把不适用、质量差的桑皮分拣出去，留下适用、质量好的桑皮，干燥后要贮存堆积几个月甚至更长的时间。

捞纸的时候，先把晾干捆好的桑皮放在活水中浸泡，使其变软。再捞出后放入灰池中浸泡，浸泡时在池子里加上生石灰，每100斤桑皮放5斤生石灰，然后用撞瓤杆搅匀，把浸过的桑皮捆排列均匀，放一层桑皮，就在上面撒一层石灰。这实际上是个加温催软的过程，经过两三天甚至七八天的高温浸泡，桑皮“烧熟”了，便进入下一道工序。当然，在炎热的伏天，浸泡的时间只用一两天，就可以让穿了防护服的人站在桑皮顶上踩踏。

上述工序完成之后，就要蒸桑皮了。人们先在底锅中盛满水，把熟了的桑皮用木棍架起来，蒸3个小时。至此，整个化瓤程序大功告成。然后经过切瓤、撞瓤等，使桑皮的纤维得到充分粘连，再用按照一定尺寸做好的筛子在捞纸池反复撞击，看着厚薄均匀的时候，捞出来晾干，一张经过几十道工序才成型的纸张就是成品了。

与此同时，人们早把那些剥了皮的桑条变成了各种各样的容器。在容器的内壁上，按照一层鹿血一层桑皮纸的粘贴办法，像老太太打袼褙一样糊起来，就可以作为商品出去卖了。可惜的是，世上没有那么多的鹿血，猪羊牛的血便成了不可或缺的替代品。不要以为那抹了血的桑皮纸一泡就脱落，那可是可以用来做盾牌、盔甲的。明清两代的酒海至今仍然保存完好就是例证。当然，纸坊的纸也是深受书画界人士欢迎的。那要看看你需要哪一种，纸张规格和品种的多样化也是它的一大特点。

离开纸坊村已经40多年了，我还一直挂牵着那里的人，那里的纸。最近，我又去了一次纸坊村，令人欣慰的是，那里仍然有20多户人家在做着“捞纸”的营生，传承着这门古老的手艺。

（原载于《人民政协报》2017年2月20日）

绵山掠影

不管叫绵山、绵上，还是叫介山，名字都很好听。

以前，我对绵山的憧憬与向往，主要是停留在对介之推老先生那种耿介刚直、执着义理、抱石怀沙的人格力量的敬仰上，至于这里的自然景观、人文环境，不是知之甚少，而是基本上不了解。因此，有人向我推荐绵山旅游的时候，我还采取了经验主义的态度，在自己的内心视像中，把绵山与晋东南多数大山的形态做了不过尔尔的主观臆测。

然而，当我游历了绵山，把自己从先入为主的经验主义里拯救出来的时候，我才发现，自己的主观臆断是多么的孤陋寡闻，险些因了这种低层次的无知放过了对一处人间仙境的造访。幸亏没有把这种自以为是的臆断传播给他人。否则，贻笑大方是小事，对不起绵山、对不起朋友可就不好了。

让我改变当初的偏见，生出上述想法的，是今年七月初的一次绵山之行。

那天，太原的朋友说：到绵山去看看吧，不然你会后悔的。

果然，当我们经历了山路的盘旋进入景区的时候，不虚此行的感觉便随着拾级而上的步履步步升温。及至进入山门，映入眼帘的美景，层层递进地掀起了绵山的盖头，便更加让人荡胸生情，决眦入画：天哪，绵山原来是如此这般的端庄秀丽！你竟像那永不言禄的介之推母子，把自己的大美藏诸深山，托付自然。怪不得介氏母子在看惯了那种上下欺瞒、争名夺利的风气之后，毅然决然地选择了你作为逃避现实的避风港，与你终身为伴，原来你本身就是一座外敛内秀、不事张扬的神山啊。

像解读一篇哲理深奥的美文，我细细地品味着绵山的一切。

绵山圣洁。自从晋文公把跟随他逃亡的人作为奖赏的对象，并且对一些贪天之功为己有的名利之徒进行了错误的犒赏，而从不求赏赐、并把开口向上级索取俸禄视为耻辱的介之推，以远别鲍鱼之肆的清高孤傲隐居到这里之后，便给绵山注入了一种耿介廉洁的人文情怀。那情怀高尚，那情怀纯洁，高尚得让人敬重，纯洁得一尘不染。怪不得历朝历代有所作为的统治者都要来这里朝拜，那实际上是一种对公道理念的尊重，是对善良的尊重，是对清白无瑕的肯定，是对饥不吃嗟来之食，渴不饮盗泉之水的士大夫精神的提倡。这对于我们今天正在倡导的“八荣八耻”教育，不是一个很好的借鉴吗？而绵山，作为大自然的客观存在，这么美丽的景色，这么让人产生灵感，却从来不轻易示人，不也同样具备了介之推不言禄的精神吗？从这个意义上讲，能不能说介之推是官吏中的绵山、绵山是大自然中的介之推呢？

绵山秀丽。说真心话，在去绵山之前，我对北方山区景点曾用千篇一律的态度做过揣测，认为不过是那种植被比较好、山势比较雄伟险峻粗犷的大山而已。然而，当我来到这里，才发现绵山不仅有着龙头寺、龙脊岭、大罗宫这样人文景区和天桥、朱家凹、云峰寺等建筑景区，更有一斗泉、接贤谷、水涛沟等以自然景观为主的风景区。尤其是沿水涛沟逆流而上长达四公里的山谷，集苍岩、古道、奇树、怪石、山花、野草于一体，石洞间水流喷珠吐玉，飞瀑湍急；丛林中苍鹰盘旋、水鸟啁啾；两相对峙的山谷苍翠如黛，一碧如云；更有五龙瀑、水帘洞这些风光旖旎的精品点缀，奇景不仅保持了北方大山的刚毅与粗犷，同时也兼有了九寨沟、张家界那些南方名山的特点，真是如诗如画，秀色宜人，令人流连忘返。

绵山奇绝。如果不是亲自领略圣乳泉的奇绝、抱腹岩的玄妙、空王寺的精湛、正国寺之字栈道的巧夺天工、接贤谷的曲径通幽以及介公祠彩塑、悬塑、壁画的精美和挂祥铃、祥灯等民俗活动的独特，你就不会理解绵山的独树一帜。尤其是那被称作天下绝无仅有的悬泉，像蜂房似的悬垂在高百米、宽数十米的凹崖，在青苔的覆盖下一对一对，像女人的双乳，不停地滴着断线珍珠般的清泉，叮咚有声地敲击着崖下的涓涓细流，像交响乐中的三角琴，又像天外传来的鸟鸣。天籁，真是天籁之音啊。怪不得有人说，这是绵山龙母当年看到介之推携母隐居于此忍饥挨饿，而赐给他们的乳汁。不信你尝一尝，清冽甘甜，真的琼浆玉液一般，不能不让人称奇。

绵山让人称奇的事还多着呢。比如它的冬暖夏凉春温秋爽；它的主要景点和接待场所都建在悬崖之上；它的佛家寺庙里坐化成的比丘、比丘尼的肉体真身；它的建于唐宋元明清历朝历代的栩栩如生寺庙建筑和佛像雕塑；它的长达三百米的四百四十级通天云梯……

绵山端庄，绵山神秘，绵山大气……尽管我的这次绵山之行只是浮光掠影，但如果让我历数绵山的特点，我还可以说上很多很多。但是，我说得再多，也不如亲身去走一走。或许，那个时候你会比我生出更多的感慨，和一同前往的友人异口同声地赞许：绵山，真是一处难得的旅游胜地！

(原载于《联合日报》2017年3月28日)

“纯爷儿们”的景泰石林

我是半年以前才听说甘肃白银市景泰县还有石林的。当时还先入为主地认为，无非是像云南石林那样呈柱形、锥形、塔状、笋状、剑状、菌状等奇绝景象罢了。

今年8月中旬，参加中国网保护黄河万里直播行动，到了景泰石林一看，才知道它与云南石林相比，虽然都叫石林，但是各自的特点却不尽相同。

如果把云南石林那些“刺破青天锷未残”的倚天长剑比作白衣秀士特立独行时的腰间配饰，景泰县的石林就是充满着“纯爷儿们”“力拔山兮气盖世”的壮心再现。它与云南石林怪石嵯岈、青峰刺天的锋芒毕露不同，首先是在色泽上呈一派土黄色，连绵起伏、直插云霄的大山，从上向下看，崎岖陡峭，令人头晕目眩；从下往上看，遮天蔽日，沟壑纵横，猿猱难攀，飞鸟愁度。再就是它从波涛滚滚的黄河岸边拔地而起，面对回肠荡气的黄河母亲，山水相依，刚柔相济，动静相谐，突兀险峻，大气凛然，尽显造物之鬼斧神工。

还有更让人惊奇的是，于这奇山怪水的怀抱里，居然有一个先人为避兵乱来此安家的龙湾村，村子里阡陌纵横、绿意盎然，过着夹岸二三里，“芳草鲜美、落英缤纷”“黄发垂髫，并怡然自乐”的世外桃源生活，那粗犷含蓄、淳朴自然、人欢马叫的民风，更容易让人把这山的雄浑、水的豪迈与“五行之秀，实天地之心。心生而言立，言立而文明”的自然之道发生联想。

当你在黄河岸边观赏石林后，沿着崎岖险峻的山路盘旋而上，登上山之极顶纵目远眺之时，你会看到太极状黄河在左曲右拐的山坳里抱阴负阳的内敛与大开大阖的磅礴张扬。猛一看到这场景，我不禁发自内心地赞叹：景泰石林，纯爷儿们!

景泰石林的这种大气，是它特殊地质结构的必然。据地质专家考证，它大约形成于210万年前的新生代第四纪，而这一奇景的发现，与景泰县文化馆一个叫苏云来的人有直接关系。

1967年夏天，苏云来逐村采风，他做梦也没有想到还有一个需要用探险精神才能找到的龙湾村。他从垂直90度的百米悬崖上通过天梯、栈道，经历了常人难以想象的困难，第一次进入了龙湾村，那绿水青山世外桃源般的景色，立刻给他留下了深刻的印象，但是，他并没有关注黄河对岸的“石林”。他所了解到的是，这里的人们从来没有听说过什么抗日战争、解放战争。村人告诉他，一是坐羊皮筏子走水路穿过峡谷；再就是峭壁上的羊肠小道，靠的是人背驴驮，这条路被龙湾人称为“天桥崖”。也只有龙湾的毛驴才能从这里驮东西下来，外地的毛驴绝对不行。

十年后，苏云来随景泰县文化队第二次来到龙湾，这一次，他开始用画笔记录下龙湾村的风土人情。又隔了一年，苏云来和外地的摄影家一起来到龙湾村，拍下了第一张鸟瞰龙湾村绿洲的照片。照片洗出之后，苏云来越看越感到这个氤氲着豪迈之气的所在，有一种在沉寂中蓄势待发的端庄与自信。于是，他利用随剧团下乡、美术写生等机会，努力寻找这片土地的“文脉”和“诗心”。

1983年冬天一个雪花飞舞的日子，苏云来又来到了龙湾。积雪封住了道眼，群山披上了银袍。苏云来站在山顶一望，那美，真的是让人陶醉：峡谷两边全是高耸入云的石柱石笋，万山压顶，银装素裹，山倾壁危，峡谷曲折，石林比肩而立，断崖冷峻怆然，给人以群峰列队、布阵出征的豪迈感。

找不到进村道路的苏云来，不得不渡过黄河，沿着河边由西向北而上。这一次，他进入了世所罕至的黄河石林最大的沟——饮马大峡谷。之后的3天时间里，苏云来踏遍了石林的沟沟岔岔，用速写的形式记录下了眼前的一切。1985年，他的第一幅以龙湾山石为素材的国画《龙湾石林》获得白银市美术书法摄影展一等奖，接下来几年，苏云来关于黄河石林的创作一发不可收拾。1990年《甘肃日报》刊登发现黄河石林的消息。至此，沉寂了几百万年的黄河石林第一次拂开神秘的面纱，向世人展现了它夸父般雄壮粗犷的豪迈之气。

（原载于《人民政协报》2017年9月29日）

银碗

年轻时候，不知是由于我少年离家还是告别故乡时间太长等什么原因，每次回到故乡的时候，总有婶子大娘跑到我家，用半是安慰、半是欣喜的语调对母亲说："树理他娘，你可接到大银碗了。"——听到这话，娘总是对人们善意的祝福报以会心的微笑和感谢。而我的老父亲听到这个话的时候，却常常红着眼圈，强忍着不让眼泪滚落下来。

看来，"银碗"在乡党们的语言里，是一个分量极重的物件儿。银碗到底是指什么呢？为什么不说是"金碗"呢？那不是更能体现一种物质的价值吗？没看见当下的人们把找一份理想的工作都称作"金饭碗"？我一直在猜想"银碗"两个字的真实含义，却迟迟没有准确的答案。

前不久，我回到阔别50年的故乡，与几位上了年纪的老人拉起这件事，其中就有一位90多岁的老叔告诉我："咱们的老祖先就是跟着忽必烈平定天下的西域人，想当年鞍前马后也威风过呢。听老辈的爷爷说，咱们的老祖先跟着蒙古人征战的时候，使用银碗可是件露脸的事。蒙古人行的礼节是，部队打了胜仗、远方来了贵客抑或什么大事、喜事，都要将醇香的马奶酒斟在银碗中，用传统的礼节，为客人接风洗尘。咱们的先人们就享受过这样的待遇。"

银碗是蒙古民族传统的艺术品和生活用品，也是地位和财富的象征。早在元朝以前，蒙古族就以使用银器闻名于世，而银碗是其中之一。银碗，主要用来盛装或摄取食物，是过家之道的重要器皿和用具。如果乡下人说某某人家接到银碗，就是接到宝贝呀。

哦，原来是这么回事。我终于明白了那些向我的父母发出祝贺的婶子大娘们发自内心的善意与礼节的含义了。顺着这样的思路思考下去，我总在想，一个沿着丝绸之路从西亚地区融入中华民族的舶来民族，在短短几百年里，已经与周围的各兄弟民族融为一体，甚至对一些曾经的习俗都说不上它的来源，这样的事儿也是很正常的呀。另一方面也说明，中华民族真是个特别讲究融合的民族，只要你真心实意地融入了，民族关系、社会关系、邻里关系以及人与人的关系等，也就融洽和谐了。我国历来就是一个多民族和谐共融的社会，各个少数民族之间尽管都有自己的生存方式和生活习惯以及由此派生出来的丰富多彩的习俗，但是它们丝毫不影响我们相互之间的团结与合作。相处的多了，协作的好了，相互之间我中有你，你中有我，就是一种融合与进步。

弄清了银碗的来历，懂得了民族融合的历史，让我对于“银碗”这个快要失传的老话儿又有了新的理解。当今的社会，除了到内蒙古的草原上还能接受到“银碗”盛酒的接待，谁还能说上它的来历呢？像我这样四十年前就读完大学的人，对于老家婶子大娘说的“银碗”这个词，都弄不明白，更何况在当今网络语言、流行语言、智库语言快速生长的今天，又怎么能让年轻一代把我们的民族文化继承下来呢？为了把一个“老词”弄清楚，我查阅了当今银子在人们日常生活中的用途，发现现代银碗主要是以工艺品的形式出现，像金之道的“五谷丰登”银碗就是以民间习以为常、屡见不鲜的农耕场景为背景文化，刻画出一幅幅温馨和谐的农家丰收图的工艺品。作为工艺品的现代银碗，因其是以白银为材质制作，就成了一些人从事有投资价值的商业活动的选择。比如，一些银匠制造工匠，在自己制作的器皿上，附加上具有中国传统文化艺术的图案，又具有一定的收藏价值。银碗在现代社会中，除了用作商务礼品、摆件等等，很少有人用它来当餐具。至于见到久别重逢的亲人，也很少有人用“接到大银碗”这样的话语来形容了。不过，从现代汉语中“老俗话”的角度看，这样的语言还应当保留它的一席之地，不能把它随便扔掉了事。

除此之外，在我国两千多年前，人们就知道用银片来作为外科手术的良药、用银煮水治病。在古代，中国的皇帝，就会用银筷子来检测食物中是否含有毒物。古代中医用银针治疗各种疾病，且沿用至今。银碗越来越少了，抢救文化遗产的任务也越来越重了，如果我们能在抢救文化遗产的过程中，去认真地思考每一个词、每一句话，把继承与创新的关系处理好，我们的文化自信就会提高到一个更新的高峰。

（原载于《联合日报》2017年10月22日）

一年好景橙黄

许多人有把重要的日子作为个人生命中值得纪念的标志的习惯。几位老朋友十九大会议闭幕的那一天，在一起闲聊。我的一位在外地的老同学添了孙子，当了爷爷。老同学按捺不住内心的喜悦，打电话给我，让我给他的宝贝疙瘩起个名字。我这一辈子，还真的就没有干过这样的事儿。就推辞说不会。没想到心直口快的老同学，在电话的那一头儿急了："你整天写文章，就不能给我孙子起个乳名？再说，今天十九大闭幕，我家又添了这么大的喜庆，你给起一个就是了嘛！"

老同学这么一说，孩子的名字还真的有了：那就叫"重庆"或者"双庆"嘛。我顺口这么一说，老同学还真的乐了："好啊，你和我想到一起去了。再过几天就是重阳节，眼下这些喜庆的事太多了，我也想让他叫'双庆'。十九大上习总书记把'两个一百年'的目标说得斩钉截铁，像我这么大年纪的人，听了之后都高兴得只想跳起来。我们还要努力地活着，努力地奋斗，为'两个一百年'双庆一回哦。"

我接着他的话说："对呀，对呀。"

看来，老同学的确很高兴，话不饶人地接过我的话头儿："老王，不知道你还记得元代张可久的那阕《满庭芳·客中九日》词不？"

哎呀，我还真的忘了。

老同学竟在电话的那一头儿，绘声绘色、声情并茂地给我念起来了：

"乾坤俯仰，贤愚醉醒，今古兴亡。剑花寒，夜坐归心壮，又是他乡。九日明朝酒香，一年好景橙黄。龙山上，西风树响，吹老鬓毛霜。"

我知道，此时此刻，国事家事，全是幸事，大事小事，全是好事。这么多的心里话一时半会是说不完的。老同学告诉我，马上就是重阳节，是个喝酒的日子，你如果有空一定来喝喜酒。

我虽然不能去喝酒，但是我理解这位年近古稀的老人的心。借着添孙子的喜庆，把老友们聚集在一起，说说心里话，谈谈家国事，图的是个高兴，是一份自在。

老同学像是理解我的心情，思虑了片刻，说："我知道你离得远，来不了，你也不能随便进酒场。可是，人老了，就爱恋旧，想念老朋友。特别是有喜事、大事的时候，就爱找老朋友念叨念叨。你说，咱们都往70岁奔了，身体还这么好，还赶上了如此幸运的时代，不是很让人高兴的事吗。"

在一旁喝茶的几位老朋友，听着我的老同学的这番话，全都应和着议论："这位老哥哥说得对啊，放在40年前，咱们这把年纪，都到了倚着墙根晒太阳的时候了，人们都管咱们叫'七老八十'。可是如今，咱们还能骑自行车，还能打乒乓球，这就是社会进步，这就是赶上了好时候啊。"

"对，我们赶上了好时候，国家富裕，国防强大，人民幸福，咱们就是有福气呀。"

"对，咱们要使劲地活着，把身体保护好，争取到实现第一个一百年的时候还壮壮实实，然后再向第二个一百年的目标奋进！"

"好，那才叫欢度重阳节呢。"

"对呀。马上就是重阳节啦，咱先借着老王的同学添孙子的由头，乐和乐和吧。"不知是谁提了一句，就有71岁的老友秋一从小书包里拿出早就用毛笔抄好了的一首杜牧的《九日齐安登高》诗，领着大家朗读起来：

"江涵秋影雁初飞，
与客携壶上翠微。
尘世难逢开口笑，
菊花须插满头归。
但将酩酊酬佳节，
不用登临恨落晖。
古往今来只如此，
牛山何必独沾衣。"

诗声朗朗中，我看到我们这些说老不老，说不老却也被西风"吹老鬓毛霜”的老家伙们，居然一个个全都精神抖擞，意气风发。尽管都是奔七的人，但那精神头足以让今年的重阳节再现老人们“夕阳无限好”的精神风貌，也会为中国人的寿命指数增添新的数字。

（原载于《人民政协报》2017年10月30日）

遍地芦花

瑟瑟的寒风里，我到黄河入海口的山东省东营市仙河镇访友。一望无际的大平原上，秋天的影子已经渐渐退去。那被西风凋零了的乔木灌木们，虽然还有一些残存的叶子在做着最后的坚守，却怎么也“碧”不起来了，只能默默地等着西北风继续将它们吹落。留给这片天地、这个季节、这片河口的，除了水天一色的大海和款款入海的河流，就只剩下了芦苇和新生退海地里冒出来的那些叫不上名字、但却被严霜染成一片赤红的红草地——好壮观的景色哟：尤其是那遍地芦花，起起伏伏、浩浩荡荡，举着那从不用人力耕种而延续生命的旗帜，齐展展、白刷刷地滚动着，朝着一个方向，向即将到来的严冬展示着一个物种的不屈不挠，其中流露的顽强、无私和厚重，足以发人深思：原来，这世间还有一种至真至纯的物质敢于与严寒抗衡。

小时候，河口地区没有这么多人家，土地大面积盐碱，大部分不能种庄稼，只有一眼望不到边的芦苇。许多逃荒来此“赶黄河”的人家，也是先在地下挖一个可以供人们栖身的地窨子，每年开一点荒地，冬天到了就向外地人卖苇子。那东西不值钱，每斤卖一分或者五厘。我的老家离这里一百多里地，到河口拉苇子就成了我们谋生的重要来源和手段。记得那个时候，一过了寒露，天气就一天天变冷。在这个立冬之前的日子里，遍地的庄稼都已收割完毕，收了秋的田野里，偶尔还能看到田间地头贮存着一些农民兄弟还来不及往家里拾掇的高秆作物的秸秆，如玉米秸、高粱秆等。可是眼下，高秆农作物都实行了机播机收，收割机在田间走过去，除了把玉米棒子收走，作物秸秆就随着机器的轰鸣被打成还田的肥料，直接撒在地里了。这是多么巨大的变化！

少年时期读孙犁先生的《芦花荡》，只觉得文字写得很漂亮，想那作者一定是和我们一样，从小就和苇子打交道，才能爱屋及乌，给苇子说那么多好话。及至年长，尤其是自己也成了年近七旬的老年人，对芦苇花的那种喜爱就不只是觉得它是野草的一束花，而是觉得它们一株一穗，都像是姑娘们漂亮的秀发，看上去整齐韵润而又洁白的芦荻，像亚洲女孩那飘飘洒洒的黑发，油亮而整齐；而那粲白里夹一些细碎麻点的胖大芦穗，则更像是非洲姑娘们那蓬松茂密的发髻。怪不得孙犁先生每每站在白洋淀湖畔上向远处遥望的时候，总是想“摘一束洁白的芦花，把记忆卷成窄窄的长串，让风轻拂紊乱的思绪，面对落霞，把芦花洒在静静的江畔”，那芦花实在太耐人寻味、咂摸出一种生命的况味来了。“欲寄彩笺兼尺素，山长水阔知何处”，至于那“芦花深泽静垂纶”的钓翁，恐怕就是另外一种意境了吧。

若干年前，在我们拼命追求土地产粮效益的时候，在一些人的经营理念里，似乎只有把粮棉油之外所有的草木消灭掉，才是以经济建设为中心。于是，一转眼，大田里的节节草不见了，茶棵子（罗布麻）没有了，就连生命力极其顽强的芦苇也越来越少。眼下，随着“绿水青山就是金山银山”理念的形成，人们对于环境保护与生态平衡的认识，已经从切肤之痛的教训里找到了疗伤的灵丹妙方。芦苇的合理再生，就是这药方日渐奏效的一个见证。而且，当地老乡告诉我们，每年开春新苇子快要生芽的时候，这些在严寒里飘了一冬的芦苇，就成了生物质发电厂的燃料。这可是个了不起的奉献。面对黄河入海口那大片的芦花，宋代文学家戴复古的那首《江村晚眺》又涌进了我的脑海：“江头落日照平沙，潮退渔船搁岸斜。白鸟一双临水立，见人惊起入芦花。”

这该是一幅多么美好的图画：江边上空的夕阳笼罩江边沙滩。潮水退了，渔船倾斜着靠在岸边。一对白色水鸟停在江水旁。闻得有人来，就警觉地飞入芦苇丛中。

这不就是当今黄河入海口的情形吗？

（原载于《人民政协报》2017年11月6日）

可爱的胶州

我对胶州的了解，真的是从一个“胶州大嫚儿”开始的。43年前，我走进大学的校门，班里分组时，我们组里分到了一位很耐看的女生。她高高的个头儿，大大的眼睛，肤色白皙，举止优雅，一看就是那种娇生惯养、疏于稼穑的大家闺秀。这对于我们这些来自河口平原上的庄户人家的孩子，似乎有一种与生俱来的隔膜：她这么娇嫩，凭什么成为工农兵大学生——我们可都是顶着一脑袋高粱花子、带着两手老茧来的呀。

然而时隔不久，我的这个想法被这位大家闺秀用她的实际行动给颠覆了——她虽然肤色白皙，却并不娇气，相反，学校在农村开门办学的时候，她不光很能干，而且对庄稼活路干得很在行：放下耙子就是扫帚，锄地、割麦、担水劈柴，里打外开，样样都懂。尤其是在曲阜市夏家村和贫下中农“三同”的时候，她与乡亲们同吃、同住、同劳动的做派，很令人刮目相看。我与一位来自烟台的同学说起这事，他告诉我：胶州闺女漂亮是出了名的，你没听人家说，胶县有三大名牌吗——“大嫚儿、大秧歌、大白菜”。这时我才知道，原来胶县女子是天生丽质呀，用羡慕嫉妒恨的眼光看人家，实在有点小肚鸡肠了。

再后来3年多的同学交往中，我越来越读懂了“胶州大嫚儿”的许多优秀品质。比如：待人接物大方，直爽，诚实。那个时候，同学们来自全省各地，大都是家庭条件比较贫困的。尽管如此，开学的时候大家都从老家带一点“嚼头儿”，与同学们分享。而这位胶县大嫚儿，家庭生活条件相对较好，每次寒暑假返校，就数她带的东西多而新鲜，干鱼、虾仁、干海虹、海蛎子……这不光让我们这些从未尝过海鲜的“土包子”过了嘴瘾，还知道了胶州是个物产丰富、民风淳朴的所在。受这位大嫚儿的影响，班里许多同学对胶州产生了深深的憧憬与向往。在之后的30多年里，许多同学都陆陆续续去了胶州，一来看望了老同学，二来领略了胶州的人杰地灵。

后来，听去看望她的同学告诉我，这位女同学毕业后一直在乡镇教育战线工作，除了完成分内的教学任务，还在业余时间跳胶州秧歌。我在一次偶然机会见到她问起此事，她煞有介事地告诉我：俺们胶州的秧歌，那可真是有些名堂，俺们当地都叫它“扭断腰”“三道弯”哩。我故作调侃说，你可是连一道弯也看不出来呀。她哈哈大笑着，给我讲起了胶州秧歌的历史：胶州秧歌与商河鼓子秧歌、海阳大秧歌并称山东民间舞蹈的三朵奇葩。胶州秧歌始创于明末清初。当时包烟屯赵、马二姓两家人，在闯关东的路上以边舞边唱的形式沿途行乞。没想到，所到之处受到了许多人的赞赏。于是，回到关里之后，他们不断琢磨提高，形成了有一定形式、一定套路的民间舞蹈。到近代，已经发展成为集秧歌、小戏、舞蹈于一体的艺术形式。老同学这一讲，我终于知道了胶州的秧歌为什么被叫作“扭断腰”“三道弯”了：那是一方水土上成长起来的个性鲜明、闪耀着宁折不弯的民族气节的艺术之花呀！它所体现的，正是胶州人民在命运的前头勇于搏击、自强不息的奋斗精神和乐观主义生活态度。

我和同学都已年逾花甲，但她的那种口快心直、爱说爱笑的做派却常常让我想起她当年天真的样子。记得上大学时，有一次先生给我们讲鲁迅的散文《藤野先生》，其中有“大概是物以稀为贵罢，北方的白菜运往浙江，便用红头绳系住菜根，倒挂在水果店头，尊为‘胶白’。”大嫚儿高兴得手舞足蹈，连声地说，鲁迅先生说的“胶白”，就是俺们胶县的大白菜呢。有同学故意逗她：“胶白”不是白菜，那是蒲草的根哩。大嫚儿急了：亏你还是中文系的学生——“茭白”和“胶白”是一个字吗？“胶白”，是“胶县”的“胶”，是俺老家！

胶州，这个让我从一位同窗的介绍入手，逐步形成眷恋与思念的所在，如今值得夸口的已经不再仅仅是“大嫚儿、大秧歌、大白菜”。它正以山东经济和社会发展的排头兵和大空港、大海港、大高铁站等诸多亮点，展现这座现代化城市的风采。

（原载于《人民政协报》2018年1月22日）

难忘樟木镇

从西藏自治区聂拉木县城到与尼泊尔接壤的边境小镇樟木镇，只有不到30公里的车程。海拔却从4010米陡然降落到2000米。这样的山路，这样的落差，在整个地球上，大概也只能出现在喜马拉雅山麓。

这段被称作樟木沟的行程，留给了我太多的思念与向往。

司机是一位藏族小伙子，叫南木加。一上路他就告诉我，不要害怕，他在这条山路上已经开车好多年了。尽管有他的宽慰与鼓励，我浑身的每根神经仍然绷得紧紧的。不仅牢牢地攥紧车内的把手，脚下还总是情不自禁地做着踩刹车的动作。因为，这条在大山里硬凿出来的路，只能单向车道行驶，脚下就是万丈深渊。稍有不慎，就能让我们这些在一马平川的大平原上生活了大半辈子的人灵魂出窍。

好在这里风景独秀。它既不同于内地经过人类精心开发和设计的旅游景观，也不同于西藏其他地区原本就有的蓝天白云、冰川、荒山莽原和纵江横河。而是以其独有的秀丽与茂盛，向人们展示了喜马拉雅山一段鲜为人知的画卷。

青山缭绕，云蒸霞蔚，薄雾蒙蒙，植被蓊郁。大概因为人迹罕至，闯入眼帘的茂密与葱茏让人很容易把这里与尚未开发的原始森林联系起来。从海拔4000米的高处朝着樟木镇行驶，简直就是在做俯冲，抑或是从高台上的奋身一跃。坐在车上，仿佛有了在大海上航行的感觉，一任绿浪簇拥、一任波涛翻卷，那山的险峻竟不再狰狞，植被的茂盛竟不再神秘，反而有了一种捷足先登的惬意与自豪。

带着这样的心情再来看车窗外的景色，咀嚼出的味道就更让人赏心悦目了。这段高山深谷虽然既陡且窄，森然的树林中却裹挟着无尽无休地涓涓清流。由于地处亚热带，这里气候潮湿，一年四季雨水极其丰富，四周山上常年银练如织。在这里，最容易看到的，就是满山遍野“飞流直下三千尺”的瀑布了。最多的一面山崖上，可以同时垂下十几条又宽又高的瀑布。尤其是波曲峡谷曲乡段至中尼隧道的一段，群峰陡峭，高耸入云，峰顶裸岩流水潺潺，汇成瀑布，被阳光一照，七彩纷呈，波光粼粼，让人顿生身入仙境的奇妙感。大自然仿佛把传说中的七仙女全都招到这儿来了，只要她们信手拈起一条飞瀑随意一甩，漫山遍野顷刻之间就会喷珠吐玉，琼浆四溅。

朋友告诉我，行走在樟木沟，从来不用刻意洗车，满山的清泉会把你的坐骑擦拭得非常干净。果然是这样，当樟木镇映入我们眼帘的时候，我们的原本草绿色的车子已经像一位刚刚出浴的俏佳人，与整座城市融为一体了。

樟木镇是一座悬挂在山崖上的小城。山崖上房挤着房，房驮着房，高低错落，层层紧挨。街道因为总是接受山泉的冲刷，似乎从来没有干过。道路很狭窄，两旁全都停满了各种各样的中尼两国的汽车，好像只有一条能把小镇串起来的干道。道路两旁是鳞次栉比的商店、酒吧、歌厅、茶座，琳琅满目的印度、尼泊尔舶来品商店，让许多来此淘宝的商人客户流连忘返。我问聂拉木县的一位负责同志：你觉得像樟木镇这样的地方，最需要国家扶持的项目是什么？他几乎不假思索地回答我：只要修一个大型停车场，我们保证当年让藏族同胞的收入翻一番。

入夜，宿在樟木镇唯一一家由聂拉木县政府开办的宾馆里。深夜，外面持续传来震耳欲聋的响声，让我一直以为是在下特大暴雨。我从来没有过这样的经历，心里胡思乱想，一夜未眠。清晨，披一身日出的晨曦，我站在阳台上朝街上一看，哪里下雨呀，明明是晌晴的天。原来，那巨大的响动，是漫山遍野的瀑布合演的交响大重奏，怪不得如此动人心魄！

美丽的樟木镇哟，祖国西部边陲的一颗明珠，你把我的那颗心留下了！

（原载于《人民政协报》2018年4月23日）

我们该如何当爷爷奶奶

常常听一些老同志抱怨，自己退下来之后，就是一个任务，接送孙子孙女或外孙外孙女。而且，大多数都觉得眼下的孩子太任性，一句话答应不好，孩子就不依不饶。说是这么说，可是，却没有人真正下功夫去管。算来算去，就把账记到社会上去了：现在条件好了，孩子们生下来就调皮，咱们是管不了了。

听着这样的话，我倒觉得，上了岁数的爷爷奶奶、外公外婆们，在对孩子们说长道短的时候，不妨先问问自己：我们做得怎么样？

我也是有3个外孙辈娃娃的姥爷，在思考这个问题的时候，发现我和老伴儿有几个致命的弱点：

一是对孩子百依百顺，舍不得下手管。从孩子出生开始，只要他想要，家长总会尽其所能地给予。尤其是带孩子外出时，孩子哭闹着要买玩具，看到喜欢的就要买，看到别人有的也要有，不买就在地上打滚、哭闹。我们小时候可不是这样，那个时候基本上没有玩具，有个弹弓、口哨，也都是自己做的，女孩子跳房子、男孩子弹杏核，都是就地取材。现在，只要有孩子的人家，都是玩具成堆。我们这些老人，也总觉得应当满足孩子的要求，仿佛有一种不给他们买就愧对了他们一样。如此一来，孩子更会觉得你这么做都是应该的。

二是包办孩子的一切。孩子吃什么、喝什么、穿什么、带什么，都要家长选、家长办，都弄好了再交给孩子。读什么书要家长选，穿什么衣服、吃喝拉撒都要家长选。弄来弄去，在大人的一手“呵护”下，孩子的精神独立没有了，依赖性越来越大。稍稍大几岁，就开始同学之间的攀比，凡是比不过的，都归结到“家长做得不够”上来。于是，“代沟”便形成了。长此以往，孩子们不再敬重老人，自己又缺乏生存经验，遇到难题时，就知道哭鼻子，不动脑筋寻求解决方法。

三是“护犊子”。孩子稍微受点委屈，就心肝宝贝安慰个没完，有的还要找校方、找幼儿园，甚至两个不懂事的孩子之间有点小矛盾，也要打上门，找对方家长“理论理论”。

看看现如今婴幼儿的教育，尤其是家庭带孩子的全过程，我不由得有些担忧。在此，也说说我对孩子教育的几点理解：

关于孩子的欲望。孩子的欲望是可以理解的，但他是不懂得控制欲望的。当他想要什么就有什么的时候，自然会想要得更多。如果这时家长不分原则一味满足孩子的话，孩子就容易被溺爱，养成挥霍浪费、不懂得节制欲望的不良习惯。我们需要告诉孩子：并不是所有东西我们都必须拥有，我们要根据自己的实际需要，来选择买或者不买一些东西。

关于孩子的独立精神。每个孩子都是爸爸妈妈的心头宝，想尽心尽力地照顾孩子是没有错的。但随着孩子的逐渐成长，帮孩子做他们能做的事，就等于是对他们的能力和勇气的怀疑。这不仅让他们失去锻炼的机会，而且是对他们积极性的最大打击。重视孩子的教育，应从幼时便开始培养他的独立精神。家长不要过于代劳孩子的事情，应鼓励孩子自己动脑筋完成，让孩子拥有成就感，帮助孩子建立自信。

关于孩子的错误。孩子犯错实在是太常见的事情了。很多家长一想到自己辛辛苦苦养大的孩子学坏了，不问缘由便一顿打骂。在这样的打骂下成长，有的孩子越骂越调皮，甚至学会了跟家长动手；有的孩子，则被家长制服得越来越胆小、自卑，做事一点自信都没有，唯唯诺诺。其实，孩子犯错了不要紧，但是要尽快地进行矫正教育。作为家长，当看到孩子犯错的时候，首先要做的，不是指责他的过失，而是平复自己的怒气。再轻声地进行批评，重要的是要让孩子明白，不论他做错了什么，都要自己负责和承担。但爸爸妈妈会始终陪着他一起面对，一起改正错误。

关于言传身教。家庭和睦是教育的一大前提，如果家长总当着孩子的面吵架，会给孩子留下很重的阴影，并且相当于对孩子进行了错误的社交技能训练，使孩子误以为吵架、谩骂乃至打架都是解决冲突的办法，甚至会因为好奇去模仿。家长是孩子最好的老师，而且身教一定大于言传。良好的家庭关系，才是最好的家庭教育。当夫妻俩情绪激动控制不住在孩子面前争吵，那么吵完后应该当着孩子的面和好，明确无误地向孩子表明：吵架的事情已经过去，爸爸妈妈不再吵架了。

（原载于《人民政协报》2018年5月28日）

端午之悟

端午节，小长假，吃粽子，不亦乐乎？然而，乐之余，有所思乎？——端午节，大多数人都知道是为了纪念屈原，也有少数地区的人说是为了纪念伍子胥，还有的地方用某种原始宗教崇拜的仪式祭天祭地，但不管祭奠的是谁，每个人心灵深处都有一种敬畏，一种寄托。我接触过的人当中，绝大多数祭奠屈原。并且多数人都知道，屈原是一位爱国诗人，祭奠他，就是为了弘扬爱国主义精神，激发人们的爱国热情。可再往深处问，能系统回答提问的人就不多了。这让我想到，端午节这么一个被国人看重的节日，却有不少人不知道它的深刻意义，就让这个节日成了吃吃粽子，划划龙舟的娱乐性节日。

在我看来，端午节有一种值得提倡和发扬光大的民族精神在里面。屈原是一位爱国主义诗人，是春秋时代楚怀王的大臣，他倡导举贤授能，富国强兵，力主联齐抗秦，却遭到贵族子兰等人的强烈反对。屈原遭谗去职之后，被赶出京城，流放到沅、湘流域。他被流放之后，怀着对故国的热爱和留恋，写下了充满着忧国忧民精神的《离骚》《天问》《九歌》等不朽诗篇，给后人留下了深远的影响。公元前278年，秦军攻破楚国京都。屈原眼看江山陵夷，百姓涂炭，心如刀绞，悲愤之余，挥笔写下绝笔之作《怀沙》，然后朝着波涛翻滚的汨罗江纵身一跃，以自己的生命祭奠了楚国的灭亡，谱写了一曲壮丽的爱国主义乐章。

这故事的真假且不去计较，但是它所承载的爱国情怀却是值得我们学习和纪念的。屈原在昏庸的楚怀王被秦惠王离间和诱惑且屡屡上当的时候，极力劝阻楚怀王提高警惕，不要被秦国的甜言蜜语所迷惑。但是楚怀王在其幼子子兰的怂恿下到秦国商议和婚之事，结果被杀。这段故事告诉人们，屈原对国家的那份责任心，那种担当精神，十分可贵。如果楚怀王头脑清醒，听得进不同意见，采取屈原富国强兵、联齐抗秦的主张，楚国的结局或许不是这个样子。所以说，纪念屈原，首先是要学习他的为国家、为民族敢于担当的精神和勇气。

在浙江一带，有在五月端午纪念伍子胥的习俗，其中所弘扬的精神和道德观念，也与纪念屈原异曲同工。伍子胥的先人为楚王所杀，伍子胥弃暗投明，到吴国助吴伐楚，五战而入楚都郢城。后来，伍子胥返回吴国，相助吴王夫差攻打越国，迫使越王勾践请和。伍子胥认为，求和必定是养虎遗患，极力劝阻吴王夫差不要接受请和，应趁机彻底消灭越国。夫差因为受了越国贿赂，根本听不进伍子胥的劝告，还将一把宝剑赐给伍子胥，命他自杀。后来，伍子胥的尸体被投入江底。这一天恰好是五月初五，吴国人为了纪念这位忠心报国之士，便在这一天纪念他。

由此看来，我国人民端午节的纪念活动，都是对忠心耿耿献身于国家的人物的祭奠。不管是赛龙舟暗含的搭救屈原，还是投粽子于汨罗江以免游鱼之类侵害屈原的尸体，都有一种热爱忠臣的用意在里面。在宝岛台湾，纪念端午的习俗也与大陆相差无几。清朝有一位叫钱琦的台湾老先生，写过一首竹枝词《竞渡》："竞渡齐登杉板船，布标悬处捷争先。归来落日斜檐下，笑指榕枝艾叶鲜。"这充分说明大陆与台湾本来就是血浓于水的至亲骨肉。

前几天，笔者在四川眉山游三苏故居，友人即席吟诵苏轼的《屈原塔》。闻之颇为感动。今抄录于此："楚人悲屈原，千载意未歇。精魂飘何在？父老空哽咽。至今沧江上，投饭救饥渴，遗风成竞渡，哀叫楚山裂。"端午节就要到了，谨以此小文献给为祖国的事业敢于担当的人们。

（原载于《人民政协报》2018年6月11日）

清凌凌的水来蓝莹莹的天

又到了那个“千家小枣射云红”的季节。27年前的9月25号，是我从山东省德州市委研究室副主任岗位调任中共庆云县县委书记岗位的日子。那正是平原上小枣成熟的季节，满坡的枣树全都挂着玛瑙般的果子，虬枝龙干的枣林像是举着绿底红花伞盖的秧歌队，正在纵情地舞蹈。“河上秋林八月天，红珠颗颗压枝圆。长腰健妇提筐去，打枣杆长二十拳”，多么富有诗意的画面！可我却无心欣赏，因为那是一个多年不遇的大旱之年，夏种墒情不好，耽误了农时，地里的庄稼贪青晚熟，如果倒不出茬来，越冬小麦就不能播种。

还有比这更让人心焦的，就是几个月没有有效降雨，人畜吃水成了大难题。庆云县是海浸区，县城最高的海拔只有6米，最低的崔口镇只有3米，地下水又苦又咸。赶上丰水年份还好些，遇到这样的旱年，只能靠上级组织车辆送水。虽然历朝历代都曾做过改水的实验，但都没有成功。新中国成立后，历届县委、县政府想过不少办法，打过井，修过水泥储水池，安装过过滤器……但都只管很短时间，吃水成了全县上下一致关心的问题。面对如此严重的生产、生活问题，哪里还有心赏景？

上任的第一个月就面临群众吃不上甜水的难题，我下定决心把这件事情办好，一方面给群众一个说法，同时也为我们党“全心全意为人民服务”的宗旨做一个有说服力的注解。于是，我跑济南，进北京，终于在1993年年底拿到了省政府关于批准庆云县修建平原水库的批文。很快，占地6300亩的库址确定下来，3万民工集合在工地上，大兵团作战式的施工即将展开。谁知天公不作美，集合起来的第二天，一场大雪悄然而至。我和县里的机关干部开着吉普车一个窝棚一个窝棚的给民工送馒头、送咸菜。直到一位从北京请来的专家告诉我，现在都开始用机械化施工修水库了，怎么还用这种办法？我这才恍然大悟，调回头来按照平原水库垂直铺塑的要求，重新招投标。经过两年施工，一座宛如平原明镜般的水库终于落成。开机蓄水那天，来自四面八方的百姓，高举着“告别千年苦水，迎来万代甘甜”“苦水区人民感谢党”的标语，扭着秧歌聚集到库区。之后，我们又修建水厂，为所有村子铺设自来水管道，一个祖祖辈辈喝咸水的地方，终于喝上了甜水。

1997年年底，我从庆云县调到山东省直部门工作，但心里一直放心不下的，还是那里群众的吃水、灌溉和工农业生产。后来，听县里的同志们说，庆云县又修建了大淀拦河闸、南侯水库，加上原来的那个水库和大道王拦河闸，还有马家颊河、德惠新河，全都是引来的黄河水，简直就是江南水乡了。

被人们绘声绘色的描述吸引着，我再一次回到了庆云。故地重游，用“大吃一惊”“瞠目结舌”“喜出望外”等词语来形容，完全没有过分。我走的时候，县城只有四五平方公里，如今已经达到40平方公里，当年城里只有两座小楼，如今高楼林立，车水马龙，宽敞的马路，美丽的广场，来自全国各地的龙舟比赛运动员们正集合出发。

村民们告诉我，县里虽然处在最下游，可咱的水跟咱的路一样，村村通，户户通。我们走进一家农户，请他接了自来水管道里的水烧茶，那味道与省城并无两样。

看着如今的庆云，一种说不出的高兴从心底油然而生。这不就是我们向人民承诺过的初心吗？这不就是中国共产人的责任与义务吗？人民富裕了，不再喝苦水了，我们就算尽到了责任。执政，就是为老百姓排忧解难。正想着，迎面走来两位看上去40岁左右的妇女，二人边走边唱，那唱词竟然是《小二黑结婚》里小芹唱的那一段：“清凌凌的水来蓝莹莹的天”。我们站在马家颊河大坝上举目远眺，庆云，你真美，就是那清凌凌的水来蓝莹莹的天！

（原载于《人民政协报》2018年9月10日）

咱农民有自己的节日啦

不久前，经党中央、国务院批复，自今年起首次为农民设立了“中国农民丰收节”，时间为每年农历秋分。而今年的首个丰收节，又正好赶上八月十五中秋节，真是让人高兴的一件事！

往年这个时候，对于我来说，更多的是一份伤心事：我的父母分别是20年前和15年前的这个季节去世的。因此，每到秋分前后，那种思念亲人的情绪便萦绕在心头，想着父亲母亲的劬劳不易，和他们为了儿女和家庭，一辈子没有享过一天福的人生经历，内心的悔愧与自责便涌上心头，甚至在夜深人静的时候，背着自己的孩子们偷偷地擦眼抹泪。

今年好了，在这个喜庆丰收的季节，咱农民终于有了自己的节日。这样的节日，对于父母这一代人，或许连想都不敢想。他们可以按照中国人的习俗，去过中秋节、重阳节、端午节、春节，甚至包括一些有着民族特色、地方特色的节日，但却没有哪一个节日是由执政党和人民政府来做出专门安排的。自从盘古开天地、三皇五帝到如今，真正把农民当成座上宾，专门为农民设立一个节日的，只有中国共产党。过这个节日，未必每个农民都能撂下手中的活计静下心来歇几天，但是他们喜庆丰收，释放一下劳动的疲惫、懈怠、不快甚至失落，也是很好的。

记得王安石曾写过5首《元丰行》诗歌，第二篇《后元丰行》其辞曰：

“歌元丰，十日五日一雨风。麦行千里不见土，连山没云皆种黍。水秧绵绵复多稌，龙骨长乾挂梁梠。鲥鱼出网蔽洲渚，荻笋肥甘胜牛乳。百钱可得酒斗许，虽非社日长闻鼓。吴儿踏歌女起舞，但道快乐无所苦。老翁堑水西南流，杨柳中间杙小舟。乘兴敧眠过白下，逢人欢笑得无愁。”

多么可人的景色。诗歌歌颂了元丰年间风调雨顺的喜人气象；歌颂了五谷丰登，物产精美的盛况；歌颂了人民的幸福生活。可惜的是，由于变法失败，这只成了王安石的一厢情愿，成了他对自己的变法前景的理想化展望。我曾经想，即使王安石的变法不失败，他描绘的这种场景恐怕也不会持久，只是一个文人的抒情写意罢了。而我们的国家为农民设立一个专门的节日，却是在改革的巨大变化被实践证明了之后的一个对衣食父母的回报，对农民兄弟的尊重。

我的父母都是脸朝黄土背朝天干了一辈子庄稼活的人，他们就不想有一个属于自己的日子来抒发一下自己的情怀？——当然想。共产党人的初心，于老百姓是相通的。我们近百年的奋斗史，都决定了党和人民自始至终的血肉相连。过去，我们的条件达不到，但是领袖们想到了。从来不为自己过生日的毛主席，在自己的一次生日家庭聚会时，还叫上农民代表、工人代表和科技工作者。如今，国家开始步入小康了，习近平主席首先想到的，就是为农民设立一个丰收节。这是件大好事！今年，我要向长眠地下的父母报告，慰藉他们曾经想了一辈子的渴望。

最近，我回老家山东省商河县农村。碰到的所有人都说：县里为了过好第一个丰收节，正在筹备秧歌会演呢。今年，县里搞了个全国秧歌会演，安塞腰鼓、凤阳花鼓、胶州、海阳的大秧歌，都来这里参加比赛，可热闹了，回来看看吧。听着乡亲们这些议论，我又想起了自己的爹娘。父亲，母亲，你们一生为之奋斗的好日子来到了，咱农民也有了自己的节日。村里的老少爷们儿都很高兴，娃娃们更是心花怒放。庄户人家盼了一辈又一辈的好光景终于来到了。你们未能赶上的好时光，晚辈人全都赶上了。这样的日子才叫人开心呢！

（原载于《人民政协报》2018年9月17日）

国庆节，你在做什么？

我们这辈人，都渐渐老了。

年轻的时候，我们常挂在嘴边上的话便是："与共和国一起长大的一辈。"是的，生在新社会长在红旗下，我们的的确确是新中国成立后出生的第一批人，是感受社会主义制度优越性最早也最集中的一辈人。我在新中国成立以来的69年里，经历的十年大庆就有6个，而且明年就是第7个十年大庆；再过30年，就是新中国成立一百周年了。已经过去的6个十年，我全都记忆犹新。

1959年国庆节，我8岁，那一年尽管遇上自然灾害，但故乡农民的情绪特别高涨。乡场上的秧歌队扭得喜气洋洋，我们这些娃娃就跟在秧歌队里凑热闹。1969年国庆节的时候，我已经是在张家口部队里的一名战士。部队进入一级战备，我在爬冰卧雪的炮阵地上，写下了许多诗歌，还被《河北日报》刊登了一首《战士观礼去北京》。1979年第3个十年大庆的时候，我国农村正面临着改革大潮的到来。作为一名机关干部，我正在山东省平原县恩城公社小北关大队住村，帮助农民兄弟研究实行农村生产责任制和推广优良棉花品种"鲁棉一号"的工作。面对棉花大面积丰收的景象，农民兄弟高兴得合不拢嘴。第4个十年大庆的时候，我任山东省德州地委研究室副主任，几年改革开放给这里带来了巨大变化。国庆节期间，我们围绕着"改革开放使长期贫困的德州地区成为人均向国家贡献百斤粮、百斤棉的双贡献"地区的话题开展调查研究。那时，大家积极性很高，节日都不歇班。我们在乡下感受到的那种农民兄弟的快乐，比放假过节还好。1999年第5个十年大庆的时候，我担任山东省民族事务委员会副主任，带领几位同志到北京参加"全国少数民族发展成就展览"。国庆节的前一天，时任中共中央政治局常委、全国政协主席李瑞环在山东展区参观了十几分钟，我当面向李主席汇报了工作，李主席对山东省的工作给予高度评价。

2009年国庆，是进入21世纪后的第一个十年大庆，也是共和国建国的第一个甲子。那一年，我承担了一件特别有意义的事——担任了山东省国庆游行彩车办公室的组织工作。那真是一件捧着心尖子进行的工作。所有设计主创人员、加工制作人员，都全身心投入工作，废寝忘食、通宵达旦成了家常便饭。许多同志家中有事，也不请假，都希望能在这个吉庆的日子里献上自己的一份爱心。当时，担任车长的郝云霞同志到北京进行彩车彩排，儿子就在北京准备结婚，却没有去看一眼。直到我们创作的体现山东特点的“岱青海蓝”彩车顺利通过了天安门广场，大家才放下一颗一直悬着的心。想想那天通过天安门广场的情景，真是让人终生难忘。直到今天，我还时常闭上眼睛，回想那激动人心的场面。

今年10月1日，是新中国成立69周年纪念日。你在干什么呢？远方的朋友在电话里问我。我毫不犹豫地告诉他：“回老家去！去看看那块阔别了51年的地方，去看看站起来、富起来的故乡农民。”我知道，我的故乡曾经是一个非常贫穷的地方，如今却变得富庶而又美丽。乡亲们逢人就说新中国好、社会主义好。我更该去故乡的热土上感受一下那样的氛围。

听故乡来的人说，现在村子里每天都升国旗。我要回去，我要跻身于乡亲们肃穆庄严的升国旗行列，向伟大祖国行一个深深的注目礼！明年就是新中国成立70周年，看看自己的身板，觉得还可以，我要努力为党和国家工作，健康快乐地迎来第一个一百年！

（原载于《人民政协报》2018年10月1日）

为小草唱支歌

从库布齐沙漠回到故乡，总有一种要为生长在沙漠里的骆驼刺、柽柳、苦豆、芨芨草等可以称得上是顽强生命的植物们唱一首赞歌的冲动。产生这样的想法，不独因为我年轻的时候曾经在这片广袤无垠的荒漠里操枪弄炮，也不仅仅因为当年我曾参加过三北防护林植树造林义务劳动，更多的是因为，我在行走黄河的时候，看到了这片被人们诟病为“首都北京沙尘暴污染源头”的大沙漠，经过几十年的治理，居然已经呈现出斑驳的绿色。

各种各样的小草像是遵从着某种集结口令，来到这个曾经让人望而生畏的地方。虽说还没有成片林地形成的天然屏障，但是，仅仅是这些匍匐着身子在沙丘上涟漪般向四周扩散的低矮绿植，就已经让人们看到了它们的未来——它们将以自己顽强的生命力和根瘤菌凝沙固土的巨大作用，在沙漠上导演出一幕前无古人的封沙改沙大剧。而随着科学技术的投入和生产条件的改善，那“一去紫台连朔漠，独留青冢向黄昏”“大漠风沙日色昏，红旗半卷出辕门”的惨状，将得到根本的改善。说这话不是我的一厢情愿和梦中呓语，因为在穿越这片沙漠的时候，一些地方用草方格当风障，阻挡沙漠移动、涵养水源的办法，已经收到了很好的效果。有些地方栽种的杨树、柽柳等，已经拉开了旺长的架势。只要坚持下去，就一定会吹糠见米，立竿见影。到那时，黄沙滚滚的漠北，或许会成为绿浪翻滚的生态林区呢。

当然，这首先应当归功于那些默默无闻的小草。这些看上去并不起眼的生命，却有着顽强的生长因子。抗风沙、抗干旱、耐贫瘠，是它们共同的特性；染绿沙漠、铺陈希望，是它们共有的初心。它们仿佛生来就是为了同风沙做斗争，从来不讲索取，整个生命的进程就是进击。就像闻一多先生笔下的红烛，“既制了，便燃烧，焚心流泪你的果，制造光明你的因”。如果十年八年甚至更长一点的时间内，库布齐沙漠防沙治沙的经验在我国西部地区得到成功推广，那将是人类征服大自然过程中的最大功绩。到那个时候，所有能生长野草、树木的地方，全都变成一片葱茏，茂密的森林里，沟渠纵横，流水潺潺，飞鸟翔集，游鱼跃锦，该是多么好的景色！

为小草唱支歌，还来自我亲身感受到的几次经历。半个世纪之前的塞外练兵，自然不用说它，当兵嘛，就是为了祖国，为了人民。从这个意义上说，能够在库布齐沙漠卫国戍边，本身也就具备了一些骆驼刺、沙打旺的品质。但是，再顽强的生命，也离不开土地的恩养。记得我千里野营宿在草原一户农民家里的日子，那位穷得叮当响的大娘，每天都在昏暗的煤油灯下编织草席，手上被划破一道道血口子，可从没听老人家叹息一声。她像一棵根部极其粗壮的骆驼刺，把自己的手艺一点点地向周围的邻居传授，时间长了，便形成了一个不小的编织队伍。后来，竟成了公社的一家社办工业。这让我又想起了沙漠里的小草善于抱团、讲究团结的特点。当一株独立的小草在沙漠里呼喊的时候，比它能量更大的风沙，便欺软怕硬，不是蛮横地将它连根拔起，就是卷起重重的黄沙，将它埋葬于沙丘。可是，如今的小草有了智慧，有了能力，有了亲密无间的手拉手根连根，风吹不动，沙打不移；倒是那任性惯了的新月形沙丘，像是从小草的抱团中受到了启发，也开始收敛自己的野性。移动的速度开始放慢，接纳绿色的意识开始复苏，底下的水源逐步集结。如果按照这样的路子走下去，畅想一下未来十年、二十年、三十年后的美好光景，或许从内蒙古的老牛湾经巴彦淖尔市宁夏石嘴山的这段茫茫大漠，说不定会是一片绿洲。

今年，库布齐沙漠治理取得初步成效的消息，已经通过媒体公布。恰巧在这样的当口，我又有了一次走黄河的人生历程。一路走来，库布齐成了整个旅程中的亮点之一。作为曾在这里战斗过的一名战士，见证这50多年发生的巨大变化，怎能不“感慨系之”？因此，我要向沙漠致敬，向小草致敬，向锦航后旗、磴口县的所有父老乡亲致敬。

为小草歌唱，为库布齐沙漠一碧万顷的绿色歌唱。愿我们的环保事业成为惠及全人类的最大公益行动，愿我们的祖国永远美丽。

（原载于《人民政协报》2018年10月8日）

重阳菊花开

秋天真是个多彩的季节。绿了大半年的世界，渐渐地就开始变色。庄稼黄了，高天蓝了，云彩白了；银杏黄了，梧叶落了，河水也安静了；秋草黄了，荷叶枯了，柳条依旧婀娜；枫叶红了，菊花开了，多彩的世界像是被某种神秘的鲜活给罩了外套，让深秋露出华贵与从容。在这样一个充满着诗的意境和画的氛围的季节里，重阳节来了。

古代的“阳”字，左边是一个参差不齐的挂耳，是由“阜”字演变而来；右边是一个昜，是日字的本体字。甲骨文的写法更传神，上边是日，下边是土，合起来表示阳光照耀大地。在哲学中，阳是与阴相对立的一个概念，如，山之南、河之北曰阳；八卦图中的图案被称作负阴抱阳；建筑物朝着太阳的一面是阳，相背的一面是阴……凡此种种，都说明“阳”是向上的、温暖的，是充满着生命活力的。

《易经》中把“九”定为阳数，九月九日，两九相重，故曰“重阳”。而在重阳时节盛开的菊花，也有着傲然不屈、生命长久、健康长寿的寓意。

初心坦荡，脚踏实地，不急不躁，一步一个脚印地成长，可算得上是菊花最明显的生命特征了。生长，就是为了开花，就是美化人们的生活，目标既定，那咬定青山不放松的精神是可嘉的。春天来了，菊花与其他生命同时发芽。但是，你开花，我不眼红，还是默默地扎自己的根，长自己的叶；你结果了，宜人的香甜引来多少赞不绝口的溢美，我还是不眼红，依旧是储备自己的能量，固自己的根本。终于，秋分之后，寒露来了，霜降来了。一场充盈着杀气的严霜，不知夺走了多少生命的婀娜多姿，可旺长了大半年的秋菊却对严霜的霸道早有准备，飒飒寒风中，它昂起高高的头，用陈力以出的庄重举起了傲然挺立的五颜六色。

南宋的郑思肖像是读懂了菊花的品格，于是写下了这样的诗句：“花开不并百花丛，独立疏篱趣未穷。宁可枝头抱香死，何曾吹落北风中？”在南宋王朝被北方的金人追击节节败退的时刻，郑思肖体现了他宁死不屈的风骨：自从疆土丢失，他画兰花时从来不画土，暗含着土失香不改的寓意。这样的性格，折射到对菊花的爱怜上，自然是卓尔不群，掷地有声。所以，自古以来，借菊花抒发爱国情怀的，实在是不乏其人。

用菊花的坚贞不屈，象征老年人的晚节高雅，也是中国人的古老传统。其用意是不言而喻的。操劳了大半辈子的人，静下来的时候，于地净场光的时节，漫步田间，登临山峰，赏菊怀古，岂不是一件快事？于是，古人便有了过重阳节的习俗。今天，我们的国家在取得了经济和社会发展巨大进步的时刻，把重阳节定为“老年节”，实在是得民心，顺民意。这不仅是老年人的节日，也是全体人民的节日。我想，这除了给人民一种富裕之后的获得感，更是提升人们借重阳赏菊或者遍插茱萸的机会，增强身为中国人的自豪感、荣耀感，是爱国主义教育的一种极好形式。感慨最多的当然是老年人，在被人尊重的氛围里欢度重阳，其感恩与增进健康的想法，肯定像这姹紫嫣红的秋菊：“冲天香阵透长安”，再鼓余勇再登攀！

（原载于《人民政协报》2018年10月15日）

藕田里的变化

这是一片面积约有四五十亩的浅水藕田。行走在这里，被伫立着的已经枯萎了的成片残荷吸引，我不能不停下脚步，探寻一下古往今来人们悲秋心境与收获喜悦交织在一起时的那种情绪。藕田已经干涸，大概在几天或者更早之前，田里的水就被放干。人站到里面已经不再软绵或黏脚，是脚踏实地的感觉了。

田的一角有人在说话。走近一看，是几位农民兄弟正在收藕。这让我感到有些吃惊：在我的记忆中，荷塘碧叶凋残，还要等很长的时间，在封冻之前或开冻之时，才能收藕。可如今，这浅水藕田，居然只要把田里的水放掉晾上几天，就可以用铁锨、三齿之类的农具往外刨藕了。变化真大呀！

我们问藕田的主人，能否采几支干了的莲蓬。主人哈哈大笑着说，好啊，正愁着没人帮我们干活儿呢，你愿意采多少都行，随便。我小心翼翼地钻进已经枯萎了的荷塘深处，折下几支硕大的莲蓬，爱慕与欣赏之情唯心自知。

拿着几支干瘪了的莲蓬，左看右看了好几遍。这真是个好物件，怪不得周敦颐专门为它写了一篇《爱莲说》。这莲藕从淤泥里站直了腰身，春夏秋季节，举着蜻蜓、举着碧绿、举着伞盖、举着披了粉红般纱衣的芳华，传递了芳香、衬托了美丽、清凉了盛夏、快乐了游鱼、装点了金秋、满足了人心。即使寒露来了、霜降来了、严冬来了、那傲岸的身姿，还是举着永不熄灭的生命初心，昭告来年的新生和灿烂。枯荷那古铜的色彩，装点在客厅里、花瓶里，仿佛时刻都在提醒人们对莲藕的肃然起敬。

看着满塘的枯荷和辛勤劳动的收藕人，也让我想起了故乡的踩藕汉。我的家在鲁北平原的商河县，那是一个地处黄河下游、向渤海湾过渡地带的低海拔地区，海拔最高点17.01米，最低点只有8.94米。我家的那个村子，就处在全县72大洼中大胡洼的附近。海拔低，水面就多。小时候，很多地方就种藕，零零星星的荷塘到处都能看到。封冻前或者开河后，常常看到有穿了连体橡胶裤的踩藕汉，在冰冷的水塘里踩来踩去，没到胸口深的水，常常让踩藕者看上去像是只有头部浮在水面。那被踩出来的藕，一支支浮出水面，飘荡着，顺着风的方向慢慢向岸边靠拢。待到藕被岸上的人捞得差不多了，辛苦的踩藕汉才被喊上岸。上岸后的第一件事，当然是喝酒。大半瓶子的烧酒，被踩藕汉一仰脖，咕咚咕咚就咽了下去，与走累了的人喝矿泉水没有什么两样。

我已经有些年没有看到人工踩藕的场面了。尽管在荷花盛开的季节，我常去湖畔藕塘赏花拍照，甚至还在有一年的7月专程去了微山湖欣赏那片蜚声已久的10万亩荷花，并且在那里知道了开白花的白莲藕适宜做菜，炒煎烹煮皆可；开红花的红莲藕却由于多藕丝而不太适合炒菜，它的最好用途是加工成藕粉。但这次见到浅水采藕，才知道近些年藕的栽植也有了很大的变化。

如今，营养丰富、味道鲜美的莲藕已经成了最受人们欢迎的绿色食品之一。后来我才知道，我的家乡沙河镇也成了浅水藕的种植基地，据说品种最初是由湖北省的江汉地区引种过来的。如今，这藕已经成为乡亲们增加收入的重要来源。除了祖上就种的河湾藕，浅水藕的种植让许多过去的废弃地变废为宝。村边路旁、沟头壕崖，只要开出一片能打畦取水的地方，就能种旱藕。夏天一到，走在乡下的阡陌小路，说不定哪里就会冒出一片绿莹莹旱荷水田，亭亭玉立地举着喜人的花蕾，向你献上妩媚的笑容。于是，那沉睡了许久的诗情画意，便在蓦然间长了翅膀，欲写、欲画、欲读、欲问。或者脑海里浮现出早年间的踩藕汉，在心里问一句：大哥，你还好吗？

（原载于《人民政协报》2018年10月22日）

一场秋雨一场寒

随着寒露将尽，霜降及至，“一场秋雨一场寒，十场秋雨要穿棉”之类的谚语，就成了许多人的口头禅。的确，天气渐渐冷起来了，即使春捂秋冻，也到了适可而止的时候。所以，提一下这句老俗话，也算正当其时。

老话、俗语一般都是人们的经验之谈。冷暖之事，无须他人提起，只要你身体健康，就应当与大多数人一样，对天气的变化、气温的升降，有一个大体相同的感受。所以，热着单，冷添棉，伏天架蒲扇，立秋捣衣衫，是中原一带自古以来就约定俗成了的。当然，这样的谚语对于热带或极寒地区的人来说并不一定适宜，但作为人与人之间一句关心问候的话语，还是很能温暖心田的。

说起冷暖的关怀，我就不由得想起“长安一片月，万户捣衣声。秋风吹不断，总是玉关情”这样的诗句。在冷兵器时代，人们对深秋季节为国戍边的军士，尚且怀着惴惴不安的心情，为他们筹备过冬的御寒衣裳，我们今天的人们，不是更应当想到那些卫国戍边抑或到国外执行维和任务的人民子弟兵和各条战线的人们吗？所以，一句“一场秋雨一场寒”的俗语，不知寄托了人间多少缠绵的温情与博爱！

“一场秋雨一场寒”的谚语，还体现了人类应对自然界变迁中的积极主动与有备无患。秋雨来了，虽然不像三伏天的疾风暴雨那样雷鸣电闪，但是却连绵悠长，不急不慌，往往连阴三五天不见太阳，造成气温持续下降。如果此时准备不足，则容易造成人体的感冒，胃肠不适，甚至形成慢性疾病。记得20世纪70年代初期，一个秋雨绵绵的日子，我和一位战友在张家口市西郊的赐儿山执行任务，因为秋雨后山地易生一种俗名叫“地皮”的菌类，我便采了一些煮着吃了。以前吃都没什么问题，可这次不知道是不是因为季节的关系，吃后闹了一场大病。直到1974年回到地方，才被一位老中医治好。看来，在秋雨连绵的日子里，不管是穿衣吃饭，都要格外小心。谨记“一场秋雨一场寒”

的俗语，做好季节转换时期的应对，也是对待生活的一种经验。

另外，“一场秋雨一场寒”对于习惯于秋收冬藏的人们来说，还有一层备冬的含义。少年时代，我生活在农村。每到这个季节，挖菜窖、贮存地瓜萝卜大白菜、置办时令衣着，总是家中少不了的“大事”。如今，这一类的活计似乎不用再操那么多心，但是，暖气试水试压、拆洗被褥、置办几件衣服、鞋帽总是少不了。因此，到了“一场秋雨一场寒”的时候，用“预则立不预则废”的心态，度量一下自己的“越冬之需”，也不失是一种积极的生活态度。

节令有据，俗话不俗。“一场秋雨一场寒”的老话，让我想到了与之相关的方方面面，就写下了这篇挂一漏万的短文，也算是老话重提吧。

（原载于《人民政协报》2018年10月29日）

说说芫荽

香菜，学名芫荽。北方人把这种蔬菜当作炒菜的佐料。炒好的菜或者煮熟的面条，快要出锅了，撒上一点香菜末，呵，别提多么惬意了。尤其是炝锅面出锅的时候，一捏香菜撒开去，真是既养胃口又养眼——味蕾被它刺激得馋涎欲滴，眼睛盯着面汤碗里那层绿得耀眼的香菜末，心上立马浮起一层碧绿，那怡人的色泽像水面上的涟漪，一圈一圈扩散开来，真让人舒心！小时候，偶尔头疼感冒，母亲给煮好一碗热面汤，一看碗里那层碧绿，感冒就好了一半。

长大之后，我先是到塞外高原当了几年兵，在冰天雪地里，常常想起故乡的香菜。吃菜的时候，分明没有香菜，味蕾里却经常有一种吃香菜的感觉。或许这就是回味吧……

再后来，我回到故乡山东省庆云县担任了主要领导。庆云县是一个香菜生产大县，尤其是东辛店镇，更是以种香菜而闻名，县里有一半土地都种香菜。香菜种植的时间，大约在每年的八九月份，秋玉米收获之前。种香菜的地块，一般都是先种一季其他蔬菜，收获完了，让土地休养一两个月，三伏天过后，再种香菜。

每到香菜苗子一出土，嫩绿的细芽像刚刚睁开眼睛的小鸟，在风中抖动着，伸长探寻的目光，吸日月之光辉，聚天地之灵气，把大自然的气息孕育成自己的本质。香菜耐寒，等到秋收结束，地净场光，大田里空空荡荡的时候，它才开始旺长。尤其是立冬之后，原野上除了绿而低矮的麦苗，最惹人眼球的就是香菜了。香菜种植一般不打农药、不上化肥，它自身的那种好闻气味就仿佛是天然的免疫剂。放眼望去，那成方连片的香菜田长得旺相，绿得让人心醉。寒风一吹，绿浪像是听到号令的仪仗队，朝着一个方向齐刷刷地跳起了舞蹈。那才真是“蕊寒香冷蝶难来”呢！香菜收获比较晚，一般是小雪节气之后。这种植物不怕冻，如果赶上一场大雪，千万不要打扰它，等到雪停云开，冰雪融化，它照样旺盛生长。

菜农们不光会种会收香菜，还会藏。东辛店的父老乡亲们在长期的实践中摸索出了贮藏香菜的土办法。香菜收获之后，捆成捆，根朝上，排整齐码好，然后用沙土埋起来，等到春节、元宵节甚至五一节，再拿出来上市，鲜嫩得就像刚从地里拔出来一样。

香菜的品种比较多，东辛店镇的香菜是高秆型的“庆云一号”，一亩地能产四五千斤。收菜季节到了，那可是个景致：大田边上，来拉香菜的汽车排得满满当当，菜商和司机走到菜地中间，不厌其烦地与主人讨价还价。主人就说，不用费口舌，去问问别的主顾吧。于是，那讨了没趣的人也只好走开，换个主人再谈谈价格，就开始装车了。

庆云县的香菜主要销往东北。前些年在沈阳、长春、大连、哈尔滨，都有庆云县的香菜市场。许多客户一说起自己的香菜，就情不自禁地带着几分自豪，说：“咱这香菜，正经八百的山东庆云货。庆云刮阵风，香味到北京。”这话虽然有点调侃，但庆云香菜货真价实倒是真的。

如今，我离开庆云已有些年头儿了，不知现在那里的香菜是不是还往东北销售。只是前几天有位老同志来看我，捎来一把香菜。并且告诉我，今年闹水灾蔬菜涨价的时候，庆云的香菜可卖了好价钱。最贵的时候30多元一斤，有一家6亩香菜卖了60万元。当然，我们不希望蔬菜涨价，但是，我却非常盼望着菜农增收；更希望作为人们生活中的佐料菜，香菜能给消费者带来更多舌尖上的享受。

眼下正是香菜旺长的季节，再过个把月就收获了。我想到了东辛店的香菜，更想念那些终年为人们的生活幸福辛勤劳作的菜农。香菜那么多品种，不能一一道来，只能说个大概。亲爱的农民兄弟，天冷了，在许多人更衣换季的时刻，你们却在给千家万户增添香气。愿你们像大田里的香菜，身健体旺，茁壮成长，愿你们有个好收成。

（原载于《人民政协报》2018年11月5日）

“欢笑”的黄土地

每年的11月到第二年的4月，是山东荣成天鹅湖看鸟的最好时机。每到这个时节，上万只大天鹅就借着山东半岛最东端千里海岸与海岬相连，浅海鱼虾贝藻等海洋资源比较丰富，暖温带湿润性气候比较适宜的特点，从遥远的北方迁徙至此，度过它们最为惬意而又舒适的一段时光。因此，当那些平日里的热门旅游景点因为天寒地冻而“偃旗息鼓”时，荣成的天鹅湖就成了人们寻觅大自然奇妙的理想去处。

天鹅湖确实值得一看。你看，那与大海浑然一体的水面上，成片洁白的天鹅像是从海面上凸起的浮雕，高雅、尊贵。天鹅们或金鸡独立，或阔步悠然，或昂首问天，优哉游哉，卧起随意。友好的它们，像是热恋的情人，时而相互交头密语，时而啄喙相戏，时而鼓翼欢歌，时而摩挲示爱。

倘若遇上雪天，那就更是绝好的观赏时机。飘飘大雪中，天鹅的傲岸与自信，惊得人们叹为观止。千姿百态的天鹅，像是突然间萌生出探寻大自然的好奇，一个个翘首向天，好像在审视大自然的奇妙，又像是与寒冷的天气较劲。那像是被注入了拟人化元素的动物神态，在静默中与苍茫乾坤默契成一道令人心旷神怡的风景线。看到这情景，似乎能从天鹅们的神情中解读出它们寄居此地的一种表情：笑！

当然，我不是能听懂鸟语的海利布。但是，居住在天鹅湖附近的烟墩村村民们告诉我，不光鸟在“笑”，人也在笑，就连脚下的土地也在笑。是啊，若干年前，这里环境污染，水质变坏，人们叫苦不迭，鸟儿也不来。如今，山清水秀，环境美了，人也笑了，鸟也“笑”了，不正说明了“绿水青山就是金山银山”吗。

不久前，我在山东东营也听到了这样的笑声。不过，东营人对自己那片黄土地的笑声，来得更宏阔、更开朗、更场面。因为那里是黄河与大海“握手”

的地方，是一片有着几十平方公里湿地的黄河三角洲的核心地段。

若干年前，东营好端端的入海口，遭受了环境污染的磨难。原本应当养育大海的上游，却成了向下游排污的通道，弄得最年轻的退海地在幼年期就饱受折磨。党的十八大之后，环境治理使出铁的手段，有效地治理了向大海排污的问题，并且在东营专门设立自然生态保护区。一系列措施使这片土地焕发了青春的活力。黄河三角洲开发取得林茂粮丰、六畜兴旺的同时，生态也日趋平衡。

如今，来到东营自然保护区过冬的，就不仅仅是白天鹅，而是几十万只各类鸟禽。我有幸进入这个自然保护区参观，发现这里真的了不起。15.3万公顷的土地上，陆地面积8.27万公顷，潮间带3.83万公顷，低潮时负3米浅海面积3.2万公顷，已经被联合国列入国际重要湿地名录。在这个冰天雪地的荒原上，你目所能及的，仿佛只有在寒风中随风摇曳的芦荻和苇穗。那洁白的荻花和褐色的苇穗，织就了我国北方冬季特有的壮丽景色。但是，自然保护区的作用绝不仅仅是草盛林茂，它还有净化水质、修复土壤、养殖动物、平衡生态等方面的作用。这既是一个庞大的系统工程，又是一个理顺自然生态脉络的工作。把带有全局性的工作做好了，就能收到事半功倍的作用。

行走在自然保护区，时常有成群的水鸟从茂密的芦苇丛里突然起飞，由此引起的连锁反应，常常是数万只水鸟翱翔起飞。陪同我们的同志说，自设立保护区以来，东营的生态越来越好。别说是过去的许多荒碱地长出了很好的庄稼，就是动物也越来越多了。据专家统计，各类动物达到1524种，光鸟类就有265种。国家一级保护动物就有白鹳、中华秋沙鸥、白尾海雕、金雕、丹顶鹤、白头鹤、白天鹅、大鸨8种。至于陆生海洋性动物、海洋性水生动物就更是多得不得了，成群的野鸭一起飞，就遮天蔽日。

我回到老家，和乡亲们说起东营的变化，没想到他们却说：咱这里也是一样啊，麦子一返青，麦田里有好多野鸡。那些野鸡像凤凰，扑扇着漂亮的羽毛，时而起飞，时而落地，不停地舞蹈着、鸣叫着，那声音就像吃了欢喜团子的人发出的笑声。

是的，因为环境的改善，故乡的黄土地是在笑。而且笑得开心、笑得滋润、笑得甜蜜。

（原载于《人民政协报》2019年1月21日）

水洗的春天

这份心愿终于了却了。

当我借着春雨沙沙的天象，把一瓶从山东省庆云县严务水库盛来的黄河水毕恭毕敬地淋洒到爹娘坟前那棵柏树上的时候，心情一下子轻松了许多。它让我想起了为了儿女和家庭劬劳一生的老人，更让我记起庆云县那些与我并肩战斗的父老乡亲们。

27年前，党组织派我到庆云县担任县委书记，当时遇到的最为严重的问题，就是群众吃水困难。大概从有文字记载或者是有人类居住开始，濒临黄河入海口的海浸区的居民，就遇到了吃水难的问题。地表水高碘高氟，又苦又咸，虽然祖祖辈辈都想摆脱它，但是施展了数不尽的招数，就是没有从根本上解决问题。直到20世纪90年代初期，我国的水利专家们发明了垂直铺塑修建平原水库的办法，才让我们看到了苦水区告别千年苦水、迎来万代甘甜的希望，更坚定了不把父老乡亲领出苦水区誓不罢休的决心。历经三年的奋力拼搏，水库终于建成了。1995年开机蓄水的那天，许多祖祖辈辈都喝苦咸水的乡亲，一边啜吟着甘洌的黄河水，一边高喊着“共产党万岁”的口号，场面十分感人。

本来，我早就该把黄河水带去父母坟上的，没想到促成这件事的，却是一位我从未谋面的女孩儿。

2015年秋天，我正患丹毒在医院治疗，突然接到一个陌生女孩儿打来的电话，说是借来济南开会，给我捎来一件礼物。我问什么礼物？对方说你见到就知道了。并且再三打听我的家庭住址。我家有着十分严格的家训，不能随便接受别人的礼物，更不能让送礼的人进门。于是，我告诉对方，有事我到你开会的地方再说。

那天下午，我忍着腿疼，让孩子拉着我去了宾馆，也见到了那位女孩儿，她见我瘸着腿进来，有些不好意思地说：就是给你一瓶严务水库的水，是俺们村的人让我给你捎来的，他们让我告诉你，自从修了水库，喝甜水喝了20年，病少了，人欢乐了，日子舒心了，得给咱们老书记回个信儿。于是他们特意用一个矿泉水瓶子，装了一瓶严务水库的水，给我捎来了。一听是这么回事，我就把这瓶水接在手里，左看右看，果然水质澄澈透明，无杂无染。于是，我拧开瓶盖喝了一小口。那水是甜的，再也没有了过去又咸又涩、难以下咽的感觉。我想，一瓶来自过去苦水区的黄河水，虽然平平常常，却是父老乡亲的一片心意。它无形中把我与伟大的母亲河、与我的衣食父母紧紧地联系起来，与生身父母的教训联系起来，提醒我时时刻刻不忘初心，牢记使命。

我把这瓶黄河水珍藏起来，每当看到它，内心都油然生出一种不可名状的激动。

今年雨水节气的那一天，我回故乡给父母走坟，突然想到了那位女孩儿送来的礼物，于是，便捎上了那瓶水。我想，虽然只是一瓶水，可它承载的分量却无比厚重。那是人民群众对我的殷切希望，是父亲母亲对我的殷殷叮咛。虽然父母作古已20余年，但他们留给我的那些教诲却不能忘记。

雨水那天，上天真的赐了一场细雨。润物无声的惬意中，我把那瓶来自庆云县严务水库的黄河水，轻轻地洒在了父母坟前那棵柏树上，上天的恩赐、父母的叮咛、亲人的嘱托、百姓的厚爱，一时间全都融为一体，让我清醒、催我奋进。我突然觉得，心更亮了，天和地更舒展了，春风更和谐了。这个像是被水洗过的春天，注定会开出姹紫嫣红、五光十色的花朵，让我们的家园变得更加绚丽多彩。

我是多么怀念那瓶黄河水呀。

（原载于《人民政协报》2019年3月25日）

杨柳新声唱春风

当清脆的柳哨把我从睡梦中唤醒的时候，堂屋屋檐下的燕子也已呢喃着呀呀欲飞了。我下意识地穿衣起床，哦，该去棘城看看了，看看那里的老房，那里的杨柳，那里的牛羊，那里的春花，那里儿时的伙伴，那里今日的村庄……

棘城是我的老家，鲁北平原上一个回族、汉族杂居的村庄。从1968年3月8日离开它，白驹过隙般的岁月已经流过了52个年头。其间虽然也抽空回去看看，却都是蜻蜓点水，走马观花。如今我老了，按照老话说，已到了接近“古稀”的年纪。虽然现在人们的寿命普遍长了，但活到80岁也算不错了。我这么琢磨着——对，未来的岁月越来越短了，存活于这个世界的日子越来越少，就算你能活个百岁，也还是去之者多，来之者少。过去紧紧张张地忙工作，回老家点个卯，是可以的，如今得静下心来，回到故乡咀嚼一下日子，反刍一下曾经的生活，让那走远了的乡愁像纺车子上的棉线，一丝一缕地抽出生活的原汁原味，勾陈出许多饶有兴趣的故事，或许这就是长寿的秘诀呢。

忘不了儿时的那片水塘和水塘边上的老柳树。但如今却没有了。取而代之的是村街两旁的樱花和桃李，还有那些喜欢养花的人家摆放在门口的盆景与花盆。柳哨自然不可缺少。顽皮的孩子们把长着嫩芽的柳条折下来，截一块在手里，七拧八转，那层外皮就离骨了。放在嘴里试一试，那悠扬的柳哨，就一声高一声低地响起来。

这柳哨的声音变化不大，可是它的作用却有了新意。只要柳哨声响起，大树下便有上了岁数的人凑合过来。是看孩子们的无赖，还是寻觅自己已经逝去的童年？反正，他们都坐在自己的小马扎上，静静地看着、听着那玩口哨的孩子们天真无邪的恣肆。待到有跳舞的人们一个个聚拢而来，老人们才又拿起自己的座位，朝着离舞场较远的外圈上再次落座。或许，此时的他们，正从晚辈们自得其乐的旋律中嗅出了长寿和健康的秘诀。现在的人啊，真的是有福气，想当年的我们，在这个太阳快要落山的时候，还在大田里劳动呢。如今他们倒好，农田流转给大户，劳作时数算着钟点儿，撂下饭碗就是娱乐，除了跳舞，还扮上装跑秧歌，能不长寿吗？老人们这么想着，好像觉得自己也还不错，总算赶上了一段好光景——光景好了人就长寿，就连那古老的柳哨，似乎也显得稚嫩和好听了。老人们这样想着，间或也若有所思地议论几句。

春风里的大柳树，在夕照里优哉游哉地摆动着柔弱的枝条，把春天的暖意传送给人间。夕阳洒落在老人们的脸上，那布满了沧桑的面容上，便有了长寿的自信与光芒。老柳树，你也变得更加年轻了，你看，那婀娜多姿的身影，真是“春风杨柳万千条，六亿神州尽舜尧”！故乡的杨柳树，给了我许多生活的乐趣和希望！

（原载于《人民政协报》2019年4月1日）

四季难尽泉城花

说山东的省会济南四季有花，或许有人不信。但是作为业余摄影爱好者，我却是在这座城市四季拍花。春之桃李，夏之荷花，秋之菊花，冬之蜡梅，但凡入得法眼，亦必进入镜头。当然，构成济南花城的品种，远远不止这些久已有之的梅兰竹菊之属，更能吸人眼球的，还有来自天南海北的樱花、君子兰、吊兰、水仙、郁金香、马蹄莲……难以数计的各色花卉，点缀着城市的色彩，更滋润着人们的心灵。于是，一座城市的外在美与内在美，便形成了完整的统一与协调。我想，这才是让我总不肯放下相机的理由。我爱这座城市，从爱每一朵花儿起。

济南人喜欢养花、赏花的历史特别悠久。早在清代乾隆年间，文学家刘凤诰来到济南，在山东巡抚铁保的陪同下到大明湖铁公祠去祭奠明朝济南守将铁铉。祭奠毕，刘凤诰望着烟波浩渺的大明湖，忽然诗兴大发，顺口吟出“四面荷花三面柳，一城山色半城湖”一联，让身为山东巡抚的铁保感叹不已，当即将这对联书写了，教匠人镌之石碑。从此，这一楹联便与济南的荷花和泉水融为一体，成了城市的地标和人们爱花的象征。

当然，荷花只是济南众多花卉的一种。这里形成规模的花卉，还有菊花、蜡梅等等。前些年，人们在选择拿什么花卉作为市花的投票中，就有相当多的人提出要把菊花当作市花。这次投票是否算数我不得而知，但我知道，在济南人的心里，菊花与荷花有着极为重要的位置。尤其每年的深秋季节，一湖碧波的大明湖，只剩下色褪花落的残藕。可那倔强的古铜色花茎仍旧举着蜂巢般的莲蓬，昂然挺立于飒飒的寒风中，吸引着一批又一批摄影爱好者前来立此存照。

而此时，另外的一场场菊花大展，也在趵突泉公园、五龙潭公园等地纷纷铺开摊子。那情景，也真叫人感叹不已。报不完的花名，说不尽的品种，描不完的色泽，写不尽的诗意……秋天啊，简直就是一个多彩的时令。那个时节让许多没有去过云南的济南人，禁不住会对人们说：七彩的不光云南，还有我们济南呢！

是的，济南人爱花，是发自内心的。这只要看看那些菊展摊位的摊主，你就会恍然大悟地感叹：原来济南的菊花都是个人培育出来的呀。要不是有这么一大批堪称园艺师的花匠，哪能有如此绚丽多彩的生活呢？

菊展刚刚落幕，多姿多彩的梅花又开始绽放了。那可是一道让人大饱眼福的风景线。从趵突泉王雪涛先生纪念馆的梅园开始，到济南植物园、五龙潭公园、南部山区的柳埠，再到章丘区的李清照纪念馆，到处都有梅花的芳香。红梅、白梅、蜡梅……渐次开放，而且花期长，香气浓。梅花用一种大雅不染尘的气度，一直把花期待到“春打六九头”，直到迎春花笑盈盈地把花期迎进春天。

那时，看不够的春色真是要爆棚了！美在花上。这一时刻，谁能把那映入眼帘的姹紫嫣红全都报上名来，那就真称得上是园艺专家。玉兰花、樱花、紫荆花、桃花、海棠花；大片大片的梨花、一眼望不到边的油菜花、落英缤纷的杏林，抛撒着雪片似的花瓣，让脚下的土地勾起人们的遐想与沉思。

一年四季，日子赶着日子，花草催着时序，看不完的光景，认不完的花草，真的把济南扮靓扮俊了。唐代诗人孟郊及第之后，曾经兴奋地写下“春风得意马蹄疾，一日看尽长安花”的诗句。我想，当下的济南如果有人也有如此这般的春风得意，再疾的马蹄也看不完如此多彩的花的世界——那是一个一年四季不停轮转着的循环往复啊。我的相机不能放下，济南的色彩在召唤着我。

（原载于《人民政协报》2019年4月8日）

雨生百谷仓庚鸣

春天的最后一个节气——谷雨，应着时令的安排，雨水渐渐多了起来，为律动岁时的日子增添了许多沁人心脾的滋润与舒适。尽管看看田野里人勤春早的闹春图画早已铺开，但是节令却依旧依着自己的步伐，矜持而又端庄地款款走来。

踏着洒满清香的小路，我信马由缰地行走在故乡的麦田里，一任弯曲的阡陌引领，映入眼帘的麦田，便有了能与人交流的灵性与言辞。记得小时候，田里的麦苗一到这个季节，总是拉开生长的差距，以一类苗、二类苗、三类苗甚至更多层级分类，斑驳陆离地画出田野的色彩。无奈的人们只能指点着那些长势较好的地块，甩出一句“三月二十八，麦子没老鸹”的俗语，迎合着季节的变化，掐算收获的日期。如今，季节还是那个季节，阴历才三月初四，可大田里的麦苗，已是一色的碧绿黝黑。别说没老鸹，就是有几只羊藏在麦垄间，也得等到风吹麦垄低，才能偶尔见其项背。此时此刻，我的目光正在捕捉的，正是那些色彩斑斓的，在麦田里行走的野鸡。自从大田有了生态平衡的屏障，这些禽鸟们算是获得了放浪形骸的自由，时常三五成群地在麦田穿行，还时不时地呼应着展翅飞翔，把悦耳的鸣叫糅进大自然的律动里。

从气象的角度讲，今年“天公”并不作美。一冬无雪，开春以来也没有一场有效降雨，但是田野里的麦子却丝毫没有受到影响。长期以来，兴建的人工引黄工程、南水北调东线工程，已经在平原上形成了“黄河两岸挂铃铛”的农田水网，“天公”降水不足的缺憾，早就被充足的灌溉给弥补了。而“天公”的旱象则成了积蓄日光照射的一大优势。与田间地头的乡亲闲聊，他们都说今年的小麦大多浇了两遍水，等到小满，一般还能再浇一遍水。小麦的丰收是板上钉钉的。说到这里，有老农插话说：进入21世纪的头一个10年，国家制订了一个到2020年全国再增收1000亿斤粮食产能的计划，结果大家齐心协力提前就把任务完成了。今年十三届全国人大二次会议，总理的政府工作报告更是向全世界庄严宣布，我国“粮食总产量保持在1.3万亿斤以上”。“抓好农业，特别是粮食生产。近14亿中国人的饭碗，必须牢牢端在自己手上。”这些话真是说到人民的心里啦。如今，天时地利人和，都占全了，咱农民只要一门心思把地种好，就是对国家的担当。

说得好！听着农民兄弟的话，我心里真是高兴。行走在故乡的麦田里，没人喊你这官衔、那尊称，也没有言不由衷的虚情假意。目能所及、耳能所闻的，全是乡情民意，实打实的家乡话，点对点的故乡情。除此之外，就是路旁盛开的桃花、梨花、海棠花……和时而高飞时而低旋的各种鸟类。其中，我最为喜欢的，便是儿时听惯了的鸰鹏的鸣叫。后来才知道，那被我们称作鸰鹏的飞鸟，学名叫黄鹂，也有叫黄莺的。这种乖巧的鸟儿，除了在提着笼子的悠闲的人们那里见过，已多年没有见过像如今这样自由自在飞翔的了。和谐社会，不只是人与人、鸟与鸟、人与鸟的和谐，更是人类与整个大自然、与整个人类社会的和谐。走在故乡的土地上，咀嚼着春天赐予的清新与芳香，我默默思忖着。

（原载于《人民政协报》2019年4月22日）

摸鱼、钓鱼、养鱼

家门口有一条河，叫沙河。因这条河，有了故乡的名字：沙河镇。作为沙河镇的居民，从一出生便与沙河有了不解之缘。且不说田间耕耘、高岗搭屋、河畔赶集、堤上护坡等诸多民生大事，就是这河里的鱼，也是与我们相伴终生的。

俗话说："船家的孩子会凫水"。它其实还应当有下半句："靠河的孩子爱摸鱼"。这话一点不假。从记事起，鱼就和我结下不解之缘。有一年冬天，母亲得了感冒，我一个人来到沙河，想给母亲捉几条鱼做鱼汤。可砸开封冻的水面下到河里，不光没有逮到鱼，反而把我的棉裤冻得邦邦硬。回到家，一脱棉裤，一条裤腿从中间断裂了。父亲母亲又着急又心疼：毕竟是个只有9岁的孩子，难得有这份孝心，就把我数落了几句，让我逃过了一顿揍。可没想到，就是我这个喜欢逮鱼的爱好，还真有派上用场的一天。

20世纪60年代初期，因为天气原因，我们的村子经常被水包围，可这也让鲁北平原有了鱼儿们栖息的水源。待到水退陆显，沟壕、沙滩水洼，到处都是大小不等的鱼。于是，捕鱼成了我们的嗜好，而且每次都能有所收获。尽管鱼汤送糠菜的日子总体上仍属于贫困，但沙河里的鱼让我们的无米之炊变得有了一些滋味。这种逮鱼的日子，一直伴我读完初中。1964年到1967年年底，我一直在沙河岸边的刘集中学读书。1968年春天，我参军入伍离开故乡，忙碌的军人生涯，让我无暇再去思考捕鱼的事，可是，逮鱼的场景还是多次出现在我的梦里。一个冰天雪地的日子，我因为患病住进张家口市的一个军队医院。高烧之中望着病房墙壁上一个扁长的阴影，就觉得是一条鱼在游，还大呼小叫着让人们捉住它，惹得病房里的人哈哈大笑。后来医生说，这是高烧不退产生的幻觉，又给我用了镇静药物，才稳定下来。

几十年风雨过后，当我再次回到故乡，摸鱼的心思是没有了，但每当回到老家，总还是喜欢到沙河岸边站站，看那汤汤东去的清流，流过故乡的田园；想那当年在河里游泳、捉鱼的种种趣味。不过，这个时候，大概因为生活水平的提高，人们不再“食无鱼，出无车”，市场上鸡鸭鱼肉的供应从不缺货，再下河逮鱼对于多数人，已经没有了太大的兴趣。不过，逮鱼的人少了，不等于人们不爱鱼。2013年春天，我就发现，沙河边上把丝垂钓的人越来越多。有一次，我停下车来，漫步在钓鱼人的身后，蓦然一瞅，不远处居然有几位是我当兵时的战友。他们转业到地方，工作若干年，退下来就把钓鱼当成了自己锻炼身体的最好方式，隔三岔五结伴来沙河垂钓。大家一看是我，钓竿也顾不上看了，握手、拥抱、问候，接着就是炫耀各自的“战果”，摆出要回家炖鱼的架势。我一看午餐已经有鱼吃，就和战友们说，吃饭不急，让我也过一把钓鱼的瘾嘛。可是，我接过一位战友的钓竿，前后大半个小时，也没有一条鱼上钩，只能眼睁睁看着别人的钓竿频频起落。

那次钓鱼过去也有四五年了，最近，我又一次回到了沙河岸边的刘集村，才发现这里已经大变样了。这个当年的穷村子，现如今漂亮得与城市没有什么两样。不仅住房比城市居民宽敞，最具特色的是，家家户户泉水淙淙，在那既是排水设施、又是农业旅游资源的过街水渠里，家家都养了各式各样的金鱼，中间用隔离网拦着，谁也不碍谁的事。除了村子里家家养鱼，村北的大沙河已经辟出了专门的垂钓基地。这让我大为惊诧。曾经让我以逮鱼为乐的沙河，如今却成了具有某种文化符号的旅游景点，曾经蓬头垢面、日出而作、日落而息的父老乡亲，如今开口闭口讲的全是发展、环保和旅游……

故乡啊，我的故乡，你的大沙河用捕鱼、钓鱼和养鱼的方式，把一个永远属于你的游子召唤回来了，留下我吧。让我守着这条河，这片地，还有这些生生不息的鱼……

（原载于《人民政协报》2019年5月13日）

故乡中学少年梦

离开故乡山东省商河县52年了。不久前正好有机会回去，我内心总有一种难以掩饰的激动，哪里都看不够。开车带我回乡的女儿说，县里变化这么大，你全看也看不过来呀，还是选你最放不下的看看吧。——女儿说的对，那我还是先看看曾经读书的中学吧。

新中国建立不久，商河县委、县政府为了改变当时普通百姓文化落后、广大农民文盲居多的状况，在全社会开办夜校、识字班扫除文盲的同时，大规模兴办正规的普通教育。全县按照地理坐标、人口密度，共建起了5所中学。除一中在县城外，其余四处分别是：城东北20多公里沙河岸边龙桑寺公社刘集村的二中，城西南20公里玉皇庙公社的三中，城东南20公里郑路公社的四中，城北15公里殷巷公社的五中。我就读的商河县第二中学，1956年开始筹备，1957年动工建设，1959年开始招生。那时，人们把能够考上县立中学看得很重，像中了状元一样发自内心地庆贺。

我家世代为农，没有识字的人，但父亲母亲却下决心让我们兄妹四人全都读书。家里除了弟弟在后来成立的本村中学学习外，我和哥哥、妹妹，全是商河二中的学生。记得1964年秋天入学不久，母亲来给我送她千针万线赶制出来的千层底布鞋。操场上，老人望着那一排排青砖房的教室和宿舍，怯生生地说：终于看到孩子你也能进到这个头顶瓦房、脚跐砖墙的书房了，共产党对咱庄户人家有恩典啊，你可得好好念书。记着母亲的这句话，我在学校一直很努力地读书。后来，我又报名参军，走进了人民解放军这所大学校。没想到，这一去到今天，已经走过了52个年头。抚今追昔，怎能不怀念那个曾经读书的场所呢？

我们来到刘集村——那个曾经承载我少年梦想的地方。然而，青砖房没了，白杨树没了，苹果园、葡萄架也没了，中学早已搬迁，它的旧址如今是一个在当地名气很大的文明村子。村民们告诉我，原来的二中早已搬到县城。不光二中，其他几所中学也都搬迁到了县城，学校的旧址如今有的是镇上的中学，有的做了他用。听完村民的介绍，我久久地愣在那里。不知道是追念那个已经逝去的岁月，还是怀念那些曾经朝夕相处的老师和同学，我的眼睛里噙满了泪花。

回到车上，我给一位退休在县城的同学打电话。他一听说我来了，立即把在县城的老同学叫在一起。当我赶到的时候，发现当年的俊男靓女全都成了白发苍苍的老大哥、老大姐。算了一下，除我是68岁，其余的都在70岁以上。来的人里，有当年学校女子篮球队的大前锋李荷兰、冯香兰，中锋王新俊，有学习最好的窦克增和他的妻子司红春，还有于安康、徐洪祥、张昭亭、翟召水……退下来的同学们有的在看孙子，有的跳广场舞，有的钓鱼，生活得全都有滋有味。我说起回母校的感慨，同学们半是怀旧半是展望地说起了很多关于学校的事情。大家感触最深刻的是，我们这一代共和国的同龄人，是最有福气的一代。我们有幸见证了新中国成立后的所有巨大变化，尤其是作为20世纪60年代就升入初中，并且相继读完高中，有的还读完大学的一辈，我们深深体会到了母亲曾经对我说的那句“共产党对咱有恩典”的话。

话短情长。我们离开的时候，正好下起了细雨。返回省城的路上，望着那经过雨水浇灌的原野，仿佛所有的生命都是鲜活的，所有的绿植都是苍翠欲滴的，所有的花儿都是欢笑的。一切宛如我的心境。

（原载于《人民政协报》2019年6月3日）

从北大荒到北大仓

我们这一代与共和国一起成长的人，对于北大荒大概都不陌生。生长于此和到过这里的人，自然不必说；即使是没有到过，也多有耳闻。其中让人记忆最深的，是那些五六十年前就到处传唱的北大荒民歌：

“北大荒是个好地方，
又有兔子又有狼啊，
棒打狍子瓢舀鱼，
野鸡飞到饭锅里。”
……

这就是当时东北荒原的真实写照。20世纪50年代，根据国家关于开发北大荒的要求，这里汇聚了来自祖国各地、各行各业的精英。他们有的刚刚走出硝烟弥漫的战场，有的来自筑路铁道兵部队，有的来自广州、上海、各大军区，有的来自繁华的都市，有的刚刚走出校门。他们的到来，打破了亘古荒原的寂静，增添了黑土地的生机。

我是15岁接触到第二代北大荒拓荒人的。那是1966年11月的一天，我到北京前门大街西河沿33号院去看望大哥王树趣。有缘的是，那一天，正巧从北大荒佳木斯下属的宝泉岭六二五农场来了一位我大侄女的同事，看上去大约二十几岁的样子。她叫刘革，是一位革命烈士的后代。1964年，中学毕业的刘革响应国家号召，自愿到北大荒工作。我主动向她请教了许多关于北大荒的知识。从那时起，我少年的心里便充满了对这块神秘土地的向往与憧憬。甚至于盼望着有朝一日也能成为一名北大荒的拓荒人，为国家的粮食生产献一分力量。后来我参军入伍，去北大荒的心愿暂时搁浅。20世纪80年代末期，我到与俄罗斯接壤的北大荒考察，惊奇地发现，这块以“荒”闻名的土地，其实是一块具有粮食生产定盘星作用的“风水宝地”。那个时候，北大荒的单季水稻就已经达到了亩产千斤。

真正让我对北大荒的粮食生产高山仰止的，还是最近的一次黑龙江之行。新中国成立70周年前夕，多年来魂牵梦萦的北大荒，让我又一次浮想联翩：那仓“荒”而去的莽原，如今变得怎么样了？那曾经的垦荒队员，如今身板还硬朗吗……带着一连串问号，我开车沿高速公路从哈尔滨直奔佳木斯方向、乌苏里江畔的建三江农垦局。

一路走来，夹路全是郁郁葱葱的秋禾，尤其是以品质可口而蜚声全国的水稻和大豆生产，更是成了北大荒的主打。一望无际的碧绿告诉我，昔日的北大荒，真的变成了北大仓，广袤的黑土地，成了国家粮食生产的压舱石。除了那片1000多万亩的稻田和生长着南方热带雨林植物的温室，这里还有全国规模最大的农业机械化博物馆展示。这里的农业机械化已经达到98%，成为世界上农业机械化水平最高的区域之一。

近两年，农垦集团还新装备了大量的植保无人机，甚至有农户购买了私人飞机，用于农业生产。至于大型收割机、播种机等农业机械，更是机型先进、来往穿梭。建三江农垦局局长俞高江说：习近平总书记来建三江视察，指示我们“中国人的饭碗要端在自己手里，饭碗里要盛满中国人自己生产的粮食”。每想到自己能为中国人民的饭碗做贡献，心里都感到无比自豪。俞高江还给我们具体讲解了1956年第一批农场建设者们刚刚进入北大荒的情景和近20年来以稻治涝，取得三江源农业丰收的经验，让我们这些远来的人唏嘘不已。

短短几十年，几代北大荒人用自己的铁肩，扛起了解决中国人饭碗问题的闸门。到2018年，黑龙江北大荒集团所属的100多个农牧场，粮食总产已经达到330万吨。3650万亩黑土地，名副其实地成了中国粮食的坚强基础。几十年前的“南粮北调”，如今变成了北粮搬运。历史，已经封存；现实，正在招手。我爱北大荒，我爱建三江，我更爱我的祖国。

（原载于《人民政协报》2019年7月22日）

七月八月里看巧云

平原上连续阴了一些日子的天气，渐渐地打开了。像戏剧舞台上的拉开大幕后的人物亮相，放晴的天空，就突然地出现了巧云翻滚的天象。层层白云打着滚儿般自东朝西涌来，你推我拽，你跑我追，真个是气象万千，变幻莫测，把个湛蓝的天空渲染得千姿百态，意象万千，活灵活现。

俗话说："七月八月看巧云。"一到了这个季节，秋高气爽的高天，总像人间的俏佳人，把自己打扮得光鲜亮丽，形象传神，以"习习和风起，采采彤云浮"（谢灵运）的姿态，最大限度地展现自己的妩媚与娇柔。

巧云之巧，在于它的具有魔术师般的幻影性。你看那苍茫的云天，雪浪般翻滚的云山，忽而像天马行空，转眼变成猛虎下山，有的像貔貅长啸，有的如树倒猴散，有的如旌旗猎猎，有的如棉绒成山，甚至有些画面能让人们参悟出人类活动的特点。比如：有的画面分明是翁媪相对而坐，啜茶谈心；有的则如船夫荡舟湖上，游鱼尾随而来，间或还出现屋檐茅舍，风吹铃铛响的动人情节。面对变化万千的奇异云图，你不能不赞叹大自然的神工鬼斧，秋天以风为刀，以彩云为笔，任意挥洒着瞬息万变的白云，宛如有一个硕大无朋的沙画巧手，在随心所欲地勾勒宇宙间各种生命的、物质的形象，让你端详它像什么，它就像什么，天公巧夺，变化万千，让人叫绝，让人陶醉。

巧云是大自然奉献给宇宙的一种美妙。而这种美妙只有在心旷神怡、其乐何及之时方能感悟、体会得到。传统农业背景下的乡村，一到古历的七八月份，农田里的活儿都挂起了锄勾，高粱开始晒米，玉米结了棒槌，大豆鼓起豆荚，地瓜拱裂了地皮，日子走到了"七月十五定旱涝，八月十五定收成"的节骨眼儿。上天也似乎参透了人们的心思，于是，便像刚从忙忙活活的大田里走出来的汉子一样，擦一把热汗，吹一阵热风，那天就渐渐地变高，变蓝。此时，人们于不经意间抬头仰望：啊，天高云淡的底版上，便有了变幻多姿的云彩。劳累了大半年的人们，怎么能不被这湛蓝雪白的天象所感动呢？于是，他们瞩目，他们思忖，他们歌唱：“七月八月里巧云开，牵匹马儿出村寨……”仰望太空的人们，便有了见仁见智的喊喊喳喳。这个说，那片云彩像一头牛；那个说，那一片云彩像只熊；有的说，这片云彩像一株大柳树；那个说，这一片分明是一条龙………诡谲的天象，在人们七嘴八舌的议论中，简直就成了大自然一本难以穷尽的百科全书，期待着有心人的解读。

时下，社会的发展，环保取得重大成效，天空显得越发地高远，云彩行走得更加急速，给人们看巧云的爱美之心注入了新的元素，除了对原有习俗的继承，还成为旅游观光的重要内容。秋风乍起，云天升高，让巧云频出的天象自西而东，由青藏高原、甘南草原、内蒙古草原一路向东，次第而来。于是，那看云的人们，也便有了新的创意。先是追到西藏，面对着云缠雾裹的喜马拉雅高峰，惊呼一阵天之湛湛、云之淼淼，继而便举起相机，与珠峰拉手，留白云存照；依次便有了在青海油菜花田的田埂上与白云亲吻的画面，内蒙古草原白云下面马儿跑的影像，青岛码头海鸥在蓝天白云之下与海共舞的雄姿……

天不变，道亦不变。大自然既然给了秋季天高气爽的规律，也就给了人们“七月八月看巧云”的审美活动，只是随着社会的进步与发展，这活动越来越体现着人类与大自然的和谐共处。真应当感谢大自然独具慧眼的大手笔，它给自然界原本没有生命的气体，赋予了鲜活的生命，让人们与蓝天白云产生了交流，成为画师笔下的精品和人们生活的美餐，也培养了人们热爱自然、贴近生活的美德。秋天的云哟，真爱你的洁白无瑕，真爱你的变幻无穷。

（原载于《联合日报》2019年8月27日）

第五辑

一座运河城市的记忆

临清的“千张袄”

如今，穿反毛羊皮袄的人已经越来越少。不久前，我参加“保护黄河万里行”直播活动，倒是在山西壶口瀑布景区和碛口古镇遇到了一些穿反毛羊皮袄的人。不过，他们的羊皮袄，不是御寒意义上的那种服装，而是在旅游景点赶着毛驴承揽赶脚生意、为了发展旅游业而加身的道具性服饰。尽管是这样，却并不妨碍我回忆起山东临清的一个流行数百年、如今却渐行渐远的羊皮袄著名品牌——“千张袄”。

“千张袄”是临清的传统名牌产品，它始于明，盛于清，至今已有400多年的历史。熟悉临清的人都知道当地有这样一首民谣：“临清州，三件宝，瓜干枣脯千张袄。”1417年，京杭大运河中段的会通河开通之后，临清州很快成为樯橹如林、车马辚辚的水陆码头。商品集散地的特殊位置，使这座鲁西平原上的商业重镇出现了几乎可以与当时的工商业居全国之首的苏州平分秋色的鼎盛局面。南来北往的客商、皇家漕运的重要码头、文人荟萃的傍河城市、重要的商品集散地，成就了临清的繁荣和美丽，也把四面八方的客商吸引到这里，成为经济和社会迅速发展的重要力量。由于临清当时已有许多具备一定基础的加工业，因此这里也就成为许多工商业者发家的起点。

临清从元末明初，就是回族人集中聚居的地方。他们当中的许多人，多年来就有走西口从事皮毛业生产和运输业的习惯，赶骆驼、拉大牛是临清回民的一大传统。到会通河凿通，京杭大运河全线通航之际，临清城里仅天桥以北（主要是回民居住区），就有皮毛作坊百余家。早先，皮毛工人将裁制皮袄的边角余料按颜色和形状缝制成大小不同的方块，拿到皮货市场上去卖。后来，人们把缝制大件皮衣裁剪下来的下脚料，按照皮毛的颜色搭配缝制成各具特色、规格多样、工艺精湛、质地柔软的皮袄，这就是最初的“千张袄”。由于它价廉物美，很快就成了皮毛市场上的畅销货。“千张袄”由此成为独具特色的皮毛产品。

“千张袄”的花色品种和规格款式多种多样，按其色泽可分为白色、黑色和花色；根据毛的长短可分为大毛、平毛、小毛等品种；有中式男女皮袄、大小干衣，中、西式背心。“千张袄”手感柔软、轻便、保温性好，与整皮滩羊皮袄有同样的御寒能力，毛皮色泽与整皮袄很难分辨，甚至在某些方面优于整皮。如整皮厚薄不匀，容易粘结成毡，而“千张袄”则可根据皮色任意搭配，使其厚薄均匀，毛花横竖颠倒总向下垂，久穿也不成毡。

“千张袄”的皮货来源，主要是宁夏、内蒙古的滩羊。走西口的汉子们从大西北买上皮货，走黄河水运到内蒙古的老牛湾或山西的碛口再换成骆驼或毛驴。在这条连接山东与塞外的大路上，一路走来的汉子们，在成就了自己财富的同时，也把丝绸之路的金色飘带牵引到临清。“千张袄”，就是这条金色飘带上的一个闪光点。据说，“千张袄”的生产开始是一家一户经营，后来逐渐有了“千张袄”作坊。去年10月，我到临清走访当年在回民皮毛厂从事“千张袄”生产的一位老师傅，他告诉我，临清城里的回族人，有不少是祖祖辈辈靠皮毛行业过日子的户主。新中国成立前从事这一行业的，多是回族人。直到新中国成立后，才陆续有了临清皮毛厂、福利皮毛厂、毛毡厂等集体性质的企业与回民皮毛厂一起从事“千张袄”的加工生产。改革开放前，在县城从事“千张袄”生产的工人达500多人，年产万件以上，主要销往京津沪及湘鄂赣等9省市，非常受欢迎。

如今，随着气候的变暖和人们生活方式的改变，“千张袄”不再像过去那样受人青睐，但是作为一种历史的记忆，它依旧留存在岁月的影像册里。当下，“千张袄”的规模化生产已经不复存在，但一些赋闲在家的老手艺人却舍不得让这门技艺失传，偶尔还拾掇几件。而那份试图想把乡韵留住的心思，也让他们手里的活计变得更仔细，更精巧。

（原载于《人民政协报》2017年11月27日）

临清的青砖

砖瓦，在今天的基本建设中，已经不是绝对离不开的材料。看看那些鳞次栉比的工厂车间，那些高耸入云的大厦，更多的是钢筋水泥或钢架构为主体的建筑，用砖瓦来作为某种建筑的主要材料，除了特别要求的，几乎再也找不到了。但是，翻开中国的历史，从秦砖汉瓦的时代开始，盖房建屋、修桥补路、盘锅垒灶乃至冥葬起坟，砖瓦又是任何一个朝代都不能离开的宝物。我的老家山东临清，就曾经盛产青砖，那些被砌进墙壁、垒进大坝的青砖，很多都打着临清的印记。

独特的土质和高超的烧造工艺完美结合，是临清青砖得以脱颖而出的重要原因。临清位于黄河冲积平原的中段，形成了大量的淤积土。这些土黏沙适宜，细腻无杂质，一层红、一层白、一层黄，当地俗称“莲花土”。这种土含铁量适中，易氧化还原，非常适合烧制青砖。除了土质好，临清贡砖的烧造工艺也十分考究，包括选土、碎土、澄泥、熟土、制坯、晾坯、验坯、装窑、焙烧、洇窑、出窑等18道工艺。选土、碎土完成后，要用大小筛子筛过，然后像滤石灰一样，将土用卫运河水滤满一池，不断加水沉淀，目的是去除土中的杂质——让轻质的树叶、根茎漂起来，捞走，而较重的碎石则沉淀下去。这个阶段叫作“澄泥”，是其他手工砖很少使用的工艺。因此，临清砖也被称为“澄泥砖”。澄泥完成后，分层取泥，通过人或牲畜的反复踩踏，使泥完全软烂熟化，这道工序称为“熟土”。踩好的泥，要用草苫盖起来，放置半个月左右，称之为“养泥”。养泥结束后，将泥土取出，用木棒反复碾打，使其无气孔，无凝固硬块，每摔打一遍要焖上二至三个小时，称之为“醒泥”。这时的泥软硬适度就可以做砖坯了。

“制坯”既是力气活，更是技术活。一块泥坯重达七八十斤，没点力气举都举不起来。但光有力气可不行，扣坯子的时候必须一次成型，四角四棱、填满填实，不能有任何缺陷。制坯完成后，将砖坯整齐码放，在棚下阴干，这道工序称为“晾坯”。晾坯过程中，还有一个小工序，就是盖上戳印。印上通常要标明烧造年代、督造官员、窑户（窑主）姓名、匠作姓名等内容，便于日后的工程监理。干透的砖坯经过严格的检验后，送入窑中，交叉码放，保证每块砖都能均匀受热。装窑完成后在窑顶覆砖、封土，进入焙烧程序。砖窑焙烧半个多月后，先停窑，隔几天等温度下降到一定程度时，开始洇窑。在窑顶慢慢注入清水，使每块砖均匀地发生还原反应。就这些烦琐的程序，也真够让人们眼界大开的。试想，在青烟缭绕的砖窑丛中，前来送豆秸当燃料的车水马龙，你呼我叫，鞭花炸响，该是何等繁忙与热闹！

大运河漕运规模的形成，让临清古城的砖成了宝物。明清时期北京城市的建设，就大量地使用了临清的砖瓦。这些来自黄土地的砖瓦，带着土地的质朴、母体的温馨，被垒进了紫禁城的万仞宫墙，砌进了北京的四合院，铺进了皇城根那些供人们通行的甬道，把北京的城市打扮得古朴典雅，端庄大方。以至于今天，人们还能从被留下来的明清建筑中，寻找到临清砖瓦的影子。除了北京的皇家建筑，南京中华门城墙、玄武桥，山东曲阜孔庙，德州减水坝，阳谷县张秋镇荆门、阿城、七级等闸坝等处也相继发现临清贡砖，这些砖至今不碱不蚀、敲击有声。

临清青砖生产工艺是我国劳动人民在生产劳动中取得的独特经验。如今，出于对土地资源的严格控制，临清砖开发并恢复生产后，已经没有历史上那么大的规模，只能用每年运河清淤的土壤制作，用于少数国家文物保护单位工程项目的修复和扩建。近年来，已用于烟台蓬莱水城和四川成都杜甫草堂的维修，其烧制技艺也被公布为国家级非物质文化保护项目。

不过，作为后来人，每当触摸到临清的砖瓦，内心深处都有一种为之一震的感觉，似乎不是在触及一块砖，而是听到了历史的回音壁发出的铮铮巨响。

（原载于《人民政协报》2018年7月30日）

临清造船厂兴衰史实

我的家乡山东临清，曾因京杭大运河的流经而有过极为繁荣的造船业。《漕船志》中有这样的记载："永乐七年（1409年），淮安、临清肇建清江、卫河二厂。""临清卫河造船总厂大门，三间；二门，一间；正厅，三间；东西书办、军牢房，各三间；退轩，三间；住房，三间。"当年的临清卫河船厂有18个分厂，自南厂街依次展开，东至都司庙，长约5里。

船厂的总部，就设在南厂街。虽然如今的南厂街已经全没有了昔日的踪影，但人们站在这片昔日造船厂的旧址上，依照史书的记载去按图索骥，仍能感受到当年那惊心动魄的场面。永乐十三年（1415年）罢海运后，"始更浅舟由里河以达京师，南于淮安清江、北于临清卫河设二提举司，以职专造理，是即先代舟楫之署，而经济规模尤大焉者"。这里所说的卫河提举司就是管理临清卫河船厂的署衙。当年，临清不仅设有卫河提举司，还设有工部都水分司、户部督储分司、工部营缮分司等中央直属行政机构。这些行政机构设立在临清，也恰恰说明临清在运河沿岸城市中的显赫地位。

南厂街，这个曾经规模宏大的造船厂，曾支撑了一条漕运大动脉上航运工具的诞生与应用。它是大明王朝的卫河船厂，每年造船、修船达几百艘。与南京的龙江船厂、淮安的清江船厂一起，被称为明朝最大的三个船厂。如果穿越时间的隧道，把目光回望于500多年前的那段岁月，说不定这里就相当于一个今天某个生产大国重器的兵工厂！当时，为保证船厂的安全，还设立有卫所，驻军13000多人。从各种关于这座造船厂的记载中可以看出，古船厂留给临清的印记，悠远而又细微，古朴而又清新，像这座城市里的老胡同一样，挺着灰砖灰瓦的身板，向你喋喋不休地讲述那运河船只的来历……

造船用的楠木、柏木、水杉木大都是通过运河从南方运来的，除此之外，临清专门有商人为古船厂提供一些"小部件"，比如：有为漕船提供弹绳、棚绳、缆绳、纤绳的“打绳口胡同”；有专门为漕船修造提供铁钉的“钉子街”；有专门为漕船提供油灰、麻灰的“灰厂街”；还有为漕船提供水桶、亮子的“箍桶巷”。这些街道都是专门为船厂供应“小部件”的作坊一条街，可想而知，一个龙头企业的兴起，就是一个系统工程的设计与再造，而与之相适应的那些产业的诞生，带来的必然是经营的繁华，人才的麇集。

古船厂工匠一部分来自工部和内府各监局控制下的民匠，这是具有专业造作技术的工匠，是官家工匠的骨干；另一部分是都司卫所控制下的军匠，是官家工匠的次要力量。据记载：在临清卫河船厂服役的有大木匠、细木匠、船木匠、铁匠、油漆匠、画匠、箬篷匠、橹匠、舱匠、木桶匠等几十种工匠类别，人数多达2000多人。

然而，就是这样一个规模宏大的船厂，却在嘉靖三年（1524年）被裁撤，并入淮安的清江船厂。究其原因，一是这一地区不产造船用的木料，每年都要为造船花费大量的财力物力，到南方采买木材。不仅成本过高，而且中间环节的增加，极易滋生一些贪腐中饱之类的弊端。二是临清造船厂的后期，正是马堂担任临清税监的初期，他的横征暴敛，造成经济萧条，迫使船厂南迁。

船厂裁并南迁，归入江苏淮安的清江造船厂，虽然暂时缓解了横征暴敛和贪腐之风，却无法改变大码头由来已久的积弊。船厂南迁后不久，一场有数万农民参与的反暴政、反苛捐杂税的斗争还是不可避免地发生了。如今，我们还能在临清税监遗址看到那通农民起义领袖王朝佐的“王烈士纪念碑”。但让我百思不得其解的是，像马堂这样的贪官，近年来却不知为何在一些影视作品中，借着宣传马侍郎桥村的名义，成了私访民户、为民建桥的“好官”。这样的闹剧，除了我们的影视制作业缺乏严格的管理与审查外，与某些“文化官员”的缺乏基本的历史文化知识也有着直接的关系。

（原载于《人民政协报》2018年8月13日）

“响马”的消亡与武术的兴起

少年时代读武侠小说，便知道山东历史上是个出“响马”的地方。如今，“响马”这个词对于年轻的“80后”“90后”们来说，已经显得有些陌生和难于理解。古代，“响马”一般是指打家劫舍的强盗或者土匪，有的地方也叫作“马贼”“响马子”。他们抢劫时，为了显示自己的不怕生死，一般都是先放响箭向路人宣战，响箭一响，马匪就会杀出，抢劫货物辎重。也有的说，山东土匪在马脖子上挂满铃铛，马跑起来铃铛很响，故称土匪为“响马”。其实，许多“响马”队伍不是土匪，而是农民起义军。只是在古代，农民起义军刚刚起势的时候，往往无组织无纪律，和土匪差不多。

山东历史上有过大量以讲义气著称的强盗，唐代开国功臣、现在作为门神供人膜拜的秦琼及瓦岗寨好汉，就是古代“响马”出身。在山东地方戏曲山东梆子里，就有曲牌名《响马》。我的故乡临清以“响马”名扬天下，被人说成是“响马渊薮”。作为在行政区划上一会儿山东、一会儿河北的临清，既有民风粗犷豪迈的性格，又介于两省交界的地盘，便于逃避追查，因此，成了山东境内“响马”最为集中的一个地方。

临清“响马”素以武艺高强、出手迅猛著称。这些响马个个身怀绝技，攻击力极强，打劫手段也格外高明。他们有严密的组织和规矩，穷人及小商小贩不劫，在百姓舆论中没有民愤者不劫。除了经常与官府作对，就是对一些名声欠佳的富商大贾和恶霸地主进行抢劫。这种带有土匪性质的“响马”行动，虽然扰乱了社会秩序，在百姓中却没有很差的印象，相反，武林史中还留下了许多传闻逸事。后来，随着社会的不断发展，“响马”行业渐渐消失。打家劫舍的强盗或者土匪没有了，他们喜好武术、热衷练功习武的传统却被继承了下来。以至于到今天，临清的拳脚功夫仍然可圈可点。

清末，武术名家、威震上海滩的马永贞就是临清人。马永贞之胞妹马素贞，较其兄技高一筹，不仅足下功夫有根底，其拳术亦入化境，且知礼让。清末民初武术家马升平，武艺精湛，擅杆子鞭，外号“西洋鞭马武”。因参加义和团运动，避居济南，并在济南四民拳房授徒传艺，为济南“杆子鞭”“鱼翅拐”的传人。1932年3月，临清国术馆成立，湛祖安、孙占德、魏金章先后担任馆长，当时临清城区及乡村的基层武术社馆竟达42个。1933年魏金章先生曾代表临清市赴济南参加了省武术国考，获得银盾奖牌。拳师周松山1913年为陆军部武技教练所学员，从王芗斋习意拳，后在北京教拳。

民风尚武是临清民间武术发展的重要基础，仅有清一朝，临清就出过武进士37人，武举117人之多。作为京杭大运河上的名城重镇，南北通衢的交通要道，临清特殊的地理位置、风土人情，都为武术的发展提供了良好的土壤和条件。无论是军旅武术还是民间武术，都深深影响着临清，使临清乃至周边地区孕育和发展了多种拳种流派。这些流派的教首及头目，通过开场授徒、访友比武等方式，传习了红拳、八卦拳、六躺拳、阴阳拳、义和拳、梅花拳、神拳、太子拳、二狼拳、金龙照拳、五祖拳以及刀、枪、棒、剑、绳票、鞭法诸技，使明以来蓬勃发展的各种拳法及器械进一步向复杂化、多样化发展。

新中国成立后，随着人民生活水平的不断提高，武术事业越来越受到党和国家及各级政府的关心重视。武术作为简便易行、强身健体的传统体育活动，也越来越受到人们的喜爱。“喝了运河水，就会踢踢腿”，在临清已不是虚言，仅城区就有少林、太极、大架、潭腿、查拳、肘捶、佛汉、通背、大成等众多拳种流派，习武者逾万人之多。

如今，行走在临清公园或者大运河堤坝的柳荫道上，经常可以看到武术爱好者身着练功服，在有板有眼地进行训练，一招一式都显得那么刚柔相济，内涵丰富。每年元宵节，各乡镇武术队进城表演已成为体育活动的一道亮丽风景线。在市老年体协夕阳红艺术团的演出中，武术表演也成为不可缺少的节目。

一个起源于绿林好汉的“响马”行当的项目，经过历史的沉淀与熔炼，最终成为一项内容丰富的体育活动，并且名正言顺地走进奥林匹克赛场，对于临清人来说，那简直就是一种社会形态的脱胎换骨。武术运动的普及，极大地丰富了人民的文化生活，推动了全民健身运动的开展，提高了人们的健康水平，临清真正成了名副其实的武术之乡。

（原载于《人民政协报》2018年8月20日）

临清的哈达

对于我们这些出生在新中国成立初期的老年人，大概都有在50年前唱过“一条洁白的哈达”这首歌曲的经历。再往后，在舞台上看到有藏族演员演出的节目，几乎都有敬献哈达或者在节目进入尾声时来一句“巴扎嘿”的谢幕词。至于敬献哈达和“巴扎嘿”到底是什么意思，没有人去深究。时间长了，人们渐渐地知道，敬献哈达是藏族人民的礼节，巴扎嘿是赞美与感叹的一句用语。然而，在我行走了一个多甲子之后，翻转过身来到故乡山东临清了解大运河历史的时候，却于当地文化人的闲谈当中了解到，原来临清的哈达有那么悠久的历史。今天，我就把临清生产哈达的事儿，给大家说一说。

自盛唐文成公主嫁给松赞干布以来，唐朝一直保持着与吐蕃地区的亲密关系。到元朝太宗窝阔台进入西藏，并将西藏正式划入中国版图，尤其是1240年元太宗窝阔台派兵进入西藏缔结了友好关系、并将藏传佛教带入蒙古地区以来，宗教信仰的绳索，便把哈达的需求由藏区连接到了内地。西藏等地区是不产丝绸和棉花的，这类产品主要是通过丝绸之路长年累月的驼队从东部沿海地区运输过去。

随着元代京杭大运河山东境内会通河的开通，临清这个地方成了运河漕运路线上的重要商贸城市，人口达到百万之多。这里不仅是与当时的苏州齐名的商贸城市，也是重要的桑蚕和丝绸生产重地和重要的棉花产区。宋元时期，战乱给南方的哈达生产带来了很大困难，于是后来便转移到临清。临清哈达，是鲁绣的一个品种，是一种净底或织有宗教图案的丝织品，它以优秀的品质获得藏、蒙等民族中信仰藏传佛教的信众的信赖。历史学家翦伯赞在写作《中国史纲要》时，经过详细考察，得出了“临清哈达始于元，兴于明，盛于清”的结论，特别写到当时在中国哈达的两个生产基地——临清与成都。明代早期临清哈达业分为丝店、机房和浆房三部分。清代极盛时，临清市机房七百余处，浆房七八处，收庄十多家，织工五千余人，成为当时“日进斗金”的三大手工业之一，曾有“一张机子一顷地”之说。哈达沿丝绸之路销往青海、甘肃、西藏、新疆、内蒙古和东北等少数民族地区，也有少量通过茶马古道的运输，进入四川、云南等地的藏区。

临清哈达是一种工艺水平很高的丝织品，分为丈哈达、官佛像、字佛像、红净花绢、红尺三斗、八宝花绢、江本等23种，上面绣着表示宗教信仰的图案和藏族、蒙古族等信仰藏传佛教的文字，如，莲花、宝盖、轮、盘长等八宝纹样，在外面有一层经丝，可以使花纹耐久、背影明显。哈达的技术要求很高，一尺宽、一丈长的幅面，看上去非常美观大方，庄重漂亮，但在高明的师傅手里，只用一两丝线就可以织成。临清哈达现存最早的文字记载是1749年（清乾隆十四年）的《临清直隶州志》，其中介绍了临清哈达，并把其分为三个等级。最高级的哈达是官佛像、佛字文帕，用来敬献高僧大德和领袖、祖先；中等哈达用来敬献亲戚朋友，其中红尺三斗是作为结婚赠礼之用，江本哈达供作丧乱之用；等级较差的哈达是粉绢，多用于日常生活中左邻右舍的你来我往，有的还将其对折裁成对方，用于邻人相互之间的借贷来往，借东西时先送一方哈达给对方，表示对对方的尊敬。藏族、蒙古族等信仰藏传佛教的民族，把哈达看得很重，是一种高尚的礼品，对哈达充满敬意。

在临清的日子里，我拜访了临清哈达传人许贵华先生。当他把自家众多的哈达产品和哈达制作工具及哈达图案展现到我的面前时，我简直惊呆了：这可是从康熙年间一直到1985年之前所生产的哈达样品的大集成呀！既有薄如蝉翼、柔似流水的康熙年间的官样哈达，也有明清时期达赖、班禅专用的哈达，在时间上最与我们接近的，当是十世班禅额尔德尼·确吉坚赞20世纪80年代用过的“浪尊哈达”。说起这些藏传佛教高僧大德与哈达的故事，许先生的话匣子真是滔滔不绝。

据许贵华的爷爷许殿扬先生回忆，他小的时候，就跟着父亲许连忠做哈达。到后来，许殿扬又让儿子许广文跟他学做哈达。几经磨难，许殿扬的哈达成为临清哈达中质量最好的，他的儿子许广文也成了制作哈达的高手。新中国成立后，许殿扬按照民族宗教部门的要求，继续从事哈达制作，成为临清哈达这一领域最优秀的传人。1957年，赴京参加全国工艺美术艺人代表会议回到临清后，许先生觉得把哈达制作的技艺传承下去，不仅是对信仰藏传佛教群众风俗习惯的尊重，也是我国宗教信仰自由政策的一个缩影，是自己义不容辞的责任。于是，他在担任临清市丝织社社长期间，重点培养了技术厂长杨沛泽等一批骨干。1985年，杨沛泽代表临清哈达厂赴京拜见十世班禅额尔德尼·确吉坚赞副委员长，并同他合影留念，还商定了为班禅大师制作专用的“朗尊”牌哈达的相关事项。

许贵华先生目前正在筹备建设临清哈达博物馆，搜集了大量实物和文献资料。如，1957年轻工业出版社出版的由中华全国手工业合作总社编辑的《巧夺天工》一书，这本集子，将出席1957年全国轻工业系统各路中国工匠，在各条战线上的创造发明和独有的技能经验介绍汇集在一起，是我国轻工业战线在建国初期大国工匠精神的集中体现。许殿扬作为临清哈达艺人，被选为全国轻工系统美术艺人的代表，赴京参加此次全国工艺美术艺人代表会议，而且做了《深受蒙藏人民欢迎的临清哈达》的专题发言。从他的发言中，我才知道，十世班禅额尔德尼·确吉坚赞第一次见到毛主席，敬献的哈达就是临清生产的产品。

如果不是见到许贵华先生珍藏的那些堪称文物的哈达和图案，我怎么也不会相信700年之前的山东临清，居然通过哈达与西藏等地区紧密地联结在一起。可以说，临清哈达不仅是丝绸之路上的一种工艺品，更是中华民族各族人民大团结和“一带一路”连接不同信仰、凝心聚力融合发展的有力佐证。

（原载于《人民政协报》2018年12月15日）

大运河的文化内涵与张力

推进大运河文化带建设，是一个寓意深远的话题。它不仅是对这条有着1400多年的漕运大动脉的一次集中总结与思考，更是对运河文化融入当今经济与社会发展的一次促进和检验。

首先，开凿大运河这条漕运大动脉的想法就表明了中华民族是一个敢想敢干、敢于开拓创新的民族。遥想隋代能够开凿这么一条用于国家漕运的大动脉，从文化的角度解读，的确是一种人类智慧与创造性的一个巨大胜利。尽管其间经历过多次开挖与整修，但是每一次都最大限度地集中了人民的智慧与力量。不管是明清之际通惠河、会通河的相继全线通水通航，还是近年来的南水北调东线工程的顺利实施，都是大运河文化这根藤蔓上结出的果实。运河文化的内涵，就是我们的先民敢想敢干的聪明才智与吃苦耐劳、不怕困难的民族精神，就是中华民族生生不息的上古神话精神的传承。

其次，大运河本身就是丰富多彩的文化载体。大运河在长期的社会发展中，发挥了漕运大动脉的作用，对沟通南北、调剂余缺起了巨大作用。也正是因如此，才让中华文明这个具有精神内涵的“核”，在物质财富外表上得以传承。

大运河从吴越之地的杭州湾流出，经钱塘、长江、淮河、黄河、海河五大水系，串联了长江三角洲、黄淮海平原、与草原文化相连的京畿之地，这些中华文明发源最早、人口密度最大、物产最为丰饶的地方，客观上成为多元文化的载体。文化载体是一个富有张力的元素，正如刘勰在《文心雕龙·原道》篇所言：“日月叠璧，以垂丽天之像；山川焕绮，以铺理地之型。”正是这些先天的文化元素，让大运河沿岸相继催生了以孔孟之道为宗的齐鲁文化、燕赵文化、京畿文化、吴越文化……这些文化又与草原文化、茶马文化、民族宗教文化紧密相连。因此，大运河从它诞生之日起，就承担了沟通各种文明交流互鉴的职责。

从历史的角度看，大运河在促进我国南北交往、东西互惠互利方面发挥的作用是巨大而长远的。以竹制品加工工艺的传承来说，就是因为明清政府在漕运政策中有一条“船工在完成所运粮之外携带的竹子免税”的规定，使沿大运河两岸许多重要码头城市都有了一个名叫“竹竿巷”的地名。这些地名不仅保留至今，而且有的仍然延续了几百年以来的竹艺加工传承。山东的台儿庄、济宁、临清、德州，都有竹竿巷，至今的济宁、临清都有竹艺加工的产品，并且成为一种文化现象。又比如，哈达是西藏、内蒙古信仰藏传佛教的人们用于表达礼仪的一种宗教文化用品，由于明朝时期临清是重要的桑蚕生产基地，故而这里成了哈达的产地；波斯猫是明代波斯商人沿丝绸之路带来的猫与鲁西猫杂交的品种，如今已有80多个品种，“猫文化”也成为一种有趣的现象。

运河文化是一种张力特别强大的文化。细细考究大运河两岸城市的民风民俗就会发现，在多元文化交流过程中，催生或碰撞常常会产生独具特色的地方文化。山东临清盛行的“铭瓦葬”、临清餐饮中的“十香面”“八大碗”，临清生产的以宁夏滩羊皮为原料的“千张袄”，还有临清的胡同文化，就是运河文化张力下出现的文化现象。

此外，由于运河本身带来的繁荣，也必然会刺激和产生优秀的文化产品。因此，文化与社会现实相互依赖的特点就得到了张扬。明清文学之所以能产生以大运河岸边的临清为背景的《金瓶梅》《梼杌闲评》等文学名著，临清之所以成为曲艺之乡、京剧之乡、武术之乡，都与运河有着密切的关系。

（原载于《人民政协报》2019年5月20日）

路走熟了猫也亲

看见临清狮子猫，便想起了一条路——丝绸之路。没有当年的丝绸之路，就不可能有毛长耳朵大、双眼呈异色的狮子猫。

你看，狮子猫那浑身长毛，眼球蓝黄各异，耳朵尖长，胸毛垂地，背鬃如飘的身姿，多像一匹静态的缩小版的战马。怒时，如将军立马横槊，威风凛凛；静时，则温顺可爱，憨态可人。其动其静，入得画来，都活灵活现，传神动情。故而，自从有了狮子猫这个品种，临清便与世界有了越来越密切的联系，以至于在明清之际蜚声国内外的临清“千张袄”裘皮衣、“八大碗”回民小吃，也都因为临清狮子猫的“大名”而受到人们的青睐。

临清狮子猫，是货真价实的“一带一路”国际交往间的产物，是波斯猫与山东临清鲁西狸猫杂交繁育而来的后代。早在元代末年至明代嘉靖年间，随着山东境内会通河的开凿，京杭大运河全线贯通，地处大运河与漳卫河交汇处的临清市，逐渐成了黄河冲积平原上规模最大的手工业、商业城市。大批信仰伊斯兰教的波斯人、西亚人，为商业利益驱动，纷纷梯山航海、纷至沓来。这些赚足了钱的西域商人，心旷神怡之际，便想起了自己心爱的宠物波斯猫。于是，在这条漫长的丝绸之路上，从此便多了一个与波斯商人们相依为命的伴侣。

不妨做这样的设想：从红海沿岸旅居而来的波斯猫，在临清地界住了一段时间之后，突然发现这里也有着与自己一样善于捕鼠、吃鱼的同类，它们虽然个头不大，色泽有黄、白、黑等，但总体上属于同类。于是，无须“翻译”，无须“引荐”，仅凭着“喵喵喵”的求友声，便有了相互之间的耳鬓厮磨和卿卿我我，便有了一只只混血的杂交小猫。——这猫儿也真的讨人喜欢，机敏、好静，黄、蓝各一的眼球尤其耐人寻味。这个新物种的诞生，蔓延于临清地面的同时，也惊动了素来“以上为贵”的士大夫阶层。他们将这种漂亮、可爱的猫进贡给“普天之下，莫非王土；率土之滨，莫非王臣”的天之骄子。于是，京城有了，皇宫有了，郎世宁的画笔下也有了。从此，临清狮子猫竟从丝绸之路直达了中国政府的核心。

几百年来，临清与丝绸之路，形成了越来越密切的经济协作关系。百年前，中国丝绸、药材、陶瓷、皮革等制品在临清与西域的煤油、珠宝的交换，不少西域客商在逐渐取得中国身份之后，成了临清的“世居公民”。如今，临清宛秋生先生的棉纺集团每年生产的几千万米蜡印布匹，全部销往中亚和非洲；近几年，临清甚至还开通了专门货运非洲的专列。

路走熟了猫也亲。与“一带一路”上的经济交往相映成趣的是，狮子猫的繁育，在临清也有了新的发展。去年，我写作《临清传》时，就遇到了狮子猫繁育公司的经理。他告诉我，临清市政府把临清狮子猫的繁育任务交给他，他会让这个物种成为“一带一路”友谊的象征，成为一个新兴的产业。如今，经过繁衍，临清狮子猫已经有了“铁枪拖玉瓶”的白身黑尾猫；“将军挂印”的背正中有一道异色的猫；还有“乌云覆雪”“负枪托印”“踏雪寻梅”“鞭打绣球”“雪中送炭”“银枪拖铁瓶”等十几个品种。著名哲学大师季羡林先生，生前曾为临清狮子猫写过《老猫》《咪咪》《咪咪二世》三篇散文，有兴趣者不妨展卷一读。

（原载于《人民政协报》2019年7月15日）

我为什么写《中国饭碗》

新中国成立70周年前夕，我正在满怀激情地赶写构思已久的长篇纪实文学作品《中国饭碗》。下决心写这个题材，一是因为习近平总书记说过，“中国人要把饭碗端在自己手里，而且要装自己的粮食。”还有另外一个原因，就是在我年近70年的人生中，饭碗问题曾是我和我的父老乡亲们常年累月忧心忡忡，且为之奋斗了大半生的一件大事。如今好了，“粮满仓、油满缸，身健体壮怕发胖。”似乎整个社会都觉得日子好得不得了了。但真的是这样吗？

新中国成立70年，解决了“让14亿人吃饱饭”这个大难题。而且从目前的情况看，随着全面小康目标的实现和精准扶贫的达标，中国人吃饭的确不成问题。包括那些需要社会托底的特困户和特殊群体，也已经有了基本的生存保障。但我们也要看到，饭碗问题是一个世异则事异，事异则备变的问题，常常存在着极大的变数。从这条规律出发，习近平同志提出要重视中国人的吃饭问题，可以说是深谋远虑、高瞻远瞩。而这也让我想起了自己听说过、经历过和思考过的许许多多与饭碗有关的故事。

我母亲一辈子生过6个儿女。最大的是1945年出生，乳名“玲玲”的姐姐。母亲告诉我，那是一个模样俊俏、长相喜人的小姑娘。然而，1946年国民党抓兵抢粮的时候，父亲母亲为了逃避兵燹，只得抱着襁褓里的姐姐逃难。那时，家里仅有的一点粮食被抢光。等兵痞们退了，我家和多数人家一样，家里连饭碗也没有了。没有粮食，母亲也没了奶水，加上连吓带怕，姐姐不几天便夭折了。直到1947年有了我现在的大哥，母亲的情绪才渐渐好起来。

1948年土地改革的时候，我家除了分到几亩地，还分到一盘碾子。父亲高兴地说：地有了，碾子有了，饭碗就不愁了。所以，父亲就给我那个那一年出生的二哥取名“碾子”。然而，这个寄托着父母亲有粮吃、有米碾的二哥，也未能熬过那个新中国即将诞生前的暗夜。因为碾子虽然有了，却没有供它运转的米粮。就这样，嗷嗷待哺的二哥也不幸夭折于天亮之前的那个时辰。

之后，就轮到我这个出生于1951年的生命见证历史了。幸运的是，我来到这个世上，仿佛就是为了给“中国饭碗”这个世世代代都为之忧心的话题作证明一样，让我目睹了新中国成立以来，从最初粮食生产的比较困难，到如今养活14亿人口而无缺粮断炊之虞的变化过程。

我印象最深的，就是上个世纪50年代的农业合作化运动。毛主席正是从小农经济分散经营的弊端中看出了“组织起来”的重大意义，在上个世纪50年代初期就发出了大办农业合作化的号召。1953年前后，毛主席对200多个新成立的农业合作社做过批示。“愚公移山，改造中国，厉家寨是个好例”“水土保持，让大泉山变了样子”“谁说鸡毛不能上天”……这些以解决中国农业问题，让中国人饭碗不再断顿的话语，真的让我们的粮食生产在旧社会长期低下的水平上有了很大提高。记得1956年麦收时节，父亲到乡公所开会。他特意选了一把麦穗，领着我和哥哥给毛主席像三鞠躬，说：“俺家的碾子派上用场啦！”

上世纪50年代末、60年代初，由于大跃进运动以及一些政策的失误，导致了全国性的粮食和副食品短缺危机。好在国家及时出台了《农业纲要四十条》以及“八字宪法”，实行调整、充实、提高的工作方针，给农民分自留地，很快就扭转了局面。1962年麦收季节，家乡的小麦获得大丰收。乡亲们集合在打麦场上庆贺丰收的时候，心里都特别高兴。一位有些说书底子的老伯伯说：古往今来，人们拼死拼活，不管是“苟富贵无相忘”的陈胜吴广，还是“耕者有其田”的刘邦项羽；不管是闯关东，还是走西口；不管是土地改革，还是借地分田；不管是革命，还是建设，目的都只有一个：就是保住人们的饭碗。那天，老伯伯讲到动情处，望着天上的月亮，即席吟出一首诗：古人称月白玉盘，我看月亮像只碗。但愿饭碗别像月，无阴无缺常满满。

这诗说不上什么风雅，但却给我留下了极深的印象。中国人啊，想有个仓满囤流的饭碗子，是多么不容易呀！于是，从16岁当兵开始，我就把眼珠子瞪得溜圆，时刻关注着国人的饭碗和自己的肚皮。

1968年以来，我到过河南新乡七里营、山东曲阜夏家村、山西大寨、烟台下丁家、平顺县西沟村、河北王国藩“穷棒子社”、河南林县红旗渠、河北临西县东留固村……并且参与了几本与农业生产密切相关的书籍的写作。这一切，都让我无形中对“中国饭碗”这个话题有了一种渗入骨髓的缱绻与难以割舍的情怀。尤其是40多年前的改革开放，农村实行农业生产责任制，这可真是一次大解放。我当时在全国最贫苦的山东德州地区任地委研究室副主任，跑遍了13个县市的252个人民公社，群众得知消息后的那股子高兴劲儿，简直无法形容。如今，一转眼40多年过去，德州早已从吃不饱的贫困地区，变成了全省首个亩产吨粮的产粮大市。

几十年来，我的工作经历基本上都与“中国饭碗”密切相关。这也让我觉得，自己对“粮食生产的极端重要性”有着不可推卸的宣传责任。尤其是不久前，我第二次从北大荒建三江农垦局考察归来，看到这片当年曾经“也有兔子也有狼”的荒蛮之地已经变成我国东北地区粮食生产压舱石，便对习近平总书记“中国人要把饭碗端在自己手里”的要求，有了更加深刻的理解。基于此，我开始了《中国饭碗》这部长篇纪实文学的创作。它既记录了我国粮食生产走过的路，也是对未来“中国饭碗”的展望与关切。我想把它作为自己献给中华人民共和国成立70周年和中国共产党建党100周年的一份心意。

新中国，靠着全体人民的努力，终于让国人有了盛满自己生产的粮食的饭碗，而且是一个供养着14亿人口的饭碗。这不光是铁饭碗，还是金饭碗，更是五千年中华文明史上最值得大书特书的一笔。

（原载于《人民政协报》2019年9月23日）

图书在版编目（CIP）数据

且将锦瑟记流年 / 王树理著. — 北京：中国文史出版社，2019.11

（政协委员文库）

ISBN 978-7-5205-1349-4

Ⅰ. ①且… Ⅱ. ①王… Ⅲ. ①散文集—中国—当代
Ⅳ. ①I267

中国版本图书馆CIP数据核字（2019）第218199号

责任编辑：张春霞

出版发行：**中国文史出版社**
社　　址：北京市海淀区西八里庄69号　邮编：100142
电　　话：010-81136606　81136602　81136603（发行部）
传　　真：010-81136655
印　　装：北京地大彩印有限公司
经　　销：全国新华书店
开　　本：710mm × 1010mm　1/16
印　　张：20.25　　字数：327千字
版　　次：2020年1月第1版
印　　次：2020年1月第1次印刷
定　　价：59.80元